CATHRIN GEISSLER

Ein kaltschnäuziges Verbrechen

Weitere Titel der Autorin:

Ein hundsgemeiner Mord

Titel auch als Hörbuch erhältlich

Über die Autorin:

Cathrin Geissler wurde im Jahr 1967 in Hamburg geboren. Nach dem Abitur studierte sie Tiermedizin an der Freien Universität in Berlin und eröffnete kurze Zeit später eine Kleintierpraxis in Hamburg, in der sie nach wie vor tätig ist. Das Schreiben fasziniert sie schon lange, und nachdem sie das Onlinestudium des Kreativen Schreibens absolviert hatte, schrieb sie ihren ersten Kriminalroman. Cathrin Geissler lebt mit ihrem Mann, ihrem Sohn und drei Hunden in der Nähe von Hamburg.

CATHRIN GEISSLER

TIERÄRZTIN TINA DEERTEN

Ein kaltschnäuziges VERBRECHEN

EIN FALL FÜR TIERÄRZTIN
TINA DEERTEN

Kriminalroman

lübbe

Dieser Titel ist auch als Hörbuch und E-Book erschienen

MIX
Papier aus verantwortungsvollen Quellen
FSC® C014496

Originalausgabe

Textredaktion: Dr. Ulrike Strerath-Bolz, Friedberg
Umschlaggestaltung: Birgit Gitschier, Augsburg, unter Verwendung eines Motivs von © shutterstock: Olha Rohulya | Lia Li | sNike | Phatthanit | tkach-artvitae
Satz: hanseatenSatz-bremen, Bremen
Gesetzt aus der Minion Pro
Druck und Verarbeitung: GGP Media GmbH, Pößneck
Printed in Germany
ISBN 978-3-404-18480-4

2 4 5 3 1

Sie finden uns im Internet unter luebbe.de
Bitte beachten Sie auch: lesejury.de

Für alle meine Eltern. Ihr seid die Besten!

Prolog

»ACHTUNG, ACHTUNG! HIER SPRICHT DIE POLIZEI!«

Die Tierärztin Tina Deerten blickte sich um und sah, dass ein Wasserwerfer der Polizei auf den Marktplatz neben der Kirche in Plön gefahren war. Es war ein herrlicher warmer Tag Mitte September, und die Sonne gab nach einem heißen und langen Sommer noch einmal alles, sodass man fast vergessen konnte, dass der Beginn des Herbstes vor der Tür stand. Möwen kreischten, und ein Schwarm Kraniche flog über die Stadt hinweg in Richtung Süden. Ihre trompetenden Rufe waren noch eine ganze Weile zu hören. Tina blickte dem Schwarm einen Moment lang hinterher, bevor sie sich wieder auf ihre unmittelbare Umgebung konzentrierte. Sie stand inmitten eines Demonstrationszuges, der die Lange Straße an Einheimischen und Touristen vorbei heruntergezogen war und nun am Marktplatz der kleinen Stadt im Herzen der Holsteinischen Schweiz angekommen war. Auf der linken Seite wurde der Platz von historischen, vorwiegend zweistöckigen Backsteinhäusern mit spitzen Dächern gesäumt, rechts ragte die ebenfalls aus rotem Backstein gebaute Nikolaikirche in den wolkenlosen Himmel. Das große weiße Plöner Schloss mit seinen beiden charakteristischen Türmen thronte etwa zweihundert Meter hinter dem Markt auf einem kleinen Hügel über der Stadt und blickte auf den Großen Plöner See.

»Glyphosat verdreckt die Welt, drum gehört es nicht aufs Feld, Glyphosat verdreckt die Welt, drum gehört es nicht aufs Feld!«, skandierten die Demonstranten ungerührt von dem

Wasserwerfer weiter. Sie schwenkten Plakate mit Sprüchen wie »Mutter Erde ist Leben, Glyphosat ist ihr Tod«, »Glyphosat macht Bienen tot, das ist das End vom Honigbrot«, »Make the world a better place, ban Glyphosat« und »Grüne gegen Glyphosat«. Letzteres war an dem Lanz-Oldtimer-Traktor von Krischan Klammroth befestigt, der den Demonstrationszug anführte. Klammroth war der Spitzenkandidat der Grünen im Kreis Plön und der dunkelgrüne Oldtimer mit den großen aufgemalten Sonnenblumen sein Markenzeichen. Jetzt, kurz vor der Landtagswahl, war er auf vielen Wahlplakaten zu sehen.

Auf Tinas Schild lag eine Kuh mit seitlich aus dem Maul heraushängender Zunge und mit nach oben gestreckten Beinen auf dem Rücken. Tina hatte das Plakat selbst gemalt. Der Schriftzug »Glyphosat killt Kühe« in Blutrot zog sich über den oberen und unteren Rand. Ihre beiden Hunde, der schwarze Schnauzermischling, den Tina nach dem plattdeutschen Wort für »schwarz« Swatt getauft hatte, und die braungestromte Greyhoundhündin Daisy, trugen ein Halstuch mit einem weißen Totenschädel auf schwarzem Grund, über dem der Schriftzug »Glyphosat« in Rot zu sehen war.

Als ein Pfeifkonzert ertönte, blickte Tina nach rechts. Vor der Sparkasse hatten sich etwa zwanzig Personen versammelt. Sie waren ganz in Schwarz gekleidet und trugen Sturmhauben und schwarze Rucksäcke. Ein paar von ihnen hatten Steine und Flaschen in den Händen und begannen sie auf die Polizisten zu werfen, die sich neben dem Wasserwerfer aufgebaut hatten.

»ACHTUNG, ACHTUNG! Legen Sie die Vermummung ab und verlassen Sie den Marktplatz!«

Eine Flasche zerschellte auf dem Boden direkt vor den Füßen eines Polizisten, und die Beamten rückten auf die schwarz gekleideten Personen vor.

»Diese blöden Idioten!«, sagte Caroline, die neben Tina stand und ihr Plakat mit einem Foto von toten Bienen hoch in die Luft hielt. »Die machen uns die ganze Demo kaputt«, fuhr sie mit einem quengelnden Unterton fort. Sie hatte ihre blonden Dreadlocks zu einem Pferdeschwanz zusammengebunden und trug eine weite Bluse von undefinierbarer dunkler Farbe und einen weiten Rock mit Blumenmuster.

»Die wollen nur Randale; um das Thema geht es denen gar nicht«, erwiderte Tina.

»Aber was soll denn das? Warum machen die das bloß?«

»Weil das geistig minderbemittelte Idioten sind.«

»Des sind damische Saubuam«, sagte eine zierliche rothaarige Frau, die mit Caro gekommen war und die Tina nicht kannte.

»Aber warum stören sie die Demo? Glyphosat ist doch ein wichtiges Thema, ich versteh das nicht.«

Tina reagierte nicht. Caro war von einer unerschütterlichen Naivität und in manchen Dingen wie ein quengelndes Kind. Damit konnte Tina, je nach Tagesform, mal besser und mal schlechter umgehen. Schon damals in der Mittelstufe, als sie mit Caro in eine Klasse gegangen war, hatte diese bei jedem Furz die Dramaqueen gegeben. Danach hatte Tina erst in der Oberstufe wieder mit ihr zu tun gehabt, als sie gemeinsam bei einer Pelztierbefreiungsaktion – auf die Tina heute nicht mehr besonders stolz war – mitgemacht hatten.

Tina wandte ihre Aufmerksamkeit wieder den Vermummten zu. Sie beobachtete, wie weitere Flaschen und Steine flogen und wie die Polizisten auf die Vermummten vorrückten.

»Ihr Bullenschweine!«, schrie einer der Vermummten, der sehr groß war, fast zwei Meter, schätzte Tina, und der jetzt eine Rauchbombe auf die Polizisten warf.

»Tina, lass uns abhauen, die bringen den Wasserwerfer in Stellung«, sagte Caro.

Tina nickte und wollte sich abwenden, als die rothaarige Frau schnell auf die Vermummten zuging und vor ihnen stehen blieb.

»Ihr damischen Sauhund, ihr! Lasst's uns doch in Ruah demonstriern und geht's hoam, Kruzitürken no amoi!«

»Merle! Ist die wahnsinnig!«, rief Caro. Die Vermummten grölten und lachten, und einer von ihnen zog Merle am Arm zu sich heran.

»Diese bayrische Schlampe meint, sie kann uns was erzählen!«, schrie er.

Seine Kumpel lachten, und er zog Merle vor sich und legte den Arm um ihren Bauch.

»Ich habe eine Geisel! Benutzt doch euren Wasserwerfer, wenn ihr euch traut!«

»Loss mi los!«, rief Merle und versuchte sich aus dem Griff des Mannes zu winden. Tina blickte zu den Polizisten, aber die standen nur abwartend zwischen dem Wasserwerfer und den Vermummten.

»LASSEN SIE DIE FRAU LOS!«, rief einer der Polizisten in das Megafon.

»Zwingt mich doch!«

»Loss mi endlich los, du damischer Saupreiß! Du tuast mir weh!«

Grölendes Gelächter folgte. Tina hielt es nicht mehr auf ihrem Platz. Sie drückte Caro ihr Plakat in die Hand und ging mit ihren beiden Hunden an der Seite schnellen Schrittes auf die Vermummten zu. Vor dem Anführer blieb sie stehen. Daisy und Swatt bauten sich an ihrer Seite auf, Swatt stellte sein Nackenfell auf und begann zu knurren. Tina blickte den Anführer an.

»Ich kenn dich doch. Du bist doch der Bruder von …«

»Halt die Fresse, Alte!« Seine graublauen Augen blitzten Tina wütend an.

»Lass sie los.«

»Und wenn nicht?«

Tina trat einen Schritt zurück, sodass Swatt vor ihr stand.

»Dann musst du die Sache mit meinem Hund diskutieren. Aber ich warne dich«, sagte sie, während Swatt einen Schritt auf den Mann zu machte. »Mein Hund ist idiotischen Argumenten gegenüber nicht besonders aufgeschlossen.«

Swatt starrte dem Anführer ins Gesicht und knurrte weiter. Etwas Speichel tropfte ihm aus dem Maul und traf auf dem Kopfsteinpflaster auf. Die Blicke des Mannes zuckten von Swatt zu Tina und wieder zurück auf den Hund.

»Wir wollen uns doch alle wieder beruhigen!«, erklang plötzlich eine Stimme hinter Tina. Sie schaute sich um und sah Krischan Klammroth auf sich zukommen. Er sah ein wenig älter aus als auf den Wahlplakaten, doch er war auch in natura durchaus gut aussehend, fand sie. Er trug ein schwarzes, offen stehendes Jackett zu einem schwarzen T-Shirt und dunkler Jeans.

»Und wer bist du?«, fragte der Anführer.

»Ich bin Krischan Klammroth. Vielleicht habt ihr mich schon auf dem ein oder anderen Wahlplakat gesehen.«

»Ich wähle nicht.«

»Schade, schade, das solltest du dir noch einmal überlegen. Jede Stimme zählt, stimmt's?«

»Leck mich.«

»So, Junge, und jetzt lass die Frau los«, sagte Klammroth. Er fasste nach Merle, doch der Anführer hielt sie weiterhin fest.

»Hör zu, wenn du sie gehen lässt, kannst du auch nach Hause gehen, und alle sind zufrieden. Aber wenn du sie weiterhin festhältst, wirst du richtig Ärger bekommen. Willst du das?«

»Ärger ist mein zweiter Vorname, Mann«, sagte der Anführer. Seine Kumpel johlten und stießen die Fäuste gegeneinander. Der Anführer schob seinen Arm nach oben, sodass er um Merles Hals lag, und spannte seine beachtlichen Oberarmmuskeln an.

»Wie wär's denn mit uns beiden, Süße?«

»Sie da mit den Hunden und Herr Klammroth, treten Sie zurück«, rief der Polizist mit dem Megafon.

Klammroth winkte in Richtung der Polizisten. »Ich habe das hier im Griff!«

»Sie treten sofort zurück, das ist eine polizeiliche Anordnung!«

Der Anführer grinste und zwinkerte Tina zu. »Hast du nicht gehört, du sollst die Biege machen, und nimm deine Köter mit.«

Tina straffte sich und atmete tief ein. Dann holte sie mit dem rechten Bein schwungvoll aus und trat dem jungen Mann mit Wucht gegen das Schienbein. Dieser stöhnte auf und lockerte den Griff um Merle. Schnell zog Tina die junge Frau aus seinem Arm und schob sie hinter sich und Swatt.

»Bin schon weg, Timo«, sagte sie. »Weiß dein Bruder eigentlich von deinen Aktivitäten hier?«

»Halt meinen Bruder da raus«, quetschte Timo zwischen zusammengebissenen Zähnen hervor.

»Dann werd endlich erwachsen, Mensch«, erwiderte Tina und wandte sich zum Gehen. Swatt knurrte noch einmal kräftig, dann lief er hinter Tina her.

»I dank dir«, sagte Merle und streckte die Hand aus. »I bin die Merle Johansson.«

»Tina Deerten.« Die beiden Frauen grinsten sich an.

»Mit Ihnen möchte ich mich aber nicht anlegen«, sagte Krischan Klammroth und trat an Tinas Seite.

»Sie waren aber auch nicht schlecht«, antwortete Tina.

Er lächelte. »Ich bin Krischan. Krischan Klammroth. Aber das wissen Sie ja mittlerweile.« Er strich sich durch seine dunkelblonden Haare, die zu einem kurzen Zopf zusammengefasst waren.

»Meine Stimme haben Sie auf alle Fälle«, sagte Tina.

»Der schwarze Block macht sich gerade aus dem Staub. Kann

ich Sie nach meiner Abschlussrede noch auf einen Kaffee einladen?«, fragte Klammroth.

»Danke, ich muss gleich wieder in die Praxis«, erwiderte Tina.

»I muss a los. Mei Schicht im Restaurant fangt glei an. Danke no amoi.«

Merle winkte und drehte sich um.

»In welchem Restaurant arbeiten Sie denn?«, rief Krischan Klammroth ihr hinterher.

»Im Selenter Dorfkrug.«

»Das ist bei mir in der Gegend. Vielleicht sehen wir uns da mal.«

»I tat mi g'frein«, antwortete Merle und verschwand in einer schmalen Gasse in Richtung des großen Parkplatzes an der Stadtgrabenstraße.

»Sie sind Ärztin?«, wandte sich Klammroth an Tina.

»Tierärztin. Ich wünsche Ihnen viel Erfolg für die Wahl.«

Tina drehte sich um und schaute sich nach Caro um. Endlich entdeckte sie sie an einem Tisch vor dem Bäckerladen. Schnell ging sie die kurze Strecke und warf einen Blick auf ihre Uhr. Sie hatte leider keine Zeit mehr, sich die Rede von Klammroth anzuhören.

»Tina! Das war sensationell, wie du den Kerl getreten hast. Ich hätte aber höher gezielt.«

Ja klar, so schnell, wie du weg warst, Caro.

»Warum hast du's dann nicht gemacht?«

»In Flip-Flops? Dann hätte ich jetzt einen Zehenbruch, mindestens.«

Caro hob ihren rechten Fuß, damit Tina ihre türkisfarbenen Flip-Flops mit dem Muster aus dunkelgrünen Farnwedeln besser sehen konnte. »Der schwarze Block hat sich ganz schön schnell vom Acker gemacht«, sagte sie.

»Schwarzer Block! Dass ich nicht lache. Das sind Kinder, die schwarzer Block *spielen.* Den Anführer kenne ich, der war bis vor ein paar Jahren ein echt süßer Kerl, aufgeweckt und immer freundlich.«

»Die Hormone machen seltsame Dinge. Plötzlich haben alle Pickel und sind ätzend drauf.«

Tina lachte. »Ich muss los, die Sprechstunde fängt gleich an. Wo ist mein Plakat?«

Caro zeigte zum Fahrradständer, an den sie die beiden Plakate gelehnt hatte.

»Mach's gut!« Tina schnappte sich ihr Plakat und ging zügig, dicht gefolgt von ihren Hunden, die Lange Straße entlang. In der Einkaufsstraße roch es nach frisch gebackenem Brot, gebratenem Fleisch und, als sie am Blumenladen vorbeikam, leicht nach Rosen und Nelken. Es waren immer noch recht viele Touristen unterwegs, vor allem aus Dänemark und Süddeutschland, wie Tina dem Stimmgewirr entnehmen konnte, doch im Vergleich zur Hochsaison von Mai bis August waren es schon deutlich weniger geworden. Tinas Handy klingelte; sie zog es im Gehen aus ihrer Jeanstasche. Sie blickte auf das Foto der Anruferkennung. Ein braun gebrannter Mann mit Dreitagebart lachte sie mit funkelnden graublauen Augen an. Dadurch wurden seine Grübchen sichtbar, in die Tina sich als Erstes verliebt hatte.

Lächelnd nahm sie das Gespräch an. »Jan! Schön, dass du anrufst.«

»Moin, Tina. Ich hatte gerade einen Anruf von Dirk. Der hat den Einsatz auf der Demo geleitet. Musstest du dich unbedingt mit dem schwarzen Block anlegen?«

Bevor Tina antworten konnte, fuhr Jan schon fort. »Diese Kerle sind gefährlich, Tina! Halt dich aus der Arbeit der Polizei raus, wie oft muss ich dir das noch sagen?«

Tina wurde wütend. Was glaubte er eigentlich, mit wem er redete?

»Die Polizei hätte bestimmt Tränengas und den Wasserwerfer eingesetzt und wer weiß, was noch alles. Da mit 'nem Wasserwerfer aufzufahren fand ich sowieso reichlich übertrieben für die paar Leute.«

»Dirk hat mir erzählt, dass sie mit mindestens fünfzig Leuten vom schwarzen Block gerechnet haben.«

»Da hat er sich aber schwer verrechnet. Da waren nur Timo und seine Kumpels. Timo ist fast noch ein Kind, Mensch! Er macht gerade eine schwierige Phase durch, nachdem seine Eltern innerhalb von zwei Jahren an Krebs gestorben sind. Jetzt hat er nur noch seinen älteren Bruder, der sich um ihn kümmert. Ich weiß auch gar nicht, was du hast, es ist doch alles gut ausgegangen.«

»Zum Glück! Du musst auch mal an deine eigene Sicherheit denken und nicht immer nur an andere.«

»Krischan Klammroth war auch da. Wir hatten alles im Griff, Jan.«

»Dieser Grüne?« Tina hörte, wie Jan schnaubte.

»Hast du was gegen ihn?«

»Der ist mir zu glatt. Erinnert mich an Berlusconi.«

»Du spinnst doch. Du willst ihm doch wohl nicht ernsthaft unterstellen, dass er wilde Sexpartys feiert, Leute verschwinden lässt und Steuern hinterzieht?«

»Das meine ich doch gar nicht. Ich finde nur, dass sein Auftreten an Berlusconi erinnert. Ein bisschen schleimig irgendwie. Und dann dieser peinliche Pferdeschwanz.«

»Ich finde ihn nett. Er ist engagiert, und ich werde ihn auf jeden Fall wählen.«

»Tu, was du nicht lassen kannst. Sehen wir uns heute Abend?«

Dankbar ging Tina auf den Themenwechsel ein. Politische Diskussionen fand sie immer recht anstrengend, und sie waren meistens für die Katz, weil niemand seine Ansichten ändern wollte.

»Um acht bei mir?«

»Ich bring Pizza mit.«

Kapitel 1

Zehn Tage später

Tina starrte auf das Röntgenbild. Im Magen des Beagles war ein Knochen zu sehen. Dieser war relativ kurz, vielleicht zwei Zentimeter lang und etwa halb so dick.

»Was, sagten Sie, hat Johann gefressen?«

»Der Arme bekommt überhaupt nichts Leckeres mehr, nur noch die Hundewurst aus Rindfleisch und Gemüse, seit Sie gesagt haben, dass er Diät machen soll«, antwortete Johanns Besitzerin Sibylle Hoffmann mit einem vorwurfsvollen Unterton. Sie stand so dicht neben Tina, dass diese ihr schweres Parfüm riechen konnte, das den leichten Schweißgeruch der korpulenten Frau nicht ganz überdecken konnte. Tina trat einen Schritt zur Seite.

»Das sieht aber nicht aus wie ein Rinderknochen. Dafür ist er viel zu klein.«

»Geflügel vielleicht?«, fragte Sanne. Tinas Angestellte hob den übergewichtigen schwarz-weiß-braunen Beagle vom Röntgentisch und setzte ihn auf den Boden.

»Also, hören Sie mal! Ich weiß doch, dass Hunde keine Geflügelknochen haben dürfen«, sagte Frau Hoffmann. »Nicht wahr, mein Schnuckel, Hühnerknochen darfst du nicht. Davon gibt es Aua im Bäuchi.«

Sie bückte sich und strich Johann über den Kopf. Johann wedelte kurz und begann die Praxis nach etwas Fressbarem abzusuchen. Vor dem Kühlschrank blieb er stehen und setzte sich hin.

Er fixierte das Glas mit den Hirschfleischleckerli, das auf dem Kühlschrank stand, mit festem Blick. Sabber tropfte ihm aus der Schnauze und fiel auf den dunklen Fliesenboden. Sanne lachte.

»Na gut, ausnahmsweise darfst du einen halben Streifen haben, bevor du hier die ganze Praxis flutest.«

Sie riss einen der Streifen in der Mitte durch und hielt ihn Johann hin, der ihn verschlang, ohne sich mit Kauen aufzuhalten. Sofort starrte er wieder auf das Glas mit den Leckerlis. »Mehr gibt es nicht, Junge«, sagte Sanne mit fester Stimme.

»Vielleicht hat er den Knochen draußen gefressen«, sagte Tina. »So schnell, wie er das Futter hinunterschlingt, haben Sie es vielleicht gar nicht mitbekommen.«

»Das ist völlig unmöglich. Erstens habe ich ihn die ganze Zeit im Blick. Und zweitens trägt er jetzt immer einen Maulkorb, wenn wir Gassi gehen, damit so was nicht passieren kann. Ich kenne doch meinen Johann, nicht wahr, du Racker, du hast immer Hunger.«

Tina blickte wieder auf das Röntgenbild, auf dem sich der Knochen als heller, fast weißer Fleck im Dunkelgrau des Magens abzeichnete. »Der Knochen sieht wirklich komisch aus. Aber es ist kein Geflügelknochen, dafür ist er zu massiv. Lamm kann es auch nicht sein, zu klein. Hmmm …«

Irgendwo hatte Tina so einen Knochen schon einmal gesehen, sie kam aber nicht drauf, bei welcher Gelegenheit. Irgendwann im Studium?

»Und was jetzt?«, unterbrach Frau Hoffmann Tinas Überlegungen und strich Johann immer wieder über die langen seidigen Ohren.

»Ach, mein armer Schatz. Bist du mein süßer Schatzi-Spatzi, ja, bist du mein Süßer?«

Tina sah, wie Sanne sich ein Grinsen verkneifen musste.

»Er muss doch wohl nicht operiert werden, oder?« Sybille Hoffmann sah Tina mit weit aufgerissenen Augen an.

»Wir versuchen erst einmal, den Knochen auf natürlichem Weg wieder herauszubekommen.«

»Was meinen Sie damit?«

»Sie fahren jetzt mit Johann nach Hause. Unterwegs besorgen Sie eine Dose Sauerkraut und mischen ihm eine ordentliche Portion davon unter sein Futter. Nach einer Stunde kommen Sie wieder her, und ich spritze ihm ein Brechmittel. Mit etwas Glück kommt der Knochen dann raus.«

Zwischen Frau Hoffmanns Augenbrauen bildete sich eine steile Falte, als sie über Tinas Worte nachdachte. »Aber er hat sich heute doch schon fünf Mal übergeben, und da ist der Knochen auch nicht rausgekommen.«

»Deswegen sollen Sie ihm ja das Sauerkraut geben. Es wickelt den Knochen ein, und die Chance steigt, dass er ihn rausbringen kann.«

»Und wenn der Knochen im Hals stecken bleibt und er erstickt? Ist es da nicht besser, gleich zu operieren? Ich will nicht, dass meinem Süßen etwas passiert. Nein, das wollen wir nicht, nicht wahr, mein Schatzi?«

Johann wedelte kurz, behielt aber das Leckerli-Glas gut im Auge. Er war es anscheinend gewohnt, wie ein minderbemitteltes Kleinkind behandelt zu werden.

»Frau Hoffmann, der Knochen ist nicht besonders groß, und er ist ja auch in den Magen hineingekommen. Ich glaube nicht, dass er stecken bleiben wird. Außerdem ist so eine Fremdkörperoperation nicht ohne. Ich müsste die Bauchhöhle aufschneiden, den Magen eröffnen, den Knochen finden und alles wieder zunähen. Das dauert eine Weile. Schon normalerweise ist die OP nicht ohne Risiko, doch bei Johann mit seinem Herzfehler und seinem Übergewicht ist das Risiko, dass etwas schiefgeht, deutlich erhöht.«

»Vielleicht sollte ich in die Klinik nach Kiel fahren. Die schaffen das dort bestimmt. Ja, das wird besser sein.«

Tina holte tief Luft und zählte im Stillen bis zehn, um keine unbedachte Äußerung zu machen.

»Sie können sicher sein, dass Johann bei uns bestens versorgt werden wird, sollte eine OP nötig sein. Auch in Kiel würde er heute nicht mehr operiert werden, weil er nicht nüchtern ist. Wir vergeben uns doch nichts, wenn wir es erst mal mit dem Brechmittel probieren. Wenn es nicht funktionieren sollte, operiere ich Johann gleich morgen früh. Er kann dann heute und morgen ein weiteres Herzmedikament bekommen, um das Risiko eines Narkosezwischenfalls zu senken, und wir machen heute noch ein Blutbild.«

Frau Hoffmann sah nicht ganz überzeugt aus. »Und wenn Johann das Sauerkraut nicht mag?«

»Er ist ein Beagle, er frisst es bestimmt.«

»Na gut. Wenn Sie meinen …«

Tina nickte und hob Johann auf die Waage.

»Siebzehneinhalb Kilo!«

Sie ging zu ihrem PC und schaute in die Kartei.

»Er hat von Mai bis jetzt schon wieder fast ein Kilo zugenommen! Dabei hatte ich doch gesagt, dass Sie ihn auf Diät setzen sollen!«

Frau Hoffmann seufzte. »Das habe ich doch gemacht! Er bekommt nur noch die Rinderwurst von dem Biohundefutterladen.«

»Wirklich?«

Tina sah Frau Hoffmann direkt in die Augen, bis diese den Kopf abwandte.

»Er isst doch so gern Käse«, murmelte sie. »Und wenn er mich mit diesen treuen braunen Augen anschaut, kann ich nicht widerstehen. Er tut mir dann immer so leid. Ich esse, und er bekommt nichts ab. Das geht doch nicht.«

Sie bückte sich und strich Johann über den Kopf. »Das geht doch nicht, dass mein Bärchen hungern muss, nicht wahr, mein Schnuckelchen?«

»Er muss mindestens vier Kilo abnehmen, sonst wird er nicht so alt werden, wie er es rassebedingt werden könnte«, sagte Tina.

Frau Hoffmann hielt Johann die Ohren zu. »Hör gar nicht hin, was die böse Frau Doktor sagt, hör nicht hin, mein Purzelbär.«

Tina hatte genug. »Gut, Sie füttern Johann das Sauerkraut, und wir sehen uns in einer Stunde wieder hier.«

»Na gut, wenn Sie meinen, dass das ausreicht. Aber wenn meinem Bärchen etwas passiert, sage ich meinem Mann Bescheid. Wie Sie vielleicht wissen, ist er …«

»Anwalt und Notar, ich weiß, Frau Hoffmann. Sie werden nicht müde, mich jedes Mal wieder darauf hinzuweisen.«

Tina öffnete die Tür zum Wartezimmer. »Bis später. Und bringen Sie den Rest von der Hundewurst mit!«

Frau Hoffmann trat ins Wartezimmer, und Sanne schloss die Tür etwas energischer als nötig.

»Das ist aber auch eine alte Schabracke! Immer droht mit sie mit ihrem blöden Mann!«

»Und zahlen tut sie auch immer nur extrem schlecht. Na, was soll's, Sanne-Bärchen, da müssen wir durch.«

Sanne fing an zu lachen, und Tina fiel mit ihrer röhrenden Lache ein. Jemand hatte ihr mal gesagt, dass sie klang wie eine Mischung aus dem Wiehern eines bekifften Pferdes und dem Schrei von Winnetou auf dem Kriegspfad. Mit dem Effekt, dass sie noch mehr hatte lachen müssen.

»Apropos zahlen, hat die Förster eigentlich mal überwiesen?«, fragte Sanne, als sie sich wieder beruhigt hatte.

»Ich habe ihr gestern die zweite Mahnung geschickt.«

»Echt dreist. Zehn Welpen impfen, bei jedem einen Chip setzen, mit Hausbesuch, und für alle Hunde natürlich auch noch einen EU-Pass, und dann löhnt die Alte nicht. Das muss doch locker eine Rechnung von achthundert Euro sein, oder?«

»Neunhundert. Dabei sollte sie genug Geld bekommen haben, wenn sie jeden Welpen für tausendvierhundert verkauft hat.«

Geld, das Tina gut gebrauchen könnte, um dem Tiefstand auf ihrem Konto entgegenzuwirken.

»Hammer!«

Tina nickte und blickte auf die Uhr. »Schon Viertel nach zwölf. Geh du mal in die Mittagspause, ich hol mir nur schnell beim Fischer ein Brötchen, damit ich in einer Stunde wieder hier bin.«

»Soll ich auch kommen?«, fragte Sanne. Sie zog ihren Kittel aus und präsentierte ein hautenges weißes T-Shirt mit einer rosa-gelben Torte und dem rosafarbenen Schriftzug »Bitches love cakes« auf der Vorderseite. Tina grinste. Typisch Sanne. Wenn man sie sah, würde man nie vermuten, dass sie die Mutter von vierjährigen Zwillingen war.

»Nee, lass mal. Das krieg ich auch alleine hin.«

»Wenn du sicher bist. Passt mir aber ganz gut. Ich muss Finn und Leon heute aus der Kita abholen, weil meine Mutter beim Friseur ist.«

»Hau ruhig ab. Wir sehen uns heute Nachmittag.«

Tina sah zu, wie sich Sanne in eine enge, löchrige hellblaue Jeans zwängte. Hinter den Löchern war weiße Spitze eingenäht, was der Hose ein fast elegantes Aussehen gab.

»Der Knochen sieht wirklich ungewöhnlich aus. Ich frage mich, wie er in die Wurst gekommen ist«, sagte Tina.

»Keine Ahnung. Wahrscheinlich ist es doch Geflügel, und Frau Hoffmann hat vergessen, dem Hund den Maulkorb aufzusetzen.«

»Aber er sieht auf dem Röntgenbild nicht nach Geflügel aus …«

Tina durchfuhr es wie ein Blitz. »Das Ding sieht aus wie ein Fingerknochen!«, rief sie.

»Was?«

Sanne sah Tina mit geweiteten Augen an. »Du meinst, wie ein Finger vom Menschen? Das wäre ja megagruselig! Aber das kann doch gar nicht sein!«

»Nee, du hast recht. Andererseits …«

»Tina, es kann nicht sein. Wie soll ein verdammter Finger in die Wurst gekommen sein?« Sanne schüttelte sich. »Nee, da will ich gar nicht weiter drüber nachdenken, sonst hab ich heute Nacht Albträume von Fingern, die ihren Menschen suchen!«

Sie streckte die Arme aus, wackelte mit den Fingern und ging torkelnd durch das Behandlungszimmer.

»Oh, mein Mensch, wo bist du? Uhuhuhuu!«

Tina lachte. »Du bist so eine Spinnerin, Sanne!«

Sanne grinste. »Mit Glück reihert Johann den Knochen gleich raus. Dann können wir ihn uns genauer angucken. Gut, ich bin weg!«

Sie zog ihre kurze hellrosafarbene Jeansjacke an und wandte sich zum Gehen.

»Bis später!«

Die Glocke über der Eingangstür bimmelte, als Sanne die Praxis verließ. Tina ging in ihr Büro, in dem Swatt und Daisy dösten. Tina hatte Daisy erst vor ein paar Wochen bekommen, nachdem sie eine Mordserie auf Gut Finkenstein aufgeklärt hatte, bei der die Windhunde der Gräfin und des Grafen von Finkenstein im Mittelpunkt gestanden hatten. Daisy war dabei eine Schlüsselrolle zugefallen, und nachdem die Windhundzucht aufgelöst worden war, hatte Tina Daisy übernehmen können.

Die Hunde sprangen auf und wedelten heftig, als sie Tina sahen. Swatt drängte sich dicht an ihr Bein und schubste sie gegen den Schreibtisch.

»Ruhig, Großer. Wir machen jetzt einen kleinen Spaziergang zum Fischladen, nach Hause schaffen wir es heute nicht. Und dann hoffen wir mal, dass Johann um eine OP herumkommt.«

Mit schnellen Schritten ging Tina über den Marktplatz und bog in Richtung des Strandwegs ab. Vom Wasser her wehte ein heftiger Wind, und die Regentropfen, die von einer Bö über den See gepeitscht wurden, trafen Tina direkt ins Gesicht. Sie zog ihre schwarze Kappe mit der weißen Aufschrift »Packleader« tiefer ins Gesicht und stellte den Kragen ihrer Wachsjacke auf. Swatt und Daisy trabten neben ihr her. Daisy hielt den Kopf gesenkt; ihr Schwanz verschwand fast ganz unter ihrem Bauch. Swatt hingegen machte das Wetter nicht das Geringste aus. Er zog Tina ruckartig an der Leine hinter sich her, als er eine Ente sah, die in Richtung des Wassers watschelte. Diese quakte empört und flog auf.

»Swatt, was soll das?«

Swatt blickte sich um und wedelte. Die Zunge hing ihm seitlich aus dem Maul, und es sah aus, als würde er lachen.

Als sie am menschenleeren Strandweg ankam, leinte Tina die Hunde ab. Daisy trottete auf den Rasenstreifen und hockte sich zum Pinkeln hin, Swatt raste den Sandweg entlang, hielt kurz inne, um an einem Grasbüschel zu schnuppern und das Bein zu heben, und galoppierte wieder zurück zu Tina.

»Du bist so ein Verrückter«, sagte sie lachend. Sie zog Swatts orange-blauen Lieblingsball aus ihrer Jackentasche und warf ihn weit ins Wasser. Mit einem Riesensatz sprang Swatt hinterher, schnappte sich gekonnt den Ball und paddelte zurück ans Ufer. Er spuckte Tina den Ball vor die Füße und schüttelte sich, dass die Tropfen flogen und Tinas Hosenbeine nass wurden.

»Danke, Swatt. Na, ist eh egal, bei dem Regen hätte ich besser eine Regenhose angezogen.«

Während sie Swatt noch ein paar Mal den Ball warf, ging Tina langsam in Richtung des kleinen Segelhafens weiter und überlegte. Wie kam der Knochen in die Wurst? Und war es tatsächlich ein menschlicher Fingerknochen? Hatte jemand bei der Arbeit mit dem Fleischwolf aus Versehen seinen Finger in das

Gerät gesteckt? Aber warum war das Gerät nicht angehalten und die Fingerspitze herausgeholt worden? Heutzutage konnte man einen abgeschnittenen Finger wieder annähen, das war doch mittlerweile ein Routineeingriff! Oder – Tina mochte den Gedanken gar nicht weiterdenken, aber natürlich tat sie es doch – hatte jemand den Finger absichtlich in den Fleischwolf getan? Aber wieso sollte jemand das tun? Ihr kamen Sannes Worte in den Sinn: »Das ist megagruselig.« Ja, so konnte man es durchaus ausdrücken.

Tina war beim Fischladen angekommen und band Swatt und Daisy vor dem Laden an einen Fahrradständer.

»Bleibt, ich komm gleich wieder.« Sie zeigte mit dem Zeigefinger auf die Hunde, die das Kommando kannten und sich neben den Fahrradständer setzten. Tina betrat den Laden, wo ihr der Geruch von Räuchermaräne, frischen Schollen und gebratenem Lachs in die Nase stieg. Prompt begann ihr Magen zu knurren.

»Hallo, Nora. Ein Fischbrötchen mit Räuchermaräne, bitte«, sagte sie zu der Verkäuferin. Die Spezialität aus den Seen der Holsteinischen Schweiz gehörte zu Tinas Lieblingsfischsorten.

»Kann ich dich nicht mal für was anderes begeistern? Räuchermakrele oder Aal? Immer nur Maräne ist doch langweilig.«

»Mir schmeckt's.«

»Oder Bückling? Ist ganz frisch aus dem Rauch gekommen.«

»Welchen Teil von ›Maräne‹ hast du nicht verstanden, Nora?«

»Der erste Teil klang irgendwie wie ›Aal‹.«

Tina grinste und wartete, bis Nora das üppig mit dem Räucherfisch belegte Brötchen auf eine Serviette gelegt hatte und es über den Tresen reichte. Tina zahlte und nahm einen großen Bissen. »Lecker!«

Nora lachte. »Vielleicht bist du nächstes Mal ja mal ganz abenteuerlustig und nimmst Backfisch oder ein Krabbenbrötchen.«

Kauend winkte Tina ihr zum Abschied zu und trat zu ihren Hunden unter die blau-weiß gestreifte Markise, die im Wind flatterte. Swatt starrte ihr ins Gesicht, während ihm ein dünner Speichelfaden die Lefze hinunterlief. »Vergiss es, das ist mein Brötchen.«

»Hallo Tina! Schön, dich zu sehen!«

Tina drehte sich um und sah Caro auf sich zukommen. Diese hatte eine bunte Beaniemütze über ihre blonden Dreadlocks gestülpt. Ihr weiter, völlig durchnässter Poncho hing ihr wie ein ertrunkenes Alpaka um die Schultern, und ihre dünnen Leinenschuhe waren komplett durchweicht. Sie schob ihr altes Hollandfahrrad, mit dem sie in Ermangelung eines Autos überallhin fuhr, neben sich her.

»Ist das ein Sauwetter heute«, sagte sie und versuchte, ihren Poncho auszuwringen.

»Es gibt kein schlechtes Wetter, nur schlechte Kleidung«, erwiderte Tina und grinste.

»Witzig.« Caro gab den Versuch auf, den Poncho trockener zu bekommen, und blickte auf Tinas Brötchen. »Räuchermaräne?«

Tina nickte.

»Sag mal, du erinnerst dich doch bestimmt an Merle, oder?«

Tina überlegte, während sie kaute und schluckte.

»Das war doch die kleine Rothaarige, die sich mit Timo und seinen Kumpels angelegt hat.«

»Sie ist verschwunden.«

»Wie, verschwunden?«

»War weg von einem Tag auf den anderen. Seit der Demo hier in Plön habe ich nichts mehr von ihr gehört.«

»Sie kam doch irgendwo aus Bayern. Vielleicht ist sie nach Hause gefahren?«

»Nee, bestimmt nicht. Sie wollte unbedingt auf die große Anti-Genmais-Demo in Kiel. Da hatte sie sich schon total drauf gefreut, Genmais ist nämlich ihr Spezialthema. Ihr ist bestimmt was passiert!«

Tina schluckte den letzten Bissen hinunter und warf die Serviette in den Mülleimer neben der Eingangstür.

»Vielleicht ein Notfall in der Familie, oder sie hat ihre große Liebe getroffen und ist mit ihr in den Urlaub gefahren?«

»Das hätte sie mir gesagt. Außerdem geht sie nicht ans Handy und antwortet nicht auf meine WhatsApps.«

Tina blickte auf die Uhr. »Du, ich muss los. Wenn du meinst, dass da was faul ist, musst du zur Polizei gehen. Aber es gibt bestimmt eine ganz harmlose Erklärung. Vielleicht ist ihr Handy kaputt oder ist geklaut worden oder sie hat es verloren.«

»Hmm ...« Caro sah Tina mit gerunzelten Augenbrauen an. »Ich weiß nicht. Und wenn doch was passiert ist?«

Tina seufzte. »Die meisten Vermissten sind gar nicht verschwunden, sondern wollen bloß nicht gefunden werden, hab ich mal irgendwo gelesen.« Sie band Swatt und Daisy los und wandte sich zum Gehen. »Die taucht schon wieder auf, glaub mir.«

Dem Beagle tropfte der Sabber in Sturzbächen aus dem Maul und floss in den Abfluss auf dem Boden in der Mitte des Käfigraums. Hier wurden die Tiere nach einer Operation untergebracht oder wenn sie tagsüber, zum Beispiel für wiederholte Infusionen, in der Praxis bleiben mussten.

»Was hast du denn, mein Bärchen? Ist das normal? Er soll sich doch übergeben und nicht sabbern.«

Tina lehnte an einem großen Faltkäfig, der ausgeklappt in der hinteren Ecke des kleinen Raumes stand.

»Ihm ist übel, deshalb speichelt er so. Er wird sich gleich übergeben.«

Als hätte der Beagle sie gehört, begann er zu würgen. Sein Körper zog sich ruckartig zusammen, und er öffnete das Maul.

Ein Schwall von bereits in Verdauung befindlichem flüssigem Futter, vermischt mit Sauerkraut, schoss heraus. Johann starrte ins Leere, während ihm Speichel und Reste des Erbrochenen aus dem Maul tropften. Er würgte erneut und gab eine weitere Ladung Mageninhalt von sich. Anschließend legte er sich auf den Boden und fing an zu hecheln.

»War es das?«, fragte Frau Hoffmann. »Mein armer, armer Schatzi! Was hat die böse Frau Doktor mit dir gemacht?«

Tina verdrehte die Augen. »Er wird sich noch ein paar Mal übergeben müssen, aber der Großteil sollte rausgekommen sein.«

Sie holte einen Holzspatel aus dem Behandlungszimmer und rührte damit in dem Erbrochenen herum. Bei dem säuerlichen Gestank, der ihr in die Nase stieg, verzog sie das Gesicht. Und dafür hatte sie fast sechs Jahre studiert, dass sie jetzt in Hundekotze rühren durfte!

Da, da war etwas. »Wir haben Glück. Da ist der Knochen.« Tina zeigte mit dem Spatel auf den kleinen Knochen, der inmitten des Erbrochenen lag.

»Was ist es denn nun für einer?«

Tina zog sich einen Einmalhandschuh an, griff nach dem Knochen und ging damit in den OP. Dort spülte sie ihn im Waschbecken ab und trocknete ihn mit einem Küchentuch. Sie drehte und wendete ihn. Der Knochen verjüngte sich von der Gelenkfläche nach oben, um dann in einen halbkreisförmigen Teil überzugehen. An dem Knochen waren tiefe Kratzer zu sehen, und die linke untere Ecke fehlte. Es war kein Geflügelknochen und auf gar keinen Fall ein Knochen vom Rind. Als sie erneute Würgegeräusche hörte, kehrte sie schnell in den Käfigraum zurück, wo Johann gerade eine weitere, kleinere Ladung Futterbrei von sich gab.

»Und?«, erkundigte sich Frau Hoffmann.

»Wie ich schon vermutet hatte. Es ist weder ein Geflügel-,

noch ein Rinderknochen. Johann hat draußen wirklich nichts gefressen?«

»Ich habe Ihnen doch vorhin schon gesagt, er hat jetzt immer einen Maulkorb um.«

»Dann kann der Knochen nur in seinem Futter gewesen sein. Wenn er im Käse gewesen wäre, hätten Sie ihn bestimmt entdeckt.«

Frau Hoffmann wurde blass. »Den Käse habe ich auch gegessen. Ich kaufe den immer bei Edeka. Da wird er doch wohl nicht drin gewesen sein?«

»Ich habe doch gerade gesagt, dass der Knochen in der Wurst gesteckt haben muss.«

Johann erbrach sich erneut, und Tina beugte sich zu ihm hinunter und wischte ihm das Maul mit einem Küchentuch ab. »Du hast es gleich geschafft, mein Kleiner.«

Johann ließ sich auf die Fliesen fallen, legte den Kopf mit den langen Ohren auf die dicken Vorderpfoten und schloss die Augen.

»Was hast du denn, mein Schnuckelchen? Geht es dir nicht gut?«

Frau Hoffmann bückte sich und streichelte Johann über den Kopf.

»Von dem Brechmittel wird er müde. Das kann ein paar Stunden anhalten, ist aber kein Grund zur Sorge«, sagte Tina.

»Ein paar Stunden! Davon haben Sie vorhin aber nichts gesagt. Mein armer kleiner Schatz!« Frau Hoffmann blickte Tina an. »Sie müssen Ihre Kunden aber besser aufklären! Ich muss gleich zur Fußpflege. Wenn ich gewusst hätte, dass Johann so schlapp sein würde, hätte ich den Termin abgesagt. Jetzt ist es zu spät, da muss ich die Behandlung bezahlen, auch wenn ich nicht kommen kann. Zahlen Sie mir das jetzt? Mein Mann …«

»Frau Hoffmann!« Tina ballte die Hände zu Fäusten, dann entspannte sie sich mühsam wieder etwas. »Ist Ihr Mann nicht zu Hause? Er kann doch bei Johann bleiben.«

Frau Hoffmann blickte auf ihre Armbanduhr. »Er kommt erst in einer halben Stunde. Ich muss aber schon in einer Stunde bei der Fußpflege sein. Ich habe einen entzündeten Zehennagel.«

Tina verzog das Gesicht. Viel zu viele Informationen!

»Wo ist denn die Fußpflege? In Hamburg?«

»Wie kommen Sie denn darauf?«

»Ich dachte, wenn Sie eine Stunde brauchen, um dorthin zu kommen …«

Frau Hoffmann verzog missbilligend das Gesicht. »Sie brauchen hier gar nicht komisch zu werden. Ich kann beim nächsten Mal auch woanders hingehen. Zu dem Tierarzt am Bahnhof zum Beispiel, der soll ja sehr nett und sehr kompetent sein, habe ich gehört.«

»Und ich habe gehört, dass man bei dem Kollegen immer sofort bezahlen muss.«

Frau Hoffmann schnaubte. »Mein Mann hat unsere Rechnungen immer prompt bezahlt.«

Ja, sofort nach der ersten Mahnung.

»Haben Sie den Rest der Wurst mitgebracht?«, wechselte Tina das Thema.

Frau Hoffmann wühlte in ihrer überdimensionierten Handtasche aus schwarzem Kunstleder.

»Da war doch kein Rest mehr. Aber das hier ist die gleiche, die habe ich auch im Zooladen hier in der Langen Straße gekauft.«

Sie reichte Tina die Wurst, die in einem Frischhaltebeutel verpackt war. Tina holte die Wurst heraus und las das Etikett.

»Die Wurst wird von ›Canis et Felis‹ in Tramm hergestellt. Den Betrieb kenne ich, die benutzen nur Biozutaten. In deren Werksladen habe ich neulich mal eingekauft.«

»Na, denen wird mein Mann aber einen geharnischten Brief schreiben! Mein armer Johann hätte an dem Knochen ersticken können!«

Frau Hoffmann hockte sich mit einem Ächzen neben ihren Hund. Ihr dunkelgrüner, wadenlanger Rock spannte bedenklich über ihrem voluminösen Hintern. Sie strich dem Beagle über den Kopf. Johann fing an zu wedeln, ohne den Kopf zu heben.

»Ja, bist du mein armer Schatzi-Spatzi, ja, bist du mein Schatz?«

»Gut, Sie können jetzt los. Ich helfe Ihnen, Johann zum Auto zu bringen, denn er wird noch etwas wackelig auf den Beinen sein.«

Nachdem sie sich die Rechnung hatte ausdrucken lassen, verließ Frau Hoffmann die Praxis. Johann war noch etwas schlapp und schlurfte über das Pflaster. Tina brachte Hund und Frauchen zu deren Auto, einem uralten weinroten Opel Vectra.

»Na, das ist ja schon fast ein Oldtimer«, sagte sie.

»Mein Mann sagt immer, Sibylle, sagt er, solange der Wagen noch fährt, brauchst du keinen neuen. Und der Hund bringt ja auch so viel Dreck rein, da bin ich mit dem alten Auto besser bedient.«

Tina nickte, dachte aber, dass der alte Knauser ruhig mal ein neues Auto springen lassen könnte. Als Anwalt und Notar nagte er bestimmt nicht am Hungertuch.

Sie hob Johann in den Kofferraum, winkte Frau Hoffmann zu und kehrte in die Praxis zurück.

Ihr Blick fiel auf die große Funkuhr, die im OP hing. Sie hatte noch eine gute Stunde Zeit, bis die Nachmittagssprechstunde anfing. Da konnte sie im Internet nach dem Aussehen von menschlichen Fingerknochen recherchieren. Denn sie fand, dass der Knochen aussah wie ein distaler Phalanxknochen vom Menschen.

Nachdem Tina die Sauerei im Käfigraum beseitigt hatte, setzte sie sich also vor ihren Rechner und googelte nach menschlichen Fingerknochen. Sie klickte auf den ersten Link, und das Foto des

Skelettes einer menschlichen Hand erschien. Der Knochen, der die Fingerspitze formte, sah genauso aus wie der Knochen, der neben der Tastatur auf dem Schreibtisch lag.

Als das »Dingdong« der sich öffnenden Eingangstür ertönte, blickte Tina auf. Sanne betrat das Behandlungszimmer und warf ihre aus bunten Stoffstücken zusammengenähte Tasche auf den Behandlungstisch.

»Na, ist der Knochen rausgekommen?«, fragte sie.

Tina nickte und zeigte auf das Knochenstück. »Und guck mal, was ich gefunden habe.«

Sie rückte ein Stück zur Seite, sodass Sanne auf den Bildschirm blicken konnte. Sannes Augen weiteten sich. »Nee, ne! Das ist tatsächlich ein Menschenknochen!«

Sie sah den Knochen an und schaute wieder auf das Foto im PC. »Das ist ja voll gruselig! Ich krieg eine Gänsehaut, guck mal!«

Sannes Arme waren tatsächlich von einer Gänsehaut überzogen, stellte Tina nach einem kurzen Blick fest.

»Die Wurst kommt von ›Canis et Felis‹ in Tramm«, sagte Tina.

»Das gibt's doch gar nicht! Das ist der Betrieb von Toni und Felix«, rief Sanne.

»Woher kennst du die denn?«

»Toni hat mit seiner Mutter jahrelang neben uns in Appelwarder gewohnt, ich bin praktisch mit ihm aufgewachsen. Er ist allerdings fast sechs Jahre älter als ich, und vor ungefähr sieben Jahren sind die beiden dann zu dem neuen Lover seiner Mutter irgendwo in die Pampa auf einen Bauernhof gezogen. In der Zeit habe ich ihn nicht mehr gesehen, aber meine Mutter hat ihn ab und zu in der Stadt getroffen und manchmal mit ihm telefoniert. Irgendwann vor zwei Jahren hat er mir ein Hochzeitsfoto und eine WhatsApp geschickt, dass er geheiratet hat und wieder nach Plön gezogen ist.«

»Und, kennst du seine Frau?«

Sanne lachte. »Toni ist schwul. Er hat Felix geheiratet, und dann haben die beiden den Futterbetrieb übernommen.«

»Nur bestes Fleisch in Bioqualität für Ihre Lieblinge«, zitierte Tina den Werbeslogan des Hunde- und Katzenfutterherstellers. »Ruf Toni doch mal an und frag, ob wir den Laden besichtigen können.«

»Warum das denn?«

»Vielleicht finden wir einen Hinweis, wie der Knochen in die Wurst gekommen ist.«

»Du meinst, dass da irgendeiner mit 'nem blutigen Stumpen rumläuft?« Sanne verzog das Gesicht und sah Tina an. »Na toll, jetzt habe ich allerfiesestes Kopfkino.«

»Das mit dem Stumpen hast du gesagt, nicht ich.«

»Toni und Felix haben nichts damit zu tun. Der Knochen muss schon vorher im Fleisch gewesen sein«, sagte Sanne mit fester Stimme.

»Wir können doch trotzdem mal vorbeifahren. Ist bestimmt interessant. Oder warst du schon mal da?«

»Nee, auf die Idee bin ich noch gar nicht gekommen.«

Sanne kaute auf ihrem Kaugummi, während sie nachdachte.

»Aber nur wenn du Toni nichts von dem Knochen sagst.«

»Wenn wir was rauskriegen wollen, muss ich ihn aber darauf ansprechen.«

»Toni hat nicht das Geringste damit zu tun, klar?«, erwiderte Sanne mit blitzenden Augen.

»Menschen verändern sich. Und wenn du ihn so lange nicht mehr gesehen hast …«

»Auf gar keinen Fall!« Sanne schrie jetzt. »Toni ist megasensibel, der würde in Ohnmacht fallen, wenn ein herrenloser Finger in seinem Betrieb auftauchen würde.«

Sannes Gesicht war rot angelaufen, und sie starrte Tina wütend an. Diese hob die Hände.

»Okay, okay. Ich sage ja gar nicht, dass Toni etwas mit dem

Finger zu tun hat. Aber offensichtlich kam die Wurst mit dem Knochen aus seinem Betrieb. Wenn du nicht mitkommen willst, geh ich allein.«

Sanne kaute so heftig auf ihrem Kaugummi, dass Tina schon Angst bekam, sie würde sich die Zunge durchbeißen. Schließlich kam sie zu einer Entscheidung.

»Ich komme auf jeden Fall mit. Wäre auch schön, Toni mal wiederzusehen. Und bestimmt stellt sich raus, dass der Knochen schon vorher in dem Fleisch war.« Sannes Stimme klang zuversichtlich. »Ich guck mal, wann ich Zeit habe.«

Sie wühlte in ihrer Tasche nach ihrem Handy.

»Sagst du Jan Bescheid, dass wir einen Menschenknochen gefunden haben?« Sanne hatte ihr Handy gefunden und wischte auf dem Display herum.

»Erst mal bringe ich den Knochen zu Onkel Lorenz in die Rechtsmedizin. Er kann bestimmt bestätigen, dass es ein Menschenknochen ist, und dann ist es offiziell. Ich habe keine Lust, mir irgendwelche blöden Sprüche von Jan anhören zu müssen, und dann ist es doch nur ein Affenknochen oder so.«

Sanne hob den Kopf und sah Tina an. »Glaubst du, dass das sein kann? Ein Affenknochen? Aber wo soll der hergekommen sein?«

»Keine Ahnung. Aber Onkel Lorenz wird es wissen. Und bis dahin gucken wir uns den Betrieb schon mal an.«

»Morgen Mittag ginge bei mir«, sagte Sanne. »Ich rufe Toni gleich mal an.«

Tina saß auf ihrem gemütlichen Sofa und blickte aus dem Wohnzimmerfenster. Das graue Wasser des Plöner Sees war aufgewühlt, und es waren Schaumkronen zu sehen. Der Regen fiel fast waagerecht und prasselte gegen die Sprossenscheiben. Von der Stadt Plön auf der anderen Seeseite konnte sie fast nichts erkennen, nur das Schloss war als ein weißer Schemen zu erahnen.

Tina hatte den Kaminofen angemacht, und das Feuer hatte den Raum auf eine angenehme Temperatur aufgeheizt. Daisy lag sehr nah vor dem Ofen. Es sah so aus, als wäre sie am liebsten hineingekrochen, während Swatt es sich in der am weitesten vom Ofen entfernten Ecke auf dem Sofa bequem gemacht hatte. Er lag mit angezogenen Beinen auf dem Rücken und grunzte leise.

Tina trank einen Schluck von dem heißen Rooibostee, den sie sich nach dem Abendbrot gekocht hatte, und schaute nachdenklich auf den Knochen, der vor ihr auf dem Couchtisch lag. Dann griff sie nach ihrem Handy und scrollte durch ihre Kontakte, bis sie die Nummer ihres Onkels fand. Sie wählte und wartete, dass die Verbindung zustande kam.

»Tina! Wie schön, dass du anrufst. Wie geht es dir?«

»Könnte nicht besser sein, Onkel Lorenz.«

Eine Windbö heulte um das Haus, und Tina trank einen weiteren Schluck Tee. »Das Wetter lässt allerdings zu wünschen übrig.«

Ihr Onkel lachte. »Kann ich nicht bestätigen. Hier in Sydney haben wir fast dreißig Grad. Du hast Glück, dass ich schon wach bin. Ich reise heute Vormittag ab.«

»Ach, stimmt ja, du bist in Australien. Du warst bestimmt schon in der Oper, oder?«

Vor seiner Karriere als Pathologe war ihr Onkel Opernsänger gewesen, die Krönung seiner Karriere war der Part des Papageno in Mozarts *Zauberflöte* gewesen, den er in Eutin gesungen hatte.

»Gestern habe ich *Falstaff* gehört. Der Sopran war hervorragend, der Bariton hatte allerdings noch Luft nach oben.«

»Hast du den Falstaff nicht auch mal gesungen?«

»In Bremen, das war … ja, das muss neunzig oder einundneunzig gewesen sein.«

»Und, wie ist der Kongress so?«

»Höchst interessant. Gestern habe ich mir just for fun einen

Vortrag über die hiesigen Gifttiere und die Vergiftungen angehört. Hier kannst du auf so viele Arten an Gift zu Tode kommen, da wundert es einen, dass die Australier noch nicht ausgestorben sind.«

Tina lachte.

»Ich wäre gern noch länger geblieben, aber ich muss zurück. Am Donnerstag hat der Alltag mich wieder. Hast du einen bestimmten Grund, mich anzurufen, oder wolltest du nur mal wieder meine Stimme hören?«

»Ich habe im Magen eines Beagles einen Knochen gefunden, und ich finde, der sieht aus wie die Phalanx distalis eines Menschen. Es wäre toll, wenn du ihn dir mal ansehen könntest.«

»Na, das ist ja mal was Neues. Hat der Hund seinem Herrchen den Finger abgebissen, und der hat es noch gar nicht gemerkt?«

Onkel Lorenz lachte dröhnend über seinen Witz.

»Der Knochen muss in der Hundewurst gewesen sein.«

»Interessant. Pass auf, bring den Knochen in der Gerichtsmedizin vorbei, und ich schaue ihn mir gleich am Donnerstag an. Das wird allerdings vor Mittag nichts, weil ich den Vormittag noch freihabe.«

»Super, mach ich. Dann einen guten Flug.«

»Danke. Übrigens, kennst du den? ›Jetzt sag ich 's Ihnen zum letzten Mal‹, schreit der Arzt die Krankenschwester an. ›Wenn Sie das nächste Mal einen Totenschein ausstellen, dann schreiben Sie unter Todesursache den Namen der Krankheit und nicht den des behandelnden Arztes.‹«

Tina grinste, während ihr Onkel so laut lachte, dass sie das Telefon von ihrem Ohr weghalten musste. Onkel Lorenz und seine Arztwitze. Früher hatte er nur Pathologenwitze erzählt, aber da es davon nicht so viele gab und alle in seiner Umgebung die wenigen schon zum wiederholten Male gehört hatten, war er auf Arztwitze umgestiegen.

»Tschüss, Onkel Lorenz!«

Tina drückte auf den roten Hörer und legte das Handy auf den Couchtisch. Morgen oder übermorgen würde sie den Knochen nach Kiel bringen. Zu blöd, dass ihr Onkel noch im Urlaub war. Sie hasste es, warten zu müssen.

Frauchen hat dieses komische Teil in der Hand und redet. Früher dachte ich natürlich immer, sie redet mit mir, bis mir auffiel, dass sie anscheinend mit diesem kleinen Kasten spricht. Menschen machen wirklich viele seltsame Dinge. Ich stehe auf, drehe mich ein paar Mal um mich selbst und lasse mich wieder auf das Sofa fallen. Als mir gerade die Augen zufallen, rieche ich es. Ich schnuppere. Ah, das riecht nach dieser leckeren Hundewurst. Ich reiße die Augen auf und schnuppere noch mal. Die mit Rind. Die mag ich am liebsten. Aber die mit Lamm ist auch nicht schlecht! Und die mit Huhn erst. Ich merke, wie mir der Sabber aus dem Maul tropft, und schlucke. Der Geruch ist nicht besonders stark, so, als würde die Wurst noch in der Verpackung liegen. Das wäre natürlich kein Problem für mich: Die Verpackung, die ich nicht ratz fatz aufgerissen bekomme, muss erst noch erfunden werden. Ich setze mich hin und schnüffle erneut. Ein kleiner Hauch Hundekotze ist auch auszumachen, aber hey, wer bin ich, dass mich das abschrecken würde? Damals, als Straßenhund in Ungarn, habe ich noch ganz andere Sachen gefressen. Der Geruch kommt eindeutig vom Couchtisch und wird ein wenig stärker, als ich auf dem Sofa nach vorn rutsche und den Kopf auf den Tisch lege. Klar darf ich das eigentlich nicht, aber ich finde, man darf sich bloß nicht erwischen lassen. Ein Blick zu Tina – sie quasselt immer noch in diesen kleinen Kasten und beachtet mich gar nicht. Hmm, wo ist die Wurst denn bloß? Ich sehe sie nicht, aber dafür liegt ein Knochen auf dem Tisch. Ein kleiner zwar nur, aber ich bin nicht wählerisch. Einen kleinen Snack zwischendurch kann ich immer vertragen. Gaaanz langsam steige ich von der Couch, so, als hätte ich das sowieso vorgehabt, strecke mich ausgiebig und pir-

sche mich an den Knochen ran. Natürlich weiß ich, dass ich nichts vom Tisch nehmen darf, aber wenn den Menschen das so wichtig ist, warum sind ihre Tische dann nicht höher? Jetzt bin ich auf gleicher Höhe mit dem Knochen, ein schneller Schlenker mit dem Kopf, kurz zugepackt, und ich habe ihn! Ich renne zur Terrassentür und lege mich auf den Fußabtreter, dann fange ich an zu kauen. Der Knochen ist so winzig, dass es schwierig ist, ihn zwischen die Zähne zu bekommen. Ich könnte ihn natürlich in einem Stück runterschlucken, aber da ich eigentlich nicht hungrig bin, lasse ich mir Zeit. Ich puhle mit der Zunge an meinem Reißzahn herum, denn irgendwie ist der Knochen dahinter gerutscht und klebt jetzt zwischen Zahn und Lefze. Ich kaue, doch ich bekomme ihn nicht zu packen. Das darf doch wohl nicht wahr sein! Ich werde doch wohl noch so einen mickrigen Knochen, der übrigens einen komisch süßlichen Beigeschmack hat, auffressen können! Ich nehme die Pfote und versuche, den Knochen aus der Lücke zu kratzen. Er lockert sich ein wenig und rutscht mir direkt vor den Reißzahn. Ich öffne das Maul, um kräftig zuzubeißen und …

»SWATT! AUS! SOFORT!«

Tina sprang vom Sofa auf und rannte zu ihrem Hund, der sie mit großen Augen ansah. »AUS!« Swatt spuckte ihr den Knochen vor die Füße und sah sie vorwurfsvoll an.

»Guck nicht so, der war nicht für dich!« Tina bückte sich und hob den Knochen auf. Er war voller Speichel, aber offensichtlich nicht angeknabbert.

»Du bist ein Chaot, Swatt, wirklich. Das hätte noch gefehlt, dass du den gefressen hättest. Dann hättest du auch eine Runde Brechmittel bekommen müssen.«

Swatt wedelte und blickte in die Küche, wo neben der Spüle ein Glas mit Hundeleckerlis auf der Arbeitsplatte stand.

»Vergiss es. Dafür gibt es nicht auch noch eine Belohnung.«

Tina wischte den Knochen mit einem Küchentuch trocken

und steckte ihn in eine kleine Plastiktüte. Die Tüte legte sie ins oberste Regal ihres Wohnzimmerschranks.

Danach ließ sie sich wieder auf das Sofa fallen und griff nach ihrer Tasse. Von wem stammte der Finger bloß? Wenn es wirklich ein Menschenknochen war, würde sie Jan einschalten, und wenn nicht, war es eh egal. Aber was sollte es sonst sein?

Kapitel 2

Am nächsten Tag machten sich Tina und Sanne nach der Vormittagssprechstunde auf den kurzen Weg nach Tramm. Sanne hatte mit Toni ausgemacht, dass sie den Futterbetrieb in der Mittagspause besichtigen konnten. Sie fuhren in Tinas Isuzu Pick-up in den kleinen Ort am Trammer See, der nur aus einem Bauernhof und einer Handvoll Häusern bestand, und bogen auf den kleinen Parkplatz des Betriebes ab, der Platz für vier Kunden und drei Angestellte bot. Es stand kein anderes Auto auf dem Kundenparkplatz, aber die drei Parkplätze daneben waren belegt. Eine schwarze Harley stand etwas abseits unter einem Vordach.

»Die Harley gehört bestimmt Toni. Er hat immer erzählt, dass er irgendwann mal so ein Teil haben würde«, sagte Sanne.

»Der Betrieb scheint ja gut was abzuwerfen.« Tina wählte einen Parkplatz unter einem Ahornbaum, dessen Blätter bereits anfingen, sich gelb zu verfärben, und stieg aus. Swatt wollte sich an ihr vorbeidrängeln, doch sie schob ihn zurück.

»Ihr bleibt drin. Für euch wäre es das Paradies auf Erden, aber leider ist es für Hunde verboten.«

Langsam ließ Swatt sich auf sein Hinterteil sinken und sah Tina mit einem so ungläubigen Blick an, dass sie lachen musste.

»Wir kommen gleich wieder. Nimm dir ein Beispiel an Daisy, die hat es sich schon wieder gemütlich gemacht.«

Tina schlug die Tür zu und verriegelte sie mit der Fernbedienung. »Dann wollen wir mal.«

Sie betrachtete das Gebäude, in dem der Tierfutterbetrieb untergebracht war. Es war ein zweigeschossiges Backsteingebäude mit einem anscheinend neu gedeckten Ziegeldach. Links befand sich eine Tür, über der das Logo des Betriebes prangte. Es zeigte einen Fressnapf, auf dessen linker Seite ein Hund und rechts eine Katze standen, die aus dem Napf fraßen. Darunter stand in geschwungenen grünen Buchstaben »Canis et Felis«. Unter dem Logo stand »Futterstübchen, Verkauf ab Werk«. Rechts war eine Laderampe zu sehen mit einem geschlossenen Rolltor dahinter. Tina ging zur Eingangstür, öffnete sie und hielt Sanne die Tür auf. Die beiden Frauen betraten einen Vorraum, in dem ein dunkelhaariger, etwa eins fünfundachtzig großer, muskulöser Mann stand und sich mit einer blonden, zierlichen Frau um die Vierzig unterhielt, die in einem winzigen Büro hinter einem etwas angeschlagen aussehenden Schreibtisch aus Kiefernholz saß. Bei ihrem Eintreten blickte der Mann auf.

»Sanne, Schatz!«, rief er und kam auf sie zu. Er umarmte Sanne und gab ihr einen Kuss auf die Wange. Dann streckte er Tina die rechte Hand hin. Tina sah ein Tattoo von einem Schlangenkopf unter dem Ärmel seines weißen Kittels hervorblitzen.

»Moin. Ich bin Anton, und du musst Tina sein.«

»Freut mich«, erwiderte Tina und schüttelte Antons Hand.

»Ist Felix auch da?«, fragte Sanne.

Anton leckte sich über die Oberlippe, und Tina fiel auf, dass er Sanne nicht ansah, als er antwortete. »Felix ist … ein paar Tage weggefahren.«

»Ach. Wohin denn?«

»Er kommt bald wieder«, erwiderte Anton. »So, und ihr wollt unseren kleinen Betrieb besichtigen. Das finde ich echt toll. Die meisten unserer Freunde waren noch nie hier. Es ist ihnen zu eklig. Dabei ist es nicht viel anders als in einer Wurstfabrik, in der Würstchen für Menschen hergestellt werden.«

»Das ist typisch. Fleisch und Wurst essen sie alle, aber keiner will sich bewusst machen, dass die süßen Kälbchen oder Ferkel irgendwann zerstückelt in der Fleischtheke liegen«, sagte Tina.

»Dass du immer gleich so drastisch sein musst, Tina«, sagte Sanne.

»Ist doch aber wahr.«

»Mir würde echt was fehlen ohne Fleisch und vor allem ohne Wurst. Beim Schlachter im Edeka haben sie eine irre leckere Bratwurst.« Sanne sah so aus, als würde ihr gleich der Speichel aus dem Mund tropfen. »Und erst diese leckere grobe Leberwurst. Und die Mettwurst mit den ganzen Senfkörnern!«

»Sanne, wir wollen hier mal so langsam anfangen. Meinst du, du hältst es noch ein Stündchen ohne Wurst aus?«, fragte Tina.

»Ich werde mich bemühen. Auf dem Rückweg muss ich aber auf jeden Fall bei Edeka vorbeifahren.«

»Unsere Hundewurst hat Lebensmittelqualität. Die könntest du auch essen, Sanne.«

Sanne zog die Nase kraus. »Öch nö, lass mal stecken, Toni. So hungrig kann ich gar nicht werden, dass ich freiwillig Hundewurst essen würde. Vor allem, wenn da wieder ein …«

Sanne unterbrach sich und sah Tina erschrocken an.

»Wenn da wieder was?«, fragte Anton.

»Wenn da wieder Pansen drin ist. Pansen finde ich echt voll eklig«, erwiderte Sanne schnell.

»In der Wurst ist kein Pansen, nur Muskelfleisch und Gemüse. Und Euter natürlich.«

»Ich glaube, ich warte draußen«, sagte Sanne, die ein wenig blass um die Nase wurde.

»Ach komm, das ist alles total hygienisch und gar nicht eklig oder so«, sagte Anton.

Sanne atmete tief durch. »Na gut.«

»Wenn ihr eure Kittel angezogen habt, kann es losgehen.« Anton reichte den beiden Frauen zwei weiße, wadenlange Kittel mit langen Ärmeln. »Diese Hauben müsst ihr auch noch aufsetzen. Wir nehmen es mit der Hygiene sehr genau, eben weil das Futter Lebensmittelqualität hat.«

Sanne zog den Kittel über und setzte die Haube auf ihre rot gefärbten, kurzen, zu Stacheln hochgegelten Haare. »Okay, Frau Doktor, wir können operieren.«

Tina grinste und kleidete sich ebenfalls schnell an.

Auch Anton setzte eine Haube auf seine offenbar erst kürzlich geschnittenen, streichholzkurzen Haare und öffnete eine schwere Edelstahltür, die sich gegenüber dem Büro der Sekretärin befand.

»Hier ist die Hygieneschleuse«, sagte er und trat als Erster in ein Gerät, das die Schuhe desinfizierte und das außerdem über ein Waschbecken, einen Händetrockner und eine Handdesinfektionsstation verfügte. Nachdem auch Tina und Sanne die Hygieneschleuse passiert hatten, führte Anton sie in die Halle, deren Boden und Wände weiß gefliest waren. Es roch intensiv nach rohem Fleisch, nach Blut und nach etwas anderem, Durchdringendem. Tina brauchte einen Moment, bis sie es als den Geruch von grünem Pansen identifiziert hatte. Dieser lag in einem großen weißen Plastikbehälter, der in der rechten vorderen Ecke des Raumes auf einem Hubwagen stand. Tina sah, dass Sanne versuchte, möglichst flach zu atmen. Es waren mehrere Geräte aus Edelstahl zu sehen, an denen drei Leute beschäftigt waren. Die lauten Geräusche der verschiedenen Maschinen machten es schwierig, Antons Erklärungen zu verstehen.

»Das ist unser neuer Cutter«, sagte er mit leuchtenden Augen und trat an ein etwa brusthohes Gerät heran, das aussah wie eine überdimensionierte Küchenmaschine. »Dreißig-Liter-Schüssel, komplett aus Edelstahl, maximal viertausendfünfhundert Umdrehungen, stufenlos einstellbar, Digitalanzeige und richtig leise. Den haben wir echt günstig bei eBay geschossen.«

Das Gerät bestand aus einer großen, sich drehenden Schüssel, die aus einem Edelstahlgehäuse hervorragte. Verschiedene Knöpfe und drei Anzeigen waren zu sehen. Tina beugte sich vor, um sich die Anzeigen genauer anzusehen.

»Messerdrehzahl, Gang und Temperatur«, las sie vor.

»Praktisch, oder? Unser alter Cutter musste noch mit Eiswasser gekühlt werden, bei dem hier wird die Schüssel automatisch kühl gehalten.«

Ein ebenfalls in einen weißen Kittel gekleideter Mann, unter dessen Haube einige Strähnen hellblonder Haare hervorragten, war dabei, große Fleischstücke aus einem Plastikkorb in den Cutter zu legen. Das Messer in der Mitte der Schüssel zerkleinerte das Fleisch mühelos. Als der Korb leer war, ging der Mann zu einem Plastiknapf und streute ein braunes Pulver über die Fleischmasse.

»Vitamin-Mineralstoff-Mischung«, erklärte Anton. »Die Leber und das Euter sind schon drin. Später kommen noch die Kartoffeln, die Möhren und die Pastinaken dazu.«

Tina beobachtete, wie das Pulver unter das Fleisch gemischt wurde. Im Verlauf ihrer Unterhaltung war es schon viel feiner zerkleinert worden und hatte eine einheitliche rosabraune Farbe angenommen.

»Und jetzt zeige ich euch, wo wir die getrockneten Ohren, die Trockenlunge und das andere Dörrfleisch herstellen«, sagte Anton.

Sanne war auffällig ruhig geworden. Tina blickte zu ihr hinüber und sah, dass sie blass aussah und heftige Schluckbewegungen machte.

»Alles klar bei dir, Sanne?«

Sanne schüttelte den Kopf, drehte sich um und rannte aus der Produktionshalle. Anton sah ihr mit hochgezogenen Augenbrauen hinterher. »Was hat sie denn? Sonst ist sie doch immer so taff.« Er blickte Tina an. »Bei dir ist aber alles okay, oder?«

»Sechs Wochen Schlachthofpraktikum im Studium. Da kann einen nichts mehr schocken.«

Anton zeigte Tina noch die Räume, in denen das Dörrfleisch von der Decke hing, und den großen Fleischwolf, der das Fleisch für die Rohfleischfütterung, das Barfen, herstellte.

»Macht ihr hier nur die Rohfleischportionen fürs Barfen, oder habt ihr auch Vollbarfmenüs mit Gemüse?«

»Beides. Hast du einen Hund? Willst du etwas für den mitnehmen?«

»Gern. Ich habe zwei. Einen Greyhound und einen Schnauzer-Schäferhund-Mischling.«

»Warte.« Anton öffnete eine Edelstahltür, die zu einem geräumigen Tiefkühlraum führte, und kam mit vier Päckchen wieder heraus.

»Hier, zweimal Rind, zweimal Lamm.« Er griff in einen Plastikbehälter voller Würste.

»Und zwei Hundewürste mit Rind, Reis und Zucchini.«

»Vielen Dank. Daisy und Swatt werden sich freuen.«

Tina nahm die eiskalten Päckchen und die Würste entgegen. Sie verkniff sich den Kommentar, dass da hoffentlich keine Menschenknochen drin sein würden.

»Woher kommt eigentlich das Fleisch, das ihr hier verarbeitet?«, fragte sie.

»Das kommt alles von Biohöfen aus der Umgebung.«

»Ihr könnt die Lieferkette bestimmt nachvollziehen, oder?«

Anton sah sie aus zu Schlitzen zusammengezogenen Augen an.

»Wieso willst du das denn wissen?«

Tina überlegte, ob sie es irgendwie taktvoll ausdrücken könnte. *Vermisst eventuell irgendeiner deiner Angestellten einen Finger? Nee, das ging gar nicht.*

Anton beobachtete sie abwartend. Tina holte tief Luft.

»In einer von euren Hundewürsten steckte ein Knochen.«

»In unserer Wurst? Das kann gar nicht angehen, du hast doch gesehen, wie fein der Cutter das Fleisch schneidet. Außerdem sind da keine Knochen drin, es ist pures Muskelfleisch mit einem kleinen Anteil an Fett und Sehnen.«

Anton wirkte ruhig, aber in seiner Wange zuckte ein Muskel.

»Kann es nicht sein, dass der Knochen vom Cutter nicht richtig zerkleinert worden ist?«

Anton schüttelte den Kopf. »Ich habe doch gerade gesagt, dass da keine Knochen reinkommen.«

»Aber wenn doch *zufällig* mal ein Knochen drin wäre. Könnte es sein, dass der Cutter ihn nicht richtig erwischt?«

Anton zuckte mit seinen breiten Schultern. »Rein theoretisch vielleicht schon, aber das ist noch nie vorgekommen.«

»Es war aber definitiv ein Knochen in einer eurer Würste. Und er sah nicht aus wie ein Rinderknochen.«

»Ach ja? Was war es dann?«

Tina beobachtete Anton genau, als sie antwortete.

»Er sah aus wie ein Menschenknochen.«

Anton wurde blass und sah Tina aus weit aufgerissenen Augen an. »Ein Menschenknochen? Du willst mich doch verarschen! Wo soll der denn hergekommen sein?«

»Vielleicht ist jemand mit der Hand in den Cutter gekommen? Ein Bekannter von mir ist Tischler, und in seinem Betrieb hat sich der Azubi den Zeigefinger in der Kreissäge abgeschnitten.«

»Hier gab es keinen Unfall. Woher weißt du überhaupt, dass es ein Menschenknochen ist? Ich dachte, du bist Tierärztin.«

»Noch ist es nicht ganz sicher, aber mein Onkel ist Pathologe in Kiel. Der guckt sich den Knochen übermorgen Mittag an.«

»Das muss ich mir nicht länger anhören. Ich lasse mir von dir nichts anhängen! Hier in unserem Betrieb läuft alles nach Vorschrift ab. Ein Menschenknochen in unserer Wurst, bei dir tickt es ja nicht richtig! Am besten, du verschwindest jetzt und kommst nicht wieder. Du weißt ja, wo der Ausgang ist.«

Anton drehte sich abrupt um und verschwand in Richtung des Kühlraumes. Na, das war ja toll gelaufen.

Tina ignorierte die neugierigen Blicke der Angestellten, ging durch die Hygieneschleuse und drückte der Sekretärin den Kittel und die Haube in die Hand.

»Einen schönen Betrieb haben Sie hier«, sagte sie.

Die Sekretärin hängte den Kittel auf einen Haken neben ihrem Büro. »Wenn man tote Tiere mag, vielleicht. Leider habe ich noch keinen besseren Job gefunden. Aber sobald sich etwas auftut, bin ich weg. Ständig dieser Geruch nach rohem Fleisch und Blut, ekelhaft. Und dieser Pansen erst!«

»Das ist sicher gewöhnungsbedürftig. Die Zulieferbetriebe kommen alle aus der Region?«

»Alles Fleisch aus kleinen Schlachtereien.«

»Kaufen Sie nur Fleisch in Stücken oder auch manchmal schon fertig verarbeitetes Hack oder Brät?«

»Wir kaufen normalerweise nur das Fleisch, Herr Manteuffel legt sehr viel Wert darauf, dass wir alles selbst herstellen.«

»Wer?«

»Felix Manteuffel, der zweite Chef.«

»Er ist verreist, habe ich gehört.«

»Er ist ein paar Tage weggefahren.« Die Sekretärin sah Tina nachdenklich an. »Moment, mir fällt gerade ein, dass wir vor zwei oder drei Wochen eine etwas größere Lieferung von fertigem Brät hatten.«

Die Tür zur Halle öffnete sich, und Anton trat hindurch.

»Was machst du denn noch hier? Sieh zu, dass du Land gewinnst.«

Er trat einen Schritt auf Tina zu und starrte sie so wütend an, dass ihr ein Schauer über den Rücken lief.

»Bin schon weg.« Tina nickte der Sekretärin kurz zu, öffnete die Eingangstür und trat auf den Parkplatz hinaus.

Sanne lehnte am Auto und kaute auf einem Kaugummi. Sie hatte wieder etwas Farbe im Gesicht.

»Na, geht's wieder?«, fragte Tina.

»Ich werde nie wieder Wurst essen können. Nie wieder! Wären wir bloß nicht hergekommen!«

Tina musste sich ein Grinsen verkneifen. Typisch Sanne. Bestimmt würde sie bald wieder ihre Lieblingswurst essen, spätestens in zwei, drei Tagen. Tina öffnete die Tür des Isuzu und drängte Swatt zurück, der ihr wild wedelnd über das Gesicht lecken wollte. Daisy, die ebenfalls aufgestanden war und mit den Vorderpfoten auf der Mittelkonsole stand, bekam eine kurze Streicheleinheit hinter den Ohren.

»Jetzt aber nach hinten mit euch!«

Tina legte die Futterpäckchen und die Würste in ihren Einkaufskorb aus geflochtenen Weidenzweigen und blickte Swatt streng an, der seine Nase schon in dem Korb vergraben hatte.

»Nein! Die kommen zu Hause erst mal in den Tiefkühler.«

Swatt zog den Kopf aus dem Korb und legte sich so hin, dass er den Korb gut im Auge behalten konnte.

Als Sanne ebenfalls eingestiegen war, startete Tina den Motor und fuhr los.

»Ist dir aufgefallen, dass es Toni total unangenehm war, als du ihn nach Felix gefragt hast?«, fragte Tina.

»Du spinnst doch.«

»Er hat dich nicht angeguckt, als er geantwortet hat. Ich würde sagen, er hat gelogen. Und er hat deine Frage, wo Felix hingefahren ist, nicht beantwortet.«

»Das ist doch Quatsch, Tina. Warum sollte er mich anlügen?«

»Gute Frage. Vielleicht sollten wir rauskriegen, wann Felix das letzte Mal gesehen wurde.«

Sanne riss die Augen auf.

»Das ist doch wohl nicht dein Ernst! Glaubst du etwa, Toni hat Felix umgebracht und ihn in diesen gruseligen Cutter geschoben?«

»Möglich wär's. Und Felix ist anscheinend verschwunden.«

»Nie im Leben, Tina! Ich kenne Toni seit Jahren, er war wie ein großer Bruder für mich. Das ist absolut unmöglich.«

»Aber …«

»Ich will nichts mehr hören. Bring mich nach Hause.«

Kapitel 3

Nach der Sprechstunde, in der Sanne weiterhin sehr einsilbig gewesen war, machte Tina sich auf den Heimweg. Jan wollte kommen, und sie freute sich schon auf ihn und auf ein gemütliches Abendessen. Er hatte ihr eine WhatsApp geschrieben, dass er kochen wollte. Hoffentlich hatte er den Ersatzschlüssel in seinem Versteck in dem geschnitzten Raben entdeckt. Während sie auf der B 76 durch Plön fuhr, dachte sie über Toni und sein merkwürdiges Verhalten nach. Warum hatte er Sanne nicht erzählt, wo Felix war? Und war er nur so sauer geworden, weil Tina behauptet hatte, dass wahrscheinlich ein Menschenknochen in der von seinem Betrieb hergestellten Wurst gewesen war, oder hatte er Felix tatsächlich umgebracht und war entsetzt, dass Tina ihm auf die Spur gekommen war? Gut, es war noch nicht zu hundert Prozent klar, dass es ein Menschenknochen war, aber Tina war sich ziemlich sicher. Morgen in der Mittagspause würde sie den Knochen nach Kiel in die Rechtsmedizin bringen und Onkel Lorenz' Einschätzung abwarten. Es machte sie ganz kribbelig, dass sie erst übermorgen das Ergebnis seiner Untersuchung erfahren würde.

An der Ampel hinter der MUS, der Marineunteroffiziersschule, bog Tina nach rechts in Richtung des Deertenhoffs ab. Der Hof wurde seit dem Schlaganfall ihres Vaters vor gut einem Jahr von ihrem Bruder bewirtschaftet, doch ihr Vater half weiterhin auf dem Hof, so gut er konnte. Die Straße endete an der Einfahrt zum Deertenhoff. Tina bremste ab und fuhr auf dem Sandweg am Haus ihrer Eltern vorbei, schlängelte sich zwischen der reetgedeckten Scheune, in der der Fuhrpark des Hofs untergebracht war, und dem Kuhstall hindurch und bog vor dem ebenfalls reetgedeckten Hauptgebäude, in dem ihr Bruder Kai mit seiner hochschwangeren Frau Sabrina wohnte, nach rechts in Richtung des Sees und ihres kleinen Häuschens ab. Früher war es ein Pferdestall gewesen, doch vor vier Jahren hatte Tina es mit der tatkräftigen Hilfe von Freunden und ihrer Familie in monatelanger Arbeit zu einem gemütlichen Heim umgebaut. In der Auffahrt parkte bereits ein silberfarbener Audi, und der obere Teil der Klöntür stand offen. Jan war schon da! Schnell stieg Tina aus ihrem Isuzu und ließ die Hunde hinausspringen. Die beiden begannen sofort ein Jagdspiel in Tinas etwas ungepflegtem Bauerngarten und kurvten geschickt um die zahlreichen Holzskulpturen herum, die Tina selbst mit der Kettensäge geschnitzt hatte. Ihr neuestes Werk, ein Greyhound in vollem Lauf, stand rechts neben der Eingangstür.

Tina ging zur Tür und öffnete sie. Der Geruch von in Knoblauch gebratenen Shrimps und Rosmarin stieg ihr in die Nase, und ihr lief das Wasser im Mund zusammen.

»Hallo! Ich bin da!«

Sie streifte ihre Sneakers in dem kleinen Flur ab, ließ sie achtlos mitten im Weg stehen und betrat das Wohnzimmer, von dem rechts die geräumige Küche abging. Jan stand schräg mit dem Rücken zu ihr am Herd und rührte in einer Pfanne. Der Backofen war angestellt, und Tina konnte Kartoffelstücke auf dem Blech erkennen.

»Shrimps mit Rosmarinkartoffeln! Ich bin gestorben und in den Himmel gekommen.«

Tina trat zu Jan und umarmte ihn von hinten. Er lachte und drehte sich zu ihr um. Seine Grübchen wurden sichtbar, und er sah zum Anbeißen aus. Nach einem langen, intensiven Kuss löste Jan sich von ihr und drehte sich wieder zum Herd um.

»Das Hauptgericht ist in fünf Minuten fertig«, sagte er. »Und den Nachtisch könnten wir im Schlafzimmer einnehmen. Ich habe Sekt und Schlagsahne besorgt.«

Tina wurde heiß. Sie musste schnell an etwas anderes denken als an das, was sich mit Sekt und Sahne anstellen ließ, sonst würde das leckere Essen warten müssen und kalt werden. Sie trat an die Terrassentür, die sich zum See hin öffnete, und rief nach den Hunden. Die beiden kamen angetobt und rasten ins Wohnzimmer. Sie hinterließen schwarze Hundetapsen auf den Holzdielen und auf den geknüpften Teppichen aus Schafwolle, die neben dem Sofa und vor dem Kamin lagen.

»Halt! Erst muss ich eure Pfoten sauber machen!« Swatt schüttelte sich, und Tina stellte fest, dass er ein Bad im See genommen hatte. Das Wasser spritzte gegen ihre Jeans und gegen das Ledersofa und hinterließ ein dunkles Fleckenmuster auf der hellgelb gestrichenen Wand. Sie hatte sie in weiser Voraussicht mit Latexfarbe gestrichen, die sich leicht abwischen ließ.

»Ach, Swatt, kannst du dich nicht draußen schütteln?« Tina griff schnell nach dem Hundehandtuch, das neben der Terrassentür bereitlag, und trocknete beide Hunde, die Wand und das Sofa ab.

»Essen ist fertig!«, rief Jan und stellte zwei dampfende Teller in die Durchreiche zum Esszimmer, von dem aus man, wie vom Wohnzimmer aus auch, über den See und die Möweninsel bis nach Plön schauen konnte. Ein bereits entkorkter Rotwein und zwei bauchige Weingläser standen auf dem Tisch. Tina stellte die Teller auf den Tisch und ließ sich auf einen der beiden Kiefernholzstühle fallen.

»Das sieht lecker aus. Ich hab einen Mordshunger«, sagte sie, während sie nach ihrem Besteck griff.

»Dann hau man rein«, sagte Jan und lächelte ihr zu. »Ich hol nur noch den Salat.«

»Das ist göttlich«, sagte Tina, nachdem sie den ersten Bissen genommen hatte. Sie schloss vor Wonne kurz die Augen. »Du hättest Koch statt Polizist werden sollen.«

»Nee, ich koche zwar gern, aber nur zum Vergnügen und nur das, wozu ich Lust habe. Den ganzen Tag in der Küche zu stehen, das wär nichts für mich.«

»Kann ich verstehen. Ich hab noch nicht mal Lust, auch nur zehn Minuten in der Küche zu stehen. Deshalb passen wir auch so gut zusammen. Du kochst, ich esse.«

Jan lachte. »Ein paar andere Dinge würden mir schon noch einfallen, weswegen wir gut zusammenpassen.«

Tina sah ihn an. »Und was wäre das, Herr Hauptkommissar?«

»Dazu später mehr.«

Jan schob sich eine Rosmarinkartoffel in den Mund und leckte sich mit der Zunge über die Lippen. Mühsam riss sich Tina von dem Anblick los und widmete sich wieder ihrem Essen. Als sie sich beobachtet fühlte, blickte sie nach unten. Swatt saß kerzengerade neben ihrem Stuhl und starrte sie an.

»Vergiss es. Es gibt nichts vom Tisch.«

Swatt warf ihr einen langen Blick zu und stand auf, um zu Jan zu trotten.

»Hier kriegst du auch nichts, Großer«, sagte dieser.

Swatt setzte sich neben Jan, legte den Kopf auf dessen Schoß, und Jan streichelte ihm über den Kopf. Tina war immer noch beeindruckt, dass Jan es geschafft hatte, seine Angst vor Swatt zu überwinden, damit sie zusammen sein konnten. Ihm war klar gewesen, dass Tina ihren Hund niemals aufgeben würde. Damals hatte sie nur Swatt gehabt, Daisy war ihr erst nach dem Abschluss der Ermittlungen auf Gut Finkenstein von Jan geschenkt worden. Er hatte heimlich mit den Kollegen von der Hundestaffel geübt und mittlerweile ein tolles Verhältnis zu ihren Hunden aufgebaut.

»Woran denkst du?«, fragte Jan.

»Daran, wie gut du dich mit Swatt angefreundet hast.«

»Du bist ja auch ein toller Hund, stimmt's, alter Junge?«

Swatt sprang auf und wedelte begeistert.

Tina lachte. »Und das weiß er auch.« Sie dachte kurz nach. »Sag mal, was macht ihr eigentlich, wenn ihr von einem Opfer nur Teile findet?«

Jan schien von dem Themenwechsel überrascht zu sein, ließ sich aber darauf ein.

»Zum Beispiel nur eine Hand oder den Kopf?«

»Genau.«

»Wenn es der Kopf ist, können wir über die Zähne versuchen, das Opfer zu identifizieren. Wenn der Kopf noch relativ frisch ist, kann man natürlich ein Foto machen und damit versuchen, einen Abgleich zu bekommen, oder Leute befragen. DNA-Tests gehen immer, aber man braucht natürlich eine Vergleichsprobe, von einer vermissten Person zum Beispiel.«

Jan trank einen Schluck Wein und drehte das Glas in den Händen. »Warum fragst du?«

»Nur so. Ich lese gerade einen Krimi über eine Leiche, von der nur der Kopf gefunden wurde, und wollte wissen, ob das stimmt, was der Autor da geschrieben hat«, log Tina. Sie schob sich einen Bissen Shrimps in den Mund, schob eine Gabelvoll Salat hinterher und kaute.

»Wie heißt denn das Buch?«

»Keine Ahnung. Irgendwas mit Friesen.«

»Du liest ein Buch und hast keine Ahnung, wie es heißt?«

Tina hatte das Buch zwar wirklich gelesen, aber das war irgendwann im letzten Jahr gewesen. Was musste Jan auch so polizistenmäßig nachfragen?

»Der Autor hat mehrere Bücher geschrieben, die irgendwas mit ›Friesen‹ im Titel haben. Ich hab mir das nicht gemerkt.«

»Aha.«

»Was soll das? Wird das hier jetzt ein Verhör, oder was?« Tina merkte, dass die Wut in ihr hochstieg.

»Ich finde es nur merkwürdig, dass du den Titel nicht weißt, das ist alles. Man wird doch wohl mal nachfragen dürfen.«

»Du hast Feierabend. Da kann man die Dinge auch einfach mal so hinnehmen«, erwiderte Tina heftig.

Jan sah Tina prüfend an. »Du schnüffelst doch nicht schon wieder rum, oder?«

»Ich stelle eine harmlose Frage zu einem Krimi, und schon glaubst du, dass ich irgendwo rumschnüffle. Was sagt das über uns aus?«

»Es sagt aus, dass ich dich ein wenig kenne, Tina Deerten.«

»Nicht gut genug anscheinend.« Tina spießte eine Garnele so heftig auf ihre Gabel, dass sie zerbrach. Verdammt, Jan kannte sie schon viel besser, als ihr Ex-Freund Sven sie jemals gekannt hatte. War das jetzt gut oder schlecht?

»Sag nicht gleich krummer Hund zu mir.« Jan hob die Hände auf Brusthöhe. »Ich ergebe mich ja schon!«

Tina bekam ein schlechtes Gewissen, dass sie Jan so angepflaumt hatte, zumal er ja recht hatte, dass mit der Buchausrede etwas nicht gestimmt hatte.

Sie stand auf, ging zu Jan und gab ihm einen Kuss.

»Entschuldige, ich wollte dich nicht so anmotzen.«

Jan strich ihr eine Strähne zurück, die sich aus ihrem Pferdeschwanz gelöst hatte und ihr ins Gesicht gefallen war, und sah ihr tief in die Augen.

»Nun, Frau Tierärztin, darf ich Ihnen jetzt meine Sekt- und Schlagsahnesammlung zeigen?«

Kapitel 4

Als Tina am nächsten Morgen um kurz vor sieben Uhr vom Radiowecker geweckt wurde, war Jan schon gegangen. Ein Notizzettel lag auf dem Nachttisch. Tina nahm ihn in die Hand und las.

Musste zu einem Mordfall in Mönkeberg. Kaffee steht in der Küche. Ich weiß nicht, ob ich es heute Abend schaffe. Melde mich. XXXX Jan

Unter den Text hatte Jan ein großes Herz gemalt. Lächelnd legte Tina den Zettel zurück, stand auf und ging in die Küche, um zum Wachwerden erst einmal einen Kaffee zu trinken. Ein Blick aus dem Fenster zeigte ihr, dass das angekündigte Sturmtief da war. Der See war stark aufgewühlt, und die Wellen prallten unermüdlich gegen das Ufer und schwappten über den Steg. Regen prasselte gegen die Scheiben, und die Trauerweide neben dem Steg schüttelte ihre Äste im Wind, sodass viele der bereits gelblich gefärbten, lanzettförmigen Blätter durch die Luft wirbelten. Normalerweise fuhr Tina bei Wind und Wetter mit ihrem Mountainbike zur Arbeit, da hatten die Hunde gleich ihre Bewegung, doch da sie heute nach Kiel fahren wollte, hatte sie eine gute Ausrede, das Rad zu Hause zu lassen. Sie würde vor der Arbeit mit den Hunden eine Runde im Deertenwald drehen und hoffte, dass die Bäume ein wenig Schutz vor Wind und Regen bieten würden.

Nachdem sich Tina die Haare geföhnt und sich umgezogen hatte, da sie trotz Regenkleidung auf dem Spaziergang komplett durchweicht worden war, rief sie die Hunde und machte sich auf den Weg zur Arbeit.

Die Fußgängerzone in der Langen Straße war fast menschenleer, und die wenigen Leute, die sich in das Wetter getraut hatten, hasteten mit tief zwischen die Schultern gezogenen Köpfen durch die Straßen oder kämpften mit ihren Regenschirmen gegen den Wind, der zwischen den Häusern hindurchfegte und um die Dächer heulte. Die Frau, die vor Tina ging, hielt ihren Regenschirm, der mit Hunden und Katzen bedruckt war, eisern umklammert, doch sie konnte trotzdem nicht verhindern, dass der Schirm umklappte. Eine der Haltestreben brach, sodass eine Seite des Schirms traurig herunterhing und im Wind flatterte.

»Scheißwetter!«, rief die Frau und schüttelte den Schirm wütend.

»Moin Sophie«, sagte Tina. Die Frau drehte sich um, und Swatt begrüßte sie schwanzwedelnd.

»Tina. Das ist ein echtes Dreckwetter heute.« Sophie streichelte Swatt über den nassen Kopf.

»Der Schirm ist hin«, sagte Tina. »Schade, es war ein echt tolles Teil.«

»Nicht so schlimm, war ein Werbegeschenk von einer Tierfutterfirma. Ich habe noch einen zweiten im Laden.«

Sophie stopfte den Schirm in den nächstgelegenen Mülleimer, und Tina konnte das Logo von »Canis et Felis« erkennen.

»Den Betrieb kenne ich. Was hast du denn von denen im Programm?«

»Eigentlich so ziemlich alles, was sie herstellen. Ich finde, man muss die regionalen Anbieter unterstützen, sonst gibt es bald nur noch das Futter von den großen Konzernen.«

»Finde ich auch«, sagte Tina. Sie waren die Lange Straße weiter hinuntergegangen, und Sophie blieb vor ihrem Zoogeschäft stehen. »Hast du noch Zeit auf einen Kaffee?«

Tina blickte auf ihre Uhr. »Ein Viertelstündchen habe ich noch. Sanne ist bestimmt schon da und kann die Leute reinlassen. Ich glaube allerdings nicht, dass bei dem Wetter viel los sein wird.«

»An manchen Tagen lohnt es sich kaum, den Laden aufzumachen. Zum Glück gibt es noch keine von den großen Zoogeschäftketten in der Nähe, sonst könnte ich gleich dichtmachen.«

Sophie schloss die Tür auf, und Tina trat hinter ihr in den Laden. Sie konnte Swatt kaum halten, der in den Laden stürmte und sich vor die Kasse setzte.

»Er vergisst nie, dass es hier die Leckerlis gibt«, sagte Sophie lachend. Sie holte zwei große Streifen getrocknete Rinderlunge hinter der Kassentheke hervor und warf sie den Hunden hin. »Und, wie macht sich Daisy?«

»Mittlerweile hat sie sich recht gut eingelebt.«

Sophie winkte Tina, mit ihr in die kleine Küche am Ende des Ladens zu kommen. Tina zwängte sich durch die engen Gänge, die von Regalen voller Hunde- und Katzenfutterdosen, Spielzeug aller Art, Leinen und Halsbändern, Kaninchenfutter, Heu und Katzenstreu gesäumt waren. Es roch nach frischem Heu, getrockneten Schweineohren und nach der Einstreu für Nagerkäfige.

Als Tina die Küche betrat, hatte Sophie den Kaffeeautomaten schon in Gang gesetzt, und es zischte leise, als der Kaffee in die Tasse floss. Tina sog den Kaffeeduft tief ein. »Genau das, was ich jetzt gebraucht habe. Ich bin schon durchgefroren, obwohl ich nur vom Parkplatz bis hierher gegangen bin. « Sie ließ sich auf einen der beiden gelben Plastikstühle fallen, die an einem kleinen Holztisch standen, den man unter den Katalogen für Tierbedarf und Tierfutter kaum erkennen konnte. Es sah ähnlich chaotisch aus wie auf Tinas Praxisschreibtisch.

»Sag mal, kennst du die Inhaber von ›Canis et Felis‹ persönlich?«, fragte Tina.

»Felix und Anton, klar. Wir haben uns ein paar Mal zusammengesetzt, um die Konditionen für die Futterlieferungen zu besprechen.«

Sophie reichte Tina die volle Tasse und stellte eine weitere in das Gerät.

»Und, wie sind die so? Ich hab gehört, dass sie verheiratet sind.«

»Och, die sind echt nett. Felix ist mehr so etepetete, ich habe mich schon öfter gefragt, warum er sich für diesen Job entschieden hat. Aber anscheinend macht es ihm Spaß, gutes Futter für Tiere herzustellen.«

»Und Anton?«

»Rein optisch passt er gar nicht zu Felix mit den ganzen Tattoos und dieser Bodybuilderfigur. Felix sieht ja eher aus wie eine elegant angezogene Bohnenstange und ist sogar noch größer als Anton. Aber wie sagt man so schön: Gegensätze ziehen sich an. Wie kommst du eigentlich auf die beiden?«

»Ich habe mit Sanne gestern den Betrieb besichtigt.«

»Dann kennst du die doch selbst.«

»Es war nur Anton da, der war eher nicht so gut gelaunt. Und Felix ist angeblich ein paar Tage weggefahren, aber Anton wollte nicht sagen, wohin.«

»Hm …« Sophie trank einen Schluck Kaffee. »Als ich neulich zu dem Betrieb gefahren bin, weil ich dringend Barfmenüs brauchte, habe ich mitbekommen, wie sie sich übel gestritten haben.«

»Ach!« Tina sah Sophie gespannt an. »Und worüber?«

»Keine Ahnung. Als sie mich gesehen haben, haben sie sofort aufgehört und waren so charmant wie immer.«

»So charmant wie eine Bärenmutter, die man im Winterschlaf gestört hat?«

Sophie lachte. »Ich versteh gar nicht, was du gegen sie hast. Okay, Felix ist deutlich offener, und Anton mehr so der introvertierte Typ, aber nett sind sie beide, finde ich.«

Tina warf einen Blick auf ihre Uhr und erschrak. »Gleich zehn! Ich muss los!« Sie trank ihren Kaffee schnell aus und verbrannte sich dabei die Zunge. »Au, Mist.«

Sophie sah sie fragend an. »Zunge verbrannt«, erklärte Tina. »Wir sehen uns.«

Sophie nickte, und Tina stellte die Tasse auf einen Katalog über getreidefreies Hundefutter und verließ den Laden. Sie ging schnell die wenigen Meter zu ihrer Praxis und trat ein.

Sanne warf ihr ein kurzes »Moin« hin. Offenbar war sie immer noch sauer. *Na toll.*

Tina ging in ihr Büro und zog sich um. Währenddessen dachte sie an das Gespräch mit Sophie. Worüber hatten sich Anton und Felix gestritten? Konnte es sein, dass Anton den zwar größeren, aber anscheinend wesentlich schwächeren Felix ermordet und in seinem Betrieb weiterverarbeitet hatte? Tina lief ein Schauer über den Rücken. Das wäre wirklich furchtbar. Oder steigerte sie sich da in etwas hinein? Einen so kaltblütigen Mord konnte es in ihrem beschaulichen Plön doch wohl nicht geben, oder? Und traute sie Anton so etwas wirklich zu? Sanne war offensichtlich nicht der Meinung.

Und was wäre sein Motiv? Hmm ... Eifersucht ginge immer, oder Gelddinge. Vielleicht wollte Anton den Betrieb verkaufen und Felix nicht oder umgekehrt. Dass nicht alles in Butter war bei den beiden, bewies der Streit, den Sophie mitbekommen hatte. Anton hatte auf jeden Fall die Gelegenheit und die Mittel, Felix umzubringen und loszuwerden.

Tina schlüpfte in ihre Birkenstockschuhe und stellte ihre nassen Wanderschuhe zum Trocknen vor die Heizung.

Eins war klar: Sie musste Anton genauer unter die Lupe nehmen. Aber ohne, dass Sanne etwas davon mitbekam.

Tina saß in ihrem Auto, das sie schräg gegenüber von dem Tierfutterbetrieb in einer Auffahrt zu einem Maisfeld geparkt hatte, und beobachtete das Gebäude. Obwohl es erst kurz vor halb acht Uhr abends war, war es durch die dunklen Regenwolken, die immer noch über Plön und der Umgebung hingen, bereits dämmrig. Das Gebäude war dunkel, nur ein schwacher Lichtschein war im hinteren Bereich der Produktionshalle zu sehen. Der Parkplatz war bis auf die Harley leer. Tina nahm einen Bissen von ihrem Müsliriegel und trank einen Schluck Wasser hinterher. Sanne hatte sich am Nachmittag zum Glück wieder beruhigt, sodass sie in entspannter Atmosphäre arbeiten konnten, als Tina aus Kiel zurück war. Sie hatte Onkel Lorenz den Knochen nur schnell auf den Schreibtisch gelegt und war sofort wieder nach Plön zurückgefahren.

Natürlich hatte Tina Sanne nicht erzählt, dass sie Anton beschatten wollte, sonst wäre diese bestimmt wieder sauer geworden. Tina sah auf die Uhr. Sie saß jetzt schon fast eine Stunde hier. Gut, dass Jan ihr eine Nachricht geschrieben hatte, dass er es heute nicht mehr schaffen würde vorbeizukommen, sonst hätte sie sich schon längst auf den Heimweg machen müssen. Sie gähnte. Vielleicht hätte sie sich ein Buch mitnehmen sollen; jemanden zu beschatten war weitaus langweiliger, als es in Büchern oder Filmen immer dargestellt wurde. Der Lichtschein verschwand. Endlich! Tina rutschte in ihrem Sitz nach unten und beobachtete die Eingangstür, doch es dauerte noch einen Moment, bis Anton die Tür öffnete, heraustrat und sie wieder verschloss. Während er zu seiner Maschine ging, setzte er einen schwarzen Motorradhelm mit einem roten Blitz an der Seite auf und zog den Reißverschluss seiner schwarzen Lederjacke hoch. Als Anton die Maschine startete, ließ auch Tina den Motor an. Anton ließ den Motor einmal aufheulen, und Tina verdrehte die Augen: Typisch Mann. Anton schoss los, wobei er auf dem nassen Asphalt ins Schlingern geriet. Tina gab Gas und folgte ihm in Richtung Plön. Offenbar hatte Anton durch das Schlingern einen Schrecken bekommen, denn er fuhr in gemäßigtem Tempo auf die B 76 und durch Plön hindurch. Kurz nach dem Kiosk, an dem Tina früher immer ihre Lollis gekauft hatte, bog er nach links ab. Tina folgte ihm in einigem Abstand und sah, dass er nochmals nach links abbog und schließlich in die Auffahrt zu einem kleinen weißen Haus einbog. Tina fuhr an dem Haus vorbei und suchte sich einen Parkplatz ein kleines Stück die Straße hinunter vor einem gelben Haus, in dessen Garten ein »Zu-verkaufen«-Schild eines Maklers aus Bosau stand. Rechts von sich konnte sie das Wasser des Schöhsees zwischen den Bäumen erkennen, das im letzten Licht des Tages fast schwarz aussah. Tina drehte sich auf ihrem Sitz um. Anton hatte das Bike bereits geparkt und wollte gerade ins Haus gehen, als ein dunkelgrüner Jeep angefahren kam und ebenfalls in die Auffahrt des weißen Hauses einbog. Ein Mann mit Brille und einem gepflegten dunklen Vollbart stieg aus. Er war etwas größer als Anton und trug einen knielangen Wachsregenmantel. Anton trat auf ihn zu, und die beiden Männer umarmten sich lange. Tina machte mit ihrer Handykamera ein paar Fotos, doch der Neuankömmling war nur von hinten zu sehen. Schließlich legte er den Arm um Anton und drehte sich noch einmal kurz um, um sein Auto mit der Fernbedienung abzuschließen. Tina drückte schnell auf den Auslöser der Handykamera. Die beiden Männer traten vor die Haustür. Anton öffnete sie, und ein kleiner weißer Hund sprang heraus und tobte wedelnd um die beiden Männer herum. Anton nahm den kleinen Malteser auf den Arm, die Männer traten ins Haus, und die Tür schloss sich. Tina musste grinsen, als sie sich den Bodybuilder Anton mit dem kleinen Schoßhund an der Leine vorstellte. Das Licht im Flur ging an, und Tina konnte durch das Fenster im oberen Teil der Haustür sehen, wie die Männer ihre Jacken ablegten und im hinteren

Teil des Hauses verschwanden. Sie fotografierte noch den Jeep und das Haus, dann ließ sie das Handy sinken.

Also gut. Anscheinend war Felix zurück nach Hause gekommen. Damit hatte sich ihre Theorie in Luft aufgelöst. Sie schaute sich das Foto noch einmal an, das sie von Felix gemacht hatte. Er sah ein wenig älter aus als Anton und blickte ernst in die Kamera. Er hatte braune Augen, die durch die Brillengläser etwas vergrößert wirkten. Ohne seine Brille schien er ziemlich blind zu sein. Seine dunkelbraunen Haare waren extrem kurz geschnitten, und in seinem rechten Ohr funkelte ein kleiner silberner Ohrring. Tina war davon überzeugt, dass es sich um Felix handelte, doch zur Sicherheit würde sie Sanne das Bild morgen zeigen. Hoffentlich rastete die nicht aus, weil Tina Anton beschattet hatte. Sie hatte sich gerade wieder beruhigt. Tina seufzte, steckte ihr Handy in ihre Jackentasche und sah noch ein letztes Mal zu dem weißen Haus hinüber. Ein Lichtschein fiel aus einem Seitenfenster und beleuchtete einen Schmetterlingsstrauch, der ein paar späte lilafarbene Blütenrispen trug. Von den Männern war nichts zu sehen. Sie startete den Motor, gab Gas und fuhr nach Hause.

Tina ließ sich in die Kissen ihres französischen Kiefernholzbettes sinken. Mit seinen ein Meter vierzig Breite war es wunderbar für eine Person, zu zweit war es allerdings ein bisschen eng. Nein, berichtigte sie sich, es war nicht eng, es war gemütlich. Schade, dass Jan jetzt nicht hier war. Sie könnte sich an seine breite Brust kuscheln und seinem Herzschlag lauschen. Die Matratze federte einmal, als Swatt auf das Bett sprang und sich lang neben Tina ausstreckte. Die Matratze federte ein zweites Mal, als Daisy vorsichtig auf das Bett hüpfte, sich am Fußende zusammenrollte und den Kopf dicht neben ihren Schwanz legte. Tina lächelte und beugte sich vor, um ihr über das kurze Fell zu streichen. Es war das erste Mal, dass Daisy mit ins Bett gesprungen war. Sie fühlte sich anscheinend mittlerweile richtig wohl bei Tina. Anfangs war Daisy sehr misstrauisch gewesen, weil sie Tina nur als die Tierärztin kennengelernt hatte, die sie, nachdem sie angeschossen worden war, operiert hatte. Doch das Vertrauen wuchs mit jedem Tag, und dass sie jetzt nachts bei Tina liegen wollte, war ein großer Schritt nach vorn. Swatt stupste sie am Arm und drehte sich auf den Rücken. Sie stützte sich auf dem Arm auf und kraulte ihm den weichen Bauch. Er schloss die Augen und grunzte leise.

»So, und jetzt wird geschlafen«, sagte sie schließlich und legte sich wieder hin. Sie machte das Licht aus und schloss die Augen. Nach wenigen Minuten öffnete sie sie wieder. Ihre Gedanken kreisten um den Fingerknochen und um den Mann, der zu Antons Haus gekommen war. War es wirklich Felix gewesen?

Ja, klar, wer sonst. Oder?

Tina drehte sich auf die andere Seite. Sie musste sich bis morgen gedulden, bis sie Sanne das Handyfoto gezeigt hätte. Aber Moment mal! Der Betrieb hatte doch bestimmt eine Homepage! Da hätte sie auch schon eher draufkommen können. Sie setzte sich im Bett auf, knipste die Nachttischlampe an und griff nach ihrem Handy. Sie gab »Canis et Felis« in den Browser ein und wartete ungeduldig auf das Ergebnis der Suche. Da war es. »CanisetFelis-tramm.de« Tina klickte auf den Link, und die Startseite öffnete sich. Weiter ging's mit »Unser Team«. Da war ein Porträtfoto von Anton und eines von Felix. Letzteres zeigte einen Mann mit einem kurz geschnittenen, bleistiftdünnen, rötlich-blonden Bart, der sich einmal um den ganzen Mund mit den schmalen Lippen herumzog. Seine rötlichen Haare waren zu einer Kurzhaarfrisur geschnitten, und er hatte einen kleinen Leberfleck zwischen dem linken Auge und der Nase. Er trug keine Brille und sah völlig anders aus als der Mann, den Tina in inniger Umarmung mit Anton gesehen hatte.

Sie starrte auf das Foto. Anton hatte einen Lover! Wenn das

kein Mordmotiv war! Und wahrscheinlich hatte Felix es herausgefunden, und die beiden hatten einen Riesenstreit deswegen gehabt.

Gleich morgen würde sie Sanne das Foto von dem Unbekannten zeigen. Vielleicht wusste die, um wen es sich handelte.

Kapitel 5

»Du hast Toni beschattet? Sag mal, geht's noch? Der hat ganz bestimmt nichts mit dem Knochen zu tun, nun glaub mir das doch endlich!«

Sanne hatte die Arme in die Seiten gestemmt und sah Tina mit blitzenden Augen an.

Tina saß am Schreibtisch im Behandlungszimmer und hatte die Füße auf die Tischkante gelegt.

»Ich weiß, du denkst, dass er unschuldig ist, aber es ist doch komisch. Felix ist verschwunden, und schwupps …« Tina schnippte mit den Fingern. »Schon taucht ein neuer Lover auf.«

»Woher weißt du, dass er Tonis Lover ist? Er könnte doch einfach nur ein Freund sein.«

Tina stand auf, holte ihr Handy aus der Kitteltasche und zeigte Sanne das Foto.

»Sieht das vielleicht aus wie eine Umarmung unter Freunden? Die haben sich richtig lange umarmt, nicht einfach nur kurz gedrückt und sich dann kräftig auf den Rücken geklopft, wie Männer das gern machen.«

»Hm. Von hinten erkennt man den aber gar nicht. Von der Statur her könnte das durchaus Felix sein.«

»Guck dir das nächste Foto an.«

Sanne wischte auf dem Display und starrte auf das Bild.

»Den Typen habe ich noch nie gesehen.« Sie wischte auf das nächste Bild. »Ist das sein Auto?«

Tina nickte. »Es hat ein Plöner Kennzeichen. Schade, dass wir nicht überprüfen können, wer das ist.«

»Jan könnte doch ...«, begann Sanne.

»Jan werde ich erst einschalten, wenn Onkel Lorenz den Knochen angeguckt hat und wenn es wirklich ein Menschenknochen ist. Ich will auf keinen Fall unnötig die Pferde scheu machen.«

»Und was nun?«

»Heute ist mein Onkel aus dem Urlaub zurück. Er hat gesagt, dass er den Knochen gleich heute Mittag untersucht. Dann sehen wir weiter.«

»Ich fasse es nicht, dass Toni Felix betrügt.«

Sanne schüttelte den Kopf und gab Tina das Handy zurück. »Der Toni von früher hätte so was nie gemacht. Er war immer megaloyal. Ich weiß noch, dass er einen Schulfreund hatte, der ihn echt übel gelinkt hat, und Toni hat trotzdem zu ihm gehalten. Er hat ihn sogar noch gegen seine Mutter verteidigt, als die gesagt hat, er soll ihn in den Wind schießen.«

»Anscheinend hat er sich seitdem ganz schön verändert.«

Sanne ließ sich auf einen Hocker fallen. »Ich komm da gar nicht drüber weg. Toni hat einen Lover.«

»So was passiert«, sagte Tina und dachte an ihren Ex-Freund Sven, der sie eiskalt für seine neue Flamme abserviert hatte. Ein gutes Jahr war das jetzt her, und obwohl Tina mit Jan sehr glücklich war, schmerzte es immer noch.

»Ich muss mich ablenken, sonst grüble ich die ganze Zeit darüber nach.« Sanne stand auf und begann, die Arzneimittel durchzusehen.

»Wir brauchen dringend Amox-Dosierer und Ohrreiniger«, sagte sie und schrieb beides auf einen Notizzettel. »Und was ich ganz vergessen habe, dir zu sagen: Wir brauchen einen neuen Drucker.«

Tina sah Sanne alarmiert an. »Och nö, das kann nicht sein. Der ist doch erst knapp drei Jahre alt!«

»Ich wollte vorhin die Mahnung für Schröder ausdrucken, und es tat sich nichts.«

»Sind die Patronen leer?«

»Das hab ich natürlich gleich geguckt, was denkst du denn. Die sind alle noch voll. Ich habe ihn schon mehrmals an- und ausgemacht und auch den PC neu gestartet, es tut sich gar nichts mehr.«

»So eine Scheiße! Man kann heutzutage wirklich nur noch Mist kaufen. Und sobald du etwas gekauft hast, ist das Zeug im Grunde schon Müll. Die Sachen sollen doch gar nicht mehr lange halten.«

»Am besten, man legt sich den Kram originalverpackt ins Regal. Dann kann man sich das Zeug immer mal wieder angucken, und es hält ewig.«

Tina lachte. »Keine schlechte Idee.«

»Und jetzt? Wir brauchen einen Drucker, Tina.«

»Ich weiß. Na toll, dann werde ich heute nach Raisdorf fahren müssen. Gut, dass ich wieder mit dem Auto da bin. Hätte dieser blöde Drucker nicht gestern kaputt gehen können? Da war ich eh in Kiel.«

»Das ist doch typisch, dass so was nicht klappt. Aber Raisdorf ist doch immer eine Reise wert«, sagte Sanne und grinste.

»Sehr witzig«, grummelte Tina. »Aber wenn ich schon mal in der Nähe bin, fahre ich bei Onkel Lorenz vorbei. Vielleicht kann er schon was zu dem Knochen sagen.«

Tina hatte Glück: Sie fand einen Parkplatz direkt vor dem Eingang der Rechtsmedizin. Das zweistöckige Backsteingebäude lag direkt neben einer kleinen Grünfläche hinter einigen dicken Eichen versteckt und sah von außen recht gemütlich aus. Tina ging zur Pförtnerloge. Ein dünner Mann, der einen struppigen Ziegenbart im faltigen Gesicht trug, grinste ihr zur Begrüßung zu.

»Sie haben Glück, Ihr Onkel ist auch gerade erst gekommen.«

»Perfektes Timing«, antwortete Tina und lächelte zurück.

Uwe Höffner war schon seit Jahrzehnten als Pförtner in der Pathologie tätig und musste mittlerweile längst das Rentenalter erreicht haben. Er sah älter aus als Methusalem, hatte aber immer noch ein schalkhaftes Funkeln in den Augen. Tina ging zu der Treppe, die in den ersten Stock hinaufführte. Dort hatte ihr Onkel ein großes Büro, das sogar Platz für ein Sofa bot, auf dem er öfter mal seinen Mittagsschlaf machte. Als Tina auf dem ersten Treppenabsatz angekommen war, hörte sie schnelle Schritte. Sie blickte die Treppe hinauf und sah einen schwarz gekleideten Mann, der eine ebenfalls schwarze Sturmhaube trug. Er rannte die Treppe herunter und kam genau auf Tina zu.

»Halt!«, schrie sie. Der Mann rannte mit unverminderter Geschwindigkeit weiter und stieß sie grob zur Seite, als sie sich ihm in den Weg stellte. Sie prallte von der Wand ab und geriet ins Schwanken. Sie fuchtelte mit den Armen, um nicht die Treppe hinunterzustürzen. Ihre Hand berührte den Handlauf des Geländers, und sie packte zu. Sie wurde gegen das Geländer geschleudert und ihre Armmuskeln protestierten, doch sie hielt fest, rutschte schließlich langsam am Geländer hinunter und blieb am Rand des Treppenabsatzes liegen. Sie blickte durch das Geländer nach unten, wo der Mann stehen geblieben war und zu ihr hinaufblickte. Unter seinem intensiven Blick stellten sich sämtliche Härchen an ihren Armen auf; ein Schauer lief ihr über den Rücken. Er betrachtete sie wie ein Forscher einen neuen, antibiotikaresistenten Keim. Intensiv, aber angewidert.

Ein Stöhnen unterbrach den Blickkontakt. Es kam aus Onkel Lorenz' Zimmer! Tina wandte den Blick ab und hörte, wie der Eindringling die Treppe ganz hinunterlief. Als sie wieder hinschaute, bog er gerade um die Ecke und verschwand. Sie rappelte sich vom Boden auf und rannte los. Sie stieß die Tür zu Onkel Lorenz' Büro auf und rannte hinein. Ihr Onkel lag vor seinem Schreibtisch aus Chrom und Glas, auf dem eine blutige Schliere zu sehen war, und stöhnte wieder. Seine Augen waren geschlossen, seine silbergeränderte Lesebrille lag neben ihm auf dem Fliesenboden. Aus einer tiefen Platzwunde, die sich von der Stirn zur Schläfe zog, tropfte Blut auf den Boden, wo sich schon eine kleine Lache gebildet hatte.

»Onkel Lorenz!« Tina kniete sich neben ihren Onkel und betrachtete die Wunde.

»Onkel Lorenz, kannst du mich hören?«

Ihr Onkel reagierte nicht. »Onkel Lorenz!« Tina legte ihm eine Hand auf die Schulter und rüttelte ihn sanft.

Seine Lider flatterten, als er die Augen aufschlug. »Tina«, flüsterte er.

»Ich bin hier, bald geht es dir besser«, sagte Tina. Sie hatte einen Kloß im Hals und schluckte trocken.

»Tina.« Die Stimme ihres Onkels wurde so leise, dass Tina sich vorbeugen musste, um ihn zu verstehen.

»Er hat den Knochen.« Onkel Lorenz schloss die Augen und stöhnte.

»Was?« Am liebsten wäre sie sofort losgerannt, um den Angreifer noch einzuholen, doch zuerst musste sie sich um ihren Onkel kümmern.

»Onkel Lorenz, bleib bei mir. Nicht wieder ohnmächtig werden, hörst du?«

Tina zog ihr Handy aus der Tasche und wählte den Notruf, während sie sich nach etwas umschaute, was sie auf die Wunde drücken konnte. Die Verbindung kam zustande, und sie erzählte kurz und knapp, was passiert war und wo sie war. Sie steckte das Handy wieder ein, und ihr Blick fiel auf den weißen Kittel ihres Onkels, der über dem abgewinkelten Unterarm des Modells eines menschlichen Skelettes hing. Mit dem silbernen Tablett, das ihr Onkel an der knöchernen Hand befestigt hatte, sah es aus wie ein Kellner aus der Hölle. Tina stand auf, nahm den Kittel und drückte den Stoff fest gegen die Wunde. Ihr Onkel stöhnte laut auf. »Tut mir leid, aber das muss sein.«

Er war blass im Gesicht, und Tina fühlte seinen Puls. Der war langsam und gleichmäßig. Als Tina ihm in die Augen schaute, sah sie, dass sich die Augen schnell hin und her bewegten. Erschrocken sog sie die Luft ein. Das sah nach einer starken Gehirnerschütterung aus! Ihr traten die Tränen in die Augen. Sie wischte sie schnell weg und drehte ihren Onkel vorsichtig in die stabile Seitenlage. Hoffentlich kam der Rettungswagen bald.

»Doktor Engelbrecht! Ist alles in Ordnung?« Tina blickte auf und sah den Portier, der mit großen Augen auf ihren Onkel blickte.

»Was … Was ist denn passiert?«, fragte er mit leicht zittriger Stimme.

»Mein Onkel ist überfallen worden. Sie müssen den Täter doch auch gesehen haben.«

»Der ist so schnell an mir vorbeigerannt, dass ich nicht reagieren konnte. Und dann war er auch schon zur Tür hinaus. Ich hab noch geguckt, in welche Richtung er gelaufen ist, aber er war schon weg.«

Das Geräusch von Sirenen unterbrach das Gespräch.

»Das ging ja schnell«, sagte Tina. »Gehen Sie nach unten und schicken Sie den Notarzt hierher.«

Der Pförtner nickte und verschwand durch die offen stehende Tür ins Treppenhaus. Er ging etwas gebeugt und recht langsam, sodass Tina Sorge hatte, ob er es noch vor dem Notarzt schaffen würde, am Empfang zu sein.

Während sie auf den Arzt wartete, wählte sie Jans Nummer. Nach dem dritten Klingeln nahm er ab.

»Jan, Gott sei Dank! Onkel Lorenz ist überfallen worden!«

»Überfallen? Wo? Von wem? Wie geht es ihm?«

»In seinem Büro. Er hat eine Platzwunde an der Stirn, und ich befürchte, dass er eine heftige Gehirnerschütterung hat. Der Angreifer war vermummt, er ist weggerannt.«

»Ich komme sofort!«

Tina hörte Stimmen und Schritte im Treppenhaus.

»Der Notarzt kommt gerade, ich fahre mit ins Krankenhaus.«

»Wenn ich mir sein Büro angesehen habe, komme ich auch hin.«

Tina beendete das Gespräch, als der Arzt ins Zimmer trat. Sie erklärte, was passiert war. Onkel Lorenz bekam einen Notverband, wurde auf eine Trage gehoben und zum Rettungswagen gebracht. Tina stieg mit ein. Sie war froh, dass sie die Hunde in der Praxis gelassen hatte, sonst hätte sie jetzt ein Problem gehabt.

Während sie mit jaulendem Martinshorn durch Kiel rasten, dachte Tina an den Angreifer. Wenn er den Knochen gestohlen hatte, musste er etwas mit der Sache zu tun haben. Der Mann war groß gewesen, es hätte durchaus Anton sein können, der das Beweisstück verschwinden lassen wollte. Doch irgendwie passte die Statur nicht ganz zu Anton. Andererseits war alles so schnell gegangen, und je länger sie darüber nachdachte, desto unsicherer wurde sie. Tina seufzte. Nachher würde sie Jan von dem Knochen erzählen, denn eins war klar geworden: Für einen Affenknochen in der Wurst hätte niemand ihren Onkel so brutal angegriffen.

Tina hatte sich einen Kaffee aus einem Automaten gezogen und nippte an dem lauwarmen Getränk. Sie verzog das Gesicht und stellte den Becher auf den etwas ramponiert aussehenden Tisch, der neben der Sitzecke im Wartebereich der Radiologie stand. Warum mussten die Getränke und das Essen in Krankenhäusern eigentlich immer so widerlich sein? Tina ließ den Blick durch das Wartezimmer schweifen. Außer ihr waren nur eine Mutter mit einem vielleicht zwölfjährigen Jungen und eine mittelalte Frau mit einer Dauerwelle da. Der Junge hielt sich mit schmerzverzerrtem Gesicht die rechte Schulter und versuchte mannhaft, die Tränen zurückzuhalten. Schlüsselbeinbruch, vermutete Tina. Die Frau mit den Locken blätterte in einem eselsohrigen Hochglanzmagazin und schaute alle paar Minuten auf ihre Smartwatch.

Es roch nach Desinfektionsmitteln, Kaffee und einem Hauch von Schweiß.

Die Tür zum CT öffnete sich, und ihr Onkel wurde auf einem Krankenbett herausgeschoben. Er sah müde aus, der weiße Kopfverband hob sich kaum von seinem blassen Gesicht ab.

»Und, wie sieht es aus?« Tina ging zu ihrem Onkel und nahm seine Hand.

»Ich werde es überleben«, sagte er mit einem schwachen Lächeln. »Unkraut vergeht nicht.«

Tina drückte seine Hand und grinste ihn an. Typisch Onkel Lorenz. Der Pfleger schob ihn zurück in die Notaufnahme. Ein hochgewachsener Arzt mit schütterem, grau meliertem Haar und einem leichten Bierbauch kam auf sie zu.

»Lorenz! Was machst du denn für Sachen!«

»Hannes. Ich hatte mir meinen ersten Arbeitstag nach dem Urlaub auch anders vorgestellt.«

Seine Stimme war schon wieder kräftiger geworden, stellte Tina erleichtert fest.

»Du hast ein Schädel-Hirn-Trauma«, sagte Hannes. »Du hast Glück gehabt, das hätte auch erheblich schlimmer ausgehen können. Ist dir übel? Hast du Sehstörungen? Kannst du dich an den Unfall erinnern?«

»Wenn ich liege, ist alles gut. Ich darf mich nur nicht aufsetzen, dann kommt mir alles hoch. Aber ich kann gucken wie ein Adler. Hast ein bisschen zugelegt, was?«

Hannes klopfte auf seinen Bauch. »Svea kocht einfach zu gut, was soll ich machen?« Er lachte. »Und, weißt du, was passiert ist?«

»Ich erinnere mich, dass ich ins Büro gekommen bin. Die Tüte mit dem Knochen lag auf dem Tisch, und ich habe sie in die Hand genommen. Danach wurde alles schwarz, und das Nächste, was ich weiß, ist, dass Tina plötzlich da war.«

»Du hast den Angreifer also nicht gesehen?«, erklang eine Stimme hinter ihnen.

Tina drehte sich zu dem Sprecher um. »Jan!«

Jan kam zu ihr, legte ihr den Arm um die Schultern und drückte sie leicht an sich.

»Leider nicht.«

Jan ließ Tina los, um sich eine Notiz zu machen. »Was hat es mit dem Knochen auf sich?«

Tina räusperte sich. »Den habe ich Onkel Lorenz gebracht. Ein Beagle hatte ihn im Magen, und ich habe dem Hund ein Brechmittel gespritzt. Zum Glück kam der Knochen raus.«

Jan blickte Tina an. »Na und? Bestimmt war es ein Geflügelknochen. Du hast mir doch selbst erzählt, dass man Hunden keine Hühnerknochen geben soll.«

»Das ist es ja! Es war eben *kein* Geflügelknochen. Er sah aus wie ein Menschenknochen.«

So, jetzt war es heraus.

Jan hatte die Augenbrauen hochgezogen und sah von Tina zu ihrem Onkel.

»Ein Menschenknochen. In einem Hund. Wo soll der den denn gefressen haben? Hat er seinem Herrchen den Finger abgebissen?«

Hannes lachte, verstummte aber, als Tina ihm einen bösen Blick zuwarf.

»Der Knochen war in einer Hundewurst von ›Canis et Felis‹. Ich habe mich schon ein bisschen umgehört. Der eine Inhaber, Felix Manteuffel, ist schon seit ein paar Tagen verschwunden, und sein Mann, Anton, sagt nicht, wo er ist.«

»Du hast was?« Jan holte tief Luft. »Verdammt noch mal, Tina, wie oft soll ich dir noch sagen, dass du nicht Miss Marple spielen sollst! Wenn es wirklich ein Menschenknochen war, ist das die Arbeit der Polizei.«

Aus Erfahrung wusste Tina, dass sie besser erst einmal nichts mehr sagte, bis Jan sich abgeregt hatte. Er hatte Angst um sie, deshalb wollte er sie aus allem heraushalten, doch Tina war alt genug, sie konnte auf sich selbst aufpassen. Außerdem hatte sie Swatt und Daisy, die sie beschützen konnten.

»Und von wegen, du hast einen Friesenkrimi gelesen! Wusste ich es doch, dass du deine Nase wieder in Polizeiangelegenheiten stecken willst!«

»Ich wollte erst mal abwarten, ob es wirklich ein Menschenknochen ist, bevor ich dir Bescheid sage. Und den Krimi habe ich wirklich gelesen, aber schon letztes Jahr.«

Jan wanderte im Gang auf und ab, bis er sich ein wenig beruhigt hatte, und wandte sich dann an Onkel Lorenz.

»Und, ist es wirklich ein Menschenknochen?«

»Ich habe den Knochen nur kurz gesehen. Ich wollte ihn gerade aus der Tüte holen, als ich eins über den Schädel bekommen habe. Aber ich würde sagen, es könnte ein Menschenknochen gewesen sein.«

»Aber sicher bist du nicht?«

»Es sah aus wie die Phalanx distalis eines Fingers.«

»Könnte es auch ein Affenknochen gewesen sein?«, fragte Tina.

Ihr Onkel überlegte. »Um das festzustellen, hätte man ein CT machen und die Spongiosa, also das schwammartige Innere, untersuchen müssen. Anhand des Aufbaus der Spongiosa kann man feststellen, wozu die Hand hauptsächlich gebraucht wird, und das ist bei Mensch und Affe natürlich sehr unterschiedlich.«

Er stöhnte und fasste sich an den Kopf.

»Das reicht für heute«, sagte Hannes. »Lorenz braucht Ruhe.«

»Eine Frage noch, um sicherzugehen«, sagte Jan. »Du kannst also nicht hundertprozentig sicher sagen, ob es wirklich ein Menschen- oder doch ein Affenknochen war?«

Onkel Lorenz wollte den Kopf schütteln und stöhnte vor Schmerzen. »Habt ihr nicht was Stärkeres? Diese Kopfschmerzen bringen mich um.«

»Du bekommst gleich was«, versprach Hannes. »Ich versorge jetzt noch deine Stirnwunde, dann lasse ich dich auf die Station bringen. Bis morgen bleibst du auf jeden Fall hier, und dann sehen wir weiter.«

»Ich freue mich schon auf das leckere Essen und auf das Wecken mitten in der Nacht. Frühstück um sechs, herrlich! Und man schläft im Krankenhaus immer so gut.« Onkel Lorenz' Stimme troff vor Sarkasmus. Tina konnte ihn gut verstehen. Sie hasste den Aufenthalt in einem Krankenhaus mindestens genauso wie er.

Onkel Lorenz sah Tina an. »Danke, dass du da warst. Du kannst jetzt wieder los, du musst bestimmt noch arbeiten.«

»Ist nicht so wichtig.«

»Du kannst hier eh nichts tun. Ich leg mich gleich 'ne Runde hin, und du willst doch deinen armen alten Onkel nicht beim Sabbern im Schlaf beobachten.«

Er grinste schief, und Tina ging zu ihm und umarmte ihn, so gut es ging.

»Ich sag Mudder, sie soll dir ein paar Klamotten und Waschsachen bringen.«

»Gute Idee. Ich brauche auf jeden Fall ein frisches Hemd. Das alte ist voller Blut.«

Tina blickte auf das orangerote Hawaiihemd mit den Silhouetten von Palmen vor einem Sonnenuntergang, auf dem große Flecken von geronnenem Blut zu sehen waren.

»Sag ich ihr. Gute Besserung. Ich komme morgen wieder vorbei!«

»Mein Handy! Es liegt noch in meinem Büro.«

»Das habe ich mitgebracht.« Jan holte ein etwas lädiert aussehendes Smartphone aus der Tasche seiner Jeansjacke und reichte es Onkel Lorenz.

»Guter Junge, ich danke dir!«

Ein Pfleger trat an das Bett und rollte es in Richtung des Behandlungsraumes.

»Übrigens, kennt ihr den? Sagt der Patient zum Arzt: ›Herr Doktor, ich bin so wahnsinnig aufgeregt, das ist heute meine erste Operation.‹ Sagt der Arzt: ›Geht mir genauso.‹«

Tina grinste. »Mach's gut, Onkel Lorenz.«

Sie sah Jan an. »Wenn er schon wieder Arztwitze erzählen kann, geht es ihm besser.«

Tina wandte sich zum Gehen. Ein Pfleger schob eine alte Dame in einem Bett vorbei, und Tina drückte sich gegen die Wand, um sie durchzulassen. Als das Bett vorbeigerollt war, stellte Jan sich vor Tina und stützte seine Arme rechts und links von ihrem Kopf an die Wand.

»Er hat Glück gehabt. Was hast du eigentlich in der Gerichtsmedizin gemacht?«

»Darf ich nicht mal meinen Onkel besuchen?«

Jan antwortete nicht, sondern blickte Tina nur an. Sie stöhnte genervt.

»Oh Mann, ich war sowieso in Raisdorf, weil ich einen neuen Drucker kaufen musste, da habe ich bei Onkel Lorenz reingeschaut.«

»Weil du wissen wolltest, was mit dem Knochen los ist.«

»Und wenn?« Tina bückte sich unter Jans Arm hindurch und ging in Richtung des Ausganges.

»Du bringst mich in ein frühes Grab, Tina. Versprich mir, dass du dich nicht weiter da reinhängst.«

»Wenn du die Sache übernimmst, kein Problem.«

»Ich muss erst mal mit der Staatsanwältin sprechen. Allerdings haben wir keine Gewissheit, dass es wirklich ein Menschenknochen ist, und dann ist der Knochen auch noch verschwunden. Außerdem muss ich erst mal rausfinden, ob überhaupt jemand vermisst wird, denn ohne ein Opfer kann ich nicht viel tun. Ich kann mir nicht vorstellen, dass die Wagener dem Fall eine hohe Priorität einräumen wird.«

»Felix wird vermisst.«

»Aber offenbar nicht von seinem Mann. Was hast du gesagt, wie der heißt? Anton?«

Tina nickte. »Wenn der ihn umgebracht hat, wird er natürlich nicht sagen, dass er verschwunden ist.«

»Eher umgekehrt, würde ich denken. Wenn Anton ihn wirklich ermordet hätte, würde er ihn gerade als vermisst melden, denn es wäre doch sehr verdächtig, wenn dieser Felix wochenlang von niemandem gesehen würde, und ihm als Einzigem kommt das nicht komisch vor? Nein, Tina, das ist unlogisch.«

»Hm.« Tina überlegte. »Aber er hat die perfekte Gelegenheit, Felix loszuwerden. Er schmeißt ihn in den Cutter, und ruck, zuck ist er Hundewurst.«

Tina sah, wie Jan grünlich um die Nase wurde, und sie grinste. Der Herr Hauptkommissar war manchmal etwas empfindlich, wenn es zu eklig wurde. Das konnte in seinem Job manchmal hinderlich sein, und Tina wusste, dass Jan auf der Arbeit deswegen öfter mal aufgezogen wurde.

»Ich habe den Cutter in Aktion gesehen, der haut alles klein. Es kann aber theoretisch mal ein Knochen unzerkleinert rauskommen, hat Anton gesagt.«

Jan blieb so ruckartig stehen, dass eine Krankenschwester, die hinter ihnen hergegangen war, ihm fast in die Hacken getreten wäre.

»Passen Sie doch auf«, fauchte sie und drängte sich an ihnen vorbei. Jan beachtete sie gar nicht.

»Erzählst du mir gerade, dass du zusammen mit dem Mann, den du für fähig hältst, seinen Ehemann ermordet und zu Wurst verarbeitet zu haben, die Zerkleinerungsmaschine besichtigt hast? BIST DU DENN VON ALLEN GUTEN GEISTERN VERLASSEN?« Jan brüllte so laut, dass die Angestellte am Empfang mit gerunzelter Stirn zu ihnen herüberschaute.

»Nicht so laut, die Schwester guckt schon«, zischte Tina und zog Jan am Ärmel durch die Eingangstür. »Sanne war auch dabei. Sie kennt Anton von früher.«

»Sanne war auch dabei. Na, da bin ich aber beruhigt.«

»Kein Grund, sarkastisch zu werden.«

Jan sah Tina an und fuhr sich mit der Hand durch die kragenlangen blonden Haare.

»Und, gehst du der Sache nach?«

»Ich versuche es. Aber wenn mein Chef und die Wagener kein grünes Licht geben, kann ich nicht viel tun.«

»Aber ein Mensch ist ermordet worden! Und Onkel Lorenz wurde brutal überfallen!«, rief Tina.

»Der Überfall wird natürlich untersucht. Das wird aber Mirko machen oder Anne, die sind für Raubüberfälle zuständig.«

»Na gut, dann Tschüss. Und danke für nichts!«

Tina wandte sich zum Gehen, als ihr einfiel, dass ihr Auto noch vor der Gerichtsmedizin stand. *Mist.*

Sie drehte sich zu Jan um, der mit seinem Autoschlüssel spielte und sie angrinste.

»Soll ich dich zu deinem Auto fahren?«

Tina überlegte kurz, ein Taxi zu nehmen, doch dafür war ihr das Geld dann doch zu schade. »Aber nur unter Protest.«

Jan drückte auf die Fernbedienung, der silberfarbene Audi direkt vor dem Eingang des Krankenhauses blinkte, und die Türen schnappten auf.

»Das ist absolutes Haltevorbot. Hast Glück gehabt, dass du nicht abgeschleppt worden bist.«

»Ich hab das Blaulicht auf dem Dach. Das verhindert das Abschleppen.«

»Praktisch, so was brauche ich auch.«

Jan lachte, nahm das Blaulicht vom Dach und fuhr los. Sie legten die Fahrt schweigend zurück. Jan bremste vor Tinas Auto, und sie stieg aus. Bevor sie die Tür zuschlug, lehnte sie sich noch einmal in das Wageninnere.

»Sagst du mir Bescheid, ob du den Fall bearbeiten kannst?«

»Nur, wenn du mir versprichst, dich auch dann rauszuhalten, wenn das nicht der Fall sein sollte.«

»Okay.« Tina hielt die Finger hinter ihrem Rücken gekreuzt.

Jan sah sie skeptisch an. »Das ging mir ein bisschen zu schnell. Ich meine es ernst, Tina. Halt dich raus!«

»Mach's gut.«

Tina warf die Tür zu und wartete, bis Jan losgefahren war, bevor sie in ihr Auto einstieg. Obwohl sie es eilig hatte, zurück in die Praxis zu kommen, fuhr sie noch nicht los, sondern sammelte ihre Gedanken.

Der Mörder – denn Tina war mittlerweile fest davon überzeugt, dass es einen Mord gegeben hatte – hatte Onkel Lorenz brutal überfallen. Und sie hatte ihn gesehen! Sie erschauerte, als sie an seinen Blick dachte: kalt und kontrolliert. Sie würde herausfinden, wer er war, das war sie dem Opfer und natürlich ihrem Onkel schuldig. Wer ihre Familie angriff, bekam es mit ihr zu tun.

Bevor sie losfuhr, rief Tina Sanne an. »Hallo Sanne, du, ich bin noch in Kiel, mein Onkel ist überfallen worden.«

Tina hörte, wie Sanne nach Luft schnappte.

»Nee, ne? Wie geht es ihm?«

»Er hat eine Gehirnerschütterung und eine Platzwunde, aber es geht schon besser. Er muss auf jeden Fall bis morgen im Krankenhaus bleiben.«

»Hammer! Grüß ihn von mir.«

»Ich fahre jetzt zurück, aber wahrscheinlich komme ich etwas später. Kannst du mit Swatt und Daisy eine kurze Pipirunde drehen?«

»Klar, mach ich. Bis gleich. Dann musst du mir aber alles erzählen.«

Tina fuhr los und telefonierte mit ihrer Mutter. Nach dem

ersten Schrecken sagte diese zu, sofort zu Onkel Lorenz' Haus zu fahren und ihm ein paar Sachen zu bringen. Tina war erst ein kurzes Stück auf der B 76 gefahren, als sie vor der Baustelle bei Elmschenhagen in einen Stau geriet. Als sie endlich Gas geben konnte, war es schon zehn nach drei. Sie fuhr schneller als erlaubt und hoffte, dass sie nicht geblitzt würde. Um kurz nach halb vier bog sie auf den Parkplatz an der Stadtgrabenstraße ein und parkte auf ihrem Stammplatz. Sie schnappte sich den Drucker und ging im Laufschritt zu ihrer Praxis. Im Wartezimmer saßen bereits vier Leute mit ihren Tieren, und Tina zog sich schnell um.

»Bereit, der Erste kann reinkommen«, sagte sie zu Sanne, die sich die Haare in Lila umgefärbt und zu kurzen Stacheln hochgegelt hatte. Sie sah aus wie die Milka-Kuh, nachdem diese die Nase in eine Steckdose gesteckt hatte.

Sie arbeiteten konzentriert, und nach einer Stunde war das Wartezimmer leer.

»So, erzähl. Was ist passiert?«, fragte Sanne und steckte sich einen Kaugummi in den Mund. »Auch einen?«

Sie hielt die Tina die Packung hin, doch diese schüttelte den Kopf.

Tina erzählte Sanne von dem Überfall und davon, dass ihr die Statur des Angreifers irgendwie bekannt vorgekommen war.

»Es hätte durchaus Anton sein können, die Größe kam auf jeden Fall hin.«

»Es gibt viele Männer, die so groß sind wie Toni.«

»Aber nicht alle haben ein Motiv, meinen Onkel zu überfallen.«

»Hast du Jan von dem Knochen erzählt?«, wechselte Sanne das Thema.

»Ja, er ist auch ins Krankenhaus gekommen. Er hat aber gesagt, dass es sein kann, dass die Staatsanwältin dem Fall keine Priorität einräumt.«

»Was? Das gibt es doch gar nicht!« Sanne sah Tina mit weit aufgerissenen Augen an.

»Er meinte, der Knochen wäre weg, außerdem wäre es nicht sicher, dass es ein Menschenknochen ist, weil Onkel Lorenz den Knochen noch nicht untersucht hatte, als er gestohlen wurde. Und außerdem wäre kein Opfer da.«

»Tja, meine Liebe, wenn die Polizei nichts tun will, dann gibt es nur eine Möglichkeit.« Sanne grinste breit.

»Nein, Sanne, kommt nicht infrage. Das ist viel zu gefährlich. Denk an deine Jungs.«

»Du machst das nicht allein, klar? Außerdem sind wir ein tolles Team. Wir haben doch auch die Morde auf Gut Finkenstein aufgeklärt.«

»Wobei Swatt und ich fast draufgegangen wären, und Ferdinand auch.«

»Das lag nur daran, dass du dich allein in die Höhle der Löwen gewagt hast. Wenn du mich mitgenommen hättest, hätte ich dir den Rücken freihalten können.«

Sanne sah Tina triumphierend an und ließ eine Kaugummiblase zerknallen.

»Gegen die Pistole hättest du auch nichts machen können.«

»Wenn ich von hinten mit einem Baseballschläger gekommen wäre, dann schon.«

»Sanne …«, begann Tina.

»Oder mit einem Golfschläger. Damit kenne ich mich ja jetzt aus.«

»Nur weil du mal zwanzig Minuten auf einem Golfplatz verbracht hast, kannst du noch lange nicht golfen.«

»Ich will das Ding ja auch nicht zum Golfen benutzen. Ich frage Marion, ob ich einen von den alten Schlägern bekommen kann. Am besten einen mit einem schön großen Kopf oder wie das Teil heißt, mit dem man den Ball schlägt. Damit hätte ich einen schönen Scheitel in die Frisur kerben können.«

»Und würdest jetzt wegen Mordes im Knast sitzen.«

»Alte Spaßbremse, dann nehme ich eben einen Regenschirm oder packe mir einen Wackerstein in die Handtasche«, sagte Sanne unbeeindruckt. »Weißt du, was das Wichtigste ist, was wir jetzt brauchen?«

»Ein Antiaggressionskurs?«

»Quatsch«, erwiderte Sanne, die gegen Ironie immun war. »Wir brauchen einen Namen. Alle coolen Detektive haben einen Namen. Magnum ist leider schon vergeben, der ist richtig cool, aber sein Schnauzbart ist ein bisschen abtörnend, finde ich. Wie wäre es mit ...« Sie kaute heftig auf ihrem Kaugummi, während sie überlegte. »Ich hab's! Wie wäre es mit Smith und Wesson? Du bist Smith und ich Wesson. Oder umgekehrt, wenn dir das lieber ist.«

»Sanne, ich finde ...«

»Oder, warte – Sanne Holmes und Doktor Deerten?«

Tina musste lachen. Sanne hob die Hand.

»Halt, ich hab noch was Besseres. Wie wäre es mit ›Die beiden Bitches‹?«

»Wie wäre es mit ›Die beiden Bescheuerten‹?«

Sanne warf Tina einen angewiderten Blick zu.

»Du nimmst das nicht ernst genug. Wir brauchen natürlich auch Visitenkarten, die geben wir den Leuten dann, so wie im Film.« Sanne senkte die Stimme, sodass sie klang, als hätte sie eine heftige Halsentzündung. »Wenn Ihnen noch was einfällt, hier ist meine Karte.« Sie musste husten, und Tina lachte, bis ihr die Tränen die Wangen herunterliefen.

»Wir brauchen keine Visitenkarten. Wir sind keine Detektive, sondern schnüffeln einfach nur so herum«, sagte sie, als sie sich wieder beruhigt hatte.

»Wie wäre es mit ›Tierische Schnüffler‹?«, fragte Sanne. »Das passt auch auf Swatt und Daisy, die gehören ja schließlich dazu.«

Tina verdrehte die Augen. Das Leben mit zwei Vierjährigen färbte doch etwas zu stark auf Sanne ab.

»Wir sind doch nicht bei den Fünf Freunden, Sanne.«

»Dann mach doch einen besseren Vorschlag.« Als Tina schwieg, fuhr Sanne fort: »Also, dann bleibt es bei ›Tierische Schnüffler‹.«

Tina seufzte. »Das ist aber kein offizieller Name, den benutzen wir nur unter uns, dass das klar ist.«

»Och menno, warum denn?«

»Wir sind keine Detektive, und ich will auch nicht den Eindruck erwecken, wir wären es. Dazu braucht man eine Lizenz und weiß der Geier, was noch alles.«

»Hm, na gut«, sagte Sanne. »Also, was machen die ›Tierischen Schnüffler‹ als Erstes?«

»Wir müssen rausfinden, ob Felix wirklich verschwunden ist und wer der Typ war, den ich bei Antons Haus gesehen habe. Am besten, wir zeigen so vielen Leuten wie möglich das Foto, das ich gemacht habe. Irgendjemand muss ihn doch kennen.«

»Schick mir das Bild mal, am Wochenende ist Kinderkleidermarkt in Preetz, da schlagen immer irre viele Leute auf. Da kann ich das Bild rumzeigen.«

Tina hob den Daumen. »Wer könnte denn wissen, wo Felix ist? Vielleicht ist er wirklich nur für ein paar Tage verreist.«

»Die jetzigen Freunde von Toni kenne ich nicht, dazu sehen wir uns zu selten. Zuletzt habe ich ihn dieses Jahr auf dem Stadtbuchtfest gesehen, da war er mit Felix da.«

»Du weißt nicht, wo er damals hingezogen ist?«

»Nee, irgendwo auf einen Bauernhof. Aber da wohnt er ja eh nicht mehr.«

»Wir können die Nachbarn im Steinbergweg fragen.« Tina überlegte. »Wohnt da nicht Frau … wie heißt die noch, die mit dem weißen Zwergpudel? Die kanntest du doch von irgendwoher.«

»Meinst du etwa die olle Breugel-Kronenberg, meine alte Mathelehrerin?«

Tina nickte. »Kannst du die nicht mal besuchen und unauffällig ausquetschen?«

Sanne verzog das Gesicht. »Ausgerechnet die blöde Schnepfe? Da lass ich mir eher 'ne Wurzelbehandlung ohne Betäubung machen. Und außerdem: Mit welcher Begründung soll ich die denn bitte besuchen?«

Tina ließ sich in den Schreibtischstuhl fallen und legte die Beine auf den Tisch, während sie nachdachte. Dann drehte sie sich zum Computer herum und öffnete die Kartei von Frau Breugel-Kronenberg. »Der Hund heißt Sissy. Und rate mal, wer in der nächsten Woche geimpft werden muss?«

Sannes Augen leuchteten. »Das passt ja gut. Aber hoffentlich kommt sie auch rechtzeitig, nicht, dass sie erst in drei Wochen zum Impfen aufschlägt.«

»Ruf sie an und sag, dass wir heute Abend einen Hausbesuch machen.«

»Meinst du nicht, dass sie das komisch finden wird? Das machen wir doch sonst auch nicht.«

»So wie die drauf ist, glaubt die doch, die Welt kreist um sie und ihre Sissy. Die wird bestimmt nicht ablehnen, wenn es nicht extra kostet.«

»Kannst du da nicht alleine hinfahren? Bei der Alten krieg ich immer noch 'ne Gänsehaut, wenn ich sie sehe. ›Sanne, komm an die Tafel. Diese Aufgabe sollte sogar für dich zu lösen sein.‹ Und dabei wusste sie genau, dass ich keine Ahnung von Dreisatz habe.«

Tina grinste. »Ich würde ja alleine fahren, aber ich glaube kaum, dass sie Sissy gut festhalten kann. Sissy windet sich doch immer wie ein Aal, wenn sie eine Spritze bekommen soll.«

»Och menno! Na gut, aber dafür muss ich einen Lohnaufschlag bekommen wegen Sannequälerei.«

»Wie wäre es mit einem Eis bei Gianni?«

»Vier Kugeln mit Sahne und Schokostreuseln.«

Tina zeigte Sanne den hochgereckten Daumen.

»Na gut, ich ruf sie gleich an, dann habe ich es hinter mir. Sonst noch was?«, fragte Sanne.

»Außerdem müssen wir an die Zulieferliste rankommen. Falls Anton doch unschuldig ist, können wir so eine zweite Spur verfolgen«, sagte Tina. »Der Knochen kann nicht in einem Stück Muskelfleisch drin gewesen sein, also muss bereits zerkleinertes Fleisch geliefert worden sein. Wenn die Leiche nicht doch bei ›Canis et Felis‹ zerhackt wurde.«

»Toni war das nicht«, sagte Sanne, klang aber nicht mehr so zuversichtlich wie noch am Tag zuvor.

»Deswegen versuchen wir ja, die Zulieferer rauszufinden. Leider wird Anton uns die Liste nicht freiwillig geben, er war richtig sauer, als ich gesagt habe, dass ein Knochen in der Wurst war.«

»Das bedeutet, dass wir in den Laden einsteigen müssen.« Sannes Augen leuchteten, und sie griff nach ihrem Handy. »Wie wäre es morgen Abend? Da ist meine Mutter zu Hause und kann auf die Jungs aufpassen.«

»Das passt. Jan ist mit seinen Kumpels unterwegs, ich habe freie Bahn.«

»Ist das aufregend! Wer hätte gedacht, dass wir noch mal in einem Mordfall ermitteln können! Die ›Tierischen Schnüffler‹ haben ihren zweiten Fall!«

»Jetzt müssen wir uns nur noch überlegen, wie wir reinkommen wollen«, sagte Tina. Das freudige Strahlen in Sannes Gesicht verschwand so schnell wie das Grinsen der Grinsekatze beim Anblick eines Tierarztes.

Sie fing sich aber schnell wieder und kramte nach ihrem Handy. »Wir gucken mal auf YouTube. Da gibt es bestimmt irgendwo 'ne Anleitung, wie man ein Schloss knackt.«

»Dafür braucht man Übung, Sanne! Wir wollen doch keine halbe Stunde oder noch länger an dem Schloss rumfummeln, da sieht uns sonst noch jemand.«

Sanne ließ das Handy sinken. »Hast du eine bessere Idee?«

»Am einfachsten wäre es, wenn wir einen Schlüssel hätten. Aber woher nehmen und nicht stehlen?«

»Toni hat doch einen Schlüssel. Ich fahre beim ihm vorbei und klaue – äh, ich meine, leihe den Schlüssel aus.«

»Aber wenn er den Schlüssel braucht, während wir ihn haben? Nein, das ist zu riskant.«

Daisy trottete zu Tina und setzte sich neben sie. Gedankenverloren streichelte Tina Daisys Ohren. Swatt drängte sich zwischen sie und drückte sich gegen Tinas Bein.

»Ja, du wirst natürlich auch gestreichelt, Großer.« Tina strich ihm über das Fell. »Ich hab's!«, rief sie schließlich. »Wir fahren tagsüber zum Betrieb. Eine von uns lenkt Toni und die Sekretärin ab, und die andere sucht nach den Listen.«

Dann ist es wenigstens nicht auch noch Einbruch, sondern »nur« Diebstahl, wenn wir erwischt werden.

»Das müssen wir aber in der Mittagspause machen. Geht bei mir, morgen holt meine Mutter die Jungs ab, weil ich an den Freitagen mittags eh nicht nach Hause fahre. Lohnt sich ja nicht, wenn es um zwei schon wieder weitergeht«, sagte Sanne.

»Also gut. Morgen Mittag nach der Sprechstunde dann.«

Sanne grinste. »Die ›Tierischen Schnüffler‹ legen los! Ich überlege mir schon mal, wie ich Toni und die Sekretärin ablenken kann.«

Kapitel 6

Nach der Nachmittagssprechstunde fuhren Tina und Sanne zu Frau Breugel-Kronenberg. Wie Tina es sich schon gedacht hatte, war Sannes ehemalige Lehrerin nicht im Geringsten überrascht gewesen, dass Tina bei ihr und Sissy einen Hausbesuch machen wollte. Zum Glück hatte sie am frühen Abend Zeit, und so klingelten Tina und Sanne gegen halb sieben in dem kleinen Klinkerhäuschen am Steinbergweg. Der winzige Garten war akkurat gepflegt, die Astern und Rosen, die neben dem mit Natursteinen gepflasterten Weg gepflanzt waren, standen in Reih und Glied. Nicht das kleinste Fitzelchen Unkraut war zu sehen, und die Beete waren frisch geharkt.

»Die Blumen kriegen bestimmt einen Eintrag ins Klassenbuch, wenn sie nicht schön genug wachsen«, sagte Sanne und kicherte.

Durch das offen stehende Fenster neben der Tür erklang Klaviermusik. Irgendetwas Klassisches, Schwermütiges, Schumann oder Liszt, vermutete Tina. Sie drückte auf den Klingelknopf aus poliertem Messing. Als die Melodie der Glocken von Big Ben durch das Haus hallte, brach die Musik ab, und Hundegebell ertönte. Wenig später wurde die Tür von einer schlanken Frau Mitte sechzig geöffnet, deren Gesicht trotz der fortgeschrittenen Jahreszeit noch stark gebräunt war. Die kleinen Löckchen der dunkel gefärbten Dauerwelle der Lehrerin passten zu den Locken des weißen Zwergpudels, der um sie herumsprang und schrill bellte. Die Frau trug eine dunkelblaue Stoffhose zu einer dezent gemusterten Bluse.

»Sie sieht noch genauso aus wie früher«, flüsterte Sanne.

Frau Breugel-Kronenberg sah Sanne missbilligend an. »Sanne Finke. Wer flüstert, lügt. Hast du das immer noch nicht gelernt?«

»Äh, na ja, ich ...«, stammelte Sanne. Tina grinste. Die Lehrerin musste ihre Schüler sehr gut im Griff gehabt haben, dass sie es schaffte, die sonst so rotzige und schlagfertige Sanne mundtot zu machen.

»Sie können die Impfung im Wohnzimmer machen«, sagte Frau Breugel-Kronenberg. »Bitte ziehen Sie Ihre Schuhe aus, ich habe gerade gesaugt.«

Sie wartete nicht, bis sich Tina und Sanne ihrer Schuhe entledigt hatten, sondern verschwand in einem Raum am Ende des Flurs. Tina und Sanne sahen sich an, und Tina zog die rechte Augenbraue hoch. Als sie die Schuhe ausgezogen hatten, folgten sie der Lehrerin in das kleine Wohnzimmer. An der rechten Wand stand ein geöffnetes Klavier, links befand sich eine Sitzgruppe aus einem Zweiersofa und einem Sessel. Die Rückenlehne des Sofas quoll über von Kissen, die alle ein Pudelmotiv hatten und samt und sonders grauenhaft kitschig aussahen. Das galt auch für die Porzellanpudel, die auf verschiedenen Beistelltischchen, den Fensterbänken und in der Schrankwand aus Kirschholz standen. Das Zimmer war völlig überheizt; Tina zog schnell ihre Regenjacke aus. Sie sah sich kurz um und versuchte, sich ihr Grauen angesichts der Einrichtung nicht anmerken zu lassen. Ein Blick auf Sannes entsetztes Gesicht zeigte, dass auch diese mit dem Anblick zu kämpfen hatte.

»Sanne, zieh mal die Impfung auf«, sagte Tina. Sanne schüttelte den Kopf, wie um den Anblick zu vertreiben, und öffnete die Arzttasche aus italienischem Leder, die Tina von ihren Eltern zum bestandenen Dritten Staatsexamen geschenkt bekommen hatte.

Während Sanne die Impfung aufzog, untersuchte Tina die kleine Hündin, die die ganze Zeit mit dem Schwanz wedelte.

»Schön haben Sie es hier«, sagte sie und vermied es, Sanne anzuschauen, da sie sich deren ungläubigen Blick auch so vorstellen konnte.

»Seit dem Tod meines Mannes habe ich ein wenig umdekoriert. Er mochte meine Porzellanpudel nicht so gern, aber jetzt kommen sie schön zur Geltung. Finden Sie nicht auch?«

»Sie sind sehr präsent«, antwortete Tina. Sanne reichte ihr die Spritze und hielt Sissy fest. Diese wand sich und versuchte, Sannes Griff zu entkommen.

»Sanne, du erwürgst die arme Sissy ja!«, rief Frau Breugel-Kronenberg.

»Mach schnell«, zischte Sanne Tina zu, und diese injizierte die Impfung unter das gekräuselte Nackenfell der Pudelhündin. Sofort danach lockerte Sanne ihren Griff und setzte die Hündin auf den Boden, wo diese anfing zu jaulen und hektisch an der Injektionsstelle zu kratzen.

»Ist das normal?«, fragte ihr Frauchen und beugte sich zu ihrem Hund hinunter.

»Das hört gleich auf, manchmal juckt die Tollwutimpfung«, erwiderte Tina.

Frau Breugel-Kronenberg nahm ihren Hund auf den Arm, und zum Glück beruhigte Sissy sich wieder. Nachdem sie sie noch ein paar Mal gestreichelt hatte, setzte Frau Breugel-Kronenberg die Hündin ab und ließ sich auf dem Sofa nieder. Das Kissen mit dem Motiv eines weißen Pudels vor einem kitschigen Sonnenuntergang in Orange und Pink wackelte bedenklich, fiel aber zum Glück nicht herunter. Tina und Sanne bot sie keinen Platz an, und Sanne packte die leere Spritze und die Impfstoffdöschen wieder in die Tasche, während Tina den Impfpass ausfüllte.

Sanne zog die Rechnung aus der Tasche und drückte sie Frau Breugel-Kronenberg in die Hand. »Sie können gern gleich bezahlen, dann sparen Sie sich den Gang zur Bank.«

»Ich mache selbstverständlich Online-Banking, aber wenn du darauf bestehst, kann ich es dir auch in bar geben.«

Tina grinste in sich hinein. Seit sie Sanne eingestellt hatte, waren ihre Außenstände deutlich geringer geworden, weil diese darauf drängte, dass die Rechnungen sofort bezahlt wurden.

Sanne wartete, bis ihre ehemalige Lehrerin ein altmodisches Portemonnaie geholt und das Geld abgezählt hatte, natürlich ohne einen Cent Trinkgeld zu geben.

»Mein Bruder überlegt, sich hier in der Straße ein Haus zu kaufen«, sagte Tina, der das »Zu-verkaufen«-Schild, vor dem sie letztens geparkt hatte, wieder einfiel. »Wie sind denn die Nachbarn hier so?«

»Sie meinen bestimmt das Haus von den Hansens. Die hatten vor einiger Zeit einen Wasserschaden, da muss Ihr Bruder gut aufpassen, dass die Wände nicht noch feucht sind.«

»Ich sag es ihm. Und die Nachbarn? Sind die nett?«

»Nun ja, da sind die Meiers, die haben zwei kleine Kinder, beide völlig unerzogen, aber das wollen die Eltern natürlich nicht hören. Bei denen habe ich mich schon öfter beschweren müssen, weil die Gören auch in der Mittagspause im Garten rumgeschrien haben. Ich mache immer einen Mittagsschlaf von vierzehn bis fünfzehn Uhr, da wird man ja wohl mal seine Ruhe haben können.«

Die Lehrerin sah Tina so empört an wie eine Katze, der man zum wiederholten Male die falsche Futtersorte vorgesetzt hat.

Tina gab einen unverbindlichen Laut von sich, und die Lehrerin fuhr fort. »Na ja, die Steens sind recht nett, ganz ruhige Leute, allerdings trinkt er zu viel. Und dieses schwule Paar …« Sie schüttelte den Kopf. »Meist sind die ja auch recht ruhig, aber dieser Herr Kaminski knattert hier zu nachtschlafener Zeit dauernd mit seinem Motorrad durch die Straße. Ich schlafe nach vorn raus, da bin ich schon oft wach geworden. Und dann kann ich nur sehr schlecht wieder einschlafen.«

»Wie oft fährt er denn nachts hier durch die Gegend?«, fragte Tina.

»Vor ein paar Wochen zuletzt, da war es schon halb vier. Bis zum Weckerklingeln habe ich wach gelegen, eine Unverschämtheit war das. Als ich ihn darauf angesprochen habe, hat er gesagt, eine Harley wäre nun mal so laut und dass ich mich daran gewöhnen müsste. Das war eine bodenlose Frechheit!«

»Sie sagten, es wäre ein schwules Paar. Ist der Partner von Herrn Kaminski auch so unverschämt?«, fragte Tina.

»Herr Manteuffel, nein, der ist sehr kultiviert und gepflegt. Der passt gar nicht zu diesem Kaminski. Aber Herrn Manteuffel habe ich schon eine Weile nicht mehr gesehen. Nicht, dass ich hier Buch führen würde; leben und leben lassen, sage ich immer.«

Ja klar, wer's glaubt. Du sitzt bestimmt den ganzen Tag am Fenster und beobachtest die Nachbarn.

»Haben die denn viel Besuch? Ich könnte mir vorstellen, dass es dann mit den Parkplätzen etwas knapp wird«, sagte Tina.

»Nun, ab und zu kommen natürlich Freunde vorbei. In letzter Zeit war öfter so ein junger Mann hier.« Frau Breugel-Kronenberg überlegte. »Eigentlich habe ich ihn hier erst häufiger gesehen, seit Herr Manteuffel nicht mehr da ist. Ich könnte mir gut vorstellen, dass die sich getrennt haben. Herr Manteuffel hätte wirklich jemand Besseren verdient.«

Tina sah, dass Sanne zu einer heftigen Antwort ansetzen wollte, und schüttelte schnell den Kopf. Sanne zögerte, dann nickte sie. Sie zückte ihr Handy und zeigte ihrer Lehrerin das Foto, das Tina gemacht hatte.

»Ist das der Mann?«

Frau Breugel-Kronenberg setzte ihre Lesebrille auf und betrachtete das Bild. »Ja, das ist er. Aber wieso interessiert dich das, Sanne? Und woher hast du das Foto?« Das Misstrauen in ihrer Stimme war nicht zu überhören.

Mist, Subtilität lag Sanne nicht wirklich.

»Wollt ihr mich hier über die Nachbarn aushorchen? Na, das ist doch wohl der Gipfel!« Frau Breugel-Kronenberg sprang auf und funkelte die beiden jungen Frauen an. »Ich bin doch keine Klatschtante, die über die Nachbarn herzieht.«

»Ich wollte wirklich nur wissen, auf was für eine Nachbarschaft mein Bruder sich hier einstellen müsste«, sagte Tina.

»Na, alles Weitere wird er selbst herausfinden müssen. Und im Übrigen, wer sagt mir denn, dass Ihr Bruder in unsere Straße passt?«

»Vielleicht guckt er sich das Haus auch gar nicht erst an. Bei solchen Nachbarn ist der Ärger ja schon vorprogammiert.«

»Bis auf diesen Herrn Kaminski ist das hier eine gute Gegend«, erwiderte die Lehrerin etwas spitz.

»Herrn Kaminski habe ich gar nicht gemeint«, sagte Tina und wandte sich zum Gehen.

Frau Breugel-Kronenberg sog scharf die Luft ein.

»Also, das ist ja wohl …«

»Tschüss und noch einen schönen Abend«, sagte Tina schnell. Sie zogen sich an und traten in den Garten hinaus. Die Haustür fiel mit einem Knall hinter ihnen zu, und Tina atmete erst einmal tief durch.

»Boah, war da 'ne Luft drin«, sagte Sanne. »Lass uns bloß zusehen, dass wir Land gewinnen. Falls du vorhast, bei der ollen Schabracke noch mal einen Hausbesuch zu machen, kannst du alleine fahren. Ich kam mir vor, als wäre ich wieder zwölf Jahre alt und müsste zum Vorrechnen an die Tafel.«

Inzwischen war es dämmrig geworden, eine dunkle Wolkenbank zog von Westen über den Himmel und schluckte fast das ganze Restlicht. Es hatte angefangen zu nieseln, und die beiden Frauen beeilten sich, in Tinas Isuzu zu steigen.

»Wie wär's zur Beruhigung der Nerven mit einer heißen Schokolade in der Fegetasche? Ich lad dich ein«, sagte Tina.

»Die Idee hätte von mir sein können.«

Tina wollte gerade losfahren, als sie im Rückspiegel einen grünen Jeep sah, der vor Antons und Felix' Haus anhielt.

»Da ist er wieder«, sagte sie und drehte sich auf ihrem Sitz um.

»Wer?«

»Der Typ von dem Foto!«

Sanne drehte sich ebenfalls um, und sie beobachteten, wie der große, schlanke Mann, der zwei Pizzakartons in den Händen hielt, bei Anton klingelte und von diesem eingelassen wurde.

»Immerhin hat er noch keinen Schlüssel«, sagte Sanne. »Ich bin echt fertig. Ich hätte nie gedacht, dass Toni Felix betrügt! Na warte!«

Sie drehte sich zurück und öffnete die Beifahrertür.

»He! Was hast du vor?«

»Den kaufe ich mir!« Sanne warf die Tür so heftig zu, dass der Wagen wackelte, und stürmte über die Straße.

»Sanne! Halt!«

In ihrer Hast, hinter Sanne herzukommen, stolperte Tina. Swatt quetschte sich an ihr vorbei und galoppierte die Straße hinunter.

»Swatt! Komm wieder her«, zischte Tina, doch Swatt rannte weiter und preschte kurz vor der Auffahrt zu Antons Haus an Sanne vorbei. Er bremste und schnupperte an einem zu einer Kugel geschnittenen Buchsbaum, bevor er das Bein hob und seine Markierung anbrachte. Sanne war ebenfalls an der Auffahrt angekommen, als sie zögerte. Tina legte einen Spurt ein und fasste Sanne am Arm.

»Was hast du hier eigentlich vor? Du kannst doch nicht wie der Racheengel höchstpersönlich in Antons Haus stürmen.«

»Hast du etwa eine bessere Idee?«

»Wir wissen doch gar nicht sicher, dass das Antons neuer Lover ist und dass Anton Felix ermordet hat.«

»Ach nee. Seit wann das denn nicht? Du hast doch die ganze Zeit gesagt, dass er Felix zerschreddert hat.« Sanne blickte Tina mit blitzenden Augen an.

»Aber wir haben keinen Beweis. Wenn er es wirklich war, wollen wir ihn doch nicht aufschrecken. Und wenn er unschuldig ist, stehst du dumm da.«

»Hm. Was schlägst du vor?«

Bevor Tina antworten konnte, lief Swatt mit wedelndem Schwanz einen kleinen Kiesweg entlang und verschwand um die Hausecke.

»Swatt, komm sofort her«, rief Tina leise. Sie wartete, doch kein Hund kam.

»Dieser Köter.« Sie folgte dem Weg um die Hausecke in einen gepflegten Garten. Sanne war ihr hinterhergekommen, und gemeinsam schlichen sie an einer Reihe von Schmetterlingsbüschen entlang, die noch in Weiß, Lila und Pink blühten. Ein Rasenmähroboter stand in seiner Ladestation und wartete auf seinen nächsten Einsatz. Nach einigen Metern kam ein großer Wintergarten in Sicht. Er war bestimmt zehn Meter lang und vier Meter breit und mit verschiedenen Pflanzen in großen Kübeln dekoriert. Tina sah Fuchsien, zwei Zitronen- und ein Mandarinenbäumchen sowie einige bunt blühende Pflanzen, deren Namen sie nicht kannte. Ein Tisch aus Bambus, der Platz für mindestens zehn Personen bot, stand in der Mitte des Raumes. Sechs Rattanstühle mit bunten Sitzkissen waren um den Tisch herum verteilt. Eine Reihe von Aktenordnern stand in der Mitte des Tisches, und einige Papiere lagen in einem unordentlichen Haufen neben den Ordnern. Das Licht aus den in die Decke eingelassenen LED-Leuchten warf einen bläulichen Lichtschein auf den kurz gemähten Rasen und die angrenzenden Rosenbeete. Der Malteser lag in einem Weidenkörbchen auf einem dicken Kissen und schien zu schlafen. An der dem Haus zugewandten Seite saßen Anton und der Unbekannte über ihre

Pizzen gebeugt und unterhielten sich. Dabei sah es so aus, als würde der Unbekannte auf Anton einreden, während dieser nur ab und zu nickte oder eine kurze Bemerkung machte.

»Schade, dass man nichts verstehen kann«, flüsterte Sanne. »Ich versuche mal, näher ranzukommen.«

Sie wartete Tinas Antwort nicht ab, zog sich die Kapuze ihrer halb rosa-, halb lilafarbenen Regenjacke tief ins Gesicht und schlich sich gebückt an den Wintergarten heran. Hinter einem Buchsbaum, der in Form eines Hasen geschnitten war, hockte sie sich hin. Leider war der Busch recht klein, sodass Sannes Kopf zwischen den Hasenohren hervorragte. Da der Busch nah am Wintergarten stand, wurde er durch den Lichtschein recht hell angeleuchtet.

»Sanne, komm wieder her«, zischte Tina, doch Sanne hörte sie nicht oder wollte sie nicht hören. Tina beobachtete, wie Sanne sich immer weiter vorbeugte. Plötzlich verlor sie das Gleichgewicht und kippte vornüber. Tina sah entsetzt, wie Sanne mit einem Poltern gegen das Fenster des Wintergartens fiel. Sanne konnte sich gerade noch mit den Händen am Glas abstützen, doch ihre Hände glitten mit einem quietschenden Geräusch an der Scheibe entlang, und sie fiel direkt vor dem Fenster auf den Bauch. Der Malteser schoss aus seinem Körbchen und fing an zu bellen. Swatt, der in großen Sätzen hinter dem Wintergarten hervorgesprungen kam, bellte begeistert mit. Er baute sich vor dem Fenster auf und kläffte den kleinen weißen Hund an, der wie ein Berserker hinter der Scheibe auf und ab sprang. Anton und der Unbekannte waren aufgesprungen. Ihre Blicke schweiften von Swatt zu Sanne und wieder zurück zu Swatt.

»Nichts wie weg!«, rief Tina.

Sanne rappelte sich auf, und die beiden wollten nach vorn zur Straße laufen. Doch der Unbekannte hatte eine Tür im Wintergarten zur Seite geschoben und war in den Garten gelaufen. Er stand jetzt zwischen ihnen und der Einfahrt.

»He, was machen Sie hier?«, rief er.

Anton war neben ihn getreten. »Sanne, bist du das?«, fragte er mit ungläubigem Unterton.

Tina und Sanne drehten sich um und rannten am Wintergarten vorbei in den hinteren Teil des Gartens. Swatt bellte die Männer noch mehrmals an, dann raste er hinter ihnen her. Seine Ohren wehten, die Zunge hing ihm vor Begeisterung seitlich aus dem Maul. Bellend überholte er Tina und Sanne und bremste vor einem etwa einen Meter hohen Jägerzaun. Tina blickte sich um und sah Anton und den Unbekannten in den Hintergarten laufen.

»Bleiben Sie sofort stehen!«, rief Anton.

»Los, über den Zaun«, sagte Tina und kletterte schnell über die Abtrennung. Swatt sprang in einem eleganten Satz über den Holzzaun und verschwand im Nachbargarten. Sanne kletterte ebenfalls über den Zaun, doch sie blieb mit ihren klobigen Schuhen zwischen den spitzen Brettern hängen, die oben über den Zaun hinausragten. Sie schwankte bedrohlich und konnte ihren Schuh gerade noch befreien, bevor sie auf Tina gefallen wäre. Sie stolperte und fiel wie ein Brett auf den vom Regen klatschnassen Rasen, der nicht so kurz gemäht war wie bei Anton und Felix und ihr deshalb die Jeans durchnässte. »Scheiße«, fluchte Sanne mit Panik in der Stimme.

»Da sind sie!«, rief der Unbekannte und rannte auf sie zu. So sportlich, wie er aussah, würde er bestimmt mit einem Satz über den Zaun hechten, und dann hätte er sie eingeholt.

»Swatt!«, rief Tina, während Sanne sich aufrappelte. Zum Glück kam Swatt sofort.

Tina zeigte auf den Zaun. »Hoppeldihopp!« Swatt sprang über den Zaun zurück in Antons Garten und kam direkt vor dem Mann auf dem Boden auf. Dieser bremste kurz vor Swatt ab, der sofort anfing zu bellen und die Zähne fletschte.

»Los, weiter. Swatt hält sie auf«, sagte Tina.

Sie hasteten durch den Garten. Im Dunkeln konnten sie kaum sehen, wohin sie liefen; Tina wäre fast gegen eine Schubkarre gelaufen, die mitten auf dem Rasen stand. Dem Geruch nach zu urteilen gammelte Rasenschnitt schon seit einer Weile in der Karre vor sich hin.

Endlich erreichten sie die Straße. Sie blieben stehen und sahen sich um. Kein Mensch war zu sehen. Tina pfiff schrill auf zwei Fingern. Swatts Gebell hörte auf, und Tina hoffte, dass er direkt zu ihr laufen würde. Ihr Auto stand nur etwa zwanzig Meter entfernt, Tina holte im Laufen den Schlüssel aus der Tasche und entriegelte die Türen. Gerade als sie beim Auto angekommen waren und die Türen geöffnet hatten, tobte Swatt an Tina vorbei und sprang mit einem Riesensatz auf den Beifahrersitz. Sanne quetschte sich neben ihn und zog die Tür zu. Tina war ebenfalls eingestiegen und machte den Motor an. Sie gab Gas und fuhr zunächst ohne Licht los.

»Swatt, geh nach hinten!« Swatt sprang auf die Rückbank und schüttelte sich, dass die Tropfen flogen.

»Da kommen sie!«, quietschte Sanne, die sich halb auf dem Sitz umgedreht hatte. Tina schaltete hoch und jagte den Wagen mit fast siebzig Sachen durch die schmale Dreißigerzone.

»Mach das Licht an!«, rief Sanne.

»Gleich. Ich will es ihnen nicht zu einfach machen, indem ich mein Kennzeichen auch noch beleuchte.«

Erst hinter einer Biegung schaltete sie das Licht ein. Sie bemerkte, dass sie das Lenkrad fest umklammert hielt, und lockerte den Griff. An den Adrenalinstoß beim Ermitteln würde sie sich wohl nicht so schnell gewöhnen. Sie hielt an der Einmündung zur B 76 an und blickte Sanne an.

»Was war das denn eben?«

Sanne wusste anscheinend genau, was sie meinte, und setzte ein schiefes Grinsen auf.

»Ich wollte unbedingt verstehen, worüber sie sich unterhalten. Da bin ich umgekippt. Das hätte dir auch passieren können.«

Tina räusperte sich nur.

»Nun tu nicht so. Das war ein Unfall.«

»Ich bin noch nie aus einem Hasenbusch gegen einen Wintergarten gekracht«, sagte Tina. Als ihr das Absurde der Situation zu Bewusstsein kam, brach sie in ihr röhrendes Lachen aus.

»Haha«, maulte Sanne, konnte sich aber doch nicht beherrschen und prustete ebenfalls los.

Als sie sich wieder beruhigt hatten, wischte Tina sich die Lachtränen aus den Augen.

»Willst du lieber gleich nach Hause oder doch noch auf einen Kakao in die Fegetasche?«

»Hast du denn irgendwas verstehen können?«, fragte Tina, als sie mit Blick auf den nächtlichen Höftsee in einer ruhigen Ecke des Restaurants saßen, wo zwei dampfende Becher Kakao mit Sahne und einem Schuss Rum vor ihnen standen.

»Kaum. Der Typ hat nur irgendwas von ›in Ruhe prüfen‹ und ›nicht in Panik ausbrechen‹ gesagt.« Sanne nahm einen großen Schluck des heißen Getränks und seufzte wohlig. »Ah, das habe ich gebraucht. Lecker!« Sie leckte sich die Sahne von der Oberlippe und sah Tina an. »Das klingt irgendwie nicht gut, oder?«

»Ich frage mich, was die da für Papiere liegen hatten.«

»Vielleicht Felix' Testament?«

Tina leckte den langstieligen Löffel ab, mit dem sie die Sahne untergerührt hatte, und fuchtelte damit herum.

»Könnte sein. Allerdings braucht Anton, wenn er der Erbe ist und einen Erbschein beantragen will, eine Leiche, sonst bekommt er gar nichts. Felix muss erst für tot erklärt werden.«

»Dann war es keine gute Idee, Felix verschwinden zu lassen.« Sanne trank einen weiteren Schluck. »Ich kann es kaum glauben, dass ich so was mal über Toni sagen würde.«

Tränen traten ihr in die Augen, und Tina legte ihr eine Hand auf den Arm.

»Was hatten wir für einen Spaß. Er war wie ein großer Bruder für mich. Er hat mit mir gespielt, obwohl er so viel älter war als ich.« Sie brach ab und wühlte in ihrer Tasche nach einem Taschentuch. Als sie es gefunden hatte, schnäuzte sie lautstark hinein.

»Ich kann einfach nicht glauben, dass er sich so sehr verändert hat, dass er seinen Mann umbringt.«

»Wer weiß, was er in den Jahren erlebt hat, in denen ihr euch nicht gesehen habt«, erwiderte Tina. »Warum sind wir Idioten eigentlich weggelaufen? Wir hätten doch behaupten können, dass Swatt uns in den Garten abgehauen ist und wir ihn holen wollten.«

»Stimmt, aber ich war so erschrocken, da konnte ich nur abhauen.«

Tina rührte in ihrem Kakao. »Ich auch. Manchmal ist man aber auch bescheuert.«

»Tja, passiert ist passiert, da beißt die Maus keinen Faden ab.« Sanne trank ihren Kakao aus. »Und was machen wir jetzt?«

»Wie besprochen, wir müssen an die Zuliefererlisten ran.«

»Oh, Shit! Das hatte ich schon wieder vergessen. Was sage ich Toni denn, wenn er mich fragt, was ich im Garten gemacht habe?«

»Du sagst, dass Swatt uns abgehauen war und dass wir einen so großen Schrecken bekommen haben, als der Typ aus dem Wintergarten gestürzt kam, dass wir in Panik weggelaufen sind.«

Sanne guckte zweifelnd. »Das glaubt der nie im Leben.«

»Wenn du es selbst glaubst, klappt das schon. Menschen wollen nur das glauben, was Sinn macht. Und da es für Anton völlig absurd ist, dass du in seinem Garten rumgeschnüffelt hast, wird er es dir abkaufen.«

»Na, ich weiß nicht.«

Kapitel 7

Tina trat in die Pedale und raste mit ihrem Mountainbike auf dem schmalen Waldweg die Wolfsschlucht hinunter. Sie hatte keine Ahnung, warum die kleine Schlucht im Deertenwald diesen Namen trug, denn soweit sie wusste, waren hier noch nie Wölfe gesichtet worden. Die Hunde rannten mit Höchstgeschwindigkeit vor ihr her, Swatt bellte vor Begeisterung. Kurz vor der Einmündung des Waldweges auf den Wanderweg, der direkt am Ufer des Vierer Sees entlangführte, bremste Tina scharf ab und schlingerte um die Kurve. Swatt war mit einem großen Satz ins Wasser gesprungen und trank gierig. Daisy stand am Ufer und achtete sorgsam darauf, dass ihre Pfoten beim Trinken nicht nass wurden. Tinas Blick fiel auf zwei zerdrückte Bierdosen, die im Laub neben dem Weg lagen. Mussten die Leute überall ihren Müll hinwerfen? Sie bückte sich und schmiss die Dosen in ihren Fahrradkorb. Sie würde nie verstehen, warum es den Menschen möglich war, volle Dosen oder Flaschen zu transportieren, es ihnen aber völlig unmöglich war, die leeren Dosen auch wieder mit nach Hause oder zum nächsten Mülleimer zu nehmen. Was sie schon an Müll aus dem Deertenwald geholt hatte!

Swatt sprang aus dem Wasser und lenkte sie von ihren Gedanken ab. Sie blickte auf die Uhr. Schon fast neun! Sie musste sich beeilen, dass sie nach Hause kam. Leider musste sie heute schon wieder mit dem Auto fahren, weil sie mittags zu Anton wollten. Aber nächste Woche würde sie auf jeden Fall wieder mit dem Rad fahren, egal, wie das Wetter sein würde.

Die Sonne blitzte hinter einigen grauen Wolken hervor und tauchte den See in ein silbernes Licht. Es roch nach Laub und nasser Erde, und es war still bis auf das Rauschen des Windes in den Erlen und Buchen am Wegesrand. Tina atmete tief ein, während sie wieder beschleunigte. Der Deertenwald war ein herrliches Fleckchen Erde, sie würde nirgendwo anders als auf dem Deertenhoff wohnen wollen.

Als sie durch das weiße, offen stehende Tor auf den Hof fuhr, trat Tinas Mutter Christa gerade aus der Haustür des weißen Gebäudes der ehemaligen Meierei, in dem Tinas Eltern seit der Übergabe des Hofes an Tinas Bruder Kai lebten. Tina winkte ihrer Mutter zu, fuhr über die kiesbestreute Auffahrt und bremste vor ihrer Mutter ab. Diese trug, obwohl es nur etwa elf Grad warm war, ihre geliebten Birkenstocksandalen ohne Socken. Im Winter wechselte sie auf geschlossene Birkenstocks, doch erst wenn es richtig kalt wurde, zog sie murrend Socken und Winterstiefel an. »Meine Füße können in diesen dicken Schuhen nicht richtig atmen«, pflegte sie zu sagen. Tina bekam schon Frostbeulen an den Zehen, wenn sie ihre Mutter nur anguckte. Die Kälteresistenz hatte sie eindeutig nicht von ihr geerbt, Tina fror im Gegenteil sehr schnell. Heute hatte ihre Mutter die Zehennägel in einem hellen Rosaton lackiert, der hervorragend zu ihrer rosa-weiß karierten Bluse passte. Die dunklen Haare, die seit einiger Zeit von ein paar grauen Strähnen durchzogen waren, trug sie wie meistens zu einem lockeren Dutt hochgesteckt.

»Tina! Moin! Ich habe eben mit Lorenz telefoniert, er wird wahrscheinlich heute Nachmittag entlassen.«

»Wie schön! Holst du ihn ab, oder soll ich fahren?«

»Du musst ja arbeiten. Ich mach das schon.« Ihre Mutter blickte sie besorgt an. »Du warst doch gestern in der Gerichtsmedizin. Was ist eigentlich genau passiert? Lorenz hat sich etwas wirr ausgedrückt, als ich ihm seine Sachen gebracht habe.«

Tina erzählte ihrer Mutter in Kurzform, was passiert war.

»Und du hast den Knochen in einem Hund gefunden? Wie ist er denn bloß dahin gekommen?«

»Das wird hoffentlich die Polizei herausfinden.« Ihre eigenen Ermittlungen erwähnte Tina lieber nicht, ihre Eltern waren noch ganz geschockt von den Ereignissen im Sommer, als Tina in eine Morduntersuchung hineingezogen worden war, und hätten es am liebsten gesehen, wenn Tina zu ihnen ins Gästezimmer gezogen wäre, obwohl der Fall aufgeklärt war.

»Mudder, ich muss weiter, ich bin spät dran.«

»Dann mal los! Und vergiss nicht, dass Jan und du am Sonntag zum Familienessen kommen wollt. Es gibt Sauerbraten mit Kartoffeln und grünen Bohnen.«

»Das haben wir fest eingeplant.«

»Ich freue mich so, dass es mit euch was Ernstes ist. Das wurde auch langsam Zeit, dass du dich nach Sven mal wieder richtig verliebst.«

Ihre Mutter sah Tina verträumt an. Anscheinend hörte sie schon die Hochzeitsglocken läuten.

»Es ist nur ein Mittagessen, Mudder.«

»Jan ist aber auch ein Netter. Sei froh, dass du Sven los bist. Ich fand ihn immer ein bisschen arrogant.«

Aha. Seit wann das denn?

»Du hast doch immer gesagt, er wäre genau der Richtige für mich.«

»Ein paar Zugeständnisse muss man natürlich immer machen.«

»Und was für Zugeständnisse muss ich bei Jan machen?« Tina wurde langsam sauer.

Ihre Mutter schien es allerdings nicht zu bemerken. »Na ja, sein Job ist natürlich nicht ideal, der ist schon recht gefährlich. Aber vielleicht wird er bald befördert und muss dann nicht mehr selbst raus. Das wäre auf jeden Fall besser für die Kinder, wenn sie sich nicht jeden Tag Sorgen machen müssen, ob ihr Vater im Dienst erschossen wird.«

Tina war so geschockt, dass sie erst einmal Luft holen musste.

»Welche Kinder? Weißt du etwas, was ich nicht weiß?«

Ihre Mutter blickte Tina ins Gesicht und schien zu merken, dass irgendetwas gerade ganz fürchterlich schieflief.

»Wollt ihr denn keine Kinder?«

»Mudder! Wir sind gerade mal zwei Monate zusammen! Da denkt man doch noch nicht an Familienplanung!«

»Du bist ja auch nicht mehr die Jüngste.«

Tina war kurz vorm Explodieren, und ihre Mutter fügte schnell hinzu »Also, nur zum Kinderkriegen. Sonst stehst du ja in der Blüte deines Lebens.«

»Ich bin zweiunddreißig, Mudder! Es gibt Frauen, die bekommen noch mit über vierzig ihr erstes Kind. Nicht, dass ich überhaupt ein Kind will«, erwiderte Tina heftig. »Für Enkelkinder musst du dich auf Kai und Sabrina verlassen. Da ist es ja bald so weit.«

Als Tina in der Praxis ankam, war Sanne bereits da. Diese zappelte vor Aufregung hin und her, und es war ein Wunder, dass sie wegen der angestauten Energie nicht in die Luft ging.

»Ich habe mir was echt Gutes als Ablenkung ausgedacht«, sagte sie mit leuchtenden Augen.

»Was denn?«

»Das wirst du schon sehen. Ich habe gestern Abend zu Hause geprobt, als die Jungs im Bett waren.«

Tina sah Sanne an. Diese kaute auf einem Keks, und die Krümel sprühten aus ihrem Mund heraus, während sie sprach. Zusammen mit den Haaren, die sie heute blau gefärbt hatte, und den vor Aufregung geweiteten Augen sah sie aus wie das Krümelmonster mit ADHS.

»Auweia. Vielleicht will ich gar nicht wissen, was es ist.«

»Es wird toll, glaub mir!«

»Wenn wir drin sind, stell dein Handy auf Vibrationsalarm. Ich ruf dich an, wenn ich fertig bin«, sagte Tina.

»Geht klar, Boss.«

Die Sprechstunde war recht gut besucht, sodass die Zeit rasend schnell verging. Ehe Tina sich versah, war es bereits zwölf Uhr. Als der letzte Kunde, ein dünner Mann mit einem ebenso dünnen Podenco-Mischlingshund, die Praxis verlassen hatte, zogen Tina und Sanne sich um und machten sich auf den Weg nach Tramm.

Tina fuhr auf den Kundenparkplatz des Futterbetriebes und schaltete den Motor aus. »Toni ist da, dahinten steht seine Harley.«

»Gib mir ein paar Minuten und halt dich bereit.« Sanne blickte auf den Eingang und seufzte. »Das Einzige, was echt ätzend ist, ist, dass ich noch mal in diesen gruseligen Laden rein muss. Mir wird jetzt schon schlecht.« Sie kramte einen Kaugummi aus ihrer Tasche und schob es sich in den Mund. »Na gut. Frisch gewagt ist halb zerronnen«, sagte sie und sprang aus dem Wagen.

Tina grinste und beobachtete, wie Sanne die Eingangstür öffnete und im Haus verschwand. Sie wartete ein paar Minuten, dann stieg sie ebenfalls aus, ging rasch zu dem Gebäude und drückte sich links neben der Tür gegen die Backsteinwand. Sie lauschte, doch sie konnte absolut nicht hören, was drinnen vor sich ging. *Mist!*

Sie blickte sich um und entdeckte einen größeren Stein in dem Schotter neben der Eingangstür. Den hob sie auf und spähte vorsichtig um die Ecke. Durch das Fenster, das im oberen Teil der Tür eingelassen war, konnte sie den Vorraum und einen Teil des Büros der Sekretärin erkennen. Es war niemand zu sehen, und Tina öffnete die Tür einen Spalt weit und legte den Stein so in die Tür, dass sie nicht zufallen konnte. Als sie eine Bewegung sah, zog sie sich schnell wieder hinter die Ecke zurück.

»Frau Lehmann! Kommen Sie schnell! Herr Kaminski hat seiner Bekannten den Fleischwolf gezeigt, und jetzt ist sie ohnmächtig. Und Herr Kaminski sieht auch schon ganz blass aus!«

Die Stimme klang aufgeregt. Tina grinste, Sanne hatte anscheinend ganze Arbeit geleistet.

»Ich komme!« Tina hörte Schritte. Als die Tür zur Fabrik geöffnet wurde, wurden die Geräusche der Maschinen lauter, bis die Tür mit einem Klacken ins Schloss fiel. Tina schaute vorsichtig um die Ecke. Niemand zu sehen. Sie riss die Eingangstür auf und rannte zu dem Kabuff, in dem das Büro der Sekretärin untergebracht war. Der Computer, der auf dem Schreibtisch stand, war angeschaltet. Tina öffnete den Dateimanager und scrollte durch die Ordner. Bei dem Ordner mit dem Namen »Rechnungen« stoppte sie die Maus und klickte ihn an.

»Hundewelt, Zooladen Preetz, Leckerschmaus, das scheint die Kundenliste zu sein.«

Sie scrollte weiter. Angestellte, Formulare, Investitionen … »Wo sind die verdammten Lieferanten?«

Draußen war Motorengeräusch zu hören, und Swatt fing an zu bellen. Oh Schiet, da kam jemand! Tina sah sich in dem winzigen Büro und in dem Vorraum um. Nirgends gab es eine Versteckmöglichkeit, und die einzige Tür außer der Eingangstür führte in die Fabrik hinein. Eine Autotür schlug zu. Tina kam schnell hinter dem Schreibtisch hervor und lehnte sich gegen den Türrahmen. Keine Sekunde zu früh, denn die Eingangstür öffnete sich, und ein korpulenter Mann mit Eierkopf und Glatzenverdeckfrisur kam herein. Er trug einen Aktenkoffer und kam mit ausgestreckter Hand auf Tina zu.

»Moin Moin. Eggestorf von der Firma FleiKuFle. Ich wollte Ihnen unsere neuesten Produkte vorstellen.«

Er zog mehrere Hochglanzbroschüren aus seinem Koffer. Ein Vertreter also. Mit diesem Menschenschlag kannte Tina sich aus, da in ihre Praxis häufig Pharmavertreter kamen, die ihr die allerneuesten, supertollsten, nebenwirkungsfreiesten Medikamente verkaufen wollten.

»Ich bin hier nur Kundin«, sagte sie und setzte einen genervten Gesichtsausdruck auf. »Ich warte hier schon über eine halbe Stunde, aber anscheinend haben die da irgendein Problem mit einer der Maschinen. Das kann noch dauern, bis da jemand Zeit für Sie hat. Haben Sie denn einen Termin?«

»Nein, nein, ich war gerade in der Nähe und dachte, ich schaue kurz vorbei.«

»Wissen Sie was, warum geben Sie mir nicht die Broschüren, und ich gebe sie Frau Lehmann, wenn sie wiederkommt. Als Vertreter haben Sie sicher noch eine weite Strecke zu fahren, und das an einem Freitag. Sie stehen bestimmt dauernd im Stau, oder?«

»Oh ja, grauenvoll. Man fährt von einem Stau in den nächsten.« Herr Eggestorf kratzte sich am Kopf und zog die Hand schnell zurück, als er merkte, dass er die langen Strähnen, die er von links nach rechts über die Glatze gekämmt hatte, durcheinanderbrachte. Wahrscheinlich hatte jedes Haar einen Namen, dachte Tina boshaft. Herr Eggestorf schürzte die Lippen, als er nachdachte.

»Ich glaube, Sie haben recht. Meine Frau wird sich freuen, wenn ich heute pünktlich zu Hause bin. Heute ist unser Hochzeitstag, und ich habe einen Tisch bestellt. Im Landhaus Schümann in Rendsburg. Kennen Sie das?«

Tina schüttelte den Kopf. Herr Eggestorf drückte ihr die Broschüren in die Hand und wandte sich zum Gehen. »Schönen Gruß an die Herren Kaminski und Manteuffel. Ich schaue demnächst wieder vorbei.« Er öffnete die Tür und verschwand.

»Wurde auch Zeit.«

Tina warf die Broschüren achtlos auf den Schreibtisch und setzte sich wieder an den PC. Sie scrollte weiter durch die Ordner. »Zulieferer! Endlich.«

Sie öffnete die Datei. »Ackermann Highlands, Bartels' Hühnerhof, Biohof Rolf Anders, Demeterhof Ostseeblick. Volltreffer.«

Sie klickte auf das Drucksymbol, und unter dem Schreibtisch erwachte ein Drucker zum Leben. Tinas Handy vibrierte, eine Nachricht von Sanne.

Achtung!

Scheiße! Tina schloss die Datei und riss die Blätter aus dem Drucker. Zum Glück war er gerade fertig geworden, sodass sie keine Zeit verlor und aus dem Büro schoss. Sie war schon fast an der Eingangstür, als sich die Tür zur Fabrik öffnete. Frau Lehmann trat heraus. »Sie schon wieder.«

»Ich wollte ein paar getrocknete Lammohren kaufen.«

»Herr Kaminski möchte Sie hier nicht mehr sehen, auch nicht als Kundin.«

»Wenn er es sich erlauben kann, seine Kunden zu verprellen, bitte. Dann gehe ich halt wieder.« Tina drehte sich um und ging zur Tür.

»Ich werde Herrn Kaminski sagen, dass Sie hier waren«, rief Frau Lehmann ihr nach.

»Tun Sie, was Sie nicht lassen können. Ein zuvorkommender Umgang mit Kunden sieht allerdings anders aus.«

Tina riss die Tür auf, verließ das Gebäude und ging schnell zu ihrem Isuzu. Sie stieg ein und rief Sannes Nummer an. Nachdem sie es dreimal hatte klingeln lassen, legte sie auf und drehte sich auf ihrem Sitz so weit zur Seite, dass man sie vom Eingang der Fabrik aus nicht gleich erkennen konnte. Sicherheitshalber setzte sie auch noch ihre Sonnenbrille auf, obwohl es bewölkt war und dunkle Wolken heranzogen. So herrlich und ungewöhnlich heiß und lang der Sommer auch gewesen war, mit dem Herbstanfang war das gute Wetter anscheinend erst einmal für längere Zeit verschwunden.

Nachdem Tina etwa zehn Minuten gewartet hatte, hörte sie Sannes Stimme.

»Mir geht es wieder gut, Toni. Bestimmt, ich schaffe es allein bis zum Auto und nach Hause. Und das mit der Tasche tut mir echt wahnsinnig leid.«

»Tu mir nur einen Gefallen, Sanne: Komm nie wieder her. Nie wieder!«

»So viel Geld könnte man mir gar nicht geben, dass ich noch mal einen Fuß in deinen Laden setze.«

»Dann sind wir uns ja einig.«

»Mach's gut, Toni.«

Tina spähte unauffällig über das Lenkrad und sah Sanne, die mit einem breiten Grinsen schnell auf das Auto zukam. Die Beifahrertür wurde aufgerissen, und Sanne ließ sich auf den Sitz fallen.

»Und, hast du die Listen?«, fragte sie mit leuchtenden Augen.

Tina nickte. »Was hast du mit der Tasche angestellt?«

Sanne grinste so breit, dass sie eine Banane quer hätte verspeisen können.

»Ich hab so getan, als würde ich in Ohnmacht fallen. Ich weiß, dass Toni mit Krankheiten und allem, was dazugehört, überhaupt nicht umgehen kann. Er wurde dann auch recht blass um die Nase, nachdem ich mich hab fallen lassen.«

Sanne griff sich mit einer Hand an den Kopf. »Oh, mir wird so …« Sie rutschte ein Stück in Richtung des Fußraumes. »Oh Gott, ich glaube, ich werde ohnmächtig!« Sie rutschte ganz hinunter und ließ den Kopf auf die Seite fallen.

Tina lachte. »Sehr theatralisch, meine Liebe. Dass er darauf reingefallen ist …«

»Das war Oscar-reif, sie sind alle drauf reingefallen.«

»Oscar? Vielleicht hättest du eine Chance auf die Goldene Himbeere gehabt.«

»Du hast keine Ahnung von Schauspielerei! Ich war richtig gut. Und damit es noch ein bisschen mehr Chaos gibt, habe ich, während ich zusammengebrochen bin, meine Handtasche in den Fleischwolf geworfen.« Sanne rappelte sich wieder auf und setzte sich zurück auf den Sitz.

»Dein Handy und dein Portemonnaie waren hoffentlich nicht drin.«

Sanne warf Tina einen gekränkten Blick zu. »Seh ich aus wie Hein Blöd? Das war eine uralte Tasche, das Einzige, was da drin war, war ein Streifen Kaugummi. Das Handy und mein Geld habe ich in der Hosentasche.«

»Und, hat er dir die Geschichte mit Swatt in seinem Garten abgekauft?«

»Er war erst etwas misstrauisch, aber als ich erzählt habe, dass wir bei der ollen Breugel-Kronenberg zum Hausbesuch waren, hat er es geglaubt, und wir haben 'ne Runde über die Alte abgelästert.«

Tina gab ihr das Daumen-hoch-Zeichen und startete den Motor.

»Wir sollten sehen, dass wir Land gewinnen. Es muss nicht sein, dass Toni mich hier noch sieht.«

Nach einem kurzen Abstecher zum Stadtbäcker, bei dem Sanne sich drei Donuts mit quietschrosafarbener Glasur und bunten Streuseln und Tina sich ein Vollkornbrötchen mit Räucherlachs und grünem Salat holte, gingen die beiden Frauen kauend zurück in die Praxis. Tina blickte auf die Uhr und stopfte sich den letzten Bissen ihres Brötchens in den Mund.

»Ich drehe noch eine kurze Runde mit den Hunden, dann gucken wir uns unsere Beute an.«

Als Tina zurückkam, war Sanne bereits dabei, die Zettel durchzusehen. »Das sind drei Seiten! Die können wir nie im Leben alle überprüfen. Damit hätte sogar die Polizei ein Problem.« Sanne warf das Blatt, das sie in der Hand gehabt hatte, auf den Behandlungstisch und nahm einen Schluck aus ihrer Kaffeetasse.

»Lass mich mal sehen.« Tina nahm das Blatt und überflog die Namen. »Du hast recht, das schaffen wir nie. Außerdem steht teilweise nur der Name des Hofes drauf, da müssten wir erst mal recherchieren, wer der Eigentümer ist.«

Sie nahm den nächsten Zettel und studierte ihn.

»Ah, den kenn ich. Der Lindenhof in Pfingstberg. Der gehört Hauke Niehaus, der ist ein Freund von meinem Bruder.«

»Und, können wir ihn auf die Verdächtigenliste schreiben?«

»Der ist total nett. Aber wer weiß schon, was Menschen zu einem Mord treibt?«

»Also gucken wir ihn uns mal an?«

»Nee, das ist doch Fischen im Trüben. Irgendwie müssen wir die Sache anders angehen, die Liste bringt uns überhaupt nicht weiter!«

Tina warf das Blatt Papier mit so viel Schwung zurück auf den Behandlungstisch, dass es direkt auf der anderen Seite wieder herunterfiel.

»Dann war meine Oscar-reife Vorstellung völlig umsonst?« Sanne blickte Tina gespielt entrüstet an.

»Sieht so aus.« Tina stand auf, hob das Blatt vom Boden auf und legte alle Zettel neben die Hundeleinen, um sie später mit nach Hause zu nehmen. Vielleicht würde ihr doch noch etwas auffallen, wenn sie sie in Ruhe noch einmal anschauen würde. Swatt lag auf dem Rücken in seinem Korb, und sie strich ihm über den Bauch, dann ließ sie sich auf den Schreibtischstuhl sinken und legte die Beine auf die Tischkante. »Wir haben keine Ahnung, wem der Finger gehört. Ohne Opfer wird es sehr schwierig werden, den Täter zu finden.«

»Und wenn doch irgendein Arbeiter aus Versehen den Finger in den Cutter gesteckt hat?« Sanne verzog das Gesicht. »Das muss derbe wehtun, wenn dein Finger geschreddert wird.«

»Ich glaube nicht, dass es so war. Erstens hätte man die Maschine angehalten, um den Finger zu retten, und außerdem hätte

Toni davon doch sicher etwas erwähnt, zumal ich ihn auf einen Unfall angesprochen habe.«

Tina streichelte Daisy, die sich neben sie gesetzt hatte, und dachte nach. »Ich sag es nur sehr ungern, aber unsere heißeste Spur ist immer noch Toni.«

»Vielleicht hat dieser neue Typ von Toni Felix umgebracht«, sagte Sanne mit blitzenden Augen. »Das würde doch passen. Er räumt Felix aus dem Weg und hat freie Bahn bei Toni!«

»Das wäre auch eine Idee. Es wäre für ihn bestimmt kein Problem gewesen, Tonis Schlüssel auszuleihen und ihn nachmachen zu lassen.«

»Ich bin so gut!« Sanne grinste. »Manchmal überrasche ich mich selbst. Und Toni kann ja wohl nichts dafür, wenn sein Lover Felix umbringt! Also konzentrieren wir uns auf den Kerl?«

»Würde ich sagen. Parallel sollten wir aber auch nach vermissten Personen recherchieren, falls Felix doch nicht das Opfer ist. Es ist immer besser, zweigleisig zu fahren.«

Sanne begann damit, Spritzen und Kanülen in den Spender nachzufüllen. »Kannst du Jan nicht mal fragen, ob jemand vermisst wird?«

Tina zögerte. »Ungern, aber es wird sich wohl nicht vermeiden lassen. Wir sehen uns morgen, da frag ich ihn.«

Sie starrte ins Leere. Bei den Worten »vermisste Person« klingelte etwas, aber sie kam nicht drauf, was es sein könnte. Irgendwer hatte doch erzählt, dass jemand verschwunden war. Aber wer?

Als die Nachmittagssprechstunde vorbei war, kontrollierte Tina ihr Handy und sah, dass sie eine WhatsApp-Nachricht von ihrer besten Freundin Mareike bekommen hatte. Seit dem ersten Tag im Kindergarten waren sie unzertrennlich. Der Tag war in Tinas Erinnerung untrennbar mit dem peinlichen Moment verbunden, als sie trotzig auf dem Boden gelegen hatte und die Sonnenblume, die alle Kinder bekommen sollten, nicht von der Leiterin, Frau Reisig, entgegennehmen wollte. Mareike hatte ihr die Blume mit einem schüchternen Lächeln gebracht, und seitdem waren sie allerbeste Freundinnen.

Hast du Lust auf Kuchen und Kaffee bei mir? Costa kommt heute Abend später, wir haben sturmfreie Bude. Sekt nicht ausgeschlossen! Wir wär's, wenn wir »The King's Speech« gucken?

Tina grinste. Die Filme mit Colin Firth konnten sie und Mareike immer wieder sehen. Sie schrieb schnell zurück, dass sie sich gleich auf den Weg machen würde.

Mareike wohnte in der Eutiner Straße schräg gegenüber der Apotheke.

»So habe ich die Konkurrenz fest im Blick«, hatte sie nach ihrem Einzug lachend gesagt. Mareike hatte vor ein paar Jahren die aus dem 17. Jahrhundert stammende Apotheke in der Langen Straße von ihrem Vater übernommen und wohnte seit ihrer Hochzeit im letzten Jahr mit ihrem Mann Costa in einer großzügig geschnittenen Vierzimmerwohnung mit Garten.

Als Tina klingelte, riss Mareike die Tür auf. Sie trug eine helle, kurzärmelige Bluse zu einer modisch zerrissenen Jeans. Ihre blonden Haare trug sie seit diesem Sommer in einer asymmetrischen Kurzhaarfrisur, bei der die linke Seite sehr kurz geschnitten war, während die rechte kinnlang war.

»Tina! Komm rein! Ich hab Donauwelle und Pflaumenkuchen besorgt. Die Sahne ist geschlagen, und der Sekt steht im Kühlschrank!«

»Klingt toll.«

Tina zog ihre Trekkingschuhe aus, an denen noch der Dreck aus dem Deertenwald klebte, und trocknete den Hunden mit dem bereitliegenden Handtuch die Pfoten ab. Anschließend folgte sie Mareike und den Hunden, die schon in die Küche vorausgegangen waren. Swatt saß vor dem Schrank, in dem Mareike die Hundeleckerlis aufbewahrte, und hypnotisierte die Tür, wobei ihm der Speichel aus dem Maul tropfte.

Mareike lachte und holte zwei große Hundekekse aus dem Schrank.

»Pfötchen, Swatt.« Swatt hob die rechte Vorderpfote, und Mareike warf ihm den Keks zu.

»Daisy kann noch keine Kunststücke, aber Sitz geht natürlich«, sagte Tina.

Daisy setzte sich hin, und Mareike lachte.

»Schlaues Mädchen.«

Daisy nahm den Keks mit weit vorgestrecktem Hals aus Mareikes Hand und verzog sich damit unter den Küchentisch.

Mareike goss zwei Tassen ihres Kaffees Marke »Herztod« ein. Tina brauchte immer eine große Menge Milch, um das starke Gebräu überhaupt trinken zu können. Mareike legte Tina ein großes Stück Donauwelle auf den Teller und nahm sich ein Stück Pflaumenkuchen.

»Hmm, lecker! Das hab ich gebraucht«, sagte Tina nach dem ersten Bissen und verdrehte genüsslich die Augen.

»Und, was gibt es Neues bei dir?« Mareike klatschte sich einen großen Schlag Sahne auf ihren Kuchen.

»Onkel Lorenz ist in seinem Büro überfallen worden«, erwiderte Tina kauend.

»Was? Wie geht es ihm?«

»Besser, Mudder hat ihn heute aus dem Krankenhaus abgeholt.«

Nachdem Tina einen weiteren Bissen Kuchen vertilgt hatte, erzählte sie Mareike von dem Knochen und von ihrem Verdacht, dass Anton oder sein Lover Felix umgebracht haben könnten.

Mareike hatte ihre Kuchengabel sinken lassen und Tina mit zunehmend entsetzter werdendem Blick angeschaut.

»Du musst Jan Bescheid sagen!«

»Hab ich schon. Er will mit seinem Chef und mit der Staatsanwältin sprechen, aber da der Knochen weg ist und auch keine Leiche gefunden wurde, rechnet er sich keine guten Chancen aus, dass er ermitteln darf.«

»Aber das gibt es doch gar nicht! Wie sicher ist es denn, dass es tatsächlich ein Menschenknochen ist?«

»Ziemlich sicher, aber eben nicht zu hundert Prozent und nicht offiziell. Ich habe diesem Anton auf jeden Fall schon mal auf den Zahn gefühlt.«

»Oh Mann, Tina, sei bloß vorsichtig! Denk dran, was im Sommer passiert ist, als du in dem Mordfall ermittelt hast. Du wärst fast gestorben!«

»Aber am Ende ist alles gut ausgegangen.«

Mareike seufzte. Tina wusste, dass Mareike wusste, dass es keinen Zweck hatte, Tina von einem einmal gefassten Entschluss abzubringen. Im Gegensatz zu ihrer Mutter, die dies immer noch nicht verstanden hatte, versuchte Mareike es deshalb gar nicht erst.

»Und was willst du jetzt unternehmen?«

»Ich muss rausfinden, wer dieser Typ war, der Anton besucht hat, und ob er wirklich der neue Lover ist. Da fällt mir was ein.« Tina zog ihr Handy aus der Tasche und zeigte Mareike das Foto. »Das ist er. Kennst du den?«

»Hm. Es könnte sein, dass er schon mal bei mir in der Apotheke war, er kommt mir vage bekannt vor.«

»Seinen Namen weißt du aber nicht?«

Mareike schüttelte den Kopf. »Aber schick mir das Foto mal, vielleicht weiß es Maja. Der Kerl könnte genau ihr Typ sein, und wenn er bei mir schon mal etwas gekauft hat, war er vielleicht schon öfter in der Apotheke. Ich bin ja auch nicht immer da, oder ich habe in der Zeit, in der er da war, einen anderen Kunden bedient. Da kann er durchaus bei Maja gelandet sein.«

»Das Foto ist schon unterwegs«, sagte Tina und schickte das

Bild auf Mareikes Smartphone. »Was ist jetzt mit dem Sekt?«, fragte sie.

Mareike sprang auf. »Den hätte ich fast vergessen!« Sie verschwand in der Küche, und kurze Zeit später hörte Tina den Knall eines Korkens, gefolgt von einem Fluch.

»Na, ist der Sekt explodiert?«, fragte Tina, als Mareike wiederkam und zwei volle Sektgläser auf einem kleinen runden Tablett balancierte. Mareike grinste schief.

»Der Korken ist von der Decke abgeprallt und mir gegen den Kopf geflogen.«

»Da sieht man es mal wieder, die meisten Unfälle passieren im Haushalt.« Lachend nahm Tina ihr Glas entgegen.

»Worauf trinken wir?«, fragte Mareike.

»Auf die hoffentlich bald erfolgreiche Aufklärung des Falles des geschredderten Knochens!«

»Auf den geschredderten Knochen!«

Als sie ihren Kuchen aufgegessen hatten, stellte Mareike den Fernseher an. Er war auf N3 eingestellt, wo gerade die Lokalnachrichten liefen. Im Hintergrund war das Bild von einer jungen Frau mit herzförmigem Gesicht und einer roten Lockenmähne zu sehen. Tina starrte auf das Foto.

»Aber das ist doch Merle!«

Mareike, die auf die Streaming-App umschalten wollte, hielt inne. »Kennst du die?«

»Die war letztens mit auf der Glyphosat-Demo. Mach mal den Ton lauter.«

»Im Fall der vor gut einer Woche spurlos von Bord der Schwedenfähre ›Stena Germanica‹ verschwundenen Merle Johansson gibt es trotz der Bemühungen der Eltern, die eine Homepage für Hinweise auf den Verbleib ihrer Tochter eingerichtet haben, immer noch keine heiße Spur. Anscheinend hat niemand die junge Frau auf der Fähre gesehen. Sie hatte ein einfaches Ticket für die Fahrt nach Göteborg gekauft und war am Abend des neunzehnten September von Kiel aus losgefahren. Ihr VW-Bus stand bei Ankunft der Fähre in Schweden auf dem Autodeck, von der Frau jedoch fehlt jede Spur. Die Chancen, etwas über ihren Verbleib herauszufinden, sinken mit jedem Tag. Die Polizei in Schweden geht davon aus, dass Merle Johansson während der Überfahrt über Bord gegangen ist. Ob es sich um einen Unfall oder um einen Selbstmord handelt, bleibt unklar. Der Polizei liegen keine Hinweise auf ein Fremdverschulden vor, sodass in dieser Richtung nicht weiter ermittelt wird.«

»Das gibt es doch gar nicht«, flüsterte Tina. »Sie war absolut engagiert und hat sich ganz allein mit den Störern der Demo angelegt. Ich kann mir nicht vorstellen, dass sie Selbstmord begangen hat. Aber natürlich kannte ich sie nicht besonders gut; wer weiß, was sie für Probleme hatte. Kam irgendwo aus Bayern.«

»Und wieso war sie hier in Plön auf einer Demo?«

»Sie war eine Ökoaktivistin, hat Caro mir erzählt. Ist mit ihrem Bus durch ganz Deutschland von einer Demo zur nächsten gefahren und hat sogar ein paar Wochen in 'nem Baum vor Stuttgart einundzwanzig verbracht.«

In den Nachrichten wurde mittlerweile das Wetter angesagt. Sturmtief »Max« sollte mit Windgeschwindigkeiten bis zu einhundertzwanzig Stundenkilometern über Norddeutschland hinwegfegen und ergiebigen Regen mitbringen.

»Tolles Wetter zum Wochenende«, maulte Mareike und öffnete die Streaming-App. Sie suchte *The King's Speech* und klickte auf »Jetzt ansehen«.

»Ich kann das immer noch nicht glauben«, sagte Tina, als der Vorspann über den Bildschirm lief.

»Ich denke, es gehen mehr Menschen über Bord, als man vermuten würde«, erwiderte Mareike. »Auf den Schrecken noch 'n Gläschen Sekt?«

»Aber nur ein halbes, ich muss ja noch fahren.«

Während des Films vergaß Tina Merle, doch als sie abends eingekuschelt in ihrem Bett lag, während die ersten Windböen den Regen gegen ihre Fenster klatschten, musste sie wieder an die junge Frau denken. Morgen würde sie Caro anrufen, die hatte sie besser gekannt. Caro. Tina fiel wieder ein, wer ihr von einer vermissten Person erzählt hatte. Es war Caro gewesen, die ihr erzählt hatte, dass Merle verschwunden war. Und sie hatte erzählt, dass Merle unbedingt auf die Anti-Genmais-Demo in Kiel gehen wollte. Aber warum fuhr sie dann nach Schweden? Und das auch noch ohne Rückfahrticket?

Kapitel 8

Tina hatte schlecht geschlafen. Sie war immer wieder aufgewacht und nur mit Mühe wieder eingeschlafen, weil ihre Gedanken um Merle gekreist waren. Um kurz vor sieben wurde sie wieder wach und drehte sich nach einem Blick auf die Uhr noch einmal auf die Seite. Doch das Heulen des Windes und das Rauschen der Wellen, die gegen den Strand schlugen, machten es ihr unmöglich, wieder einzuschlafen. Gegen halb acht stand sie schließlich auf und machte sich erst einmal einen starken Kaffee. Während der Kaffee durch die Maschine lief, stand sie in der Küche und schaute in den Regen hinaus, der in großen Schlieren an der Scheibe hinunterlief. Das andere Seeufer war nicht zu erkennen, noch nicht einmal die Möweninsel war in der grauen Suppe auszumachen. Sie gähnte wiederholt und war erst zwei Tassen Kaffee und ein Käsebrötchen später einigermaßen wach. Während sie die letzten Schlucke des heißen Gebräus trank, überlegte sie, wie sie den Samstag verbringen sollte. Jan würde erst am späten Nachmittag aus Kiel kommen und bis Montagmorgen bleiben. Vielleicht könnte sie zu Onkel Lorenz fahren, um zu schauen, wie es ihm ging. Sie könnte ihm dann das Röntgenbild von dem Beagle zeigen. Vielleicht konnte er anhand der Aufnahme sagen, ob es sich um einen Menschenknochen handelte. Elektrisiert von ihrer Idee sprang sie auf und zog sich wetterfest an. Nachdem sie eine nasse Runde mit den Hunden gedreht hatte und anschließend unter die Dusche gesprungen war, machte sie es sich mit einer weiteren Tasse Kaffee auf ihrem Sofa gemütlich, denn vor Mittag brauchte sie bei ihrem Onkel, der gern lange schlief und äußerst ungehalten auf Störungen seines Schönheitsschlafs reagierte, gar nicht aufzuschlagen. Seine schlechte Laune, die in der Kieler Mordkommission legendär war, bekamen normalerweise die Polizeibeamten ab, die ihn zu einem frühmorgendlichen Mordfall rufen mussten. Tina grinste. Jan hatte erzählt, dass in solchen Fällen in der Mordkommission Ching, Chang, Chong gespielt wurde. Der Verlierer musste Onkel Lorenz aus dem Bett klingeln.

Tina blickte auf ihre Armbanduhr mit den bunten Hundeköpfen auf dem Zifferblatt. Erst halb elf, sie hatte noch zwei Stunden Zeit, bevor sie losfahren musste. Swatt sprang neben ihr auf das Sofa, drehte sich ein paar Mal um die eigene Achse und rollte sich mit einem Seufzer neben ihr zusammen. Daisy legte sich lang ausgestreckt vor das Sofa und schlief sofort ein. Ihre Pfoten zuckten, und sie bellte leise, als sie träumte. Tina lächelte. Sie würde zu gern wissen, wovon Hunde träumten. Bestimmt vom Jagen, vom Spielen und Rennen.

Tina überlegte, nahm ihr Handy vom Couchtisch, suchte Caros Nummer und wählte. Das Telefon klingelte eine gefühlte Ewigkeit, und Tina machte sich schon bereit, auf die Mailbox zu sprechen, als Caro doch noch abnahm.

»Ja?«, murmelte sie.

»Oh, hab ich dich geweckt? Sorry, das wollte ich nicht.«

»Wie spät isses denn?«

Tina blickte auf die Zeitanzeige in ihrem Handy. »Gleich Viertel vor elf.«

»Oh Mist, so früh noch? Es ist Samstag, Tina!«

»Ich mach's kurz, dann kannst du weiterpennen. Sag mal, du hast mir doch erzählt, dass Merle weg ist.«

»Ist sie wieder aufgetaucht?« Caros Stimme klang jetzt deutlich munterer.

Oh Shit, sie hatte es noch nicht mitbekommen. Jetzt musste Tina ihr die schlechte Nachricht überbringen.

»Nicht direkt«, begann sie. »Gestern haben sie auf N3 berichtet, dass sie wohl über Bord einer Schwedenfähre gegangen ist.«

»Was? Das kann nicht sein! Was wollte sie denn in Schweden?« Anscheinend war Caro jetzt ganz wach geworden, denn sie schrie fast ins Telefon.

»Ich dachte, du hättest eine Idee, was sie da wollte.«

»Merle … Das kann doch gar nicht sein …«

Tina hörte ein Schluchzen, das gar nicht aufhörte.

»Pass auf, ich komme bei dir vorbei. Ich bin in zehn Minuten da, okay?«

Als Antwort kam nur ein weiteres Schluchzen. Tina beendete das Gespräch und verfluchte sich selbst. Sie hätte gleich zu Caro fahren sollen, aber sie hatte nicht damit gerechnet, dass Caro von Merles Verschwinden noch nichts gehört hatte. Tina zog sich ihre Wachsjacke über, die vom Morgenspaziergang immer noch klamm war, setzte sich ihre Baseballkappe auf, rief die Hunde und trat vor die Haustür. Der Wind riss ihr die Tür fast aus der Hand, und sie hatte Mühe, sie hinter sich zu schließen. Mit gesenktem Kopf rannte sie durch den Regen und öffnete die Wagentür. Swatt sprang sofort auf den Beifahrersitz und schüttelte sich. Daisy war nicht zu sehen. Tina drehte sich um. Die Hündin stand mit hängenden Ohren dicht an der Hausmauer und warf Tina einen ungläubigen Blick zu.

Tina musste lachen. »Na los, Daisy, komm her! Im Auto ist es trocken.«

Mit gekrümmtem Rücken und mit einem Schwanz, den sie so weit unter den Bauch geklemmt hatte, dass er fast vorn unter der Brust wieder herauskam, trottete Daisy zum Auto und sprang hinein. Tina schmiss die Tür zu und rannte zur Fahrerseite. Der Regen lief ihr mittlerweile an der Jacke herunter und tropfte auf ihre Jeans, wo er im Stoff versickerte, sodass ihre Beine kalt wurden. Sie sprang ins Auto, zog die Tür zu und ließ den Motor an. Die Scheibenwischer kämpften gegen die Wassermassen, die in

Sturzbächen die Windschutzscheibe hinunterliefen. Tina kam nur langsam voran und war froh, als sie in die Rodomstorstraße abbiegen konnte.

Caro wohnte unter dem Dach in einem hellen Mehrfamilienhaus gegenüber der Grundschule mit Blick auf die B 76. Der Regen hatte ein wenig nachgelassen, und Tina und die Hunde rannten zur Eingangstür, wo Tina klingelte. Sie hatte ein Hundehandtuch mitgenommen und trocknete den Hunden die Pfoten ab, während sie darauf wartete, dass Caro die Tür öffnete. Endlich ertönte der Summer, und Tina trat in das leicht muffig riechende Treppenhaus und stieg die drei Stockwerke bis in das Dachgeschoss hinauf. Caro stand in einem ausgeleierten schwarzen T-Shirt und knappen rosafarbenen Schlafshorts in der Tür. Ihr Gesicht war verquollen vom Weinen, ihre Augen waren gerötet, und statt einer Begrüßung zog sie geräuschvoll den Rotz in der Nase hoch. Als Tina näher kam, wandte sie sich wortlos ab und ging in das einzige Zimmer der kleinen Wohnung, an dessen hinterer Wand sich eine ausgeklappte Schlafcouch und ein Schreibtisch befanden. Gegenüber standen ein abgeschabter Couchtisch und ein Zweiersofa, über das Caro einen Überwurf mit einem Muster aus bunten Blumen und Vögeln drapiert hatte. Ein kleiner Flachbildfernseher stand auf einem Rollcontainer neben der Küchentür. Alles war aufgeräumt, nur auf dem Couchtisch standen ein einzelnes Rotweinglas und eine halb volle Flasche Merlot.

Caro ließ sich auf die Couch fallen und griff nach ihrem Handy. »Ich guck mir grad Bilder von Merle an«, sagte sie leise, während ihr eine einzelne Träne über das Gesicht lief. Tina setzte sich neben sie und legte ihr einen Arm um die Schultern. Sie schaute auf das Foto, das Caro geöffnet hatte. Es zeigte ein Selfie von einer breit grinsenden Caro und einer lachenden Merle, deren Gesicht allerdings im unteren Teil abgeschnitten war.

»Das waren wir nach der Demo gegen die Legehennenhaltung in Trappenkamp.« Ein weiteres Bild zeigte Merle vor der Geflügelfarm, auf dem sie ein Transparent mit dem Spruch: »Kein KZ für Hühner« hochhielt.

»Und hier sind wir auf der Demo gegen den Ausbau der Kieskuhle und gegen die Abholzung des Waldes in Niederkleveez.« Merle stand inmitten einer Gruppe von Demonstranten neben der Kieskuhle. Etwas abseits befand sich eine kleinere Gruppe, zwei Männer und eine Frau. Irgendwie kam Tina der Mann rechts im Bild bekannt vor.

»Darf ich mal?«, fragte sie und nahm Caro das Handy aus der Hand. Sie vergrößerte das Foto. »Das gibt es doch gar nicht!« Tina starrte auf das Bild. Anton trug eine Kappe, die er tief ins Gesicht gezogen hatte, trotzdem hätte sie ihn auch ohne das »Canis-et-Felis«-Logo auf der Mütze eindeutig erkannt. Er schaute Merle mit einem grimmigen Gesichtsausdruck an.

»Kennst du den?«, fragte Tina.

Caro nickte. »Klar, der ist öfter auf den Demos. Der hat ’nen Biohundefutterladen oder so.«

»Hat er was gegen Merle?«

»Wie kommst du darauf?« Caro blickte Tina überrascht an.

»Er guckt sie irgendwie wütend an, finde ich.«

Caro schaute das Foto genauer an. »Ich weiß nicht. So richtig fröhlich sieht der sowieso nie aus.«

»Hm.«

Tina wischte sich durch die anderen Fotos, doch Anton tauchte nicht wieder auf.

»Ich wusste gar nicht, dass du mit Merle so gut befreundet warst.«

»Wir haben viele Demos zusammen gemacht und uns auch sonst öfter getroffen. Sie war eine lustige Type; an das Bairische habe ich mich inzwischen gewöhnt. Das klingt eigentlich ganz putzig.«

Caro schniefte und schnupfte in ein Taschentuch, das schon sehr feucht aussah. Swatt setzte sich vor sie und legte ihr den Kopf auf den Oberschenkel. Caro lächelte unter Tränen und streichelte ihm den Kopf.

»Kannst du dir vorstellen, was sie in Schweden wollte?«, fragte Tina.

Caro blickte auf. »Das ist es ja gerade! Seit wir telefoniert haben, denke ich darüber nach. Sie wollte unbedingt auf die Anti-Genmais-Demo in Kiel. Die hätte sie unter keinen Umständen verpasst.«

»Gut, aber die ist ja erst Mitte Oktober. Da hätte sie doch nach Schweden fahren können und wäre rechtzeitig zurück gewesen.«

»Nee, Tina, das glaub ich nicht. Sie hätte es mir gesagt, wenn sie nach Schweden gewollt hätte. Wir hatten uns schon vor ein paar Wochen für morgen verabredet, weil wir unsere Plakate malen wollten. Sie hatte eine tolle Idee für ihr Plakat. Sie wollte einen Maiskolben in Form einer Pistole machen, die auf die Erde gerichtet ist. Auf der Erde sollten viele kleine Menschen stehen. Sie wollte dazu einen echten Maiskolben nehmen, den sie auf das Plakat aufkleben wollte.«

»Die ganze Sache ist merkwürdig. Tatsache ist aber, dass sie auf der Fähre war. Sie hat ein Ticket gekauft, allerdings nur für die Hinfahrt, und ihr Wagen stand auf der Fähre, als die in Göteborg angelegt hat.«

»Ich versteh das alles nicht, Tina.« Caro fuhr sich mit der Hand durch ihre Dreadlocks. »Ich kann mir nicht vorstellen, dass sie nach Schweden gefahren ist, ohne mir was zu sagen. Da stimmt irgendwas nicht.«

Tina fiel etwas ein. »Sag mal, hat sie nicht einen schwedischen Nachnamen? Jonsson oder so ähnlich? Vielleicht wollte sie Verwandte besuchen?«

»Sie heißt – sie hieß – Johannson. Aber von Verwandten

in Schweden hat sie nie was erzählt.« Caro schniefte erneut. »Kannst du dich nicht mal umhören? Du hast doch auch die Morde auf Finkenstein aufgeklärt.«

Tina zögerte. Sollte sie Caro erzählen, dass sie in dem Fall des Fingerknochens ermittelte? Lieber nicht, das würde sie wahrscheinlich zu sehr aufregen.

Caro verstand ihr Zögern falsch.

»Bitte, Tina! Die Polizei hat den Fall doch abgehakt. Über Bord gegangen auf der Fähre, das glaube ich keine Sekunde!«

»Ich kann dir nichts versprechen, aber ich schau mal, was ich tun kann.«

Caro sprang auf und umarmte Tina heftig, wobei ihr schon wieder die Tränen das Gesicht herunterliefen. Tina hielt Caro einen Moment lang fest, dann machte sie sich sanft los, und Caro ließ sich wieder auf das Sofa fallen.

»Soll ich dir einen Kaffee machen oder vielleicht einen Tee?«, fragte Tina.

»Ich hab einen Kräutertee im Schrank. Aber den kann ich mir auch selber machen.«

»Bleib sitzen, ich mach das schon. Willst du einen Keks dazu?«, rief Tina, die schon in die kleine Küche gegangen war und nach dem Tee suchte.

»Nur den Tee bitte.«

Tina versorgte Caro mit dem Getränk und sah auf die Uhr.

»Caro, kannst du mir ein Foto von Merle schicken?«

»Warum das denn?«

»Falls ich ihr Bild mal jemandem zeigen muss, um zu fragen, ob derjenige sie kennt, zum Beispiel.«

»Ach so.« Caro tippte auf dem Handy herum. »Das Foto ist schon unterwegs.«

»Kann ich dich allein lassen? Ich will noch meinen Onkel besuchen, der ist gestern aus dem Krankenhaus gekommen.«

»Mach ruhig, ich komm schon klar.«

Tina fuhr kurz in der Praxis vorbei, um ein Foto des Röntgenbildes zu machen. Der Regen hatte nachgelassen, doch der Wind blies unangenehm kalt um die Häuser und ließ die Markise des Blumengeschäfts flattern, als Tina schnell daran vorbei zu ihrem Auto lief. Kurz bevor sie auf dem Parkplatz ankam, lugte die Sonne zwischen den dicken grauschwarzen Wolken hervor und ließ deren Ränder kurz goldfarben aufleuchten, bevor sich die nächste Wolke vor die Sonne schob und der Tag wieder im Grau versank. Tina fuhr los, und der Regen setzte mit unverminderter Heftigkeit wieder ein, sodass sie deutlich langsamer vorankam, als sie gedacht hatte.

In Kiel staute sich der Verkehr schon auf Höhe der Abfahrt Elmschenhagen, und obwohl Tina die Altstadt umfuhr, stand sie eine Viertelstunde auf Höhe des Südfriedhofs im Stau. Genervt bog sie schließlich auf die mit hellen Steinen gepflasterte Auffahrt von Onkel Lorenz' Haus ab. Dieses lag südwestlich der Kieler Förde im Stadtteil Düsternbrook, südlich des Diederichsenparks. Hinter den Bäumen, die das Grundstück im Norden und Osten umgaben, und der Uferstraße lag die Kieler Förde. Im Winter, wenn die Bäume ihre Blätter verloren hatten, konnte man das Wasser der Förde durch die Äste blitzen sehen. Tina parkte neben dem silbermetallicfarbenen Alfa Romeo Spider 4 C ihres Onkels. Tina fand den Wagen etwas übertrieben, aber das musste so ein Männerding sein mit den exklusiven Autos. Ihr reichte es, wenn ihr Auto vier Räder und ein Lenkrad hatte und es sie sicher von A nach B brachte. Sie ließ die Hunde aus dem Wagen springen und rannte durch den strömenden Regen zu der in Dunkelblau und Weiß gestrichenen Eingangstür. Bevor sie klingeln konnte, wurde die Tür schon von ihrem Onkel aufgerissen. Er sah deutlich besser aus und hatte statt des Kopfverbands nur noch ein Pflaster auf der Wunde kleben. Sein Hawaiihemd des Tages war mit roten Aras und Palmen auf dunkelblauem Grund bedruckt.

»Tina! Wie schön, dich zu sehen! Komm rein, komm rein!«

»Du siehst viel besser aus, Onkel Lorenz«, sagte Tina, während sie ihre nasse Jacke auf einen Bügel hängte.

»Ich bin froh, dass ich dem Krankenhausmief entronnen bin. Die meisten Menschen sterben im Krankenhaus, wusstest du das, meine Liebe?«

»Da hab ich noch nie drüber nachgedacht.«

»Ist aber so. Möchtest du etwas trinken? Einen Kaffee, einen Tee oder lieber ein Wasser? Ich habe auch einen sehr leckeren Granatapfelsaft.«

»Ein Wasser wäre toll.«

Onkel Lorenz verschwand in seiner hochmodernen Küche, die er aber nur selten benutzte. Swatt und Daisy folgten ihm.

Tina hörte ein »Na, ihr beiden? Wollt ihr ein Leckerli?«, danach das unverwechselbare Geräusch von zwei Hunden, die Kekse fraßen. Onkel Lorenz erschien mit einem Cappuccino für sich und einem Glas Wasser für Tina. Tina ließ sich vorsichtig auf dem breiten zweisitzigen Sofa in Mittelblau nieder. Sie sank so tief ein, dass ihre Knie fast auf der Höhe ihres Kinns waren. Aus Erfahrung wusste sie, dass das Aufstehen ein ziemlicher Akt werden würde. Ihr Onkel setzte sich in einen Liegesessel in gleichem Design, der gegenüber einem Dreiundvierzig-Zoll-Flachbildfernseher und einer modernen Hi-Fi-Anlage stand. Aus den Lautsprechern ertönte das Impromptu in Es-Dur von Franz Schubert. Tina wusste dies so genau, weil sie vor einigen Jahren mit ihrem Onkel bei einem der letzten Konzerte des Pianisten Alfred Brendel in der Laeiszhalle in Hamburg gewesen war, wo der genau dieses Stück gespielt hatte. Es hatte Tina so sehr beeindruckt, dass sie sich die CD gekauft und das Stück mittlerweile viele, viele Male gehört hatte. Sie hatte die klassische Musik durch ihren Onkel lieben gelernt, der sie, seitdem sie acht Jahre alt war, immer wieder zu Konzerten mitgenommen hatte.

Neben der Terrassentür stand der Flügel ihres Onkels. Die schwarz polierte Oberfläche schimmerte im Licht der LED-Spots, die überall in der Decke verteilt waren.

Die Hunde rollten sich auf einem der dezent gemusterten Perserteppiche zusammen. Das Wohnzimmer war wie der Rest des Hauses picobello sauber und aufgeräumt. Tina fühlte sich immer etwas unwohl im Haus ihres Onkels, weil sie Angst hatte, dass die Hunde oder sie irgendetwas in Unordnung bringen könnten. Sie wusste zwar, dass ihr Onkel dies nicht so eng sah, doch das ungute Gefühl blieb.

»Wenn ich dich so ansehe, brauche ich gar nicht zu fragen, wie es dir geht«, sagte sie.

»Mir geht es blendend. Hannes wollte mich noch einen Tag länger zur Beobachtung dabehalten, aber der war immer schon überbesorgt. Er hat mich allerdings bis Mitte nächster Woche krankgeschrieben. Völlig unnötig, ich langweile mich jetzt schon fast zu Tode. Apropos Tod, kennst du den: ›Herr Doktor, ich kann mich nicht entscheiden zwischen Sterben und einer Operation.‹ Sagt der Arzt: ›Mit etwas Glück können Sie beides haben.‹« Onkel Lorenz lachte dröhnend.

»Den hast du mir neulich schon erzählt.«

»Ach? Na ja, macht nichts. Was führt dich zu mir, meine liebe Tina?«

»Erstens wollte ich sehen, wie es dir geht, und zweitens wollte ich dir etwas zeigen.«

Onkel Lorenz' Augen leuchteten auf, als er sich auf seinem Sessel vorbeugte.

Tina kramte in ihrer Jeanstasche nach ihrem Handy und holte das Foto von dem Röntgenbild auf das Display. Sie reichte es ihrem Onkel etwas mühevoll, da sie kaum aus dem Sofa hochkam, um es ihm über den Couchtisch zu schieben. Er betrachtete das Bild konzentriert und zog es größer.

»Der Knochen ist etwas verkippt, sodass er von schräg unten

aufgenommen wurde, aber ich würde schon sagen, dass es eine Phalanx distalis eines Menschenknochens sein könnte.«

Er legte das Handy zurück auf den Tisch und sprang auf.

»Komm mit, wir gehen zu Twiggy. Ich zeige dir den Knochen, von dem ich meine, dass er es sein müsste. Du hast den Knochen ja in natura gesehen, da müsstest du ihn wiedererkennen.«

Tina wühlte sich aus dem Sofa heraus und ging hinter ihrem Onkel über die freischwingende Wendeltreppe in den ersten Stock. Oben befanden sich das Schlafzimmer, ein geräumiges Bad, ein Gäste- und ein Arbeitszimmer. Ihr Onkel öffnete die Bürotür und winkte Tina hinein. Neben dem Schreibtisch stand das Pendant zu dem Modell eines menschlichen Skeletts, das ihr Onkel in der Rechtsmedizin stehen hatte. Während ihr Onkel das Skelett an seinem Arbeitsplatz nach der mageren Hauptfigur in *Sex and the City* Carrie getauft hatte, hieß dieses Skelett nach dem bohnenstangendünnen Model der Sechzigerjahre des vergangenen Jahrhunderts *Twiggy.* Ihr Onkel hatte es so arrangiert, dass sie lässig an seinem Schreibtisch lehnte, einen Arm in die Seite gestützt. Auf ihrem Kopf saß ein großer Strohhut mit einem geblümten Band, das Twiggy fast bis auf die Schulterknochen fiel.

Tina musste wieder einmal lachen, als sie Twiggy sah. »Vielleicht solltest du sie im Schrank verstauen, dann klappt es auch mal mit einem Wiederholungsdate.«

»Twiggy ist ein Test. Wenn eine Frau meinen schwarzen Humor nicht schätzen kann, wird es sowieso nicht funktionieren.« Ihr Onkel lachte, doch Tina spürte die Traurigkeit hinter seinen Worten.

»Bei meinem Beruf ist es schwer, eine Frau zu finden, die nicht schreiend davonläuft, wenn ich ihr von meinem Tag erzähle. Und dass ich auch nachts öfter mal losmuss, ist für eine Beziehung auch nicht gerade förderlich.«

Mist, warum hatte sie davon angefangen? Soweit Tina wusste, war die letzte längere Beziehung ihres Onkels über drei Jahre her.

Sie würde es ihm so sehr gönnen, wenn er endlich die Frau fürs Leben finden würde.

»Na was soll's, ich komme ja gut klar.« Lorenz nahm Twiggys knochige rechte Hand. »Wenn Sie gestatten, Gnädigste.«

Er zog die Hand nach vorn und deutete auf das letzte Fingerglied des Zeigefingers. »Hier, das ist die Phalanx distalis.«

»Sieht genauso aus wie der Knochen, den der Beagle gefressen hatte«, sagte Tina sofort.

»Dann kannst du davon ausgehen, dass es jetzt jemanden gibt, dem mindestens eine Fingerspitze fehlt.«

Onkel Lorenz drapierte den Arm wieder sorgfältig und tätschelte Twiggy die knochige Wange.

»Nur leider wird deine Aussage als Beweis nicht ausreichen. Der Täter wusste genau, warum er den Knochen gestohlen hat.«

»Du glaubst also auch, dass sich nicht nur jemand die Fingerkuppe im Cutter abgeschnitten hat«, sagte Tina, während sie hinter ihrem Onkel die Treppe wieder hinunterging.

»Das halte ich für unwahrscheinlich.« Onkel Lorenz setzte sich in seinen Liegesessel, während Tina unschlüssig vor der Couch stehen blieb und sich dann davor auf den Perserteppich setzte.

»Hast du etwas gegen meine wunderbare italienische Designercouch?«, fragte ihr Onkel mit hochgezogenen Augenbrauen.

»Wenn man wieder herauskäme, würde sie mir besser gefallen.«

Onkel Lorenz lachte. »Deswegen sitze ich normalerweise im Sessel, der ist wirklich bequem.«

Er griff nach seinem Cappuccino und nahm einen großen Schluck. Er wischte sich den Schaum von der Oberlippe und sah Tina an.

»Hast du mal darüber nachgedacht, woher der Täter wusste, dass du den Knochen in mein Büro gelegt hattest?«

Tina durchfuhr es wie ein Stromstoß. Nein, das hatte sie nicht.

»Ich habe es natürlich Sanne gesagt, und sonst nur diesem Anton.« Sie überlegte kurz. »Nee, mit Frau Hoffmann habe ich nicht darüber gesprochen.«

Sie bemerkte den fragenden Blick ihres Onkels. »Das ist das Frauchen von dem Beagle. Es muss Anton gewesen sein, niemand sonst wusste davon, dass ich den Knochen untersuchen lassen wollte. Ich hatte ihn ja eh schon in Verdacht, und Felix ist auch noch nicht wieder aufgetaucht!«

»Wer zum Geier sind eigentlich Felix und Anton?«

Tina klärte ihren Onkel über die beiden Tierfutterhersteller und ihre bisherigen Ermittlungen auf.

»Du siehst, alles passt hervorragend zusammen«, schloss sie ihren Bericht. Ihre Augen leuchteten. Der Mörder war erkannt. Jetzt musste sie den Mord nur noch beweisen.

»Was ist, wenn Anton es jemand anderem erzählt hat?«, fragte Onkel Lorenz.

Tinas Höhenflug endete mit einer Bruchlandung.

»Stimmt, das könnte sein. Aber dann müsste er den Mörder kennen und mit ihm gemeinsame Sache gemacht haben, warum sollte er ihn sonst warnen? Vielleicht war es tatsächlich der neue Lover von Anton.«

»Vielleicht wusste Anton auch nicht, dass er eine brisante Information weitergegeben hat.«

Tina seufzte. »Es wäre ja auch zu einfach gewesen, wenn wir den Mörder schon gefunden hätten.«

»Wir sind das B-Team, schon vergessen?«, sagte ihr Onkel. »Wir finden es schon noch raus. Ich helfe dir natürlich.«

Tina lachte. Das B-Team, richtig. Als sie wegen der Morde auf Gut Finkenstein ermittelt hatte, hatte ihr Onkel ihr unter die Arme gegriffen. Das A-Team waren Jan und seine Leute, während sie und ihr Onkel das B-Team waren.

»Gut, wir brauchen einen Plan«, sagte er. »Wir müssen herausfinden, wer Felix wo zuletzt gesehen hat.«

»Das kann Sanne versuchen rauszufinden. Obwohl – Anton wird ihr bestimmt nicht die Wahrheit sagen, wenn er wirklich der Mörder ist. Außerdem ist er nach dem Vorfall mit der Handtasche nicht mehr gut auf sie zu sprechen.«

Ihr Onkel grinste, dieser Teil der Ermittlungen hatte ihm anscheinend sehr gut gefallen.

Tina überlegte. »Vielleicht weiß Sannes Mutter etwas; die kennt Anton wohl recht gut.«

Onkel Lorenz hob den Daumen.

»Außerdem müssen wir wissen, wer der Typ ist, mit dem Anton sich neulich Abend getroffen hat.« Tina entsperrte ihr Handy und zeigte ihrem Onkel das Foto. »Kennst du den zufällig?«

»Nie gesehen.«

»Ich glaube, dass das der neue Lover von Anton ist.«

»Ein Mord, um den Partner loszuwerden? Geht natürlich immer, aber die gängige Variante heutzutage ist doch die Scheidung, oder nicht?«

»Du glaubst, ich habe mich darin verrannt, dass Anton der Täter ist, oder?«

»Ich sage nur, dass du andere Möglichkeiten nicht ausschließen solltest.«

»Es könnte auch sein, dass der neue Lover Felix ermordet hat, um bei Anton freie Bahn zu haben.«

»Das wäre möglich. Was sagt eigentlich Jan dazu?«

»Er sagt, die Staatsanwältin und sein Chef würden keine Ermittlungen einleiten, weil der Knochen weg ist und es kein Opfer gibt«, sagte Tina.

»Da wird er recht haben. Und genau deshalb wird das B-Team aktiv werden.«

»Na gut, wenn ich neue Erkenntnisse habe, melde ich mich bei dir.«

»Und was mache ich so lange?«

»Du schonst dich, damit du bald wieder fit bist.«

»Schonen kann ich mich, wenn ich tot bin.«

Tina lachte, stand auf und gab ihrem Onkel einen Kuss auf die glatt rasierte Wange.

»Ich muss los, Jan kommt heute Nachmittag.«

»Er ist ein wirklich netter Kerl. Ich freue mich, dass ihr zusammen seid.«

»Und Mudder erst. Sie ist mit der Familienplanung schon bei unseren Kindern angekommen. Ich wäre ja nicht mehr die Jüngste, da müsste ich jetzt bald mal loslegen!« Tina sah ihren Onkel empört an.

»Offiziell bist du bereits Späterstgebärende.«

»Jetzt fang du nicht auch noch an!«

Ihr Onkel lachte. »Weiß der werdende Vater eigentlich schon von seinem Glück?«

Tina schnaubte. »Ich bin echt froh, dass Sabrina und Kai bald ein Enkelkind präsentieren können. Dann wird Mudder hoffentlich abgelenkt sein.«

»Sehe ich dich morgen zum Familienessen?«

»Du willst auch kommen? Du kannst in deinem Zustand doch noch nicht schon wieder Auto fahren!« Tina sah ihren Onkel mit geweiteten Augen an.

»Ich nehme mir ein Taxi. Die Einführung deines Freundes in die Familie lasse ich mir auf gar keinen Fall entgehen.«

Tina verzog das Gesicht. Irgendwie ging ihr das alles viel zu schnell. Hoffentlich würde ihre Mutter Jan gegenüber nichts von Kindern erwähnen.

»Wird schon schiefgehen«, sagte ihr Onkel, der ihr Unbehagen offenbar gespürt hatte.

»Dein Wort in Gottes Ohr.«

Tinas Handy piepte. Jan hatte eine WhatsApp geschrieben, dass er um vier bei ihr sein wollte und dass er Pizza mitbringen würde.

Tina sah auf die Uhr. Schon Viertel nach drei. »Ich muss mal wieder los. Jan kommt gleich. Wir sehen uns morgen, Onkel Lorenz. Und übernimm dich nicht«, sagte sie und rief nach den Hunden.

Ihr Onkel brachte sie zur Tür. »Übrigens, kennst du den? Sagt der Arzt zum …«

»Den kenne ich schon.«

»Aber der ist ganz neu, habe ich heute Morgen erst gelesen.«

Tina öffnete die Tür und blickte missmutig in den immer noch strömenden Regen.

»Mach's gut, Onkel Lorenz!« Tina umarmte ihren Onkel und ging zu ihrem Auto.

Er blieb in der offenen Tür stehen, bis Tina und die Hunde eingestiegen waren und Tina den Wagen gestartet hatte. Sie winkte ihm kurz zu und fuhr rückwärts aus der Auffahrt, wendete und steuerte den Wagen in Richtung der B 76. Sie blickte auf die Uhr am Armaturenbrett. Schon fast halb vier! Sie trat aufs Gas. Sie musste sehen, dass sie vor Jan zu Hause war, denn wenn sie eins hasste, war es lauwarme Pizza.

Und ungelöste Geheimnisse.

Als Tina schlingernd in einer Pfütze vor ihrem Haus zum Stehen kam, war Jan noch nicht da. Der Regen hatte aufgehört, und sie ließ die Hunde in den Garten. Die Nachmittagsrunde würde sie nach dem Essen machen, hoffentlich war es dann noch trocken. Der Sturm blies mit unverminderter Heftigkeit, und von den Erlen und Weiden, die am Seeufer standen, wehten gelbe und braune Blätter durch den Garten. Von ihrer Lieblingsweide war ein großer Ast abgebrochen und knapp neben dem Steg auf den Strand gefallen. Über der Möweninsel ließ sich ein Schwarm Silbermöwen vom Wind tragen. Ihr weißes Gefieder hob sich deutlich gegen die blaugrauen Wolken ab, die der Sturm über den See jagte.

Als der Regen erneut einsetzte, rief Tina die Hunde und verschwand schnell in der Wärme ihres Häuschens. Sie hängte ihre immer noch klamme Regenjacke vor den Kamin und war gerade dabei, ein Feuer zu entfachen, als die Hunde anfingen zu bellen. Kurze Zeit später klappte die Tür. Jan trat ein und schüttelte die Regentropfen von seiner Windjacke.

»Was für ein Sauwetter«, rief er und stellte zwei Pizzakartons auf den Esstisch. Tina ging zu ihm und gab ihm einen Kuss.

»Leider müssen wir nach dem Essen noch mal mit den Hunden los.«

Jan verzog kurz das Gesicht. »Herrlich, da freue ich mich schon seit dem Aufstehen drauf.«

»Ich kann auch alleine gehen. Wir müssen ja nicht beide klitschnass werden.«

»Nein, ich komme mit. Aber lass uns erst mal essen, bevor die Pizzen kalt werden.«

»Wie geht es Lorenz?«, fragte Jan, als sie vor ihren Pizzen saßen. Er biss von seiner Neapolitana ab und kaute genüsslich.

»Viel besser. Er will morgen sogar zum Familienessen kommen.«

»Er fährt doch wohl nicht schon Auto, oder?«

»Er kommt mit dem Taxi.«

»Und was hast du heute sonst so getrieben, so ganz ohne mich?« Jan strich Tina mit einer leichten Bewegung über die Hand.

»Ich war bei Caro. Die war total fertig, dass Merle als vermisst gilt und wahrscheinlich ertrunken ist.«

»Merle?«

Tina erzählte Jan von Merle, von der Demo und von Caro, die sich nicht vorstellen konnte, dass Merle so plötzlich nach Schweden gereist sein sollte.

»Sie hat Caro bestimmt nicht alles erzählt, was sie so macht«, sagte Jan.

Tina zerbiss eine Olive und kaute gründlich, bevor sie antwortete. »Das habe ich Caro auch gesagt. Sie besteht aber darauf, dass Merle die Demo in Kiel nicht verpassen wollte und dass sie sich morgen treffen wollten, um die Plakate zu malen.«

»Menschen machen oft spontane Dinge. Vielleicht gab es eine Demo in Schweden, zu der sie fahren wollte.«

»Das würde zu ihr passen. Ich google nachher mal, ob in Schweden irgendwas geplant war.«

Jan warf ihr einen prüfenden Blick zu. »Warum glaubst du eigentlich nicht, dass es genau so passiert ist, wie die schwedischen Kollegen sagen? Sie wäre nicht die Erste, und sie wird auch nicht die Letzte sein, die auf hoher See über Bord gegangen ist.«

»Caro war sich sehr sicher, dass Merle ihr Bescheid gesagt hätte. Außerdem meinte sie, dass Genmais das Spezialthema von Merle war.«

Jan ließ seine Gabel sinken. »Du denkst doch nicht etwa wieder an diesen Knochen, oder?«

»Irgendjemandem fehlt auf jeden Fall eine Fingerspitze. Wenn es ein Unfall gewesen wäre, hätte Anton das doch einfach zugeben können. So was kann ja passieren.«

Jan seufzte. »Es liegen keine Vermisstenanzeigen für Schleswig-Holstein vor, ich hab das nachgeprüft. Und ohne Opfer kein Fall, so ist das nun mal.«

Also hatte er die Anzeigen geprüft, das hätte Tina gar nicht gedacht.

»Und vergiss den Überfall auf Onkel Lorenz nicht. Warum hätte der Täter das machen sollen, wenn es kein Menschenknochen war, den er verschwinden lassen wollte?«

»Silke ermittelt in dem Fall. Aber sie hat schon gesagt, dass sie den Täter wohl nicht finden werden.«

»Na toll. Das wird Onkel Lorenz nicht begeistern.«

Tina nahm einen Schluck von ihrem Wein und überlegte.

»Und wenn es jemand von außerhalb war? Es laufen ja immer noch genügend Touris in Plön rum. Vielleicht wird ja in Dänemark oder Süddeutschland jemand vermisst.«

»Und irgendwer schnappt sich einfach einen Touristen und schiebt ihn durch den Wolf? Nee, Tina, das kann ich mir nun wirklich nicht vorstellen.«

Es klang in der Tat nicht sehr logisch.

»Kannst du nicht doch trotzdem mal bundesweit gucken, ob aktuell jemand als vermisst gemeldet wurde?«

Jan seufzte. »Da du keine Ruhe geben wirst, werde ich es gleich am Montag erledigen.«

Tina warf ihm eine Kusshand zu. »Wir dürfen allerdings nicht vergessen, dass Felix auch verschwunden ist.«

»Es liegt aber immer noch keine Vermisstenanzeige wegen Felix vor. Was dafür spricht, dass Anton weiß, wo er ist.«

»Oder er überlegt noch, wie er seinen Tod am besten verschleiert.«

»Mensch, Tina, hast du nichts anderes zu tun? Kater kastrieren, Mäuse impfen oder Pitbulls die Zähne putzen? Ich wette mit dir, dass es keinen Mord gegeben hat.«

Tina verschluckte sich fast an ihrer Pizza. Sie warf ihre Gabel mit so viel Schwung auf den Teller, dass es laut klirrte.

»Ob ich nichts anderes zu tun habe? Willst du mich verarschen? Wenn die Polizei ihre Arbeit besser machen würde, könnte ich mich auf meine Praxis konzentrieren, die Hunde, mein Haus und meinen Garten – in dem dringend mal Laub geharkt werden müsste, nur so zur Info! Aber so wie die Lage ist, nimmt keiner bei der Polizei den verschwundenen Knochen ernst!«

Jan hatte bei Tinas Ausbruch die Lippen fest zusammengepresst. Er funkelte Tina aus seinen graublauen Augen an.

»Warum glauben eigentlich immer alle Leute, dass sie eine bessere Arbeit machen können als die Polizei? Nur weil du mal das Großstadtrevier geguckt hast, bist du noch lange keine Polizistin!«

»Dann tu endlich was!«

Tina und Jan warfen sich über den Tisch hinweg einen bösen Blick zu. Jan atmete tief ein.

»Pass auf. Wenn Felix in der nächsten Woche nicht wieder auftaucht, höre mich mal um, okay?«

Kapitel 9

Als Tina und Jan, der einen Strauß verschiedenfarbiger Astern in der Hand hielt, am Sonntagmittag um kurz vor ein Uhr in die große Landhausküche von Tinas Eltern traten, war Onkel Lorenz schon da. Er hielt ein Glas Rotwein in der Hand und lehnte an dem Kiefernholztisch, der Platz für zehn Personen bot. Außer an hohen Feiertagen wurden alle Mahlzeiten in der Küche eingenommen. Für das Familienessen hatte Tinas Mutter eine weiße Leinendecke aufgelegt, und das warme Licht von mehreren Kerzen spiegelte sich in den Weingläsern aus Kristall. Es roch nach brutzelndem Fleisch und der leckeren Soße, die ihre Mutter immer zu ihrem berühmten Sauerbraten machte.

»Tina, Jan!« Onkel Lorenz kam auf Tina zu und umarmte sie, dann schlug er Jan freundschaftlich auf die Schulter. Er blickte auf den Blumenstrauß. »Das wäre aber nicht nötig gewesen.«

»Die sind eigentlich für Christa«, sagte Jan, und Tina grinste. An den Humor ihres Onkels musste man sich erst einmal gewöhnen.

»Weiß ich doch, mein Lieber«, erwiderte ihr Onkel.

»Wie geht es dir?«, fragte Jan.

»Bin wie neu. Ich weiß gar nicht, warum Hannes mich so lange krankgeschrieben hat.«

Tinas Mutter, die bisher mit dem Herstellen der Soße beschäftigt gewesen war, rührte noch ein letztes Mal in dem Topf und trat dann zu ihnen.

»Jan, wie schön, dass du heute mit dabei bist. Ich freue mich sehr.«

»Danke für die Einladung.« Jan überreichte ihr den Blumenstrauß.

»Wie aufmerksam. Vielen Dank.«

Ihre Mutter wandte sich an Tina. »Hol mal bitte die blaue Vase mit den kleinen Schafen aus dem Schrank.«

Als Tina die Vase geholt hatte, arrangierte ihre Mutter den Strauß und stellte ihn mitten auf den Tisch. Dann blickte sie auf die Uhr. »Wo bleiben denn die anderen?«

In diesem Moment wurde die Küchentür aufgestoßen, und Tinas Vater Tjark, ihr Bruder Kai und dessen hochschwangere Frau Sabrina betraten die Küche. Ein paar gelbe Ahornblätter wurden in die Küche geweht, bevor Kai die Tür schloss.

»Wat fürn verdammtes Schietwetter!«, fluchte ihr Vater, stellte seinen Wanderstock aus gedrehtem, auf Hochglanz poliertem Holz neben die Tür und kickte die dreckverschmierten Gummistiefel von den Füßen.

»Kannst du mit den Dreckschuhen nicht hinten reinkommen?«, fragte ihre Mutter missbilligend.

»Ich bring sie schon weg.« Ihr Vater schnappte sich die Stiefel und verließ die Küche auf Strumpfsocken wieder.

»Sabrina, meine Liebe, wie geht es dir?« Ihre Mutter nahm ihre Schwiegertochter in den Arm.

»Das Sodbrennen bringt mich um. Ich kann nur noch im Sitzen schlafen, und das auch nicht länger als vier Stunden am Stück. Ich bin völlig gerädert. Und ich würde echt gern mal wieder meine Füße sehen.«

»Hast es ja bald geschafft. Wann ist noch mal der Stichtag?«, fragte Onkel Lorenz.

»Am 11. Oktober«, antwortete Kai für seine Frau.

»Beim ersten Mal kann es ja gern mal länger dauern«, sagte Onkel Lorenz.

Sabrina verzog das Gesicht. »Von mir aus kann er eher heute als morgen kommen. Soll er doch draußen wachsen.«

Tina ließ ihren Blick über Sabrina wandern. Deren normalerweise zierliche Figur steckte in einer dunkelblauen Latzhose, die den kugelrunden Bauch gerade noch aufnehmen konnte. Ihre Schwägerin hatte dunkle Ringe unter den Augen, und ihr sonst eher rundliches Gesicht wirkte eingefallen. Ihr normalerweise duftiges, leicht lockiges, schulterlanges schwarzes Haar war fettig und zu einem nachlässigen Pferdeschwanz gebunden. Es gab Frauen, die sahen während der Schwangerschaft aus wie das blühende Leben, doch Sabrina gehörte eindeutig nicht dazu.

»Hey, Mann! Finde ich ja toll, dass du jetzt wieder fast zur Familie gehörst. Warst ja lange genug nicht mehr hier.« Kai schlug Jan kräftig auf die Schulter, danach machten die beiden einige komplizierte Handgesten, die mit einer Ghettofaust endeten. »Wir müssen unbedingt mal einen trinken gehen.«

»Auf jeden Fall«, erwiderte Jan.

»Hast du eigentlich keine Angst vor Tinas Hunden?«, fragte Kai.

»Nicht mehr.«

»Er hat mit den Kollegen von der Hundestaffel geübt«, sagte Tina.

»Das muss Liebe sein«, erwiderte Kai und grinste.

»Setzt euch bitte«, sagte ihre Mutter. Tina ließ sich zwischen Jan und Onkel Lorenz auf ihren Stuhl fallen, sprang aber gleich wieder auf, um ihrer Mutter zu helfen, die Suppenteller zu verteilen.

»Tjark, wo bleibst du denn?«

»Komme schon!« Tinas Vater betrat die Küche und steuerte den freien Stuhl an, der am dichtesten am Herd stand.

»Tjark, da sitze ich, das weißt du doch. Du sitzt am Kopfende auf der anderen Seite, so wie immer!« Ihre Mutter warf Tina einen traurigen Blick zu. Seit seinem Schlaganfall im Frühherbst des letzten Jahres zog Tinas Vater das rechte Bein nach und war recht vergesslich geworden.

»Ich freue mich, dass ihr alle da seid. Und ganz besonders freue ich mich, dass wir Jan heute das erste Mal bei unserem Familienessen begrüßen dürfen.«

Ihre Mutter hob ihr Rotweinglas und prostete Jan zu, der die Geste erwiderte.

»Und nun wünsche ich euch allen einen guten Appetit!«

»Denn mal einen guten!« Tina tunkte ihren Löffel in die sämige italienische Tomatensuppe. »Ah, Mudder, einfach lecker, wie immer.«

Ihre Mutter lächelte ihr zu. »Und, habt ihr schon einen Termin festgelegt?«

»Termin? Wofür?«, fragte Tina, ohne nachzudenken. Dann ging ihr auf, was ihre Mutter gemeint haben musste. Hochzeit! Das konnte doch wohl nicht ihr Ernst sein! Jan und sie waren doch erst seit ein paar Wochen zusammen!

»Mudder, da haben wir überhaupt noch nicht drüber nachgedacht«, sagte Tina heftig.

»Aber du hast mir doch selbst erzählt, dass ihr für einen Kurzurlaub verreisen wollt. Da musst du mich doch nicht gleich so anpflaumen.«

»Wir dachten, dass wir vielleicht das lange Wochenende vom Reformationstag nach Rügen fahren«, sagte Jan, um dessen Mundwinkel ein Lächeln spielte. Er hatte anscheinend genau mitbekommen, was Tina gedacht hatte, und feixte sich jetzt einen.

»Auf Rügen war ich vor ein paar Jahren mal auf einer Fortbildung. Nette Insel, hat mir gut gefallen«, sagte Onkel Lorenz. Er erzählte, was sich die beiden auf Rügen unbedingt ansehen sollten, und Tina war dankbar, dass sich das Gespräch von dem Thema etwaiger Hochzeitsglocken entfernte.

Nach dem Sauerbraten, der wieder einmal absolut köstlich geschmeckt hatte, scheuchte ihre Mutter alle aus der Küche.

»Den Nachtisch können wir im Wohnzimmer essen, es gibt Tiramisu.«

»Lecker! Mein Lieblingsnachtisch!«, rief Jan, und ihre Mutter strahlte.

»Du schleimst dich ja ganz schön ein«, flüsterte Tina ihm zu und grinste.

»Für Tiramisu könnte ich einen Mord begehen«, erwiderte Jan und gab Tina einen Kuss.

»Aber, aber, Herr Kommissar.«

Im Wohnzimmer brannte ein Feuer in dem großen Kaminofen, und Tina setzte sich neben ihren Bruder auf die etwas abgeschabte Ledercouch, die vor dem Kamin stand. Sie zog ihr Handy aus der Tasche und zeigte Kai das Bild des unbekannten Lovers von Anton.

»Kennst du den?«

»Klar, das ist Tom«, erwiderte Kai zu Tinas Überraschung sofort.

»Tom? Und wie weiter?«

»Na, Tom eben.« Kai überlegte. »Der Nachname fängt mit ›P‹ an. Oder mit ›K‹. Oder war es was mit ›F‹?«

»Mensch, Kai, konzentrier dich mal!«

»Du weißt doch, dass ich ein schlechtes Namensgedächtnis habe. Er arbeitet auf dem Hof seines Vaters, irgendwo in der Gegend von Selent, glaube ich. Was interessiert der dich überhaupt? Du bist doch jetzt vergeben.«

Kai zog Tina an ihrem Pferdeschwanz, wie er es schon gemacht hatte, als sie Kinder waren.

»Blödi.« Tina schlug Kai leicht auf den Arm. »Kann es sein, dass der Typ schwul ist?«

»Keine Ahnung. So gut kenne ich den auch wieder nicht, ich habe ihn nur ein paar Mal beim Jungbauernstammtisch gesehen.«

»Hm. Na gut.«

»Was habt ihr denn hier für ein konspiratives Treffen?« Ihr Onkel stellte sein Weinglas auf einem Beistelltisch aus rustikaler Eiche ab und setzte sich neben Tina.

»Kai kennt den Typen von dem Foto.«

Ihr Onkel zog die Augenbrauen hoch. »Ach, und wer ist es?«

»Ein Jungbauer namens Tom.«

»Das grenzt das Feld ja mächtig ein.«

»Kai hat den Nachnamen vergessen.«

»Was interessiert euch der Kerl denn?«, fragte Kai.

»Ach, nur so.« Tina hatte Jan gesehen, der zu ihnen kam, und schob ihr Handy schnell wieder in ihre Jeanstasche.

»Das ist aber auch ein Sauwetter«, sagte sie schnell und ignorierte Kais ob des Themenwechsels irritierten Gesichtsausdruck.

»Wenn Tina zu euch sagt, dass der Regen aufhört und es heller wird, zieht am besten noch einen zweiten Regenmantel an. So nass wie gestern war ich das letzte Mal, als ein Kumpel mich mit voller Montur in den See geschubst hat«, sagte Jan. »Und das war in der Grundschule.«

»Kann ich doch nichts für, dass der Schauer so schnell über den See gezogen ist.« Tina lachte. »Kai, hast du schon gesehen, dass kurz vor der Brücke über den Durchlauf eine Pappel über den Weg gekippt ist?«

»Was meinst du, was ich heute den ganzen Morgen gemacht habe? Der Weg ist jetzt wieder frei, aber bis ich das Holz abtransportiert habe, dauert es noch.«

»Brauchst du Hilfe?«, fragte Jan und setzte sich neben Tina auf die Armlehne. Er legte ihr den Arm um die Schultern, und Tina lehnte sich an ihn und schloss die Augen. Das gute Essen und die Wärme des Kamins sorgten dafür, dass sie plötzlich todmüde wurde.

»Danke, aber das schaffen wir schon. Du hast bestimmt selber genug um die Ohren«, erwiderte Kai. »Ich muss eh demnächst erst mal den Weizen drillen und den Mais reinholen, da habe ich sowieso keine Zeit für das Holz.«

Tina schlug die Augen auf und war wieder hellwach. »Du

hast aber hoffentlich nicht vor, wieder Glyphosat zu verspritzen, oder?«

Kai verzog das Gesicht und sog scharf die Luft ein. »Tina, nicht schon wieder. Ich kann es nicht mehr hören!«

»Stell endlich auf Bio um, dann lasse ich dich sofort in Ruhe.«

»Das geht nicht so einfach. Da habe ich erst mal gehörige Umsatzeinbußen, und wer weiß, ob es sich am Ende rechnet. Ich habe bald ein Kind, da kann ich keine Experimente machen.«

»Du hast dich doch noch gar nicht wirklich mit dem Thema beschäftigt. Gerade wegen deines Kindes solltest du kein Gift mehr auf die Felder spritzen. Lass dich doch endlich mal beraten!« Tina war laut geworden, und Jan sah sie überrascht an.

Ihre Mutter trat mit einem Tablett voller Schälchen mit Tiramisu ins Wohnzimmer. »Nachtisch!«

Kai stand schnell auf, und Tina sah seinen erleichterten Gesichtsausdruck, bevor er zu ihrer Mutter ging.

»Die Schale links ist für Sabrina. Ich hab extra eine Portion ohne Alkohol für sie gemacht.«

Kai brachte das Schälchen zu Sabrina, die im Liegesessel lag. »Sie ist eingepennt.«

»Lass sie schlafen, den Nachtisch kann sie später essen«, erwiderte ihre Mutter. Sie brachte das Tablett zu Jan, der erst Tina und Onkel Lorenz ein Schälchen reichte, bevor er sich selbst bediente.

»Sieht sehr lecker aus.« Er nahm einen Löffel voll. »Herrlich! Wirklich köstlich.«

Ihre Mutter strahlte. »Ich habe in der Küche noch Nachschub.« Sie wandte sich ab, brachte ihrem Mann eine Schale und nahm sich selbst die letzte. Außer dem Knacken der Holzscheite im Kamin waren nur das leise Kratzen der Löffel in den Keramikschalen und genüssliches Schmatzen zu hören.

»Göttlich, Schwesterherz, einfach göttlich.« Onkel Lorenz stellte sein Schälchen auf dem Beistelltisch ab und lehnte sich auf dem Sofa zurück. »Bin ich froh, dass ich aus dem Krankenhaus raus bin. Der Fraß da war grauenhaft.«

Tina lachte. »Du warst doch nur einen Tag da.«

»Und das war genau ein Tag zu viel, meine Liebe.«

Jans Handy klingelte. Er warf einen Blick auf das Display und stand auf.

»Alex, was gibt es?«, fragte er, während er aus dem Zimmer ging.

»Klingt nach Arbeit«, sagte ihr Onkel. Tina nickte und kratzte ihre Schüssel aus. Jan kam zurück; an seinem Blick konnte Tina erkennen, dass er losmusste.

»Tut mir leid. Die Pflicht ruft.«

»Versteh ich doch. Ich bring dich noch zum Auto.«

Sie verabschiedeten sich, Tina rief die Hunde, und sie traten in den Sturm hinaus. Immerhin hatte es aufgehört zu regnen, sodass sie trocken zu Tinas Häuschen kamen. Sie blieben vor Jans Audi stehen, und er zog Tina an sich und küsste sie auf den Mund. Der Kuss wurde intensiver, und Jan schob seine Hände unter Tinas Jacke. Sie presste sich an ihn. Jan atmete schwer, brach den Kuss dann aber abrupt ab. Er schob Tina ein kleines Stück weg und strich ihr eine Strähne aus dem Gesicht.

»Ich muss los«, sagte er heiser.

Tina nickte, gab ihm einen letzten Kuss auf seine stoppelige Wange und trat zurück. Sie sah zu, wie er ins Auto stieg, ihr noch einmal zuwinkte und losfuhr. Tina winkte zurück und ging in ihr Häuschen. Sie machte sich einen Rooibostee mit Vanillegeschmack und setzte sich auf ihr gemütliches Sofa. Swatt sprang neben sie und legte seinen Kopf auf ihren Oberschenkel, während Daisy sich unter dem Couchtisch zusammenrollte. Tina strich Swatt über die seidigen Ohren und überlegte, was sie mit dem angebrochenen Nachmittag anstellen sollte. Tom irgendwas. Dass Kai sich Namen aber auch so schlecht merken konnte! Hoffentlich hieß der Typ überhaupt Tom und nicht Tim oder

Torsten. Oder Jens. Sie trank einen Schluck des heißen Getränks und überlegte. Vielleicht wäre es eine gute Idee, wenn sie herausfinden könnte, wo genau dieser Tom wohnte. Dann könnte sie vielleicht auch seinen Nachnamen herausfinden. Doch wie sollte sie das anstellen? Sie trank ihren Tee in kleinen Schlucken, während sie überlegte. Am besten wäre es, sie würde sich vor Antons Haus auf die Lauer legen in der Hoffnung, dass sein Lover ihn auch heute besuchen würde.

Kapitel 10

Tina hatte Glück: Der dunkelgrüne Jeep von Tom stand in Antons Auffahrt. Sie saß in ihrem Auto, das sie vor dem »Zu-verkaufen«-Schild abgestellt hatte. Regen perlte von den Scheiben, und der Wagen wackelte, als er von einer Windbö getroffen wurde. Tina schraubte ihre Thermoskanne auf, goss sich etwas Kaffee in den Deckelbecher und nahm einen Schluck von dem starken Getränk. Sie öffnete eine Packung Kekse, nahm sich einen der extradicken Chocolate-Chip-Cookies und biss ein kleines Stück ab. Hunger hatte sie nach dem Festessen bei ihren Eltern eigentlich keinen, aber sie wollte zum Kaffee etwas zu kauen haben. Swatt schnarchte neben ihr auf dem Beifahrersitz, Daisy lag lang ausgestreckt auf der Rückbank. Tina kramte nach ihrem Handy und holte sich die App der *Kieler Nachrichten* auf das Display. Während sie einen Artikel über die Baustelle an der B 76 in Höhe Elmschenhagen las, blickte sie immer wieder in den Rückspiegel, den sie so eingestellt hatte, dass sie Antons Auffahrt im Auge behalten konnte. Da sich nichts tat, wandte sie sich wieder den *Kieler Nachrichten* zu. Die Zeit verging quälend langsam, und nach einer halben Stunde wurden Tinas Augenlider schwer. Sie rieb sich über die Augen und öffnete das Fenster. Sofort fuhr eine Windbö ins Auto und wehte einige weiße Blütenblätter des Rosenbusches auf der anderen Straßenseite herein. Der Wind zauste die Rose; von den späten Blüten war fast nichts übrig geblieben. Tina fuhr das Fenster wieder hoch und goss sich einen weiteren Kaffee ein. Plötzlich sprang Swatt auf und fing an zu bellen, und auch Daisy fiel ein. Vor Schreck schüttete Tina sich den heißen Kaffee auf die Jeans.

»Scheiße! Ruhe, ihr beiden! Was soll denn das?«

Daisy verstummte, doch Swatt sprang an das Seitenfenster und bellte weiter. Tina sah eine Gestalt neben dem Auto stehen, doch durch die regennasse Scheibe, die außerdem beschlagen war, konnte sie nicht erkennen, um wen es sich handelte. Eine Sekunde später war die Gestalt verschwunden, und während Tina noch versuchte herauszufinden, wohin, klopfte jemand an die Scheibe der Fahrertür. Tina ließ die Scheibe herunter und sah eine Frau in einem langen Regenmantel und mit einem geblümten Kopftuch, die einen schwarzen Regenschirm über den Kopf hielt. Der Wind fuhr unter die Streben, und der Schirm klappte um. Während die Frau damit kämpfte, den Schirm zu schließen, erkannte Tina sie. Es war Frau Breugel-Kronenberg. Och nee, was wollte die denn?

Swatt bellte immer noch, er war schon halb auf Tinas Schoß geklettert, um zu dem offenen Fenster zu kommen.

»Swatt, jetzt sei endlich still!« Tina schob ihn zurück auf den Beifahrersitz. Swatt gehorchte, saß aber sehr angespannt auf dem Sitz.

»Frau Breugel-Kronenberg, was kann ich für Sie tun?«

Die Lehrerin trat an das Auto und spähte hinein.

»Ach, Sie sind das, Frau Deerten. Ich hatte mich gefragt, warum jemand bei diesem Wetter im Auto sitzt und unsere Straße beobachtet.«

Frau Breugel-Kronenberg hatte die Stimme am Ende des Satzes etwas gehoben, sodass es wie eine Frage klang.

»Ja, also, ich, äh … warte auf meinen Bruder. Er will sich das Haus heute erst mal von außen ansehen, und ich hatte ihm angeboten mitzukommen.«

»Na, bei dem Wetter wird er aber nicht viel sehen können«, erwiderte Frau Breugel-Kronenberg und fuhr fort: »Heutzutage kann man nicht vorsichtig genug sein. Aber wir haben hier in der Straße eine Nachbarschaftswache. Die Polizei schützt einen ja nicht, da muss man selbst tätig werden. Das wäre ja noch schöner, dass hier jeder einfach so parkt und die Häuser beobachtet.«

»Aber das ist eine öffentliche Straße. Da darf jeder langfahren oder parken.«

»Ja, leider. Genau deshalb haben wir uns hier organisiert.«

Tina sah eine Bewegung im Rückspiegel. Der grüne Jeep setzte gerade in der Auffahrt zurück.

»Ich muss los«, sagte sie schnell.

»Ja, aber Ihr Bruder ist doch noch gar nicht …«

Tina unterbrach sie. »Er hat sich gerade gemeldet, dass er es doch nicht schafft. Schönen Sonntag noch!«

Tina startete den Motor, als Tom an ihr vorbeifuhr. Sie ignorierte den überraschten Blick der Lehrerin, die schnell einen Schritt zurücktrat, als Tina Gas gab.

»Also, das ist doch wohl …«, hörte Tina noch, bevor sie das Fenster hochfuhr. Tom fuhr flott durch die Tempo-30-Zone, bremste an der Einmündung in die B 76 kurz ab und bog rechts auf die Hauptstraße ein. Anstatt jedoch nach rechts in Richtung Lütjenburg und Selent zu fahren, wie Tina erwartet hatte, bog er nach links in Richtung Stadtmitte ein. Sie folgte ihm und hielt an, als Tom vor Alis Dönerladen parkte und sich einen Döner bauen ließ. Tina ließ sich in ihrem Sitz zurücksinken und drehte das Radio an. Bei RSH lief »We Are the Champions« von Queen. Zu diesem Song hatte sie auf den Uni-Partys das eine oder andere Mal abgetanzt. Sie drehte den Ton lauter und fiel in den Refrain ein. Endlich hatte Tom seinen Döner verspeist. Er warf die Papierserviette in den Mülleimer neben dem Dönerladen, stieg in seinen Jeep und fuhr los. Tina folgte ihm, vorbei am Bahnhof, von dem aus man normalerweise einen tollen Blick auf den Großen Plöner See hatte; heute war allerdings nur eine graue Suppe zu sehen. Diesmal fuhr Tom in Richtung Lütjenburg und bog am Plußsee in Richtung Selent ab. Tina ließ sich auf der kaum befahrenen Landstraße zurückfallen, damit Tom sie nicht entdeckte. Als sie das Gut Rixdorf passiert hatten, wurde Tom langsamer und bog nach rechts in eine schmale Straße ein. Tina bremste und wartete, bis der Jeep hinter einer Kurve verschwunden war, dann bog sie ebenfalls ab. Langsam folgte sie der Asphaltstraße, die sich ein kurzes Stück zwischen abgeernteten Feldern und Wiesen mit hellbeigefarbenen Rindern hindurchschlängelte. Hinter einer scharfen Kurve kamen die Häuser eines Hofes in Sicht. Tina bremste schnell ab, setzte ein kurzes Stück zurück und parkte den Wagen hinter einem Knick auf einer Zufahrt zu einer Wiese. Sie stieg aus und schob Swatt zurück, der sich an ihr vorbeidrängen wollte.

»Du bleibst hier, ich gucke nur mal kurz um die Ecke.«

Tina ging bis zu der Kurve und schob sich langsam um einen Haselnussbusch herum. Ihre Schuhe knirschten auf den Nüssen, die der Sturm von dem Busch gerissen hatte. Als die Gebäude in Sicht kamen, blieb sie stehen. Das Haupthaus war ein typisches norddeutsches Bauernhaus aus rotem Backstein und Fachwerk. Es hatte ein relativ neu aussehendes Reetdach und dunkelblaue Fensterläden. Rechts und links davon waren zwei ältere Ställe zu sehen, die ebenfalls aus rotem Backstein gebaut waren. Doch schräg rechts dahinter stand ein moderner, riesiger, offener Kuhstall. Er sah so ähnlich aus wie der Stall, den ihr Bruder von ein paar Jahren gebaut hatte, war jedoch um einiges größer. Auch in dem Stall waren die beigefarbenen Rinder zu sehen. Tina schaute sich auf dem Hof um, doch sie sah weder Tom noch sein Auto. Als sie gerade einen Schritt vortreten wollte, um sich genauer umzusehen und nach einem Briefkasten Ausschau zu halten, auf dem hoffentlich der Nachname von Tom stehen würde, kam dieser hinter dem rechten Stall hervor, wo er offenbar seinen Wagen abgestellt hatte. Er ging auf das Haupthaus zu, und kurz bevor er es erreichte, öffnete sich die blaue Holztür mit den weiß abgesetzten Sprossenfenstern, und eine junge Frau in Jeans und pinkfarbenem Tanktop trat heraus. Sie fiel Tom um den Hals und küsste ihn auf den Mund. Tom erwiderte den Kuss, und die Frau begann, sich langsam an ihm auf und ab zu bewegen. Tom packte sie, hob sie sich auf die Hüfte und verschwand mit ihr im Inneren des Hauses. Tina merkte, dass sie die beiden angestarrt hatte, und schüttelte den Kopf, um ihre Überraschung zu vertreiben.

»Entweder der Typ ist bi, oder er ist nicht Antons Lover«, murmelte sie. »Aber warum zum Geier hängt er ständig bei Anton ab und umarmt ihn so doll?«

Tief in Gedanken ging Tina zu ihrem Auto zurück. Als sie fast da war, hörte sie über den Sturm hinweg das Geräusch eines herannahenden Traktors. Sie sprintete hinter den Knick und drückte sich tief zwischen die Äste einer Esche. Ein grüner Deutz-Traktor knatterte an ihr vorbei. Tina schaute ihm hinterher, als er um die Kurve bog. Leider hatte sie nicht erkennen können, wer den Trecker gefahren hatte. Aber das war sowieso nicht wichtig. Es schien ja, als hätte sich ihre Theorie, dass Anton seinen Mann wegen eines neuen Lovers umgebracht hatte, gerade in Luft aufgelöst.

Tina stieg in ihren Isuzu und fuhr los. Sie überlegte angestrengt. Und wenn Anton gar nichts davon wusste, dass Tom bi war und eine heiße Freundin hatte? Was würde passieren, wenn er es herausfände? Würde er Tom oder dessen Freundin oder gar beide auch noch umbringen?

»Nun spinn man nicht rum. Anton und Tom sind anscheinend einfach nur gute Freunde«, sagte Tina laut. Oder?

Nachdem Tina noch kurz mit den Hunden draußen gewesen war, heizte sie den Kamin an und setzte sich mit angezogenen Beinen auf ihr Sofa. Sie hatte die ganze Zeit über die veränderte Situation nachgedacht, war jedoch zu keinem abschließenden

Ergebnis gekommen. Allerdings fand sie es wahrscheinlicher, dass Tom nicht bi und deshalb nicht der neue Lover von Anton war, als das umgekehrte Szenario.

Das Klingeln ihres Handys unterbrach ihre Gedanken.

»Sanne! Das passt gut, ich muss dir unbedingt erzählen, was ich herausgefunden habe.«

»Aber erst ich. Also …« Sanne machte eine dramatische Pause.

»Ja?«

»Ich habe Felix gesehen!«

»Was? Wo?«

»In der Langen Straße. Ich war mit den Jungs beim Bäcker, Finn wollte unbedingt ein Milchbrötchen und Leon eine von diesen Zimtschnecken, die magst du doch auch so gern, und meine Mutter …«

Tina verdrehte die Augen. »Sanne! Komm zum Punkt!«

»Ja, geht ja los. Also, wir kommen gerade beim Bäcker raus, da geht Felix die Lange Straße runter in Richtung Kirche.«

»Und du bist sicher, dass es Felix war?«

»Aber hallo! Ich war so überrascht, dass ich ›Felix‹ gerufen habe, und da ist er stehen geblieben. Als er mich gesehen hat, ist er rübergekommen, und wir haben uns kurz unterhalten. Ich habe ihm sogar noch eine Zimtschnecke geschenkt. Hammer, oder?«

»Das kann man wohl sagen«, sagte Tina langsam. »Hat er gesagt, wo er war?«

»Was glaubst du, was ich ihn gefragt hab. Und er so: Ich war im Schweigekloster. Und ich so: Was ist das denn? Und er so: Da geht man in ein Kloster, wohnt in einer Zelle und spricht kein Wort. Natürlich ist das auch ohne Handy und so. Und ich so: Wieso macht man denn so eine abgefahrene Scheiße? Und er so: Um nachzudenken, vom Stress runterzukommen und Entscheidungen zu treffen. Und ich so: Und, hast du eine Entscheidung getroffen?«

Sanne unterbrach ihren Wortschwall, und Tina hörte das leise Geräusch einer platzenden Kaugummiblase.

»Und, hat er?«, fragte sie, als Sanne stumm blieb.

»Das war das Merkwürdige. Er meinte, er hätte schon vorher eine Entscheidung getroffen, und die wär falsch gewesen, und er wüsste immer noch nicht, was er jetzt machen soll.« Sanne kaute geräuschvoll auf ihrem Kaugummi. »Er sah irgendwie echt fertig aus und war so komisch. Als wär er gar nicht er selbst, verstehst du? Dabei hat er total entspannt gewirkt und war richtig gut drauf, als ich ihn und Toni beim Stadtbuchtfest getroffen habe.«

»Hmm … Vielleicht kriselt es bei denen in der Ehe. Vielleicht hatte Felix eine Affäre und hat jetzt gemerkt, dass er einen Fehler gemacht hat.«

»Ach du Scheiße! Ja, das kann sein! Oh Mann, kein Wunder, dass er so übel drauf ist!«

»Würde passen. Aber immerhin wissen wir jetzt, dass Toni Felix nicht umgebracht hat. Dazu passt auch, was ich rausgefunden habe.« Tina erzählte Sanne von ihrer Entdeckung.

»Hab ich dir doch gleich gesagt, dass Toni nichts mit dem Knochen zu tun hat!«

In Sannes Stimme schwang Triumph mit, und Tina gönnte ihn ihr.

»Wir sind jetzt wieder ganz am Anfang. Wenn ich bloß eine Idee hätte, wie wir rausfinden, von wem der Knochen stammt.«

»Was sagt denn dein Onkel?«

Tina seufzte. »Er sagt dasselbe wie Jan: Ohne ein Opfer kommen wir nicht weiter.«

Kapitel 11

Die Vormittagssprechstunde war gut besucht. Anscheinend gingen alle mit ihren Tieren vor den Herbstferien noch einmal zum Tierarzt. Dafür würde es in den Ferien, die am Feiertag anfangen würden, wahrscheinlich deutlich ruhiger. Gegen halb eins war der letzte Patient, ein sehr schlecht gelaunter, viel zu fetter roter Kater, wieder in seiner Transportbox verstaut, und seine Besitzerin trug ihn mit Mühe aus dem Behandlungszimmer.

»Was für ein Mistvieh«, sagte Sanne, als das »Dingdong« der Eingangstür signalisierte, dass die Frau die Praxis verlassen hatte. »Wenn ich nicht die dicken Handschuhe angehabt hätte, hätte der mich voll in den Finger gebissen.«

»Ein echtes Herzchen. Hoffentlich bleibt er jetzt lange gesund.«

Tina wusch sich die Hände und griff nach dem Handtuch, das Sanne ihr reichte.

»Hast du schon eine Idee, was die Tierischen Schnüffler als Nächstes machen?«, fragte Sanne.

»Ehrlich gesagt habe ich gerade überhaupt keine Idee. Wir können ja wohl kaum sämtliche Hundewürste von ›Canis et Felis‹ kaufen und gucken, ob da irgendwelche Knochen drin sind.«

»Alle nicht, aber ein paar vielleicht?«

Tina schüttelte den Kopf. »Da findet man eher die Nadel im Heuhaufen.«

»Frag Jan doch noch mal nach vermissten Personen.«

»Hab ich schon. In Schleswig-Holstein wird niemand vermisst, und er meint, es ist unwahrscheinlich, dass jemand einen

Touristen in den Cutter geschoben hat. Aber er will noch einmal bundesweit schauen.« Tina zog ihren Kittel aus und griff nach ihrer dunkelblauen Sweatshirtjacke.

»Aber bestimmt gibt es im Internet Seiten über Vermisste, da kann ich schon mal gucken.«

Sanne gab ihr das Daumen-hoch-Zeichen. »Gute Idee.« Sie zog ihre eng anliegende rosafarbene Wetterjacke mit Kunstpelzkragen an und machte den Reißverschluss zu. »Ich bin dann mal weg.«

»Bis später.«

Tina blickte aus dem Fenster. Der Sturm hatte nachgelassen; eine fahle Sonne versuchte die Wolken zu vertreiben. Tina holte ihr Mountainbike aus dem Büro – sie hatte sich an ihren Vorsatz gehalten, mal wieder mit dem Rad in die Praxis zu fahren –, rief nach den Hunden und schob das Rad nach draußen auf die Lange Straße.

Als sie sich umdrehte, um die Tür abzuschließen, wurde sie von hinten angerempelt. »He! Passen Sie doch auf!«

Tina drehte sich um und sah sich Krischan Klammroth gegenüber. Swatt drängte sich zwischen sie und den Politiker, und dieser trat einen Schritt zurück.

»Entschuldigen Sie«, sagte er und blickte sie an. »Ach, Sie sind doch die Tierärztin. Wir kennen uns von der Demo letzten Monat. Ich bin Krischan Klammroth.«

Klammroth streckte die Hand aus, und Tina grinste. Wie sympathisch bescheiden. Als würde nicht der Großteil der Menschen im Kreis Plön wissen, wie der Spitzenkandidat der Grünen aussah. Schließlich war er auf fast allen Wahlplakaten zu sehen, die seit zwei Wochen im ganzen Kreis hingen. Klammroth auf seinem berühmten dunkelgrünen Trecker-Oldtimer mit den großen aufgemalten Sonnenblumen, Klammroth vor Windrädern oder auf einem Sonnenkollektorfeld, Klammroth inmitten einer Schafherde und auf einer Weide mit Mutterkuhhaltung, wo ein schwarzgeflecktes Kalb an seiner Hose knabberte, oder Klammroth in einer Horde lachender Kindergartenkinder.

»Ach, *Sie* sind Krischan Klammroth«, sagte Tina und genoss den Ausdruck von Ungläubigkeit auf Klammroths Gesicht, dass jemand vergessen haben könnte, wer er war. Ganz so bescheiden war er anscheinend doch nicht.

»Weiß ich doch.« Sie lachte. »Wenn es nach mir ginge, würden Sie nicht nur in den Landtag einziehen, sondern sogar Ministerpräsident werden.«

Klammroth fiel in ihr Lachen ein. Er hatte ein sehr sympathisches Lachen, fand Tina, ein Lachen, das von Herzen kam und nicht so aufgesetzt und angeknipst wirkte wie bei anderen Politikern.

»Das ehrt mich. Haben Sie heute Zeit auf einen Kaffee? Meine Einladung von neulich steht noch.«

Tina blickte auf die Uhr. Wenn sie jetzt ins Café ginge, würde sie es in der Mittagspause nicht nach Hause schaffen. Egal, dann würde sie mit den Hunden hinterher noch am See entlang in Richtung der Prinzeninsel fahren, damit sie ihren Auslauf bekamen. Wann hatte man schon die Gelegenheit, mit dem Spitzenkandidaten der eigenen Partei einen Plausch zu halten?

Klammroth hatte sie beobachtet, während sie überlegte. »Sie geben mir doch hoffentlich keinen Korb?«, fragte er und lächelte Tina an.

»Ich kann hinterher mit den Hunden eine Runde mit dem Rad fahren. Also ja, ich komme mit.«

»Wunderbar!«

Tina brachte ihr Rad zurück in die Praxis und schloss ab.

»Ist der Stadtbäcker okay für Sie?«, fragte Klammroth.

»Na klar. Da gehe ich sonst auch gern hin, die haben einiges an Bioprodukten.«

»Ich sehe, wir verstehen uns. Genau deshalb habe ich den Stadtbäcker vorgeschlagen.«

Tina und Klammroth gingen das kurze Stück zu Tinas Lieblingsbäcker und setzten sich an einen der Tische, die Jörn, der neue Inhaber der Bäckerei, an der linken Seite aufgestellt hatte. Es standen zwar auch noch einige Tische draußen vor der Tür, doch bei dem trotz des blassen Sonnenscheins kühlen Wetters waren sie nicht besetzt. Swatt und Daisy legten sich schräg hinter den Tisch und ließen die Köpfe auf die Vorderpfoten sinken. Die Bedienung trat an ihren Tisch und schaute sie erwartungsvoll an.

»Was möchten Sie haben?«, fragte Klammroth. Tina musste nicht lange überlegen.

»Wiebke, ich nehme das Dinkelsandwich mit Frischkäse und Räucherlachs, zum Nachtisch einen Blaubeermuffin und dazu einen Cappuccino.«

»Geht klar, Tina. Und Sie?«

»Nur einen Espresso und einen Kopenhagener mit Aprikose, bitte.«

»Wie lange haben Sie Ihre Praxis hier schon?«, eröffnete Klammroth das Gespräch.

»Seit gut vier Jahren. Direkt nach dem Studium war ich für ›Tierärzte ohne Grenzen‹ ein Jahr in Kenia, kurz danach habe ich die Praxis aufgemacht.«

»Und, läuft der Laden?«

Wiebke kam mit ihrer Bestellung, und als Tina der Geruch von dem geräucherten Lachs in die Nase stieg, merkte sie, wie hungrig sie war. Sie biss in ihr Sandwich und kaute.

»Ich komme zurecht.«

Der Grüne war zwar nett, aber dass sie keine Rücklagen mehr hatte, weil sie alles in die Praxis gesteckt hatte – einen Existenzgründungskredit hatte sie leider nicht bekommen –, und dass sie schon seit einiger Zeit überlegte, ob sie sich Sanne noch lange würde leisten können, wenn die Einnahmen nicht bald stiegen, ging ihn nun wirklich nichts an.

»Und, was macht Ihr Hof?«

Natürlich wusste Tina, dass Klammroth einen gut gehenden Biohof irgendwo in Richtung Lütjenburg hatte und dass er mit Leib und Seele Landwirt war.

»Durch den trockenen Sommer ist die Ernte nicht so gut ausgefallen, wie ich gehofft habe. Aber davon abgesehen kann ich nicht klagen.«

Tina nahm einen weiteren Bissen von ihrem Sandwich und kaute, während eine Idee in ihrem Kopf Gestalt annahm. Sollte sie ihn einfach fragen? Aber bestimmt hatte er mit seinem Wahlkampf und seinem Hof genug zu tun. Andererseits, mehr als »Nein« sagen konnte er ja nicht. Tina schluckte ihr Brot hinunter und räusperte sich.

»Mein Bruder ist auch Landwirt. Unser Hof liegt gegenüber auf der anderen Seeseite.«

»Ist das nicht der Deertenhoff?«

»Genau. Mein Bruder bewirtschaftet den Hof leider noch konventionell, und bisher konnte ich ihn nicht dazu bringen, über eine Umstellung überhaupt nachzudenken. Und da wollte ich Sie fragen ...«

»Ob ich mal mit ihm sprechen könnte?«

Tina strahlte. »Genau. Das wäre toll.«

»Klar, das mache ich doch gern.«

Klammroth trank seinen Espresso aus und zog sein Handy aus der Tasche. Er entsperrte es und tippte auf dem Display herum.

»Ab nächster Woche wird es bei mir richtig hektisch wegen des Wahlkampfes, aber ich könnte morgen Abend vorbeikommen. Mein Sohn kann unsere Tiere füttern.«

»Das wäre super! Ich muss natürlich erst mit Kai sprechen, aber er hat bestimmt Zeit«, sagte Tina mit glänzenden Augen.

»Ich gebe Ihnen meine Handynummer, rufen Sie einfach an, wenn Sie mit ihm gesprochen haben.«

Sie tauschten ihre Handynummern aus, und Tina steckte ihr Handy wieder ein.

»Wie läuft der Wahlkampf?«, fragte sie.

»Die Prognosen sind gut, wir liegen bei gut fünfzehn Prozent.«

»Nicht übel.«

»Ich bin recht zufrieden, aber natürlich ist noch viel Luft nach oben.«

Klammroth biss von seinem Kopenhagener ab und leckte sich etwas Glasur von der Oberlippe. Wie schon auf der Demo fand Tina ihn durchaus anziehend. Natürlich nicht so attraktiv wie Jan, aber wenn es Jan nicht geben würde, wer weiß, was passieren könnte …

Klammroths blaugraue Augen musterten sie amüsiert.

»An was denken Sie?«

»Ich, äh, nichts Bestimmtes.« Tina merkte, wie sie rot wurde. *Mist.* Schnell biss sie in ihren Blaubeermuffin.

»Hmm, lecker.«

»Ich habe gehört, dass Sie vor Kurzem die Morde auf Gut Finkenstein aufgeklärt haben.«

Tina schluckte den Bissen hinunter, bevor sie antwortete.

»Es war schrecklich, was da passiert ist.« Ihr lief ein Schauer über den Rücken, als sie daran dachte, wie nah sie und Swatt dem Tod gewesen waren.

»Und, Miss Marple, haben Sie schon einen neuen Fall?«

»Nein, das war eine einmalige Sache, in die ich durch Zufall geschlittert bin.«

Er musste ja wirklich nicht wissen, dass sie im Fall des geschredderten Knochens ermittelte.

»Und ich hätte gedacht, dass Sie nun alle Morde im Kreis Plön aufklären.«

Tina lachte. »Normalerweise ist Plön nicht gerade als mordintensiv bekannt.«

»Zum Glück, kann ich da nur sagen.« Der Grünen-Politiker blickte auf die Uhr und winkte der Bedienung. »Tut mir leid, ich muss los. War nett, mit Ihnen zu plaudern.«

»Danke für die Einladung.«

»Gern geschehen. Sie melden sich, wenn Sie mit Ihrem Bruder gesprochen haben?«

»Mach ich.«

Wiebke kam, und Klammroth bezahlte. Er winkte Tina noch einmal zu und verließ das Café.

»War das nicht dieser grüne Politiker? Woher kennst du den denn?«, fragte Wiebke.

»Wir haben uns neulich auf der Glyphosat-Demo getroffen.«

»Netter Typ. Den würde ich nicht von der Bettkante stoßen.« Wiebke grinste.

»Ja, der hat was. Ich glaube, er ist Witwer. Vielleicht hast du ja eine Chance.«

Wiebke lachte. »So, wie der dich angeguckt hat, brauche ich es bei dem gar nicht erst zu probieren.«

»Wie meinst du das?«

»Das sieht doch eine Blindschleiche mit Augenklappen, dass der mega an dir interessiert ist.«

Ein Kunde kam in den Laden, und Wiebke ging zum Tresen.

Krischan Klammroth war an ihr interessiert? Nein, da musste Wiebke irgendwas falsch gedeutet haben.

Tina fuhr den Strandweg entlang in Richtung der Prinzeninsel. Die Sonne hatte es geschafft, den Großteil der Wolken zu vertreiben, und ein Ahornbaum, der neben dem Weg stand, wurde hell angeleuchtet und strahlte in einem intensiven Rot. Die Hunde rasten mit wehenden Ohren vor ihr her, und Tina trat stärker in die Pedale, um den Abstand nicht zu groß werden zu lassen. Als ihr Handy klingelte, hielt sie an und rief die Hunde zu sich. Sie holte das Telefon aus ihrer Tasche.

»Caro! Wie geht es dir?«

»Etwas besser. Du, Merles Eltern haben eine Homepage online gestellt.«

»Ich weiß, das wurde in N3 berichtet. Sie hoffen auf Hinweise zu Merles Verbleib.«

»Genau. Außerdem steht da, dass sie glauben, dass Merle nie auf diese Fähre gestiegen wäre und dass da irgendwas faul ist.«

»Wieso sind sie da so sicher? Immerhin hat Merle schon eine ganze Weile nicht mehr zu Hause gewohnt, wenn ich das richtig verstanden habe. Menschen verändern sich und fahren dann vielleicht auch mal mit der Fähre nach Schweden.«

»Merle hatte … warte, ich muss das nachgucken. Da. Da steht es. Sie hatte Thalassophobie.«

»Angst vor … was?«

»Sie hatte Angst vor dem Meer! Sie wäre nie auf eine Fähre gestiegen!« Caros Stimme klang triumphierend. »Ich wusste doch, dass da was nicht stimmt!«

»Okaayy«, sagte Tina langsam.

»Und jetzt sag nicht, dass sie die Angst vielleicht überwunden hatte. So einfach geht das nämlich nicht.«

»Ich weiß. Was glaubst *du* denn, was passiert ist?«

»Irgendwer hat sie umgebracht und wollte es so aussehen lassen, als wäre sie über Bord gegangen.«

Genau der Gedanke war Tina auch gerade gekommen. War es vielleicht Merles Fingerknochen, der in der Wurst gesteckt hatte?

»Aber wer sollte einen Grund haben, Merle umzubringen?«

»Was weiß ich? Ihr blöder Freund vielleicht? Den fand ich schon die ganze Zeit unsympathisch.«

»Wie heißt der denn?«

»Rolf. Auch ein Umweltaktivist aus der Plöner Szene.«

»Ich kann mich ja mal umhören.«

»Echt? Das würdest du machen? Du bist die Beste!«

»Ich melde mich, wenn ich was rausgefunden habe. Wie heißt dieser Rolf denn mit Nachnamen?«

»Keine Ahnung. Aber in der Gruppe gibt es nur einen Rolf. Die Orga-Treffen sind immer mittwochabends ab sieben im Gemeindesaal in Theresienhof.«

»Ich fahre übermorgen mal hin und höre mich um.«

»Aber Tina? Pass bei Rolf ein bisschen auf. Der ist nicht ohne. Der rastet schnell mal aus.«

Kapitel 12

Als Tina sich für die Sprechstunde umzog, fiel ihr ein, dass sie noch nicht nach Umweltdemos in Schweden gegoogelt hatte. Sie zückte ihr Handy und gab die entsprechenden Suchbegriffe in die Maske ein, aber für den Oktober waren anscheinend keine größeren Aktionen in Schweden geplant. Tina lehnte sich in ihrem Bürostuhl zurück und legte die Beine auf den Tisch. Sie war mittlerweile fest davon überzeugt, dass Merle nie auf die Fähre gegangen war. Irgendetwas musste ihr an Land zugestoßen sein.

Ihr Handy vibrierte; Jan hatte ihr eine WhatsApp geschrieben. Sie las die Nachricht und legte das Telefon auf den Schreibtisch. Es gab bundesweit keine neueren Vermisstenanzeigen, das Gleiche galt für Dänemark. Also war Merle die einzige Spur, die sie hatte.

Der Rest des Tages verging quälend langsam. Tina war so aufgeregt, dass Krischan Klammroth abends zu Kai kommen würde, dass sie sich kaum auf ihre Arbeit konzentrieren konnte. Als sie sich beim Spritzen einer Impfung fast selbst gestochen hätte, riss sie sich zusammen und brachte den Rest der Sprechstunde einigermaßen gut hinter sich.

Kai hatte sich erst geziert, dann aber dem Gespräch mit Krischan Klammroth zugestimmt. Nun war es kurz vor sieben Uhr, und Tina saß in Kais und Sabrinas hochmoderner Küche an dem quadratischen Tisch mit Edelstahlbeinen und einer schwarzen Rauchglasplatte. Auch die Stühle hatten Beine aus Edelstahl und eine sehr ungemütliche Sitzfläche aus schwarzem Kunststoff. Hinter Tina stand die Kochinsel mit dem Induktionsherd und einer futuristisch aussehenden Dunstabzugshaube. Tina fand, dass die Küche überhaupt nicht in das alte Bauernhaus mit dem Reetdach passte, aber Sabrina hatte darauf bestanden, die alte gemütliche Küche herauszureißen und durch die neue zu ersetzen. Immerhin wäre sie gelernte Hauswirtschafterin, und ihr Arbeitsgerät müsse auf dem neuesten Stand sein.

Tina nippte an ihrem Wasser und hörte sich Sabrinas Klagen an.

»Ab sechs Uhr abends kann ich überhaupt nichts mehr essen, sonst wird das Sodbrennen so stark, da brauche ich gar nicht erst ins Bett zu gehen. Und im Sitzen kann ich auch nicht schlafen.«

»Du Arme. Hast du mal versucht, frisch gepressten Zitronensaft mit Wasser zu trinken? Das hilft gegen Sodbrennen.«

»Zitrone ist doch total sauer. Das kann doch gar nicht funktionieren.«

»Aber die Zitrone wird basisch verstoffwechselt und deshalb ...«

»Das hilft bestimmt nicht. Und guck dir meine Füße an, die sind total geschwollen.« Sabrina zog die Hosenbeine ihrer Latzhose – heute in Blassrosa – hoch und hielt Tina ihren rechten Fuß hin.

»Sieht ja übel aus.«

Sabrina seufzte. »Wenn ich gewusst hätte, dass es so schlimm wird, hätte ich die Pille nie abgesetzt.«

Es klopfte an der Haustür, und Tina war erleichtert, dass sie sich Sabrinas Litanei nicht weiter anhören musste. Sie tat ihr ja leid, aber wenn sie keine Ratschläge annehmen wollte, konnte sie ihr auch nicht helfen.

Kai trat in die Küche, dicht gefolgt von Krischan Klammroth.

»'n Abend«, sagte Klammroth und klopfte mit den Knöcheln auf den Küchentisch.

»Moin!« Tina nickte ihm zu, während Kai Sabrina vorstellte.

»Wann ist es denn so weit?«, fragte Klammroth.

»Am 11.«

»Dann wünsche ich alles Gute.«

»Lange halte ich das nicht mehr aus. Ich hab das Gefühl, ich platze bald.« Sabrina stand mühsam vom Tisch auf und wandte sich zum Gehen. »Ich lasse euch jetzt allein und leide noch ein bisschen vor mich hin. Interessiert hier ja sowieso keinen, dass ich mich so quälen muss.«

Sabrina watschelte – anders konnte man es beim besten Willen nicht bezeichnen – zur Küchentür.

»Aber Schatz! Natürlich interessiert es mich, wie es dir geht«, rief Kai und ging seiner Frau hinterher.

»Und warum bist du dann so viel weg? Gib's doch zu, ich nerve dich.«

»Engelchen, das ist nicht wahr, und das weißt du auch. Ich habe nur gerade sehr viel auf dem Hof zu tun.«

»Lässt mich hier vor mich hin leiden. Ich kann mir nicht mal mehr die verdammten Socken alleine anziehen!«

Sabrina riss die Küchentür auf und verschwand im Flur.

»Schatz, denk doch mal an die Kühe, die müssen sich auch erst quälen, und wenn dann das Kälbchen erst da ist …«

»Wage es ja nicht, mich mit deinen Kühen zu vergleichen, Kai Deerten!«, hörte Tina noch, bevor Kai seiner Frau durch die Tür folgte und sie hinter sich zuzog.

»Oh-oh! In Kais Haut möchte ich jetzt nicht stecken«, sagte Tina und grinste Klammroth an.

»Meine Frau hat immer gesagt: Wenn die Männer die Kinder kriegen müssten, wäre die Menschheit schon längst ausgestorben.«

»Und da hat sie absolut recht. Aber zum Glück müssen sich nicht alle werdenden Mütter so quälen.«

»Die Arme. Sie hat es wirklich nicht leicht. Schon die ganze Schwangerschaft hindurch geht es ihr schlecht«, sagte Kai, als er einen Moment später in die Küche zurückkam. Er wandte sich an Klammroth. »Was kann ich Ihnen zu trinken anbieten?«

»Ein Bier wäre schön.«

»Geht los. Und du, Tina? Bleibst du bei Wasser?«

»Mir auch ein Bier, bitte.«

Während Kai die Getränke und eine Schüssel mit Chips und eine weitere mit Erdnüssen auf den Tisch stellte, setzte sich Klammroth neben Tina und prostete ihr mit seinem Bier zu.

Kai setzte sich dem Politiker gegenüber und blickte ihn an. »Und Sie sollen mich zum Biobauern bekehren.«

Klammroth hob abwehrend die Hände. »Um Gottes willen, ich bin kein Missionar. Aber ich bin der Meinung, dass gerade wir Bauern es in der Hand haben, unseren Böden, dem Wasser, der Luft – kurz gesagt: der ganzen Natur und damit auch den Menschen – etwas Gutes zu tun. Dazu stehe ich, und ich fände es schön, wenn sich mehr Landwirte auf das Abenteuer Biolandbau einlassen würden.«

Tina lächelte Krischan Klammroth zu und hob den Daumen. »Gut gebrüllt, Löwe!«

»Schön und gut, aber was ist mit den zu erwartenden Umsatzeinbußen, wenn ich mein Getreide noch nicht als ›bio‹ verkaufen kann, aber der Ertrag pro Hektar sinkt?«, fragte Kai.

»Bei Ackerbaubetrieben und bei Milchviehbetrieben wie dem Deertenhoff dauert es zwei Jahre, bis der Betrieb komplett umgestellt ist. Nach dem ersten Jahr dürfen Sie bereits das eigene angebaute Futter verfüttern, und die Ernte kann als ›Produkte aus der Umstellung‹ schon etwas teurer verkauft werden. Außerdem gibt es natürlich Ausgleichszahlungen pro Hektar, die in den ersten beiden Jahren höher sind, dann weniger werden und ab dem sechsten Jahr konstant bleiben.«

»Hm.«

»Ich rechne Ihnen das mal vor. Wie groß ist die Ackerfläche, wie viel Weidefläche und wie viel Stück Vieh haben Sie?«

Während Kai die Angaben machte und Klammroth ihm die zu erwartenden Zuschüsse und andere Details erklärte, drifteten Tinas Gedanken ab. Klammroth war sehr engagiert, und man merkte ihm an, dass es ihm eine Herzensangelegenheit war, mehr Biohöfe nach Schleswig-Holstein zu bringen.

»Ich werden mich dafür einsetzen, dass Ökohöfe noch stärker gefördert werden. Mir schwebt vor, zunächst alle Höfe im gesamten Kreis Plön und dann in ganz Schleswig-Holstein auf Biorichtlinien umzustellen«, sagte Klammroth und hatte damit wieder Tinas volle Aufmerksamkeit.

»Das geht doch gar nicht!« Kai schüttelte den Kopf und nahm einen Schluck von seinem Bier.

»Wenn es in Indien möglich ist, muss es auch in Deutschland funktionieren. Im Nordosten von Indien gibt es einen ganzen Bundesstaat, der auf Pestizide und chemischen Dünger verzichtet und nur noch ökologische Landwirtschaft zulässt.«

Klammroths Blick bekam etwas Verträumtes. »Stellen Sie sich mal vor, wenn so etwas nicht nur bei uns im Norden, sondern in ganz Deutschland oder sogar in der ganzen EU möglich wäre.«

»Das wäre Wahnsinn«, sagte Tina mit leuchtenden Augen.

»Das wird doch eh nichts. Da wird sich der Bauernverband nie drauf einlassen«, erwiderte Kai.

»Ja, ja, der Bauernverband. Ein harter Brocken, aber was sage ich immer: Keine Herausforderung ist zu groß, als dass man sie nicht annehmen könnte.«

»Wie auch immer. Ich denke darüber nach und würde mich bei Ihnen melden, wenn das okay ist«, sagte Kai.

»Selbstverständlich. Ich freue mich immer, wenn ich helfen kann.«

Krischan Klammroth trank sein Bier aus und stand auf. »Na gut, ich will nicht länger stören.«

Auch Kai und Tina standen auf, und Kai brachte sie zur Tür.

»Und, könntest du dir vorstellen umzustellen?«, fragte Tina.

»Ich muss drüber nachdenken. So etwas beschließt man nicht mal eben am Küchentisch.«

»Die Küche ist kein schlechter Ort für so eine Entscheidung.«

»Tina, nerv mich nicht, okay? Ich habe gesagt, ich denke darüber nach, und dann denke ich auch darüber nach. Vadder wird nicht begeistert sein, so viel ist sicher.«

»Du leitest den Hof jetzt, Kai. Mit Vadder helfe ich dir.«

Kai nickte. »Gib mir Zeit, ja?«

Er wandte sich an Klammroth. »Danke für die Beratung.«

»Sehr gern. Einen schönen Abend noch.«

»Gute Nacht.« Kai öffnete die Tür, und die Hunde stürmten in die Dunkelheit hinaus, die nur von der Lampe neben der Tür ein wenig erhellt wurde. Als Swatt den Bewegungsmelder aktivierte, wurde es auf einmal taghell, und Tina kniff die Augen zusammen.

»Und, was machen wir jetzt mit dem angebrochenen Abend?«, fragte Krischan Klammroth.

»Wie wäre es mit einem Glas Wein bei mir?«, hörte Tina sich zu ihrem eigenen Erstaunen sagen.

»Gern.«

Als sie zu Tinas Häuschen gingen, klingelte Klammroths Handy. Er blieb stehen und nahm ab.

»Thomas. Was gibt es? Hm, ich würde sagen, beobachte sie noch eine Stunde. Hast du schon mal reingelangt? Das Kalb liegt richtig? Gut, dann sollte alles glattgehen. Schnapp dir Jörn, der soll dir helfen, das Kalb rauszuziehen. Wenn es Probleme gibt, ruf Dr. Beck an. Ja, bis später.«

Klammroth steckte das Handy weg. »Mein Sohn Thomas. Eine unserer Kühe hat Probleme beim Kalben.«

»Wollen Sie nicht doch lieber los?«

»Thomas schafft das schon allein. Und wenn nicht, soll er unseren Tierarzt anrufen.«

Tina ging neben Klammroth her zu ihrem Häuschen und öffnete die Haustür.

»Kommen Sie rein.« Sie trat sich die Sneakers von den Füßen und holte einen Wein aus der Abstellkammer rechts neben der Eingangstür.

»Ist ein Merlot okay?«

»Wunderbar. Nett haben Sie es hier.«

»Hat mich eine Menge Arbeit gekostet, den alten Pferdestall umzubauen, aber es hat sich gelohnt.« Tina ging ins Wohnzimmer und zeigte auf Swatt, der sich bereits auf dem Sofa breitgemacht hatte.

»Runter, Swatt.«

»Von mir aus kann er liegen bleiben. Mein Golden Retriever Bo schläft auch am liebsten auf der Couch.«

Klammroth trat an die Terrassentür und blickte hinaus. »Toller Blick.«

Tina trat neben ihn und schaute über den See auf Plön. Die Regenwolken hatten sich verzogen, sodass man in der klaren Nacht die Lichter der Stadt funkeln sehen konnte. Im Schloss waren Lichter zu erkennen, und die Türme wurden von Scheinwerfern angestrahlt, während unterhalb des Schlosses alles schwarz war, sodass es aussah, als würde das Schloss über dem Wasser schweben.

»Meine Lieblingsaussicht«, erwiderte sie und ging in die Küche, um nach einem Korkenzieher zu suchen. Klammroth war ihr gefolgt.

»Lassen Sie mich das machen.«

Er nahm Tina den Korkenzieher ab, öffnete geschickt die Flasche und schenkte zwei Gläser voll.

»Bitte sehr, Madame.« Er reichte Tina ein Glas, nahm das andere und prostete ihr zu. »Wollen wir uns nicht duzen?«, fragte er.

»Gern. Ich bin Tina.«

»Krischan.«

Tina nahm einen Schluck und ging ihm voraus ins Wohnzimmer. Sie setzte sich in ihren Lieblingssessel, während Krischan sich auf das freie Sofa setzte. Krischan sah ihr tief in die Augen, und ihr wurde warm. Schnell trank sie noch ein paar Schluck Wein und merkte, dass ihr der Alkohol in den Kopf stieg. Sie war glücklich mit Jan, wieso reagierte sie so intensiv auf Krischan? Weil er ihre Lebenseinstellung teilte? Weil er nicht schlecht aussah? Weil er sehr charmant war? Weil er Hunde mochte?

Tina wurde aus ihren Gedanken gerissen, als ihr Handy klingelte. »Caro. Was gibt es?«

»Hast du schon was rausgefunden?«

»Ich hab dir doch gesagt, dass ich morgen auf das Orga-Treffen gehe. Bis dahin passiert nichts. Ich melde mich, wenn ich was weiß.«

»Ich hab mir überlegt, dass ich mit dir hingehe. Dann kann ich dich vorstellen und dir was über die Leute erzählen.«

»Das brauchst du nicht. Ich mache mir lieber selbst ein Bild.«

Das fehlte noch, dass Caro diesen Rolf fragen würde, wo er Merle verscharrt hätte. Diplomatie war schon in der Schule nicht Caros Stärke gewesen.

»Aber mich kennen sie, da sind die bestimmt gleich viel offener.«

»Caro, ich schaffe das schon.«

»Bist du sicher?«

»Ganz sicher.«

»Na gut, aber du rufst mich gleich danach an, ja?«

»Jaha. Versprochen.«

»Aber was, wenn …«

»Caro, ich habe Besuch. Ich melde mich morgen.«

Tina drückte auf den roten Hörer und legte das Handy auf den Couchtisch. Sie seufzte.

Krischan sah sie mitfühlend an. »Probleme?«

»Caro ist der Meinung, dass ihre Freundin Merle ermordet wurde. Ich habe ihr gesagt, dass ich mich mal umhöre, und jetzt nervt sie etwas.«

»Also doch Miss Marple?«

Tina lachte. »Irgendwas ist faul an der Sache, deshalb schau ich mal, ob ich was rausfinden kann.«

»Wieso glaubt sie, dass diese Merle ermordet wurde?«

»Weil …« Swatt sprang plötzlich vom Sofa und fing an zu bellen. Daisy, die unter dem Esstisch gelegen hatte, sprang auf, und beide Hunde rannten zur Haustür.

»Besuch?«

»Eigentlich erwarte ich niemanden.«

Tina stand auf und ging in Richtung des Flurs. Sie hörte, wie sich die Haustür öffnete. Die Hunde bellten nun nicht mehr wachsam, sondern freudig.

»He, ihr beiden, lasst mich doch erst mal reinkommen«, hörte Tina Jans Stimme.

»So, sitz. Du auch, Swatt.« Tina ging zur Wohnzimmertür und lehnte sich gegen den Türrahmen. Lächelnd sah sie zu, wie Jan eine Tüte aus seiner Jackentasche holte und den Hunden jeweils eine Kaustange gab. Man hörte ein schnappendes Geräusch, und Swatt und Daisy rannten ins Wohnzimmer zurück und machten sich daran, die Leckerbissen zu verzehren. Tina ging Jan entgegen und gab ihm einen Kuss.

»Schön, dass du da bist.«

»Heute kommen wir in dem Fall nicht weiter, da habe ich früher Feierabend gemacht.«

Jan zog Tina an sich und vergrub kurz den Kopf in ihrem Haar, dann hängte er seine Jacke an die Garderobe und ging ihr ins Wohnzimmer voraus. Ihr Blick fiel auf Krischan, der sich über den Couchtisch gebeugt hatte und sich nun schnell aufrichtete. Ihr Handy, das auf dem Tisch lag, piepte. Offenbar war der Akku fast leer.

»Störe ich?«, fragte Jan.

»Warum solltest du?«, erwiderte Tina. Jan legte einen Arm um sie und blickte Krischan an, der mit ausgestreckter Hand auf ihn zukam.

»Krischan Klammroth«, sagte er lächelnd.

Jan nahm die Hand und drückte sie kräftig. Anscheinend drückte Krischan kräftig zurück, denn die beiden Männer drückten deutlich länger, als für eine normale Begrüßung nötig gewesen wäre. Tina verdrehte die Augen. Männer! Als ginge es immer nur darum, wer den Größeren hatte. Krischan ließ als Erster los und wandte sich an Tina.

»Ich muss los. Wenn dein Bruder noch Fragen hat, soll er mich anrufen.«

»Sag ich ihm. Schönen Abend noch.«

»Gleichfalls.«

Krischan nickte Jan zu, ging an ihm vorbei und verschwand im Flur. Bis die Haustür zuklappte, sagten weder Tina noch ein Jan ein Wort, dann aber beide gleichzeitig.

»Musste das sein?«

»Was wollte der hier?«

Tina baute sich vor Jan auf. »Musst du hier so eine Macho-Scheiße abziehen? Krischan war hier, um Kai wegen der Umstellung auf Bio zu beraten, was ich echt nett von ihm finde, denn er hat bestimmt viel um die Ohren, und du spielst hier den Rambo?«

»Ich hatte echt einen Scheißtag, und da finde ich es nicht besonders toll, abends einen Rotwein schlürfenden Kerl bei meiner Freundin vorzufinden. Ich denke, er war bei Kai. Was wollte er dann bei dir?«

»Ich habe ihn als Dankeschön auf ein Glas Wein eingeladen, also so what?«

»Ich habe es dir schon mal gesagt: Der Kerl ist nicht koscher, der ist viel zu glatt und undurchsichtig.«

»Richtig, Krischan ist ja Deutschlands Antwort auf Berlusconi. Wie kommst du eigentlich darauf?«

»Das sagt mir mein Polizistengefühl.«

»Frei nach Loriot: Da stimmt vielleicht mit deinem Gefühl was nicht. Ich finde ihn sehr charismatisch und hoffe, dass er bei den Wahlen gut abschneidet.«

»Solange er sein sogenanntes Charisma woanders entfaltet, soll es mir recht sein.«

»Du bist so ein Macho!«

»Deshalb liebst du mich doch.« Jan lächelte, sodass seine Grübchen sichtbar wurden.

»Bist du dir da sicher?«

Kapitel 13

»Außerdem soll dieser Klammroth knallhart sein«, sagte Jan, als sie am nächsten Morgen am Frühstückstisch saßen. Es war der dritte Oktober, und sie hatten ausgeschlafen.

Tina seufzte, ging aber auf das Thema ein.

»Ich glaube, als Politiker musst du eine gewisse Härte und Skrupellosigkeit an den Tag legen, sonst kommst du nicht weit.«

Sie biss in ihren Toast, den sie dick mit Erdbeermarmelade bestrichen hatte, und kaute genüsslich. Die selbst gemachte Erdbeermarmelade ihrer Mutter war immer noch die beste.

»Er will den gesamten Kreis Plön und später ganz Schleswig-Holstein auf Biohöfe umstellen, wie findest du das?«

»Klingt sehr ambitioniert.« Jan steckte sich das letzte Stück Toast in den Mund und trank seinen Kaffee aus. »Ich muss los, bin schon spät dran.« Er stand auf und gab Tina einen Kuss.

»Du siehst so sexy aus in deinem Schlafshirt«, flüsterte er ihr ins Ohr. »Ich liebe es, wie Scrat auf seiner Eichel sitzt.«

Tina grinste. Sie hatte das Shirt, kurz nachdem der neue Ice-Age-Film herausgekommen war, zufällig in Plön entdeckt und es gleich gekauft.

»Nenn mich Sexgöttin«, erwiderte Tina und lächelte lasziv. »Zu blöd, dass du sogar am Feiertag arbeiten musst. Ich könnte mir gut vorstellen, womit wir uns sonst den Vormittag vertreiben könnten.«

Jans Pupillen weiteten sich, und er schluckte. »Nichts würde ich lieber machen, aber Mörder kennen keine Feiertage.«

Tina fragte Jan nicht nach seinem aktuellen Fall, da sie wusste, er dürfte ihr sowieso keine Auskünfte geben. Außerdem hatte sie mit ihren eigenen Ermittlungen genug zu tun.

»Sehen wir uns später?«, fragte Jan, als er seine dunkelblaue Windjacke anzog.

»Ich will heute Abend auf ein Orga-Treffen der Umweltaktivisten. Wird Zeit, dass ich mich mal wieder mehr engagiere.«

Jan warf ihr einen prüfenden Blick zu. »Warum so plötzlich?«

»Weil es eine Minute vor zwölf ist?«

»Es ist doch erst halb zehn.«

»Blödi, du weißt, wie ich das meine!«

Jan grinste. »Wir whatsappen später, okay?«

»Dann fang mal die bösen Jungs, ich mache mir einen faulen Tag.«

Jan verschwand, und Tina hörte, wie der Audi ansprang und wegfuhr.

Gegen Abend, nach einem Tag, den sie mit einer ausgedehnten Hunderunde um den Vierer See und mit lästiger, aber dringend nötiger Hausarbeit verbracht hatte, machte Tina sich mit den Hunden auf den Weg nach Theresienhof. Als sie gerade ins Auto gestiegen war und losfahren wollte, kündigte ihr Handy mit einem Piepton an, dass sie eine neue WhatsApp bekommen hatte.

Treffe heute Abend jemanden, der Infos über Merle hat. Melde mich später, wenn ich mehr weiß. Caro

Schnell schrieb Tina zurück.

Kennst du denjenigen denn?

Nee, aber er kennt mich. Also alles ok.

Was? War Caro verrückt geworden?

Bist du wahnsinnig? Da kannst du doch nicht allein hinfahren! Wo trefft ihr euch?

Tina blickte auf das Display, doch Caro antwortete nicht mehr. Tina wartete zehn Minuten, doch auch dann hatte Caro die Nachricht noch nicht gelesen. Sie schaute auf die Uhr. Schon zehn vor sieben. Sie müsste jetzt losfahren, wenn sie nicht viel zu spät zu dem Treffen kommen wollte. Sie legte das Handy auf die Mittelkonsole und startete den Motor. Das Handy vibrierte, und Tina nahm es schnell in die Hand.

Keine Sorge, wird schon alles gut gehen. Hab alles im Griff. CU

Ein grinsender und ein Sonnenbrillen-Emoji vervollständigten die Nachricht.

Tina seufzte. Caro war alt genug, und Tina konnte nicht auf alle Menschen in ihrer Umgebung aufpassen. Das wurde auch ihre Mutter nie müde, ihr zu erzählen.

Melde dich sofort, wenn du fertig bist!

Tina legte das Handy zurück und fuhr los. Hoffentlich ging bei Caro alles gut.

Am Plußsee bog Tina nach Rathjensdorf ab und erreichte schnell den kleinen Ort. Am reetgedeckten Dörpskroog war die Hölle los, es sah nach einer Familienfeier aus, die dort stattfand, und vor dem Restaurant stand eine Gruppe von Senioren mit Geschenken und Blumen in den Händen. Tina musste einen Moment warten, bis ein Mann, der keinen Tag jünger als hundertzehn aussah, seinen silbernen Opel Vectra in eine Parklücke rangiert hatte. Sie trommelte auf dem Lenkrad herum, bis er es endlich geschafft hatte und sie wieder Gas geben konnte. Auf dem Rückweg würde sie über Tramm fahren, da lagen keine Restaurants auf der Strecke.

Tina passierte das Ortschild von Theresienhof und trat auf die Bremse. Das Gemeindehaus lag auf der linken Seite, und auf der Straße parkten bereits ein paar meist ältere Autos und eine schwarze Vespa. Tina stellte den Isuzu neben dem Motorroller ab und checkte ihre WhatsApp-Nachrichten. Jan wünschte ihr einen schönen Abend, und sie schickte ihm mehrere Kuss-Emojis. Mareike hatte ihr geschrieben, dass ihre Angestellte nicht wusste, wie Tom mit Nachnamen hieß. Egal, das war eh die falsche Spur gewesen. Leider hatte Caro noch keine Nachricht geschickt. Blöderweise konnte Tina nichts tun, außer zu warten, dass sie sich meldete. Sie steckte das Handy wieder in ihre Hosentasche und stieg aus. Swatt drängte sich hinter ihr aus der Tür, schüttelte sich und hob sein Bein an einer Staude lilafarbener Astern, die neben dem gepflasterten Weg zum Gemeindehaus standen. Tina öffnete die Tür zum Rücksitz und ließ Daisy herausspringen, dann ging sie mit schnellen Schritten auf das Gemeindehaus zu, öffnete die Tür und trat ein.

»Hey, willst du auch zum Orga-Treffen?«, fragte eine rundliche Frau in den Zwanzigern, die eine zerrissene hellblaue Jeans und ein gelbes T-Shirt mit dem bekannten Schriftzug »Atomkraft? Nein danke« trug. Swatt rannte schwanzwedelnd auf die Frau zu und drückte sich gegen ihre Beine.

»He, was bist du denn für ein Süßer«, rief sie und strich ihm über den Rücken.

»Ich wollte mal gucken, ob ich euch helfen kann«, sagte Tina.

»Wir brauchen alle Hilfe, die wir kriegen können. Ich bin übrigens Hope.«

»Tina.«

»Ey, Patricia, kommst du? Wir wollen anfangen«, ertönte

eine Stimme aus einem Raum am Ende des dunkel gefliesten Flurs.

»Ich heiße jetzt Hope. Merk dir das endlich mal, Mann!« Sie schüttelte den Kopf. »So langsam könnte er sich meinen neuen Namen mal merken. Bist du zum ersten Mal dabei?«

»Ja. Caro hat mir von euren Treffen erzählt, und da dachte ich, ich schaue mal vorbei. Und du, bist du öfter hier?«

»Ich komme regelmäßig, aber in den letzten Wochen konnte ich nicht. Da war ich erst in Madrid auf einer Demo gegen den Stierkampf und dann in Italien auf einer Veranstaltung gegen den Vogelmord.«

Tina hatte sich vor einiger Zeit bei einer Unterschriftenaktion gegen das Fangen und Verzehren von Singvögeln in Italien beteiligt, war also im Thema.

»Du kommst ja ganz schön rum.«

»Man muss sich engagieren, sonst wird sich nichts ändern«, erwiderte Hope und betrat vor Tina den Versammlungsraum. Sechs Leute hatten sich um den ovalen Tisch versammelt, der in der Mitte des Raumes stand und diesen fast komplett ausfüllte.

»Hey Leute, das ist Tina. Sie ist heute zum ersten Mal dabei.«

»Hi Tina, schön, dass du da bist«, sagte ein Mann, der aussah wie ein Bär in Latzhose. Seine Nase war anscheinend einmal gebrochen gewesen und etwas schief zusammengewachsen, und der dunkelblonde Vollbart reichte ihm bis auf die Brust. Er stand auf und kam auf Tina zu.

»Ich bin Rolf, das sind Marleen, Kalle, Lutz, Kerstin und Mia. Patri… Hope kennst du ja schon.«

Tina nickte den jungen Leuten grüßend zu. Alle waren zwischen zwanzig und dreißig Jahre alt, bis auf Rolf, der älter wirkte.

»Okay, fangen wir an. Wir wollen heute besprechen, wie genau die Aktion aussehen soll, die wir in Kiel machen wollen. Marleen, du und Lutz habt euch dafür was ausgedacht.«

Marleen war im Gothic-Look gestylt, nur dass sie statt schwarzem dunkelgrünen Lippenstift aufgelegt hatte. Sie nickte Rolf zu und stand auf.

»Wir haben uns überlegt, dass sich zwei von uns mit einem großen Plakat vom Rathaus abseilen, kurz bevor der Klammroth mit seiner Rede anfängt. Dazu müssen vier von uns ins Rathaus gehen. Zwei seilen sich mit dem Plakat ab, und die anderen beiden machen die Absicherung vom Fenster aus.«

Die anderen Mitglieder des Treffens klopften mit den Knöcheln zustimmend auf den Tisch, und auch Tina schloss sich an. Sie kontrollierte ihr Handy, doch von Caro war keine Nachricht gekommen. Während besprochen wurde, wer bei der Aktion dabei sein sollte und was auf dem Plakat stehen sollte – was zu erregten Diskussionen führte –, beobachtete sie die Teilnehmer des Orga-Treffens. Könnte einer von ihnen etwas mit Merles Verschwinden zu tun haben? Rolf, der bestimmt so kräftig war, wie er aussah, und der sich in der Diskussion stark in Rage redete? Oder Lutz, der recht zurückhaltend wirkte, aber waren es nicht gerade oft die stillen Charaktere, die plötzlich ausrasteten und eine Kurzschlusshandlung begingen? Oder Kalle, der sehr schmächtig, aber lang war und der sehr besonnen wirkte, doch wer weiß, was ihn dazu bringen könnte, jemanden zu ermorden? Die Frauen schloss Tina aus. Erstens passte die Brutalität des Mordes nicht zu einer Frau, und außerdem wirkten sie alle nicht so kräftig, dass sie Merle zerkleinern und in den Cutter hätten werfen können.

Als das Treffen zu Ende ging und Hope belegte Brote und Bier für alle ankündigte, nutzte Tina ihre Chance. Sie setzte sich mit ihrem Käsebrötchen neben Marleen und nickte ihr zu.

»Tolle Idee, sich vom Rathaus abzuseilen«, begann sie das Gespräch.

»Ja, geil, oder?« Marleen biss in ihr Brötchen.

»Merle hätte das bestimmt auch gut gefunden, oder?«

»Aber hallo! Echt heftig, was ihr passiert ist.«

»Caro glaubt nicht, dass sie auf der Fähre über Bord gegangen ist«, wagte Tina sich vor.

»Caro ist manchmal ein bisschen … Lass es mich so sagen, Caro lebt manchmal etwas abseits der Realität.«

»Aber ist es nicht merkwürdig, dass Merle so kurz vor der Genmais-Demo nach Schweden fährt?«

»Na ja, Genmais war ihr Thema, ein bisschen gewundert habe ich mich schon. Aber vielleicht wollte sie nur kurz in Schweden bleiben.«

»Kanntest du sie gut?« Tina biss in ihr Brötchen, das etwas sparsam mit einer kleinen Scheibe Gouda belegt war.

»Sie war ja nicht von hier, aber sie ist mega engagiert gewesen. War auf allen Orga-Treffen dabei und hat sich extrem eingebracht. Rolf hat sich schon ein bisschen an die Seite gedrängt gefühlt, normalerweise leitet er die Diskussionen.«

»War er sauer, dass Merle die Führung an sich gerissen hat?«

Marleen lachte. »Er war schon ein bisschen angepisst, aber so schlimm kann es nicht gewesen sein, sonst hätte er wohl kaum etwas mit ihr angefangen.«

»Ach, die beiden waren zusammen?«, tat Tina überrascht.

»Schon seit ein paar Monaten.«

»Bei dem Treffen Ende September hatten die beiden sich aber ganz schön in der Wolle«, sagte Hope, die mit einer Flasche Bier in der Hand zu Tina und Marleen herüberkam und sich neben Tina setzte.

»Das ging aber nur darum, ob wir noch in diesem Jahr eine Aktion gegen die Mastschweinehaltung machen wollen oder nicht. Rolf fand, wir verzetteln uns, wenn wir zu viele verschiedene Themen aufgreifen.«

»Und danach ist Merle nach Schweden gefahren?«

Merleen und Hope sahen sich an. »Ja, das könnte hinkommen«, erwiderte Marleen.

»Meinst du, Rolf hat was damit zu tun, dass sie verschwunden ist?«, fragte Hope.

»Womit habe ich was zu tun?« Rolf, der sich gerade ein Käsebrötchen geholt hatte, blieb neben den Frauen stehen.

»Wir reden gerade über Merle«, sagte Marleen. Tina krümmte sich innerlich. Das würde bei Rolf bestimmt nicht gut ankommen.

Rolfs Blick umwölkte sich. »Und was soll ich mit Merles Sturz von der Fähre zu tun haben?«, fragte er und zog die Augenbrauen zusammen.

»Wie kommst du darauf, dass wir das gemeint haben?«, fragte Tina. »Wir dachten, vielleicht wollte sie eine kleine Auszeit von dir nehmen und für ein paar Tage nach Schweden fahren.«

»Das ist Bullshit! Merle brauchte keine Auszeit, wir haben uns geliebt, falls du weißt, was das ist.«

Rolf baute sich vor Tina auf und verschränkte die Arme vor seinem mächtigen Brustkorb. Tina stand auf und stand nun direkt vor Rolf. Aus den Augenwinkeln sah sie, dass auch Swatt sich von seinem Platz neben dem Büffet erhoben hatte und in ihre Richtung lief. Mit einer Handbewegung brachte sie ihn zum Stehen. Die Situation sollte nicht noch weiter eskalieren.

Sie musste den Kopf in den Nacken legen, sonst hätte sie nur mit Rolfs kariertem Holzfällerhemd gesprochen. »Sehr in Trauer scheinst du aber nicht zu sein.«

»Und wer bist du, dass du das beurteilen willst? Kommst hierher, und ich denke noch, wie schön, Verstärkung können wir immer gebrauchen, aber du machst nur böses Blut und stellst haltlose Verdächtigungen in den Raum, dass ich was mit Merles Tod zu tun habe!« Rolfs Stimme wurde immer lauter. Die Gespräche der anderen verstummten, und alle schauten zu Tina und Rolf herüber.

»Reg dich wieder ab, Rolf. Tina hat das bestimmt nicht so gemeint«, sagte Kalle.

Er stand von seinem Platz am Tisch auf, kam zu ihnen herüber und legte Rolf eine Hand auf die Schulter, die dieser jedoch sofort wieder abschüttelte.

»Das hast du doch nicht so gemeint, oder?«, fragte er Tina.

Doch, habe ich.

»Man wird doch wohl mal fragen dürfen.«

Rolf funkelte Tina an, drehte sich dann abrupt um und stürmte aus dem Versammlungsraum. Die Eingangstür knallte, dann war alles still.

»Entschuldige, Rolf regt sich immer schnell auf. Der beruhigt sich aber auch genauso schnell wieder«, sagte Kalle.

»Kein Problem. War das was Ernstes zwischen Merle und ihm?«

»Bei Merle schon, glaube ich. Rolf ist schwer zu durchschauen. Typisch Mann eben«, erwiderte Hope.

»Es ist schon ein Ding, dass sie über Bord der Fähre gegangen sein soll«, sagte Marleen.

»Das passiert öfter, als man meinen würde. Ich habe da mal was drüber gelesen. Allein auf Kreuzfahrtschiffen gehen pro Jahr …« Kalle überlegte einen Moment. »Ich glaube, das waren zwanzig Menschen, die über Bord gehen. Insgesamt von allen Schiffen weltweit sind das wohl so zweihundert bis dreihundert Fälle. Pro Jahr!«

»Nee, echt jetzt?«, fragte Hope mit weit aufgerissenen Augen.

»Da trifft es doch die richtigen. Scheiß-Kreuzfahrtschiffe. Da sollten wir auch mal eine Aktion in Kiel machen. Wusstet ihr, dass ein Kreuzfahrtschiff genauso viele Abgase in die Luft jagt wie fünf Millionen Autos?«, fragte Lutz.

»Schiffe allgemein sind die größten Luftverschmutzer«, sagte Kalle. »Wer ist dafür, dass wir in dem Bereich mal was machen?«

Alle Hände gingen hoch, auch Tinas.

»Gut, ich schnack das mit Rolf ab«, sagte Kalle. Er wandte sich wieder seinem Brötchen zu, während Lutz und Hope sich weiterhin über Kreuzfahrtschiffe unterhielten.

Tina redete noch eine ganze Weile mit Marleen über die Aktion in Kiel, bei der sie mehr über die Einzelheiten erfuhr, als sie wissen wollte. Schließlich stand sie auf.

»Na gut, ich muss dann mal los. War schön, euch kennengelernt zu haben.« Sie ging zum Tisch und klopfte mit den Fingerknöcheln darauf.

»Tschüss, schönen Abend noch.«

»Mach's gut. Schön, dass du da warst.«

Hope brachte Tina noch bis zur Tür. »Rolf ist manchmal ein ziemlicher Idiot, aber organisieren kann der wie kein Zweiter. Egal, was wir für unsere Aktionen brauchen, Rolf besorgt es. Kunstblut, Handschellen, sag, was du brauchst, er kann alles ranschaffen.«

Hope bemerkte Tinas fragenden Blick.

»Das Blut haben wir vor dem Kieler Rathaus verschüttet, um auf das Artensterben aufmerksam zu machen. Und vor drei Jahren haben wir uns mit Handschellen aneinandergekettet und uns vor dem AKW Brokdorf auf die Straße gelegt.«

»Wow, ihr seid ja ganz schön hart drauf.«

Hopes Augen leuchteten. »Nur mit Parolenrufen und Plakateschwenken kommst du nicht weit.«

»Auf jeden Fall habt ihr die Aufmerksamkeit der Medien.«

»Eben. Und im Internet verbreiten sich die Bilder von unseren Aktionen auch immer megaschnell.«

»Gut, ich hau ab. Bis zum nächsten Mal.«

Tina öffnete die Eingangstür und rief nach Swatt, der, das konnte Tina durch die geöffnete Tür des Versammlungsraums sehen, noch neben dem Büffet stand und Lutz dazu bringen wollte, ihm ein Brötchen abzugeben. Swatt drehte sich zu Tina um, wedelte kurz mit dem Schwanz und wandte seine Aufmerksamkeit wieder Lutz zu, der sich gerade ein Brötchen auf den Teller gelegt hatte.

»SWATT! Komm endlich her.« Swatt drehte den Kopf in Richtung des Tellers, schnappte blitzschnell zu und rannte mit dem Brötchen im Maul an Tina vorbei nach draußen, wo er stehen blieb und anfing zu kauen.

»Ey! Mein Brötchen! Ich glaub, es hackt!«, rief Lutz und blickte auf seinen leeren Teller.

»'tschuldige!«, rief Tina ihm zu und machte, dass sie wegkam.

Daisy rannte zu Swatt, der sie anknurrte und ihr deutlich zeigte, dass sie von seiner Beute nicht das Geringste abbekommen würde. Er verschlang den Rest des Brötchens mit drei großen Bissen und schnupperte auf dem Boden nach eventuellen Krümeln.

»Swatt, du bist wirklich schlimm«, zischte Tina ihm zu, der davon völlig unbeeindruckt einen letzten Krümel fraß und dann vor ihr her zum Auto lief. Tina folgte ihm, öffnete die Autotür und ließ die Hunde hineinspringen. Sie zog ihr Handy aus der Tasche und blickte auf das Display. Caro hatte sich immer noch nicht gemeldet. Hoffentlich war ihr nichts passiert! Sie hätte sie nie zu diesem Treffen gehen lassen dürfen!

Ist bei dir alles ok?, tippte sie und schickte die Nachricht ab. Was sollte sie tun, wenn Caro sich nicht melden würde? Sie könnte wohl kaum Jan anrufen, um ihm zu sagen, dass sich Caro seit drei Stunden nicht mehr gemeldet hätte. Er würde ihr einen Vogel zeigen.

Kapitel 14

Tina fuhr in Richtung Tramm los und stellte die Sitzheizung auf volle Stufe. Im Gemeindehaus war es kühl gewesen, sie war richtig durchgefroren. Sie würde sich zu Hause noch einen heißen Kakao machen. Der würde sie aufwärmen und ihr hoffentlich beim Einschlafen helfen. Alles in ihr drängte sie, nach Caro zu suchen, doch wo sollte sie anfangen?

»Ich fahre gleich noch mal bei ihr zu Hause vorbei«, murmelte sie. »Vielleicht ist ihr Akku leer, oder sie hat kein Netz.«

Swatt linste vom Beifahrersitz zu ihr hoch und wedelte leicht, als würde er ihr zustimmen, doch Tinas Gefühl sagte ihr, dass Caro nicht friedlich vor dem Fernseher sitzen würde.

Als sie in Tramm ankam, verlangsamte sie das Tempo und hielt vor dem Tierfutterbetrieb an. Der Parkplatz war zu dieser späten Stunde leer, das hell beleuchtete Firmenschild war die einzige Lichtquelle. Wie war der Knochen in die Wurst gekommen? Jemand musste zumindest einen Finger in den Cutter geworfen haben, wahrscheinlich sogar eine ganze Leiche. Vielleicht sollte sie noch mal einen Blick in die Fertigungshalle werfen, da käme ihr vielleicht eine neue Idee. Kurz entschlossen bog Tina auf den Parkplatz ab und stellte den Wagen schräg vor der Eingangstür ab. Swatt richtete sich auf und sah sie erwartungsvoll an. Ein leises Zischen erklang, und fast sofort roch es nach Schwefel und vergorenem Hühnchenfleisch.

»Swatt, meine Güte! Dieser Furz sollte als Giftgas verboten werden!«

Tina ließ die beiden vorderen Fenster ein Stück herunter und wedelte mit der Hand vor ihrem Gesicht herum.

»Ich steige kurz aus.« Sobald sie nach dem Türöffner griff, sprang Swatt auf.

»Ihr bleibt hier. Ich komme gleich wieder.«

Sie öffnete die Tür, und Swatt wollte sich an ihr vorbeidrängen. Er kletterte auf Tinas Beine und blieb mit der Vorderpfote in ihrer Jeanstasche hängen.

»Was machst du denn? Geh zurück!«

Swatt drängelte weiter, und Tina brauchte beide Hände, um ihn auf den Beifahrersitz zurückzuschieben.

»Am Aussteigen müssen wir dringend mal arbeiten. So geht das nicht weiter. Du bleibst hier, verstanden?«

Swatt stand angespannt wie Usain Bolt vor dem Startpfiff auf dem Sitz.

»Down!«

Langsam legte Swatt sich hin, und Tina konnte aussteigen. Sie blickte an dem zweigeschossigen Gebäude entlang. Die Fertigungshalle befand sich rechts von ihr, deshalb ging sie in diese Richtung und schaute in das erste von fünf Fenstern. Die Fenster waren recht weit oben, sodass sie sich auf die Zehenspitzen stellen musste, um etwas sehen zu können. Die Halle lag im Dunkeln, das nur spärlich von dem Licht am Eingang erhellt wurde. An den Maschinen leuchteten kleine grüne oder rote Lichter. Der Cutter musste der große dunkle Schemen mit dem grünen Licht sein. Tina ging weiter an der Hauswand entlang und bog an der Hausecke nach hinten ab. An dieser Seite waren keine Fenster zu sehen, deshalb ging sie schnell an der Wand entlang und gelangte hinter das Haus. Hier herrschte fast völlige Dunkelheit. Tina blickte zum Himmel hinauf: Kein Stern zu sehen, offenbar war der Himmel von einer geschlossenen Wolkendecke bedeckt. Sie tastete in ihrer Jeans nach ihrem Handy, um die Taschenlampen-App einzuschalten, und wäre fast gegen das

Auto gelaufen, das hinter dem Haus parkte. Tina blieb stehen. Wem gehörte der Wagen? Und wo war das verdammte Handy? Sie fluchte leise. Es musste ihr bei dem Gerangel mit Swatt aus der Tasche gefallen sein. Sie streckte die Arme vor und ging vorsichtig ein paar Schritte, bis sie die Hauswand berührte. Ein leises Geräusch ertönte, das klang, als wäre eine Tür geöffnet worden. Tina hielt inne und lauschte angestrengt, doch außer einer leichten Brise, die irgendwo in der Nähe ein paar Blätter rascheln ließ, war alles still. Sie wandte sich nach links, um auf dem gleichen Weg wieder zu gehen, den sie gekommen war. Als sie ein paar vorsichtige Schritte gemacht hatte, hörte sie hinter sich ein leises Rascheln. Sie fuhr herum, konnte aber nicht mehr verhindern, dass sich eine große behandschuhte Hand über ihren Mund legte und sie in den Schwitzkasten genommen wurde. Tina versuchte sich aus dem Griff zu winden, doch sie wurde so fest umklammert, als würde sie in einem Schraubstock stecken. Sie trat dem Angreifer mit voller Wucht auf den Fuß und hörte befriedigt, wie er aufstöhnte. Doch er ließ sie nicht los. Sie versuchte, ihm den Ellbogen in den Solarplexus zu rammen, wie sie es im Selbstverteidigungskurs bei der Polizei gelernt hatte, doch sie traf nur seine Taille. Der Angreifer hob sie hoch, so sehr sie auch mit den Beinen strampelte. Sie traf die Hauswand und stieß sich kräftig ab. Der Angreifer taumelte zurück, doch er hielt sie immer noch eisern umklammert. Er schleppte sie ein paar Meter und drehte sich um. Anscheinend stieß er mit dem Rücken eine Tür auf, denn Tina wurde in die Fertigungshalle gezerrt. Bevor sie sich orientieren konnte, schleppte der Angreifer sie an mehreren Maschinen vorbei und blieb stehen. Tina drehte den Kopf und erkannte in dem schwachen Lichtschein, der von draußen hereindrang, dass sie vor der Tür zur Tiefkühlkammer stehen geblieben waren. NEIN! Er durfte sie auf keinen Fall in den Tiefkühler werfen! Sie zappelte wieder stärker, und die Hand des Angreifers rutschte von ihrem Mund ab. Er fasste sofort wieder zu, doch sie schaffte es, ihm kräftig in den Finger zu beißen.

Offenbar hatte sie es geschafft, durch den Handschuh zu beißen, denn der Mann schrie auf. Dann rammte er ihr die Faust gegen die Schläfe. Bevor es schwarz um sie wurde, dachte sie noch, dass ihr die Stimme irgendwie bekannt vorgekommen war.

Tina erwachte mit pochendem Schädel und klappernden Zähnen. Sie öffnete die Augen, doch die Schwärze änderte sich nicht. Kurz bekam sie Panik, dass sie blind geworden sein könnte, doch dann fiel ihr wieder ein, dass sie in den Futtermittelbetrieb geschleppt worden war. Es war eiskalt, und obwohl sie eine gefütterte Jacke anhatte, fror sie erbärmlich. Sie lag auf dem Boden, der mit Fliesen ausgelegt war, wie sie nach kurzem Umhertasten herausfand. Sie setzte sich langsam auf und musste sich schnell wieder hinlegen, weil ihr übel wurde. Als sie nicht mehr das Gefühl hatte, gleich erneute Bekanntschaft mit dem Käsebrötchen von vorhin zu machen, versuchte sie wieder, langsamer diesmal, sich aufzusetzen. Die Übelkeit war sofort wieder da, aber sie hatte nicht mehr das Gefühl, sich sofort übergeben zu müssen, sondern vielleicht erst in drei Sekunden. Beim vierten Versuch konnte Tina sitzen bleiben. Sie tastete um sich herum und fühlte eine Wand hinter sich. Vorsichtig schob sie sich nach hinten, bis sie sich dagegenlehnen konnte. Wie lange hatte sie schon hier gelegen? Sie wollte ihr Handy aus der Tasche holen, doch als sie die leere Jeanstasche fühlte, fiel ihr wieder ein, dass sie es wohl im Auto verloren hatte. Sie dachte nach, was sie jetzt tun könnte, doch das Denken fiel ihr schwer, und die Kopfschmerzen tobten in ihrem Schädel wie eine Horde Paviane. Tina fielen die Augen zu, doch sie riss sie rasch wieder auf. Jetzt bloß nicht einschlafen, dann wäre sie so gut wie tot. Erfroren, und das bei Außentemperaturen, die immer noch knapp über zehn Grad lagen. Sie musste etwas tun! Mühsam rappelte sie sich auf und stand einen Moment an die Wand gelehnt da, bis das Karussell in ihrem Kopf sich ein wenig beruhigt hatte. Dann streckte sie die Arme vor und tastete sich vorsichtig an der Wand entlang. Ihre rechte Hand berührte etwas Eiskaltes, das durch die Berührung ganz leicht in Schwingung geriet, und sie fuhr zurück. Sie streckte die Hand wieder aus und betastete das Objekt. Es schien sich um ein halbes gefrorenes Schaf oder eine Ziege zu handeln. Sie ging langsam weiter und stieß nach ein paar Schritten mit ihrem Fuß gegen einen Gegenstand auf dem Boden. Sie wollte sich nach unten beugen, doch sofort schoss ihr der Magensaft in der Kehle hoch. Sie atmete ein paar Mal tief durch und ging langsam in die Hocke. Sie fühlte viele filzartige, etwa einen halben Zentimeter dicke Stränge. Erst als Tinas tastende Hände eine kalte Nase und ein fast noch kälteres Ohr berührten, ging ihr auf, dass es sich um Rastalocken handeln müsse. War das etwa Caro? Sie ertastete etwas, das sich anfühlte wie ein Poncho. Oh Gott, es war tatsächlich Caro!

»Caro! Caro, kannst du mich hören?«

Tinas Hände fuhren über Caros Körper, bis sie die Halsschlagader gefunden hatte. Sie drückte ihren Zeige- und Mittelfinger, die ebenfalls schon recht kalt waren, auf das Blutgefäß. Zunächst war nichts zu fühlen, doch als sie die Finger ein wenig zur Seite schob, war ein langsamer, flacher Puls wahrzunehmen.

»Caro! Caro, wach auf!« Tina schlug Caro leicht auf die Wange und rüttelte sie. »Caro, hörst du mich?«

Als ein leises Stöhnen erklang, schluchzte Tina erleichtert auf. »Caro! Du musst wach bleiben!« Tina zog ihre Jacke aus und legte sie über ihre Freundin.

»Kalt ...«, murmelte Caro.

»Ja, es ist kalt, aber du darfst nicht wieder einschlafen, hörst du?«

»Hm ...«

»Caro, ich such jetzt die Tür. Ich komme gleich wieder, hast du mich verstanden?«

»Kalt.«

Tina schob sich weiter an der Wand entlang. Sie kam an weiteren toten Schafen vorbei, aber auch ein halbes Rind und eine große Anzahl toter Hühner hingen in der Tiefkühlkammer. Sie stieß mit dem Kopf gegen einen Fleischerhaken und schrie vor Schmerz auf, als der Haken zurückschwang und gegen ihre Schläfe prallte. Schließlich erreichte sie die Metalltür und tastete nach dem Türöffner. Endlich hatten ihre kalten Hände den Türgriff gefunden, und sie zog daran. Sie konnte den Griff mit ihrer kalten Hand nicht richtig umfassen und rutschte ein paar Mal ab, bis sie es schaffte, das eisige Metall nach unten zu ziehen. Sie drückte gegen die Tür, doch diese bewegte sich nicht. Tina versuchte es nochmals, doch die Tür ging nicht auf.

»Scheiße!«

Während ihres Schlachthofpraktikums hatte sie gelernt, dass es nicht möglich sei, sich in einem Kühlraum einzusperren, weil innen immer ein Griff zur Notentriegelung angebracht sein musste, der die Tür auch dann öffnete, wenn sie von außen verschlossen worden war. Tina biss die Zähne zusammen, zog nochmals an dem Griff und warf sich gleichzeitig mit voller Wucht gegen die Tür. Die Tür wackelte ein wenig, doch sie ging nicht auf. Durch den Aufprall schoss ihr der Schmerz erneut wie ein glühender Meißel in den Kopf, und ihr kam der Mageninhalt die Kehle hoch. Sie wischte sich mit dem Handrücken das Erbrochene ab und atmete so lange tief durch, bis der Brechreiz abgeklungen war, dann wandte sie sich wieder der Tür zu. Anscheinend hatte der Angreifer irgendetwas Schweres von außen vor die Tür gestellt und diese so blockiert. Sie versuchte noch zwei Mal, die Tür aufzustoßen, doch nachdem sie sich wieder übergeben musste, ließ sie davon ab. Irgendwie musste sie sich und Caro hier rausbringen, und zwar schnell, denn sie glaubte nicht, dass Caro noch viel Zeit blieb. Aber wie?

»Hilfe! HILFE! Wir sind eingesperrt! HILFE! HILFE!«

Tina rief, bis ihr Hals rau wurde. Sie lauschte angestrengt, doch niemand kam. Aber da! War das das Bellen von Swatt? Sie lauschte wieder. Nein, sie hatte sich wohl getäuscht. Plötzlich fiel ihr der Fleischerhaken wieder ein. Vielleicht könnte sie damit gegen die Metalltür schlagen? Mit etwas Glück hörte jemand das Geräusch. Sie tastete sich an der Wand zurück. Der Haken prallte ihr wieder gegen den Kopf, doch diesmal war sie dankbar dafür. Tina stellte sich auf die Zehenspitzen und nahm den Haken von der Stange, dann ging sie zurück zur Tür und schlug gegen das Metall. Das laute, scheppernde Geräusch hallte in ihrem Schädel wider. Sie verzog das Gesicht, hörte jedoch nicht auf. Als ihr Arm lahm wurde, machte sie eine Pause und lauschte in die Dunkelheit. Da, da war es wieder! Diesmal war Tina sicher, dass Swatt gebellt hatte. Sie nahm den Fleischerhaken in die andere Hand und schlug wieder gegen die Tür. Trotz der körperlichen Anstrengung merkte sie, wie ihr die Kälte in den Körper kroch. Ihre Bewegungen wurden immer kraftloser, und irgendwann fiel ihr der Fleischerhaken aus der Hand. Sie hockte sich hin, um ihn zu suchen, doch sie fand ihn nicht. Ihr war kalt, so kalt. Müde. Tina rutschte auf den Boden. Schlafen. Bevor ihr die Augen zufielen, hörte sie, wie das Bellen von Swatt lauter wurde. Oder war es nur ein Traum?

Tina erwachte, weil ihr jemand leicht auf die Wangen schlug.

»Wachen Sie auf, hören Sie mich?«

Mühsam öffnete sie die Augen. Sie lag auf einer Trage, und die Dunkelheit wurde von dem blauen Flackern zweier Rettungswagen unterbrochen. Ein Mann in weißer Arztkleidung und mit braunen Locken, die ihm in die Stirn fielen, beugte sich über sie.

»Können Sie mich hören?«

Tina wollte nicken, doch die Kopfschmerzen meldeten sich auf das Heftigste zurück.

»Ich höre Sie«, flüsterte sie.

»Wie heißen Sie?«

»Tina. Tina Deerten.« Sie wollte den Arm ausstrecken, doch sie war in eine goldfarbene Rettungsdecke eingewickelt und konnte sich kaum bewegen. Ein Infusionsschlauch schlängelte sich an ihrem Gesicht vorbei und verschwand unter der Decke.

»Caro. Wie geht es ihr?«, flüsterte sie.

Der Blick des Notarztes wurde ernst. »Sie ist stark unterkühlt, viel stärker als Sie.«

»Sie war länger im Tiefkühlraum als ich. Wird sie es schaffen?«

»Wir bringen sie ins Krankenhaus. Dort werden wir alles tun, um sie aufzuwärmen.«

»He, bleibt hier«, hörte Tina eine Stimme, kurz bevor Swatt angelaufen kam, seine Vorderpfoten auf die Trage stellte und ihr mit seiner warmen Zunge das Gesicht ableckte.

»Swatt, mein Junge«, sagte sie lächelnd, während ihr die Tränen die Wangen hinunterliefen. Auch Daisy kam mit wedelndem Schwanz angelaufen und stellte sich neben Swatt. »Daisy, gutes Mädchen.«

»Ohne Ihre Hunde wären Sie gestorben.« Ein blonder Polizist mit Schnauzbart kam auf sie zu und lächelte sie an. »Die beiden haben wie irre im Auto gebellt, bis ein Anwohner rausgegangen ist und nachgeschaut hat. Das Auto war nicht abgeschlossen, und als er die Tür aufgemacht hat, ist der schwarze Hund wie ein Pfeil herausgeschossen und zur Hintertür gerannt. Er hat wie verrückt an der Tür gekratzt. Der Mann ist hinter ihm hergegangen und hat ein Klopfen gehört. Da hat er uns gleich angerufen. Wir haben die Tür aufgebrochen, und Ihr Hund ist sofort zum Kühlraum gerast und hat an der Tür gekratzt und gebellt. Die Tür war mit einem Hubwagen blockiert, da haben wir uns gleich gedacht, dass da etwas nicht in Ordnung ist.«

»Swatt, du bist der Beste«, sagte Tina und wühlte ihre Hand aus der Decke, um Swatt über den Kopf zu streichen.

Eine Autotür knallte, der erste Rettungswagen fuhr los.

»Wo bringen Sie sie hin?«, fragte Tina.

»Nach Preetz. Sie werden auch gleich hingebracht.«

»Und was ist mit meinen Hunden? Das geht nicht. Mir geht es auch schon wieder besser.« Tina wollte sich aufsetzen, doch der Brechreiz schlug erneut zu, und sie ließ sich wieder auf die Trage sinken. Ihr fielen die Augen zu, und sie riss sie wieder auf. Jetzt bloß nicht einschlafen.

»Es geht Ihnen also schon wieder besser, was?«, fragte der Notarzt.

»Aber meine Hunde! Wer kümmert sich um sie?«

»Können Sie jemanden anrufen, der sie abholt?«

Tina hatte das Gefühl, als wäre ihr Kopf mit Watte gefüllt. Das Nachdenken fiel ihr so unglaublich schwer. Jan war in Kiel, es würde zu lange dauern, bis er hier wäre. Außerdem würde sie den Anruf bei ihm gern noch einen Moment hinausschieben.

»Meinen Bruder.« Tina tastete nach ihrem Handy, bis ihr einfiel, dass es im Auto liegen musste. »Mein Handy muss irgendwo im Auto sein. Es ist mir vorhin aus der Tasche gefallen.«

»Ich gucke nach«, sagte der Polizist, auf dessen Namensschild Tina den Namen »Martens« entziffern konnte.

Kurze Zeit später kehrte er mit Tinas Handy zurück. Sie tippte auf die Nummer ihres Bruders und wartete ungeduldig, dass die Verbindung zustande kam. Hoffentlich war er noch nicht ins Bett gegangen.

Endlich ging er ran. »Tina, was gibt es?«

»Kai, du musst kommen und die Hunde holen. Ich muss ins Krankenhaus.«

»Ins Krankenhaus? Was ist passiert?«

»Ich wurde niedergeschlagen und in einen Tiefkühlraum eingesperrt. Der Notarzt meint, dass ich unbedingt nach Preetz muss.«

»Tiefkühlraum? Wieso warst du …«

Tina unterbrach ihn. »Ich erkläre es dir später. Die Hunde sind in Tramm bei dem Tierfutterbetrieb ›Canis et Felis‹.«

»Kenne ich. Ich fahre sofort los und nehme sie mit zu mir.«

»Danke. Und kein Wort zu den Eltern! Mudder flippt aus, wenn sie das hört.«

»Besser, sie hört es von mir als von den Buschtrommeln.«

»Aber nicht mehr heute, das wird mir sonst zu viel, wenn sie die ganze Nacht besorgt neben meinem Bett sitzt und alle fünf Minuten meinen Puls fühlt.«

»Na gut, musst du wissen. Bis gleich.«

Tina tippte auf den roten Hörer und ließ ihre Hand auf die Trage sinken. Ihr Kopf pochte wie verrückt, und sie fror immer noch erbärmlich. Sie schloss kurz die Augen, dann blickte sie den Notarzt an.

»Mein Bruder kommt gleich und holt die Hunde.«

»Gut, dann können wir jetzt los.« Der Notarzt nickte dem Sanitäter zu, dass er Tina in den Rettungswagen schieben solle.

»Halt! Die Hunde! Ich muss auf meinen Bruder warten.« Tina stemmte sich auf den rechten Arm und blickte zu Swatt und Daisy, die neben der Trage saßen und sie nicht aus den Augen ließen.

»Sie müssen dringend ins Krankenhaus«, sagte der Notarzt mit fester Stimme.

»Geben Sie mir eine Kopfschmerztablette, dann halte ich es noch einen Moment aus.«

»Es ist bereits ein Schmerzmittel im Tropf. Wir müssen Sie so schnell es geht nach Preetz bringen.«

»Mein Bruder ist in zehn Minuten hier. So viel Zeit werden wir doch noch haben. Bitte.«

Der Arzt blickte ihr ins Gesicht. »Ich kann Sie ja verstehen, ich habe auch einen Hund. Zehn Minuten, dann fahren wir.«

»Danke.«

Tina ließ sich auf die Trage sinken und schloss die Augen.

»Wenn wir sowieso noch warten: Sind Sie fit genug für eine erste Befragung?«, fragte Martens und trat neben die Trage.

»Ja.«

»Aber nur kurz, sie muss sich unbedingt schonen«, schaltete sich der Notarzt ein.

»Es geht schon«, sagte Tina.

Der Polizist zückte sein Notizbuch und einen Kugelschreiber. »Also, was ist passiert?«

Tina begann mit ihrem Bericht, doch sie hatte Schwierigkeiten, sich zu konzentrieren.

»Haben Sie den Angreifer erkannt?«

»Nein.«

»Was haben Sie und Ihre Freundin eigentlich hier gemacht?«

Mist, falsche Frage.

»Ich kann mich nicht erinnern«, log sie.

»Retrograde Amnesie. Das kommt nach einem Schlag auf den Kopf häufig vor«, sagte der Notarzt.

»Hm, na gut, vielleicht fällt es Ihnen ja wieder ein.«

Der Polizist musterte Tina prüfend, und sie hatte den Eindruck, dass er ihr die Lüge nicht abgekauft hatte.

Sie stöhnte theatralisch und griff sich an den Kopf.

»Das reicht jetzt erst mal«, sagte der Notarzt wie erhofft. Er blickte auf seine Smartwatch. »Die zehn Minuten sind um. Wir müssen jetzt wirklich losfahren.«

»Ich kümmere mich um die Hunde, bis Ihr Bruder da ist«, bot der Polizist an.

»Bitte, er muss gleich hier sein. Noch einen kleinen Moment, ja?«

Tina setzte ihren Dackelblick auf. Der Arzt musste grinsen.

»Fünf Minuten. Danach gibt es keine Verhandlungen mehr.«

»Okay.«

Die Zeit verging viel zu schnell, bis der Notarzt sagte: »Jetzt geht es los.«

Der Sanitäter schob die Trage in den Wagen, und Tina drehte sich so herum, dass sie ihre Hunde sehen konnte, die aufgesprungen waren und unruhig hinter dem Rettungswagen hin und her liefen.

»Swatt, Daisy! Kommt her!«, rief eine tiefe Stimme.

»Kai! Ein Glück!«

Ihr Bruder tauchte an der noch geöffneten Tür auf.

»Tina! Was machst du schon wieder für Sachen!«

Tina verzog das Gesicht zu einem, wie sie hoffte, freundlichen Lächeln. So entsetzt, wie Kai sie ansah, musste es wohl so aussehen, als würde ihr gerade ohne Betäubung ein Backenzahn gezogen.

»Alles gut?«, fragte er, und Tina sah die Sorge in seinem Gesicht. Dann wurde ihr schwarz vor Augen.

Kapitel 15

Als Tina am nächsten Morgen im Krankenhaus aufwachte, saß Jan auf einem Stuhl an ihrem Bett. Er war auf der Sitzfläche nach vorn gerutscht, und sein Kopf lehnte in einem unbequem aussehenden Winkel an der Rückenlehne. Seine Haare waren zerzaust, und er hatte dunkle Ringe unter den Augen. Tina bekam ein schlechtes Gewissen, dass er sich ihretwegen wieder einmal Sorgen gemacht hatte. Als hätte er ihren Blick bemerkt, schlug er die Augen auf und schob sich in seinem Stuhl wieder nach oben.

»Du bist wach. Wie geht es dir?«, fragte er und stand auf. Er beugte sich über sie und gab ihr einen zarten Kuss auf den Mund. Dann strich er ihr mit einer federleichten Bewegung über die Wange.

»Besser. Mir ist nicht mehr kalt, und die Kopfschmerzen halten sich in Grenzen.«

»Das ist gut, ich hab mir irre Sorgen gemacht!«

Tina sah Jan an. »Das hättest du nicht müssen. Ich lebe ja noch.«

»Aber gerade eben noch! Mensch, Tina, was sollte das?«

»Was das sollte? Meinst du, ich habe mich absichtlich in den Kühlraum schleifen lassen?« Tinas Kopfschmerzen wurden stärker, und sie verzog das Gesicht. »Können wir die Diskussion verschieben? So fit fühle ich mich dann auch wieder nicht.«

Jans Blick wurde weich. »Entschuldige. Möchtest du einen Kaffee? Da hinten gibt es einen Automaten, der macht einen ganz brauchbaren Cappuccino.«

»Das wäre toll.«

Während Jan den Cappuccino organisierte, nahm Tina ihr Handy vom Nachttisch und wählte die Nummer ihres Bruders.

»Den Hunden geht es gut«, sagte der statt einer Begrüßung. »Wir waren gerade draußen und haben eine Runde im Wald gedreht.«

»Danke.«

»Und wie geht es dir?«

»Viel besser. Ich komme heute nach Hause.«

»Und was ist die Meinung der Ärzte dazu?«

Tina grinste. Ihr Bruder kannte sie einfach zu gut und wusste, dass sie am »Krankenhaus-flieh-Syndrom« litt, das sie jedes Mal dazu brachte, das Krankenhaus gegen den Willen der Ärzte zu früh zu verlassen. Zum Glück war sie erst zwei Mal ins Krankenhaus gekommen, einmal, um sich ihre chronisch entzündeten Mandeln entfernen zu lassen – damals war sie noch am OP-Tag wieder nach Hause gegangen –, und einmal, um am Blinddarm operiert zu werden. Da hatte sie es genau anderthalb Tage im Krankenhaus ausgehalten, bis sie sich selbst entlassen hatte.

»Die haben nichts dagegen«, behauptete sie.

»Was du nicht sagst. Wenn ich dich abholen soll, ruf mich an.«

»Jan ist hier. Er kann mich nach Hause fahren.«

»Okay, gute Besserung.«

»Du willst doch nicht im Ernst heute schon nach Hause?« Jan kam mit zwei Tassen Cappuccino ins Zimmer und hatte anscheinend den Rest des Gesprächs mitbekommen.

»Wieso nicht? Im Krankenhaus wird man erst richtig krank. Im Bett liegen kann ich zu Hause auch. Nicht, dass ich das noch nötig hätte.«

»Das lass mal die Ärzte entscheiden.«

Mit Sicherheit nicht!

Als Jan ihr gerade den Cappuccino reichte, öffnete sich die Tür, und eine Krankenschwester brachte das Frühstück. Tina beäugte es kritisch und pikte mit dem Finger in das labbrig aussehende Brötchen. Das Brötchen federte zurück, als sie den Finger zurückzog.

»Möchtest du was abhaben?«, fragte sie und riss den Erdbeerjoghurt auf.

»Ich bleib lieber beim Cappuccino.«

Tina aß den Joghurt und zwang sich, ein halbes Brötchen mit Scheibenkäse zu essen. Jede Scheibe war einzeln in Plastik verpackt; so etwas würde Tina niemals kaufen. Sie trank einen Schluck von dem für ein Krankenhaus wirklich nicht üblen Cappuccino und merkte, wie ihre Lebensgeister zurückkehrten.

»So, und jetzt erzähl mir, was passiert ist und was du in diesem Futtermittelbetrieb gemacht hast. Das war doch derselbe, den du neulich mit Sanne besichtigt hast, oder?«, fragte Jan.

»Wie geht es Caro?«, fragte sie statt einer Antwort.

»Sie ist erst mal stabil, aber noch nicht über den Berg. Die Ärzte meinen, dass sie erst morgen etwas darüber sagen können, ob sie es schaffen wird oder nicht. Wo wir gerade beim Thema Caro sind: Du weißt nicht zufällig, was sie in dem Laden wollte? Oder wart ihr zusammen da?«

»Nein, waren wir nicht.« Tina überlegte, ob sie Jan alles sagen sollte.

»Na, überlegst du, was du mir erzählen willst und was nicht?«, fragte Jan, der sie genau beobachtete.

Verdammt, er kannte sie mittlerweile schon zu gut. Na gut, da er bestimmt eh schon sauer war, weil sie sich in Gefahr gebracht hatte, konnte es wohl nicht schlimmer kommen, wenn sie ihm alles sagen würde, oder?

»DU HAST WAS?« Jan starrte sie an, als hätte sie ihm gerade gesagt, dass sie sich ein ausgewachsenes Leistenkrokodil als neues Haustier zulegen wolle.

»Hast du denn bei deinem letzten Fall …« Jan malte mit den

Händen imaginäre Anführungszeichen um das Wort »Fall«. »… gar nichts dazugelernt? Du glaubst tatsächlich immer noch, dass jemand – vielleicht diese Merle, die offiziell bei einem Unfall über Bord der Schwedenfähre gegangen ist –, dass die also in dem Betrieb zerstückelt und zu Wurst verarbeitet wurde. Und Caro glaubt das auch und fährt deshalb einfach so los, um einen Informanten zu treffen, der ihr angeblich was darüber erzählen will?«

Jan holte tief Luft. »ABER DAS WEISS MAN DOCH, SPÄTESTENS WENN MAN MAL EINEN KRIMI GESEHEN HAT, DASS DAS EINE TOTAL HIRNVERBRANNTE IDEE IST!«

Sein Gesicht hatte eine rötliche Farbe angenommen, und an seiner Schläfe pochte eine Ader.

»Das fand ich ja auch, aber ich konnte sie nicht davon abhalten. Außerdem hat sie mir nicht gesagt, wo sie hinfahren wollte.«

Eine zierliche dunkelhaarige Krankenschwester öffnete die Tür und trat ins Zimmer. »Ist hier alles okay?« Sie warf Jan einen prüfenden Blick zu.

»Ja, danke, alles gut«, sagte Tina und lächelte sie an.

»Na dann.« Die Krankenschwester warf Jan noch einen letzten Blick zu, bevor sie das Zimmer verließ.

»Also, noch mal zum Mitschreiben: Dieser Felix, der erst das Mordopfer sein sollte, ist plötzlich wieder aufgetaucht. Dafür besteht jetzt der Verdacht, dass diese Merle, die auf der Fähre über Bord gegangen sein soll, zu Hundewurst verarbeitet worden ist. Und wenn die doch noch gefunden wird, ist es vielleicht der verschollene Daniel Küblböck, der geschreddert wurde.«

»Hast du heute einen Clown gefrühstückt, oder was?«, fragte Tina säuerlich. »Merle kann nicht auf der Fähre gewesen sein. Sie hatte Thalassophobie.«

Sie sah Jan triumphierend an.

»Thallass… was?«

»Pathologische Angst vor dem Meer. Ihre Eltern glauben auch nicht, dass sie über Bord gegangen ist, und haben eine Website eingerichtet. Da steht, dass Merle niemals mit einer Fähre oder überhaupt irgendeinem Schiff oder Boot aufs Meer gefahren wäre.«

»Na gut.« Jan fuhr sich mit der Hand durch die Haare, die anschließend noch wirrer aussahen als vorher. »Anscheinend ist in dem Betrieb ja irgendwas faul, sonst hätte euch der Angreifer kaum in den Tiefkühlraum gesperrt, um euch umzubringen.« Er nippte an seinem Cappuccino und dachte nach. »Ich werde mit meinem Chef und der Staatsanwältin sprechen, dass der Laden auseinandergenommen wird.«

Tina hob den Daumen. »Erzählst du denen auch von Merle?«

Jan seufzte. »Ich werde es erwähnen, aber ob sie mir die Geschichte abkaufen, weiß ich nicht. Vielleicht haben die in dem Laden anderweitig Dreck am Stecken und hatten Angst, dass ihr ihnen auf die Schliche gekommen seid.«

»Zum Beispiel?«

»Was weiß ich, Steuerhinterziehung im großen Stil oder irgendwas mit Gammelfleisch.«

»Hm. Es sind ja eigentlich alles Bioprodukte, aber vielleicht haben sie konventionell erzeugtes Fleisch verarbeitet.«

»Oder so was in der Art. Das wäre dann ein Fall für die Futtermittelüberwachung in Neumünster.«

»Aber was ist mit dem Knochen in der Wurst? Onkel Lorenz meint auch, dass es ein Menschenknochen gewesen ist.«

»Aber er hat den Knochen doch gar nicht gesehen.«

»Eben! Weil er vorher geklaut wurde! Das ist doch höchst verdächtig, oder nicht? Außerdem habe ich ihm das Röntgenbild von dem Hund gezeigt, auf dem man den Knochen sieht.«

»Ich tue mein Bestes, okay? Und du, versprichst du mir, dass du dich raushältst?«

Als Tina zögerte, seufzte Jan. »Tina, bitte!« Er beugte sich vor und umarmte sie ganz fest. »Ich könnte es nicht ertragen, wenn dir etwas passiert«, flüsterte er ihr ins Ohr.

»Dito. Dein Job ist ja auch nicht gerade ungefährlich.«

Jan rückte ein wenig von ihr ab und schaute ihr ernst in die Augen. »Ja, aber es ist mein Job. Dafür bin ich ausgebildet. *Dein* Job ist es, Tiere gesund zu machen. Mir wäre es wirklich lieber, wenn du dabei bleiben würdest. Das würde meiner ungestörten Nachtruhe und meiner Magenübersäuerung auch sehr entgegenkommen.«

Tina hatte sofort ein schlechtes Gewissen, dass sie Jan so viel Kummer machte, aber sie wollte jetzt noch dringender als vorher herausfinden, wer hinter allem steckte und warum.

»Ich habe dein Auto übrigens zu dir nach Hause bringen lassen.«

Tina warf ihm eine Kusshand zu. »Du bist ein Schatz!«

Jan grinste. »Ich weiß. So, ich muss leider los. Wir telefonieren später, okay?«

»Machen wir.«

»Ach ja, Steffi hat mich gebeten, dir zu sagen, dass du möglichst bald nach Kiel kommen sollst, um deine Aussage zu machen.«

»Also hat die Mordkommission den Fall übernommen?«

»Es war ganz klar ein Mordversuch, also ermitteln wir.«

»Kannst du die Ermittlungen nicht übernehmen?«

»Wenn mein Chef mitkriegt, dass du meine Freundin bist, werde ich sofort wieder abgezogen. Und er ist keiner, vor dem man etwas lange geheim halten kann. Steffi macht das schon, sie ist sehr kompetent.«

Jan blickte auf seine Uhr. »Ich muss los.«

Er zog Tina an sich und gab ihr einen intensiven Kuss, den sie erwiderte. Atemlos lösten sie sich voneinander. Jan warf Tina noch einen letzten Blick zu, dann ging er schnell zur Tür und öffnete sie. Bevor er ging, drehte er sich noch einmal zu ihr um. »Ich liebe dich.«

Ein warmes Gefühl breitete sich in Tina aus.

»Ich liebe dich auch.«

Er lächelte. »Schon dich und bleib zumindest heute noch hier, okay?«

Kapitel 16

Nach der Arztvisite, bei der Tina sich gegen die behandelnden Ärzte durchgesetzt und ihre vorzeitige Entlassung durchgedrückt hatte (»Aber auf eigenes Risiko, das müssen Sie uns unterschreiben!«), erkundigte sie sich, wo Caro untergebracht war. Sie hatte heute Morgen als Allererstes Sanne angerufen und sie gebeten, die Praxis trotzdem aufzumachen. Sie sollte die Kunden auf den Nachmittag vertrösten, da würde Tina wieder zurück sein. Sanne war fast ausgerastet, dass Tina allein losgezogen war. Nachdem sie sich endlich wieder beruhigt hatte, hatte sie Tina versprochen, die Stellung zu halten.

Tina folgte den Hinweisschildern zur Intensivstation und trat an den Empfangstresen. »Ich möchte zu Caroline Pachinger.«

»Sind Sie eine Angehörige?«

»Nein, wir sind befreundet. Wir waren zusammen in dem Tiefkühlraum eingesperrt.«

»Oh.« Die Krankenschwester bekam einen mitleidigen Blick. »Ihnen geht es ja anscheinend zum Glück wieder besser.«

»Ich war nicht ganz so lange drin. Wie geht es ihr?«

»Tut mir leid, das darf ich Ihnen nicht sagen.«

»Ist sie denn schon wieder ansprechbar?«

Die Krankenschwester guckte gequält.

»Verstehe, das dürfen Sie mir auch nicht sagen.«

»Leider nein.«

Als Tina sich gerade zum Gehen wenden wollte, kam eine korpulente Frau in einem blauen Einmalkittel und mit blauer

Haube auf den grauen Haaren auf sie zu. Sie hielt den Blick gesenkt und schluchzte leise.

»Frau Pachinger!«

Die Frau blickte auf. Ihre Augen waren vom Weinen verquollen, das Gesicht war tränennass.

»Tina. Ich hab gehört, du hast Caro gerettet!«

Caros Mutter trat zu Tina und umarmte sie. Tina schlang die Arme um sie, und so standen sie lange da, bis Annegret Pachinger sich von Tina löste und einen Schritt zurücktrat.

»Was hat sie bloß in diesem Futterladen gemacht?«

Tina schluckte. Sie wusste nicht, ob Caro ihrer Mutter von dem Treffen mit dem angeblichen Informanten erzählen wollte. Wahrscheinlich eher nicht.

»Ich weiß es nicht, Frau Pachinger«, sagte sie mit sanfter Stimme. »Wie geht es ihr?«

»Sie ist noch nicht ansprechbar. Ihre Temperatur ist jetzt aber immerhin schon wieder bei dreiunddreißig Grad. In den nächsten Stunden entscheidet sich, ob sie es schaffen wird.«

Caros Mutter liefen wieder Tränen über das Gesicht.

»Soll ich Ihnen einen Kaffee holen?«

»Nein, danke, aber das ist nett von dir. Ich gehe jetzt wieder rein, ich brauchte nur gerade eine kleine Auszeit.«

»Sagen Sie mir Bescheid, wenn Caro aufgewacht ist?«

Caros Mutter nickte, und Tina schrieb ihr ihre Handynummer auf.

»Sie schafft es. Sie ist zäh«, sagte sie.

An das gegenteilige Szenario wollte sie lieber nicht denken.

»Das ist ja wohl voll krass!«

Tina saß neben Sanne in deren uraltem dunkelblauen Volvo. Sie hatte Sanne angerufen, dass die sie abholen sollte. Tina wollte Swatt und Daisy von Kai abholen und schnell duschen und sich umziehen, um dann in die Praxis zu fahren.

»Wenn Swatt nicht gebellt hätte, wärst du erfroren!«

»Ich frage mich, wie der Mörder gleich zwei weitere Leichen beseitigen wollte. Das wäre doch so langsam mal aufgefallen, wenn es schon wieder vermisste Frauen gegeben hätte.«

»Vielleicht hätte er euch in die Ostsee geworfen.« Sanne schluckte. »Oh Mann, das ist echt abartig. Lass uns mal das Thema wechseln.«

»Die Frage ist, ob es dieser Rolf vom Orga-Treffen gewesen ist. Er ist früher gegangen und war total sauer, als ich angedeutet habe, dass er was mit Merles Verschwinden zu tun haben könnte«, sagte Tina. »Da fällt mir ein: Kannst du Anton oder Felix fragen, ob sie ihn kennen?«

»Wie heißt der denn mit Nachnamen?« Sanne bremste an der Auffahrt zur B 76 und musste eine lange Schlange Autos passieren lassen, die sich hinter einem Laster gebildet hatte, bevor sie auf die Bundesstraße auffahren konnte.

»Keine Ahnung.«

»Vielleicht weiß Caro es?«

»Ich hatte sie neulich schon gefragt. Sie kennt nur seinen Vornamen.«

»Meinst du, sie schafft es?«

»Sie war sehr unterkühlt. Heute entscheidet es sich, hat ihre Mutter gesagt.«

Die beiden schwiegen einen Moment lang, dann sagte Sanne: »Wieso ist Caro überhaupt dahin gefahren?«

»Sie wollte jemanden treffen, der ihr angeblich etwas über Merle erzählen wollte.«

»Oh Mann!« Sanne stöhnte theatralisch. »Wie blöd war das denn?«

»Du sagst es. Das hätte sie nie machen dürfen.«

»Amateur! Sie hätte ein Back-up mitnehmen müssen, mich zum Beispiel.«

Tina dachte an den Angreifer, der recht groß und kräftig gewesen war. Sanne war zwar nicht gerade eine zarte Elfe, aber sie hätte gegen den Mann keine Chance gehabt.

»Dann wären wir wahrscheinlich zu dritt in der Tiefkühlkammer gelandet.«

»Quatsch. Ich habe schon einen Ziegelstein ausgesucht, den ich in meine Handtasche legen kann. Ein rechter Haken mit der Tasche, und der Kerl wäre im Land der Träume gelandet. Wenn du irgendeine Aktion vorhast, komm bloß nicht auf die Idee, das ohne mich durchzuziehen, klar?«

Sanne wandte kurz den Blick von der Straße, um Tina anzusehen.

»Okay, mach ich nicht.«

»Wenn ich rauskriege, dass du doch ohne mich losgetobt bist, gibt's echt Ärger, capito?« Sanne warf Tina noch einen prüfenden Blick zu, dann konzentrierte sie sich wieder auf die Fahrbahn. Sie waren inzwischen in Plön angekommen, das große weiße Schloss thronte auf dem Schlossberg zu ihrer Rechten, war jedoch in dem trüben Herbstlicht nur schemenhaft zu erkennen.

Sanne brachte Tina bis vor die Tür von Kais großzügig geschnittener Wohnung, die sich in dem Hauptgebäude des Hofes unter dem kleinen Turm mit der alten Uhr befand. Kai hatte der Uhr im letzten Jahr ein neues Uhrwerk einbauen lassen, und seitdem war zu jeder vollen Stunde wieder das Läuten der großen Messingglocke zu hören, die jahrelang zum Schweigen verurteilt gewesen war, nachdem das alte Uhrwerk den Geist aufgegeben hatte.

Tina klopfte an die grün-weiße Kassettentür und trat gleich ein. Auf dem Deertenhoff waren die Türen nur selten abgeschlossen. Das Gebell von drei Hunden ertönte, und Swatt, Daisy und Jule, Kais Deutsch-Drahthaar-Hündin, rannten auf sie zu. Swatt raste ungebremst in Tina hinein und sprang an ihr hoch. Zum Glück hatte sie die Tür schon wieder geschlossen, sodass sie mit dem Rücken dagegenprallte und sich gerade noch auf den Beinen halten konnte. Der Kopfschmerz, der sich durch die Schmerzmittel im Krankenhaus bisher in Grenzen gehalten hatte, kehrte mit Macht zurück. Sie schloss kurz die Augen, bis die Schmerzwelle abebbte, dann konzentrierte sie sich auf die Hunde, die mit wedelndem Schwanz um sie herumtanzten.

»Hallo, Swatt, ja, ich freue mich auch, dich zu sehen! Daisy, komm her, mein Mädchen. Na, Jule, alles klar?« Tina hockte sich hin und verteilte Streicheleinheiten, während Swatt ihr hingebungsvoll das Ohr ableckte.

»Tina, wie geht es dir?«

Sabrina schlurfte in den Flur. Sie trug einen labbrigen dunkelgrünen Jogginganzug, den Tina als einen abgelegten von Kai erkannte. Der Hosenbund spannte bedenklich über ihrem dicken Bauch. Sie stemmte die rechte Hand ins Kreuz, während die linke auf ihrem schwangeren Bauch lag.

»Viel besser. Und dir?« Besorgt musterte sie das schmerzverzerrte Gesicht ihrer Schwägerin.

»Die Rückenschmerzen bringen mich um.«

»Du hast es ja bald geschafft«, sagte Tina und stand auf.

»Das sagen alle. Dabei ist jeder weitere Tag eine echte Qual. Was auch immer du tust, lass dir von Jan kein Baby andrehen.«

»Von andrehen würde ich in dem Zusammenhang vielleicht nicht sprechen, so was plant man doch normalerweise gemeinsam.«

»Nimmst du die Pille?« Sabrina wartete Tinas Antwort nicht ab. »Lass dir auch noch eine Spirale einbauen, sicher ist sicher.«

»Aber ihr wolltet doch Kinder, oder nicht?«

»Nicht mehr. Aber jetzt ist es zu spät.«

Sabrina litt anscheinend an einem vorgeburtlichen Babyblues. Tina hatte nicht gewusst, dass es so etwas auch gab.

»Möchtest du einen Kaffee?«, fragte Sabrina.

»Nein, danke, ich will schnell duschen und mich umziehen.

Dann gehe ich ein Stück mit den Hunden und fahre in die Praxis.«

Sabrina sah Tina entgeistert an. »Du willst schon wieder arbeiten gehen? Du musst dich schonen! Und Kai war mit den Hunden heute Morgen schon unterwegs.«

»Das Los der Selbstständigen. Du machst alles selbst und bist ständig da. Ich werfe mir gleich noch eine Paracetamol ein, dann geht das schon.«

Sabrina schüttelte den Kopf, sagte aber nichts.

»Danke, dass ihr auf die Hunde aufgepasst habt.«

Tina wandte sich zum Gehen.

»Du solltest auch noch kurz bei deinen Eltern vorbeischauen. Noch haben die Buschtrommeln nichts gemeldet, aber das wird nicht so bleiben.«

Tina seufzte. Das hätte sie fast vergessen.

Nachdem sie geduscht und sich umgezogen hatte, machte sie sich zwei Scheiben Brot mit Ziegengouda und trank einen halben Liter Wasser dazu. Sie rief die Hunde zum Spaziergang und ging auf dem Weg in den Wald bei ihren Eltern vorbei. Es dauerte einen Moment, bis sie ihre Mutter und ihren Vater wieder beruhigt hatte, nachdem sie ihnen eine abgespeckte Variante der Geschehnisse erzählt hatte. Gerade noch rechtzeitig, denn als Tina auf dem Weg nach draußen war, klingelte das Telefon ihrer Eltern. Anscheinend war eine Freundin ihrer Mutter dran, die diese über Tinas Erlebnisse ausquetschen wollte.

»Nein, Tina ist nicht fast gestorben, wie kommst du denn darauf? Quatsch, da hast du was Falsches gehört«, hörte Tina noch, bevor sie die Tür hinter sich zuzog und den Deertenwald ansteuerte. Sie warf einen Blick auf die Uhr. Sie würde nur eine kurze Runde drehen können, bevor sie in die Praxis fahren musste.

Kapitel 17

Tina sah durch das Gitter der Transportbox auf die schwarz-weiße Katze, die so dick war, dass sie die Box fast ganz ausfüllte. Als die Katze Tinas Blick bemerkte, fauchte sie und schlug ihre Pfote mit ausgefahrenen Krallen durch die Gitterstäbe. Der Geruch von Zahnstein und Eiter waberte heran.

Tina fuhr zurück. »Ich hab dich auch lieb«, sagte sie.

Die Besitzerin der Katze, Aydan Yilmaz, lachte. »Dilara hasst Tierärzte. Seit sie in einer Klinik in Kiel kastriert wurde, geht gar nichts mehr. Dabei ist das schon über zehn Jahre her.«

»Das ist das Schicksal von uns Tierärzten. Fast keiner unserer Patienten mag uns.«

Tina warf noch einen Blick durch das Gitter. Ein Knurren ertönte, das sich rasch zu einem infernalischen Kreischen steigerte.

Sie trat schnell einen Schritt zurück, und das Kreischen wurde ein wenig leiser.

»Tina, an die kommen wir nicht ran, auch nicht mit Handschuhen. *Ich* hole sie da auf jeden Fall nicht raus«, sagte Sanne, die auf der anderen Seite des Behandlungstisches stand.

»Wir müssen unbedingt an die Zähne ran. So wie das riecht, gammelt da mindestens ein Zahn, eher mehrere.«

Tina ging zum Schreibtisch und holte den Terminkalender.

»Können Sie sie Montag früh gegen neun bringen? Dann legen wir sie in Narkose, schauen uns die Zähne an und entfernen den Zahnstein. Wahrscheinlich müssen wir auch ein paar Zähne ziehen. Und fürs Wochenende gebe ich Ihnen antibiotische Tabletten mit.«

Aydan Yilmaz schaute auf ihr Handy und nickte. »Das müsste gehen, dann muss ich etwas später zur Arbeit gehen. Aber Tabletten kriege ich nicht in sie rein, die spuckt sie sofort wieder aus.«

»Eine Paste vielleicht? Die können Sie ihr seitlich ins Maul geben.«

Aydan Yilmaz blickte zweifelnd. »Ich werde es versuchen. Aber das wird nicht einfach, stimmt's, meine Schöne?«

Dilara fauchte, als ihr Frauchen in den Korb schaute, und Aydan Yilmaz zuckte zurück.

»Lass uns Frau Yilmaz den Quetschkorb mitgeben. Dann kann sie Dilara morgens gleich da reinsetzen«, schlug Sanne vor.

»Gute Idee!«

Sanne verschwand, um den Korb zu holen.

»Ein Quetschkorb? Klingt gefährlich. Dilara passiert da drin doch wohl nichts, oder?«, fragte Aydan Yilmaz und hob die perfekt gezupften Augenbrauen.

»Der Korb hat innen eine bewegliche Wand, die man mit einem Stab von außen verschieben kann. Man setzt die Katze rein, dann kann man sie mit der beweglichen Wand fest gegen die gegenüberliegende Seite drücken. Die Katze kann sich nicht mehr bewegen, und man kann zum Beispiel die Narkose spritzen.«

Sanne kam mit dem Korb zurück und erklärte Frau Yilmaz, wie sie die Katze zu Hause hineinsetzen sollte.

»Und sie muss für die Narkose nüchtern sein, also ab Sonntagabend kein Futter und Montagmorgen nach dem Aufstehen kein Wasser mehr geben«, sagte Tina.

»Na, das wird ja eine schlaflose Nacht werden. Wenn die Dame ihr Futter nicht bekommt, wird sie sehr ungehalten.«

Tina lachte. Dann fiel ihr etwas ein, was Aydan Yilmaz bei ihrem letzten Besuch erzählt hatte.

»Sagen Sie, sind Sie nicht auch in der Umweltszene aktiv?«

»Am Wochenende machen wir eine Aktion an den Lebrader

Teichen gegen Windmasten, die direkt neben dem Naturschutzgebiet gebaut werden sollen. Es gibt dort seltene Rohrweihen und Rotmilane und noch viele andere Vögel, und die wollen keinen halben Kilometer davon entfernt drei Masten hinstellen!«

»Das gibt es doch nicht!«

»Kommen Sie doch auch. Sonntag um elf geht es los.«

»Ich sehe zu, dass ich es schaffe.« Tina holte ihr Handy aus der Kitteltasche und trug den Termin ein. »Sie kennen doch bestimmt Merle und Caro, oder?«

»Klar. Das ist echt tragisch, dass Merle ertrunken ist.«

Anscheinend hatte Aydan Yilmaz noch nichts davon gehört, dass Caro im Krankenhaus war.

»Kennen Sie Rolf?«

»Ja, sicher.«

»Wie heißt er eigentlich mit Nachnamen?«

Aydan Yilmaz' offenes Gesicht verschloss sich, und sie sah Tina mit gerunzelten Augenbrauen an. »Warum wollen Sie das wissen?«

Tina überlegte. Sollte sie Aydan Yilmaz von ihrem Verdacht erzählen, dass Merle zu Hundewurst verarbeitet worden war?

»Caro und ich glauben nicht, dass Merle über Bord der Fähre gegangen ist«, tastete sie sich an das Thema heran.

»Was? Wie kommen Sie denn darauf?«

»Merle litt an Thalassophobie, das ist die Angst vor dem Meer. Laut ihren Eltern wäre sie niemals auf eine Fähre gestiegen. Wir glauben, dass ihr hier an Land etwas zugestoßen ist.«

Dilaras Frauchen sah Tina nachdenklich an. »Das würde zu dem passen, was Merle mir geschrieben hat.«

Sanne, die Aydan Yilmaz gespannt anschaute, trat von einem Fuß auf den anderen. Sie sah aus, als würde sie vor Neugierde fast platzen.

»Was hat sie denn geschrieben?«, fragte Sanne, als Aydan Yilmaz nicht gleich weiterredete.

Diese holte ein Smartphone der neuesten Generation aus ihrer rosafarbenen Designer-Handtasche und wischte darauf herum. Das Handy steckte in einer pinkfarbenen Schutzhülle mit Glitzerapplikationen und passte perfekt zu Aydan Yilmaz' langen künstlichen Fingernägeln, die ebenfalls in Pink lackiert waren. Auf jeden Nagel war ein silberfarbener Stern geklebt. Tina fragte sich nicht zum ersten Mal, wie man mit solchen Nägeln arbeiten konnte. Sie könnte es jedenfalls nicht.

»Hier hab ich es. ›Bin einer ganz großen Sache auf der Spur. Die wird richtig hohe Wellen schlagen. Ich muss aber noch was klären, bevor ich alles öffentlich mache.‹«

Tina sah Aydan Yilmaz wie vom Donner gerührt an. Sie hatten gerade ein Motiv für den Mord an Merle gefunden.

»Und wann kam die Nachricht?«

»Am 18. September.«

»Aber was ist das für eine Sache, die hohe Wellen schlagen würde?«, stellte Sanne die Frage, die auch Tina auf den Nägeln brannte.

»Das weiß ich nicht. Das war die letzte WhatsApp, die ich von Merle bekommen habe, bevor sie über Bord … bevor sie verschwunden ist.«

Aydan Yilmaz sah Tina mit geweiteten Augen an. »Glauben Sie, dass sie wegen dieser Sache ermordet wurde?«

»Das versuche ich herauszufinden.«

»Ist das nicht Sache der Polizei?«

»Bisher hat die Polizei kein großes Interesse zu ermitteln. Für sie ist Merle auf der Fähre über Bord gegangen, ohne Anhaltspunkte für ein Verbrechen.«

»Hm …« Aydan Yilmaz klopfte nachdenklich mit ihren langen Nägeln auf ihrem Handydisplay herum. »Und jetzt wollen Sie die Sache aufklären?«

Tina nickte.

»Haben Sie nicht im Sommer auch diese Morde auf Gut Finkenstein aufgeklärt?«

Bevor Tina antworten konnte, redete Dilaras Frauchen schnell weiter. »Genau, jetzt fällt es mir wieder ein. Sie müssen unbedingt in unserer Gruppe mitmachen, Leute wie Sie können wir gut gebrauchen!«

Aydan Yilmaz fuchtelte während des Sprechens mit den Armen herum.

»Ich war gestern auf dem Orga-Treffen in Theresienhof. Da bin ich mit Rolf aneinandergeraten«, sagte Tina.

Aydan Yilmaz schüttelte den Kopf, bis ihre beiden großen goldenen Ohrringe in Schwingung gerieten. »Rolf ist ein alter Hitzkopf, der hat sich schon mit jedem angelegt. Aber eigentlich ist er ein netter Typ, der beruhigt sich auch recht schnell wieder.«

»Wie heißt er denn nun mit Nachnamen?«

»Anders. Er hat einen Biohof in Grebin.«

»Rolf Anders«, wiederholte Tina langsam. Irgendwo war ihr der Name vor Kurzem untergekommen, aber wo?

»Haben Sie schon gehört, dass Caro im Krankenhaus ist?«, fragte sie.

»Nein! Hatte sie einen Unfall?«

Tina überlegte, wie viel sie der Yilmaz sagen konnte. Andererseits wüsste sowieso spätestens in ein paar Tagen die ganze Stadt, was passiert war.

»Nicht ganz. Sie wurde in einen Tiefkühlraum geschleift und wäre fast erfroren.«

»WAS? Wer macht denn so was?« Aydan Yilmaz schlug die Hände vor den Mund.

»Gute Frage. Fällt Ihnen jemand ein, der Caro loswerden wollte?«

Aydan Yilmaz hatte einen entsetzten Gesichtsausdruck und starrte Tina an. »Caro könnte doch keiner Fliege etwas zuleide tun! Unfassbar ist das! Wie geht es ihr denn jetzt?«

»Gestern war sie noch nicht über den Berg. Ich hoffe sehr, dass es ihr heute besser geht.«

»Ich auch! Ich komm da gar nicht drüber weg, erst stirbt Merle, und jetzt ringt Caro mit dem Tod.«

»Meinen Sie, dass die beiden Fälle zusammenhängen?«

Die Yilmaz überlegte und schüttelte den Kopf. »Ich kann gerade gar nicht klar denken. Was meinen Sie denn?«

»Ich glaube schon.«

»Unglaublich. Und das hier in unserem schönen Plön.« Dilara maunzte, und ihr Frauchen blickte in die Transportbox. »Ja, du hast recht, wir gehen jetzt, meine Schöne.«

»Wir sehen uns Montagmorgen«, sagte Tina. »Und nicht vergessen: Sie muss nüchtern sein.«

»Ich denke dran. Bis Montag, oder vielleicht bis Sonntag auf der Demo.«

Als das »Dingdong« der Eingangstür verklang, hielt Sanne es nicht mehr aus.

»Da brat mir doch einer einen Reiher«, brach es aus ihr heraus. »Merle war irgendwas Großem auf der Spur und wurde ermordet!«

»Storch, Sanne. Es heißt ›Da brat mir einer ’nen Storch‹.«

»Reiher, Storch, ist doch egal. Wir haben ein Motiv gefunden!«

»Das sehe ich auch so. Bleibt nur die Eine-Million-Euro-Frage, was es war, was so hohe Wellen schlagen würde.«

»Hm.« Sanne begann den Tisch abzuwischen und zu desinfizieren, während sie nachdachte. »Meinst du, dieser Rolf Anders ist der Mörder?«

»Darüber denke ich schon die ganze Zeit nach. Er hat auf jeden Fall eine ähnliche Statur wie der Typ, der Onkel Lorenz eins über die Rübe gezogen hat. Beide sind groß und haben breite Schultern. Und irgendwie kommt mir sein Name bekannt vor.«

»Wir können ihn ja mal googeln.«

Sanne warf das Papiertuch, mit dem sie den Tisch abgewischt hatte, schwungvoll in den Mülleimer und setzte sich an den Computer.

»Da, Rolf Anders. Er züchtet Belted Galloways und Angler Sattelschweine und ist Mitglied in der Nutztier-Arche für gefährdete Haustierrassen. Wusstest du, dass es nur noch siebzig Angler Sattelschweine gibt?«

»Ich glaube, das Fleisch ist ziemlich fett. Das will heute kaum noch jemand essen. Aber das Gallowayfleisch ist echt lecker. Ich finde, es schmeckt viel besser als normales Rindfleisch.«

Tina stellte sich hinter Sanne und blickte ihr über die Schulter, während sie den Text las.

»Der Hof ist schon seit Generationen im Besitz der Familie Anders. Rolf hat den Hof von seinen Eltern übernommen und ihn vor acht Jahren auf Bio umgestellt. Vor zwei Jahren hat er einen Hofladen eröffnet, der hat freitags und samstags offen. Ach, und er hat den kleinen Weinberg in Grebin; wusste ich gar nicht, dass der jetzt auch bio ist«, sagte Tina.

»Meine Mutter hat letztes Jahr zu ihrem Geburtstag eine Flasche von dem Rosé gekauft. War echt lecker, aber nicht billig.«

»Ich hab noch nie einen Grebiner Wein getrunken. Sollte ich vielleicht mal nachholen, Wein aus dem Kreis Plön ist ja schon was Besonderes.«

»Das bringt uns aber irgendwie nicht weiter, oder?« Sanne scrollte sich auf der Seite weiter nach unten.

»Vielleicht hat er ja Schmu mit dem Wein gemacht? Hat ihn gepanscht oder Trauben aus konventionellem Anbau beigemischt«, sagte Tina. Sie fand Gefallen an der Idee und fuhr fort: »Und wenn Merle das rausgefunden hat und es an die große Glocke hängen wollte, hätte er den Weinverkauf vergessen können.«

»Vielleicht hätte er sogar den ganzen Hof dichtmachen müssen!« Sannes Augen leuchteten. »Das klingt doch super!«

»Aber wie steht er mit ›Canis et Felis‹ in Verbindung? Er müsste einen Schlüssel gehabt haben, wenn er nicht eingebrochen ist.«

»Du könntest Jan fragen, ob es Einbruchspuren gab.«

»Und du könnest Anton fragen, ob Rolf einen Schlüssel hatte.«

»Warum sollte der einen Schlüssel haben? Und wie, bitte, soll ich denn das unauffällig machen? Außerdem ist Toni seit dem Vorfall mit dem Cutter nicht mehr gut auf mich zu sprechen.«

Tina nickte abwesend. Irgendetwas entging ihr gerade, aber sie kam nicht drauf, was es sein könnte.

»Hallo? Erde an Tina?«

Sie zuckte zusammen. »Du hast recht, vielleicht finden wir anders raus, ob Rolf einen Schlüssel hatte. Vielleicht kannten die sich gar nicht persönlich, aber warum sollte er dann einen Schlüssel gehabt haben?«

»Geklaut vielleicht?«

Tina trommelte auf der Schreibtischunterlage herum.

»Ich weiß, dass du es nicht gern hörst, aber warum sind wir eigentlich so sicher, dass Anton nichts mit dem Mord an Merle zu tun hat?«

Sanne stöhnte und verdrehte die Augen.

»Mal ehrlich. Es war sein Betrieb, in dem Caro und ich fast gestorben wären. Und er hat Merle auf dem einen Foto von der Demo, das Caro mir gezeigt hat, irgendwie wütend angeguckt.«

»Na gut, da du nicht lockerlässt, können wir es gleich besprechen. Toni guckt oft mal ein bisschen grimmig, das hat aber nichts zu sagen. Er ist nicht gerade ein Sonnyboy, aber das heißt ja wohl noch lange nicht, dass er Merle auf dem Gewissen hat. Warum sollte er sie überhaupt umgebracht haben?«

»Vielleicht hat Merle rausgefunden, dass die irgendwas Ekliges in die Würste mischen, Gammelfleisch oder so was.«

»Die mischen eh schon was Ekliges in die Würste. Euter, das

ist echt widerlich!« Sanne tat so, als müsse sie sich übergeben. »Aber im Ernst, die würden doch da kein Gammelfleisch reinmischen. Nie im Leben! Wir waren doch in dem Betrieb, ich glaube kaum, dass Toni uns so bereitwillig alles gezeigt hätte, wenn da was nicht koscher wäre.«

»Vielleicht hat er uns gar nicht alles gezeigt?«

Sanne drehte sich auf dem Drehstuhl herum und sah Tina an.

»Was hast du eigentlich gegen Toni?«

»Nichts, aber wir sollten für alle Ansätze offenbleiben, oder nicht?«

»Ich finde, wir sollten uns erst mal auf diesen Rolf konzentrieren. Wenn Rolf es nicht war, können wir Toni immer noch genauer unter die Lupe nehmen.«

»Auf jeden Fall können wir jetzt den Todeszeitpunkt eingrenzen. Am 18. September war Merle noch am Leben, da hat sie der Yilmaz eine WhatsApp geschickt.«

Tina warf einen Blick auf den Kalender. »Das war ein Dienstag. Im N3 haben sie gesagt, dass sie am 19. auf die Fähre gegangen sein soll, danach verliert sich ihre Spur.«

»Und was bringt uns das jetzt?«

»Wir können mit den Daten Alibis überprüfen.«

»Ich frage Toni mal ganz unauffällig, was er am 18. gemacht hat!«, rief Sanne.

»Warte erst mal. Wenn er tatsächlich der Täter war, wird er dir bestimmt nicht die Wahrheit erzählen. Das müssen wir irgendwie hintenrum rausfinden. Fragt sich bloß, wie?«

Kapitel 18

Tina hatte gut geschlafen, und ihre Kopfschmerzen waren fast weg. Nur wenn sie sich zu schnell vorbeugte, war ein leichtes Ziehen zu bemerken. Sie hatte sich vorgenommen, nach der Nachmittagssprechstunde, die freitags immer schon um sechzehn Uhr endete, zu Caro ins Krankenhaus zu fahren. Hoffentlich ging es ihr besser und sie war aus der Intensivstation verlegt worden.

»Ich habe nachgedacht«, sagte Sanne statt einer Begrüßung, als Tina die Praxis betrat. »Wenn die Polizei nicht weiterkommt, schalten die immer eine Anzeige in der Zeitung. Ob jemand die Tote oder Vermisste gesehen hat und so.«

Swatt und Daisy rannten zu Sanne und setzten sich vor sie hin. Sanne lachte, holte für beide je ein getrocknetes Lammohr aus der Leckerlidose und warf sie ihnen zu. »Wie wär's, wenn wir so eine Anzeige aufgeben?«

»Das können wir nicht machen. Die Polizei wird bestimmt nicht begeistert sein, wenn sie das liest. Da kriegen wir mit Sicherheit Ärger.«

Und Jan wird garantiert ausrasten.

»Ach, Mist. Als Privatdetektiv hat man es aber echt nicht leicht.«

»Sanne, wir sind keine Privatdetektive. Wir sind nur zwei sehr neugierige Frauen aus dem Bereich der Tiermedizin.«

»Wir sind die Tierischen Schnüffler, schon vergessen? Was machen wir denn nun als Nächstes?«

Tina zog ihr blaues Sweatshirt aus und schlüpfte in ihre Praxisklamotten. »Ich habe ehrlich gesagt gerade keine Idee. Aber keine Sorge, uns wird schon was einfallen.«

Sanne hob den Daumen und ging zur Wartezimmertür, um sie zu öffnen. Während ihres Gespräches war jemand gekommen, und Sanne ließ einen alten Herrn ins Behandlungszimmer eintreten. Er trug eine blaue Strickmütze, die nur von seinen Segelohren am Herabrutschen gehindert wurde. Und er hatte einen Pappkarton dabei, in dem ein winziger Igel saß.

»Den lütten Kerl habe ich heute Morgen auf meinem Rasen gefunden. Der ist doch viel zu winzig, als dat der den Winter schaffen kann.«

Tina betrachtete den Igel, der apathisch in dem Karton hockte.

»Da haben Sie recht. Er wiegt mit Sicherheit deutlich weniger als vierhundert Gramm.«

Sie zog sich dünne Lederhandschuhe an, nahm den Igel hoch, wog und untersuchte ihn. Er rollte sich nicht zusammen, als Tina ihn anfasste, und er atmete schwer. Außerdem wog er nur knapp hundertfünfzig Gramm. Alles keine guten Zeichen.

Sanne nahm unterdessen die Personalien des Mannes in den Computer auf.

»Ach, Sie wohnen in Tramm, Herr Schubert?«, fragte sie. Tina merkte auf. Ihr kam eine Idee. Sie setzte den Igel zurück in den Karton, holte ihr Handy und zeigte dem alten Mann das Foto von Rolf.

»Haben Sie diesen Mann zufällig in letzter Zeit mal in Tramm gesehen?«

Schubert hielt sich das Handy dicht vor die Augen.

»Nee, nich dat ick wüsst.«

Tina wischte zu dem Foto von Merle. »Und die Frau hier?«

Der alte Mann kniff die Augen zusammen, als er das Foto musterte.

»Hübsche Deern.« Er schaute eine längere Zeit auf das Foto, und Tina sah, dass Sanne vor Spannung die Luft anhielt.

»Nie geseh'n. Warum fragen Sie?«

»Sie wird vermisst, und wir versuchen, sie zu finden.«

»Ich würd an Ihrer Stelle mal die Polizei einschalten.«

»Ja, danke, tolle Idee«, sagte Sanne.

»Ich würde den Igel gern hierbehalten«, sagte Tina. »Er ist untergewichtig und mit Sicherheit unterkühlt. Wir werden ihn unters Rotlicht setzen, ihn mit Flüssigkeit versorgen, ihm Igelfutter hinstellen und eine Untersuchung auf Würmer, besonders Lungenwürmer, machen.«

»Un wat kost' der Spaß?«

»Das zahlen wir aus unserer Fundtierkasse. Sie können aber gern eine Spende hineinlegen.«

Nachdem der Mann Sanne einen Fünfeuroschein in die Hand gedrückt hatte und gegangen war, kümmerten sich die Frauen um den Igel.

»Sobald er Kot abgesetzt hat, kannst du die Untersuchung auf Würmer machen und die Probe für die Lungenwürmer ansetzen.«

Sanne nickte. »Wenigstens hat er keine Flöhe.«

»Erstaunlicherweise.«

Tina spritzte dem Igel warme Kochsalzlösung und Glucose, und Sanne setzte ihn in eine Box unter das Rotlicht.

»Ich hab eine Idee. Ich habe doch das Foto von Merle, das Caro mir geschickt hat. Das leite ich dir weiter«, sagte Tina. »Und dann fahren wir nach Tramm und fragen die Leute dort, ob und wenn ja wann sie Merle gesehen haben.«

Der Igel blieb bis auf einen Kater mit Verstopfung der einzige Patient an diesem Morgen, sodass Tina und Sanne die Praxis um kurz nach zwölf verlassen konnten, um während der Mittagspause nach Tramm zu fahren. Tina parkte auf der Zufahrt zu einem

Feldweg außer Sichtweite von ›Canis et Felis‹. Der Ort bestand aus knapp dreißig Häusern, die fast alle direkt an der schmalen Landstraße lagen, die von der B 76 nach Theresienhof führte.

»Gut, willst du die Häuser links von der Straße nehmen? Dann frage ich bei den Häusern am See.«

Sanne hob den Daumen. »Geht klar.«

»Hunde, ihr bleibt drin. Wir gehen später noch eine Runde«, sagte Tina, als sie und Sanne ausstiegen.

Tina ging zu dem ersten Haus an der Straße, einem gelb gestrichenen Toskanahaus, das in einem gepflegten Garten stand. Die Beete waren frisch geharkt, und es lagen nur ein paar vereinzelte rotbraune Blätter auf dem Rasen. Tina musste an die Laubmengen in ihrem Garten denken und seufzte. Demnächst müsste sie wirklich mit dem Harken anfangen. Als sie klingelte, öffnete ihr eine junge Frau mit blonden kurzen Haaren. Sie hatte einen Säugling auf dem Arm und sah gestresst aus.

»Ja?«, fragte sie.

»Moin. Ich suche meine Freundin. Sie ist verschwunden, und ich wollte wissen, ob Sie sie vielleicht gesehen haben?«

Tina hielt der Frau das Handy mit Merles Foto unter die Nase.

Die Frau warf nur einen kurzen Blick darauf. »Nie gesehen.«

Sie wollte Tina die Tür vor der Nase zuschlagen, doch Tina wischte schnell zu dem Foto von Rolf, das sie sich vor der Abfahrt auf das Handy heruntergeladen hatte.

»Und diesen Mann? Haben Sie den hier schon mal gesehen?«

Die Frau blickte flüchtig auf das Foto. »Nee.« Sie wollte sich schon abwenden, als sie innehielt und noch einmal genauer hinsah.

»Das ist doch Rolf. Was wollen Sie von ihm?«

Tina versuchte, sich ihre Aufregung nicht anmerken zu lassen.

»Haben Sie ihn in letzter Zeit hier gesehen? Am 18. September oder am 3. Oktober zum Beispiel?«

»Weiß Rolf, dass Sie ihm hinterherschnüffeln?«

Die Frau setzte sich das Baby höher auf die Hüfte, und prompt fing es an zu schreien.

»Ich versuche herauszufinden, was mit meiner Freundin passiert ist«, rief Tina über das Gebrüll hinweg.

»Überlassen Sie das gefälligst der Polizei.«

Die Frau drehte sich um und schlug Tina die Tür vor der Nase zu.

»Danke für Ihre Mühe«, sagte Tina und wandte sich dem nächsten Haus zu.

Das Haus war recht alt, die Türen und Fenster waren aber offensichtlich frisch gestrichen, und auch das Dach sah relativ neu aus.

Tina klingelte, und eine ältere Frau mit zu einem Dutt hochgesteckten grauen Haaren öffnete die Tür. Sie trug eine blau-weiß gestreifte Kittelschürze und einen wadenlangen dunkelblauen Wollrock. In der einen Hand hielt sie eine halb abgebrannte Zigarette, in der anderen einen Putzlappen.

»Ja?«, fragte sie.

»Guten Tag. Ich hätte eine Frage: Haben Sie diese Frau hier schon einmal gesehen?« Tina hielt das Handy so, dass die Frau auf das Display schauen konnte.

»Sind Sie auch von der Polizei?« Sie beäugte sie kritisch. »Ich habe Ihren Kollegen doch schon erzählt, dass ich am 3. Oktober niemanden gesehen habe.«

Offensichtlich waren Jans Kollegen nicht untätig gewesen.

»Es geht auch genau genommen nicht um den 3. Oktober, sondern um den 18. September.«

Die Frau holte eine Brille aus ihrer Kitteltasche, schob sie sich auf die Nase und betrachtete das Foto von Merle.

»Nein, nie gesehen. Tut mir leid.«

»Und diesen Mann hier?«

Die Frau warf nur einen kurzen Blick auf das Foto und schüttelte den Kopf. »Ich muss dann auch mal weitermachen.«

»Vielen Dank für Ihre Mühe«, sagte Tina und wandte sich ab, um die zwanzig Meter zur nächsten Auffahrt zu gehen.

Tina klapperte alle Häuser auf der Seeseite ab, aber niemand hatte Merle oder Rolf gesehen. Die meisten der Befragten wunderten sich, dass schon wieder jemand von der Polizei da war, und Tina nutzte die Gunst der Stunde und klärte sie nicht über den Irrtum auf. So waren die Befragten zwar recht auskunftsfreudig, doch leider brachte Tina dies nicht weiter. Ein Mann meinte sich zu erinnern, dass er an einem Abend einen dunklen Geländewagen zum Futterbetrieb hatte fahren sehen, war sich aber weder sicher, wann dies gewesen war, noch, um was für ein Fahrzeug es sich genau gehandelt hatte.

Tina steckte ihr Handy ein und sah sich nach Sanne um. Sie entdeckte sie auf der anderen Straßenseite, wo sie gerade am Futterbetrieb vorbeiging.

»He, Sanne, was machst du denn schon wieder hier?«, ertönte eine Stimme. Anton! Tina rannte über die Straße und drückte sich in einen dichten Holunderbusch. Als sie die Zweige zur Seite bog, konnte sie Sanne sehen, die auf Anton zuging. Er trug dunkle Lederklamotten und hielt den schwarzen Motorradhelm mit dem roten Blitz in der Hand.

»Toni! Wie geht es dir?«

»Du hast doch nicht vor, deine Handtasche wieder in meinen Fleischwolf zu werfen, oder? Oder mir in meinem Garten hinterherzuschnüffeln?«

»Iiich? Würde mir nie in den Sinn kommen.« Tina hörte, dass Anton kurz auflachte, bevor er Sanne wieder ernst ansah.

»Toni, ist bei dir alles okay? Du siehst echt scheiße aus, wenn ich das mal so sagen darf.«

Sanne legte Anton die Hand auf den Arm und blickte ihm ins Gesicht.

»Ach, Sannchen. Es ist …«

Anton senkte den Kopf und presste Daumen und Zeigefinger

an seine Nasenwurzel. Er sah aus, als würde er mit den Tränen kämpfen. Sanne legte ihm den Arm um die Schulter und hielt ihn, bis er sich wieder etwas gefangen hatte.

»Es ist Felix. Er hat sich völlig verändert. Ich glaube, er hat eine ausgewachsene Depression.«

»Oh nein, der Arme! War er schon bei einem Therapeuten?«

»Das ist es ja gerade! Er will nicht hingehen. Sagt, ihm ist nicht zu helfen.«

Frag ihn, seit wann das schon so geht, versuchte Tina Sanne eine telepathische Nachricht zu schicken.

»Und du hast keine Ahnung, was er damit meint?«

»Nein! Ich mache mir echt Sorgen, dass er sich was antut!«

»Oh Mann, Toni, das tut mir leid!«

Anton straffte sich und schüttelte Sannes Arm ab.

»Und was machst du nun hier?«

Sanne zeigte Anton ihr Handy. »Hast du die Frau hier schon mal gesehen?«

Tina beobachtete Antons Reaktion genau.

»Die kenne ich doch. Die war öfter mal mit auf den Demos. Warum interessiert die dich denn?«

»Sie ist verschwunden, und ich versuche, sie zu finden.«

»Kam die nicht aus Bayern oder so? Sie ist bestimmt zurück nach Hause gefahren.«

»Eben nicht.«

»Du, Sanne, ich muss los. Felix' Auto ist schon wieder in der Werkstatt, und ich muss ihn zu Hause abholen.«

»Wie, schon wieder? Was ist denn damit?«

»Da leuchten dauernd irgendwelche Kontrolllampen auf, und die Werkstatt findet nicht raus, woran es liegt. Das ist jetzt schon das dritte Mal in zwei Monaten, dass die Karre beim Opelhändler ist.«

»Wieso arbeitet Felix heute denn gar nicht?«

Anton sah Sanne traurig an.

»Er hat keine Lust mehr. Er will gar nichts mehr.«

»Er fängt sich bestimmt bald.«

»Ich weiß auch gar nicht, wie es mit dem Laden hier weitergehen soll. Wir haben ihn gemeinsam aufgebaut, aber was mache ich, wenn Felix nicht mehr kommt? Ein Freund meinte, ich soll erst mal abwarten, aber ich weiß einfach nicht, was ich tun soll ...«

»Oh Mann, Toni! Wenn du Hilfe brauchst, du weißt, wo du mich finden kannst.«

Anton nickte, gab Sanne einen Kuss auf die Wange, ging zu seiner Harley und stieg auf.

»Übrigens, Toni, weißt du noch, was du am 18. September gemacht hast?«, rief Sanne ihm hinterher.

Tina stöhnte. Sehr subtil, Sanne!

»Warum interessiert dich das?«

»Da war ich in Kiel im Kino, und ich dachte, dass ich dich gesehen hätte.«

Anton sah Sanne an. »Ich war schon länger nicht mehr in Kiel. Das muss jemand anderes gewesen sein.«

Anton setzte den Helm auf und startete die Harley. Der Motor röhrte, und Anton gab Gas. Als er an Tina vorbeifuhr, drückte sie sich tiefer in den Holunderbusch, aber er sah gar nicht in ihre Richtung.

Sobald das Geknatter in der Ferne verstummt war, kroch Tina aus dem Busch und ging zu Sanne, die mit besorgtem Blick immer noch an derselben Stelle stand.

»Sehr unauffällig, Sanne. ›Was hast du am 18. September gemacht?‹«

»Immerhin wissen wir jetzt, dass er lange nicht mehr in Kiel war. Dann kann er Merles Bus nicht auf die Fähre gefahren haben.«

»Falls er die Wahrheit gesagt hat. Und die Frage hat er nicht beantwortet.«

»Mensch, Tina, du hast doch gehört, was er gesagt hat! Er ist völlig fertig! Ich mache mir solche Sorgen um ihn, und um Felix erst.«

»Ich habe alles gehört. Klingt wirklich nach einer heftigen Depression.«

»Dabei war Felix echt gut drauf, als wir uns im Sommer getroffen haben. Total freundlich und gut gelaunt.«

»Das heißt gar nichts. Der Freund einer Freundin aus dem Studium war immer lustig, wenn ich ihn gesehen habe. Dann stellte sich raus, dass er manisch-depressiv war.«

Dass er schließlich Selbstmord begangen hatte, erzählte sie Sanne lieber nicht.

»Oh Mann, das ist wirklich schrecklich.«

Sanne schaute einen Moment blicklos vor sich hin, dann straffte sie sich und sah Tina an.

»Ich bin mit meiner Seite fertig, was ist mit dir?«

»Wir können los. Absolut niemand hat Merle oder Rolf hier gesehen. Eine Frau kannte Rolf, und ein Typ will abends mal einen dunklen Geländewagen zum Betrieb fahren gesehen haben, aber das war's.«

»Bei mir war auch nichts. Die ganze Aktion war ein absoluter Reinfall.«

Die beiden gingen zum Auto und stiegen ein. Auf der Rückfahrt nach Plön brachte Tina das Gespräch auf Anton.

»Ich hatte den Eindruck, dass er total entspannt war, als du ihm Merles Foto gezeigt hast und erzählt hast, dass sie verschwunden ist.«

»Sag ich doch! Er hat nichts damit zu tun.«

»Und was ist mit Felix? Immerhin ist er auch ein Inhaber von ›Canis et Felis‹.«

»Warum sollte Felix Merle ermorden?«

»Er hätte das gleiche Motiv wie Anton: zu verschleiern, dass im Betrieb irgendwas nicht okay ist. Und es ist doch komisch, dass er so plötzlich depressiv geworden ist.«

»Lass den armen Felix in Ruhe! Der hat schon genug Probleme!«

»Vielleicht hat seine Depression ja was mit Merles Tod zu tun.«

»Tina! Das ist doch Schwachsinn! Ich finde, wir sollten uns auf Rolf konzentrieren.«

»Ist ja gut. Machen wir ja.«

Tina bog auf den Parkplatz ab und stellte den Wagen auf ihrem Stammplatz ab. Als sie ausstiegen, fing es an zu regnen, und sie klappte den Kragen ihrer Wachsjacke hoch.

»Ich nehme nicht an, dass du mit auf den Hundespaziergang kommen willst«, sagte sie mit Blick auf Sannes lilafarbene, bis zum Knie reichende Strickjacke.

»Nee, lass mal stecken. Ich besorge uns schon mal was zu essen. Was willst du haben?«

»Eine kleine Pizza al tonno von Gianni.«

»Gute Wahl, die nehme ich auch.«

»Bis gleich.«

Tina schlängelte sich zwischen den Markständen hindurch, die rings um die Nikolaikirche aufgebaut waren, und konnte gerade noch verhindern, dass Swatt gegen die Ledergürtel pinkelte, die neben dem Stand mit den Lederwaren an einem Ständer hingen. Sie bückte sich durch den niedrigen Durchgang, der unter den Bahnschienen hindurchführte, und trat auf den fast menschenleeren Strandweg. Swatt und Daisy begannen ein Laufspiel und tobten den Weg entlang.

Tina ließ das Gespräch von Sanne mit Anton Revue passieren. Warum war Felix plötzlich so schlecht drauf? Wäre er tatsächlich depressiv, hätte das Anton doch schon früher einmal auffallen müssen, oder? Andererseits kannte Tina sich mit dem Krankheitsbild der Depression nicht besonders gut aus, vielleicht brach es ja tatsächlich plötzlich und unerwartet aus. Swatt rannte an ihr vorbei und prallte ihr gegen die Beine, als er sich plötzlich herumwarf, um nach Daisy zu schnappen, die ihm dicht auf den Fersen war. Tina strauchelte und konnte sich gerade noch fangen.

»Swatt, pass doch auf!«

Er war schon wieder vorausgelaufen und galoppierte auf den Anleger der Bosau-Fahrt, wo er einige Möwen erschreckte, die auf dem Geländer gesessen hatten und nun kreischend wegflogen. Er bellte ihnen hinterher, um dann Daisy nachzujagen, die schon ein Stück vorausgelaufen war und am Wegrand schnupperte.

Was hatte Anton am Ende des Gespräches gesagt? Felix' Auto wäre schon wieder in der Werkstatt, zum dritten Mal in kurzer Zeit. Tina kam eine Idee. Sie zückte ihr Handy, scrollte sich durch ihre Kontakte und drückte eine Nummer.

»Opel Plön, Sie sprechen mit Andreas Wittenbold.«

»Andi, hier ist Tina.«

»Tina! Lange nichts von dir gehört. Wie geht es dir?«

»Alles bestens, und bei dir?«

»Franzi ist schwanger. Ist das nicht irre?«

»Mensch, herzlichen Glückwunsch! Und dabei hast du in der zehnten Klasse noch gesagt, dass das Vatersein für dich – und ich zitiere wörtlich – ›nie und nimmer eine Option‹ sein würde.«

Andi lachte. »Was du alles noch weißt. Wir freuen uns schon wie verrückt.«

»Wann ist es denn so weit?«

»Im April, dauert also noch. Was kann ich denn für dich tun? Willst du dir doch endlich mal ein vernünftiges Auto kaufen?«

»Noch fährt der Isuzu. Nee, ich habe eine Frage: Ihr hattet in den letzten Wochen drei Mal den Wagen von Felix Manteuffel da, weil irgendwelche Kontrollleuchten geblinkt haben.«

»Kann sein, das passiert manchmal.«

»Kannst du mal gucken, wann das war?«

»Wozu willst du das denn wissen?«

»Kann ich dir das später erzählen, wenn sich alles aufgeklärt hat?«

»Ermittelst du wieder in einem Fall? War ja toll, dass du die Morde auf Finkenstein aufgeklärt hast.«

»Kann man so sagen.«

»Moment, ich geh mal schnell in mein Büro. Eigentlich darf ich dir das gar nicht sagen, Datenschutz und so. Ist dieser Manteuffel denn verdächtig?«

»Eigentlich nicht, aber ich würde ihn gern ausschließen.«

»So, da sind wir. Moment.«

Tina hörte das Klackern einer Computertastatur, dann wieder Andis Stimme.

»Der Wagen war zum ersten Mal vom 18. bis zum 20. September da. Dann noch mal eine Woche später und dann … Ach, der ist gerade wieder bei uns.«

»Danke, Andi, das hat mir sehr geholfen.«

»Treffen wir uns mal wieder? Du könntest zu uns kommen und dir von Franzi alles über morgendliches Erbrechen erzählen lassen.«

Tina lachte. »Meine Schwägerin ist schwanger. Ich glaube kaum, dass Franzi mir über Schwangerschaftsbeschwerden noch irgendwas Neues erzählen kann, aber ich komme gern mal. Ich melde mich, und dann machen wir einen Termin aus.«

»Aber nicht vergessen!«

»Bis dann.«

Tina drückte den roten Hörer und ließ das Handy in ihrer Jackentasche verschwinden. Felix konnte Merle nicht ermordet haben. Ohne Auto wäre es völlig unmöglich, eine Leiche zu transportieren. Er würde ja kaum ein Taxi gerufen und den Taxifahrer gebeten haben, mal eben mit anzufassen, um die Leiche in den Kofferraum zu legen.

Und wenn Merle in den Betrieb gekommen wäre? Aber warum hätte sie das tun sollen? Oder hatte Felix einen Komplizen gehabt? Tina schüttelte den Kopf. Am besten konzentrierten sie sich jetzt auf einen wahrscheinlicheren Kandidaten: auf Rolf Anders.

Nach der Nachmittagssprechstunde besorgte Tina einen kleinen Blumenstrauß aus weißen Rosen und Schleierkraut und machte sich auf den Weg nach Preetz.

Caros Mutter hatte Tina angerufen, dass es Caro besser ginge und dass sie über den Berg sei. Sie hatte vor Erleichterung angefangen zu weinen, und Tina hatte eine ganze Weile mit ihr telefoniert, bis sie sich wieder gefangen hatte.

Tina parkte auf dem Parkplatz des Krankenhauses und sagte den Hunden, dass sie gleich wiederkäme.

Sie betrat die etwas futuristisch wirkende Eingangshalle und sah sich um. An der Information erfuhr sie, dass Caro am frühen Nachmittag aus der Intensivstation entlassen worden war und nun auf der Inneren lag. Tina fand Caros Zimmer direkt neben dem Schwesternzimmer, klopfte kurz an und trat ein. Caro lag allein in einem Dreibettzimmer direkt neben dem Fenster und wandte den Kopf zur Tür, als Tina den Raum betrat. Ein Lächeln machte sich auf ihrem Gesicht breit.

»Tina! Wie schön.«

Caros Stimme klang noch ein wenig kraftlos, aber sie hatte wieder Farbe im Gesicht.

Tina trat neben das Bett und wickelte den Blumenstrauß aus dem Papier.

»Ich hab dir was mitgebracht.«

»Das wäre doch nicht nötig gewesen. Ich müsste dir eine ganze Blumenwiese schenken, immerhin hast du mich gerettet!«

»Nicht ganz. Im Grunde hat Swatt uns beide gerettet. Wenn er nicht gebellt hätte, hätte der Nachbar nie geguckt, ob alles in Ordnung ist.«

Das »Und wir wären beide tot« hing im Raum, doch keine der Frauen sprach es aus.

Tina legte den Strauß auf den Nachttisch und setzte sich zu Caro auf das Bett.

Der waren Tränen in die Augen getreten. »Wir wären fast gestorben, Tina.«

»Warum bist du bloß allein dahin gefahren?«

»Der Typ hat gesagt, ich müsste unbedingt allein kommen, sonst würde er mir nichts sagen.«

»Aber Caro ...« Tina brach ab, als sie Caros Gesichtsausdruck sah. Sie hatte sich bestimmt schon selbst genügend Vorwürfe gemacht, und ihre Mutter hatte bestimmt kräftig in dieselbe Kerbe gehauen.

»Hast du den Kerl eigentlich gesehen?«, fragte sie stattdessen. Dankbar ging Caro auf den Themenwechsel ein.

»Nein, es war ja schon dunkel. Ich sollte auf die Rückseite von diesem Futterbetrieb kommen. Ich hatte mein Rad abgestellt und die Taschenlampe vom Handy angemacht. Ich hab in die Gegend geleuchtet, aber ich habe ihn trotzdem nicht gesehen. Da stand nur sein Auto, irgendein dunkler Geländewagen. Er kam von hinten, hat mir die Hand auf den Mund gepresst und mich in den Betrieb gezerrt.«

Caro brach ab und starrte einen Moment ins Leere, bevor sie sich einen Ruck gab und fortfuhr.

»Und dann ... Dann hat er mir das Handy weggenommen und mich in den Tiefkühler gesperrt.« Caro erschauerte, als sie das Erlebte anscheinend noch einmal durchmachte. Sie sah Tina an.

»Mir war so kalt. Ich hätte nicht gedacht, dass einem so kalt sein könnte. Die Ärzte sagen, ich habe Glück gehabt, dass mir nicht ein paar Zehen oder Finger abgefroren sind.«

Unvermittelt brach Caro in Schluchzen aus. Tina nahm sie in den Arm und hielt sie, bis sie sich wieder beruhigt hatte.

»Und du? Ist mit dir alles in Ordnung?«, fragte Caro schließlich.

»Alles gut. Noch leichte Kopfschmerzen, aber kein Vergleich mehr zu vorgestern.«

»Wieso, was ist mit deinem Kopf passiert?«

Caro sah Tina mit einem so entsetzten Gesichtsausdruck an, dass Tina zu einer Notlüge griff, damit sich Caro nicht noch mehr Vorwürfe machen würde.

»Ich bin gegen einen Fleischerhaken gelaufen, der ist mir gegen die Schläfe geprallt.«

Caros Augen weiteten sich. »Ach du Arme! Das tut mir so leid.«

»Muss es nicht, wirklich.« Tina lächelte Caro an.

»Was hast du eigentlich da gemacht?«, fragte Caro.

»Zufall. Ich wollte nur einen Blick in die Fertigungshalle werfen, um vielleicht eine zündende Idee zu dem Fall zu bekommen, und da war der Typ noch da.«

»Krass.« Caro griff nach ihrem Wasserglas und trank einen kleinen Schluck. »Möchtest du auch was trinken? Auf dem Gang ist ein Automat.«

Tina schüttelte den Kopf. »Hast du die Stimme von dem Kerl erkannt, als er dich angerufen hat?«

»Da habe ich auch schon drüber nachgedacht. Irgendwo habe ich die Stimme schon mal gehört, aber ich weiß nicht mehr, wo. Sie klang aber auch ein bisschen gedämpft, so als hätte der Typ durch ein Tuch gesprochen oder so.« Caro stellte das Glas wieder auf dem Rolltisch ab, der neben ihrem Bett stand.

»Könnte es Rolfs Stimme gewesen sein?«

»Rolf? Stark genug wäre er. Der Kerl ist irgendwie unheimlich«, sagte Caro mit blitzenden Augen und setzte sich im Bett auf. »Aber warum hätte er uns umbringen sollen, Tina?« Sie ließ sich wieder zurücksinken.

»Weil wir ihm auf die Pelle gerückt sind und nicht an Merles Unfall auf der Fähre geglaubt haben.«

»Und wieso bringt er Merle um?« Caro wartete nicht auf Tinas Antwort und fuhr fort. »Eifersucht vielleicht? Ja, das würde ich ihm zutrauen.«

»Und wenn Merle etwas rausgefunden hätte, was für ihn äußerst ungünstig gewesen wäre? Ihn vielleicht sogar finanziell ruiniert hätte?«, fragte Tina.

»Was? Was hat sie rausgefunden?«

»Das weiß ich noch nicht. Aber sie hat Aydan Yilmaz geschrieben, sie wäre einer ganz großen Sache auf der Spur.«

»Das hat sie Aydan geschrieben? Das kann nicht sein, so was hätte sie zuerst mit mir besprochen! Aydan wollte sich in meine Freundschaft mit Merle drängen, aber *ich* war Merles beste Freundin!«

»Aber Merle kann doch auch mit Aydan befreundet gewesen sein.«

»Merle und ich, wir waren so.« Caro hob ihre dicht aneinandergepressten Zeige- und Mittelfinger in die Höhe.

Die Frage war, ob Merle das auch so gesehen hatte, aber diesen Gedanken behielt Tina lieber für sich. Sie wollte Caro nicht noch mehr aufregen.

»Meinst du, dass es Rolfs Stimme gewesen sein könnte?«, kam sie wieder auf die Frage zurück, die sie am meisten interessierte.

»Ich weiß es nicht, Tina. Es könnte sein, aber so langsam weiß ich gar nicht mehr, was ich glauben soll.« Caro sah erschöpft aus und schloss die Augen.

»Ich hole noch eine Vase, dann hau ich wieder ab. Brauchst du noch irgendwas?«

Caro schüttelte den Kopf, und nachdem Tina die Blumen in eine hässliche lila-rote Vase gestellt hatte – die hübschen Vasen waren anscheinend gerade ausgegangen –, verabschiedete sie sich und ging nachdenklich zurück zu ihrem Auto. Eigentlich hätte Caro Rolfs Stimme doch erkennen müssen, oder? Rolf. Rolf Anders. Wo bloß hatte sie den Namen vor Kurzem gehört?

Tina stieg in ihren Isuzu und fuhr los. An der Einmündung zur Klosterstraße musste sie warten, bis ein schwarzer Jeep mit einem Verkaufsanhänger vorbeigefahren war. »Bioland – Rindfleisch und Rinderwurst – wir liefern auch nach Hause« stand auf dem hellbeigefarbenen Anhänger, der das bekannte Biolandsiegel, ein grünes Viereck mit dem Bioland-Schriftzug in Weiß am unteren Ende trug.

Plötzlich fiel ihr wieder ein, wo sie den Namen Rolf Anders gelesen hatte.

Kapitel 19

Tina bog schnell in ihre Auffahrt ein und bremste so scharf, dass der Kies spritzte und von unten gegen die Karosserie prasselte. Sie riss die Tür auf, wartete ungeduldig, bis auch Daisy ausgestiegen war, und rannte zu ihrem Häuschen. Sie öffnete die Tür, streifte sich im Gehen ihre Sneakers von den Füßen und warf ihre Wachsjacke in Richtung der Garderobe. Sie blieb nicht stehen, als die Jacke den Haken verfehlte, herunterfiel und auf ihren Schuhen liegen blieb.

Wo hatte sie die Ausdrucke hingelegt? Tina wühlte in dem Stapel von Zeitschriften, Briefen – geöffneten und ungeöffneten – und Büchern, der sich auf dem Beistelltisch neben ihrer Couch türmte. Da, da waren sie. Sie ließ den Blick an den Namen auf der Zuliefererliste von ›Canis et Felis‹ herabwandern. Ja, sie hatte sich nicht getäuscht. Rolf Anders stand als einer der Ersten auf der Liste.

Sie ließ sich auf das Sofa sinken, die Liste noch in der Hand, und dachte nach. Was hieß das jetzt? Nur weil Rolf auch ›Canis et Felis‹ beliefert hatte, musste er noch lange keinen Schlüssel für den Betrieb haben. Aber die Liste bewies, dass er mit dem Tierfutterbetrieb zu tun hatte.

Die Hunde begannen zu bellen, und Tina hörte, wie sich die Haustür öffnete.

»Tina, ich bin's!«

»Jan! Wie schön, du bist schon da!« Tina ließ die Liste wieder in dem Stapel auf dem Beistelltisch verschwinden und ging Jan entgegen.

»Swatt, jetzt lass mich doch mal meine Schuhe ausziehen! Nimm dir ein Beispiel an Daisy, die steht ganz ruhig da.«

Tina grinste und trat in den Flur. Jan hockte auf dem Fliesenboden und versuchte Swatt abzuwehren, der wie ein Derwisch um ihn herumtanzte und versuchte, ihm über das Gesicht zu lecken.

»Das kommt davon, dass du ihm immer ein Leckerli gibst, wenn du kommst«, sagte sie.

Jan schob Swatt zur Seite und stand auf. »Das kommt daher, dass er mich liebt, das ist doch wohl klar.« Er ging in die Küche, holte zwei Hundekekse aus einem Glas und warf sie den Hunden zu. Swatt verschlang seinen Keks, ohne sich die Mühe mit Kauen zu machen, während Daisy sich mit ihrem Keks unter den Esstisch zurückzog und ihn genüsslich zerknabberte.

Jan ging zu Tina, nahm sie in den Arm und gab ihr einen langen Kuss. Dann schob er sie ein Stück von sich weg und schaute sie prüfend an. »Wie geht es dir?«

»Bin so gut wie neu.«

Er zog sie wieder an sich und umarmte sie fest. »Ich habe dich vermisst.«

»Und wir dich erst.«

»Wenn es nicht ganz blöd läuft, habe ich das ganze Wochenende frei.« Er ging in die Küche und öffnete den Kühlschrank.

»Das Ding ist ja völlig leer«, sagte er, und Tina fiel siedendheiß ein, dass sie vergessen hatte einzukaufen.

Sie trat neben Jan und spähte in den Kühlschrank.

»Stimmt doch gar nicht. Wir haben Eier, eine Zwiebel, nur minimal gekeimt, zwei Tomaten und Erdbeerjoghurt. Und Butter und Marmelade. Und Hundefutter natürlich.«

»Wahnsinn! Da können wir ein Dreigängemenü für zehn Personen kochen und behalten sogar noch was übrig. Vorausgesetzt, die Gäste mögen …« Jan nahm die Hundefutterdose in die Hand und las das Etikett. »Ziege mit Süßkartoffeln, Thymian und Meeresalgen.«

Er grinste, dass seine Grübchen sichtbar wurden, und Tina wurde warm ums Herz.

»Ich habe auch noch Rentier mit Broccoli und Wildmenü mit Cranberries.«

Jan stellte die Dose zurück und trat beinahe auf Swatt, der sich dicht neben ihn gesetzt hatte und ihn nicht aus den Augen ließ. Ein wenig Speichel tropfte Swatt aus dem Maul und fiel auf Jans Socke. Zum Glück bemerkte er es nicht.

»Du musst noch warten, mein Junge. Du weißt ganz genau, dass noch keine Futterzeit ist.«

Swatt trollte sich widerwillig und warf auf dem Weg ins Wohnzimmer einen sehnsüchtigen Blick über die Schulter.

»Der arme Hund. Du musst ihn auch ab und zu mal füttern, das solltest du als Tierärztin wissen.«

»Ich hoffe immer, dass er von anderen Leuten genug erbetteln kann.« Tina lachte. »Also, was essen wir? Pizza von Carbone?«

»Es wird Omelette geben mit Zwiebel und Tomaten. Brot hast du hoffentlich noch?«

Tina warf einen Blick in den Brotkorb. »Jepp, ein halber Laib Dinkel-Chia ist noch da.«

»Perfekt. Wenn Madame solange im Salon Platz nehmen würde, bis ich das Mahl zubereitet habe?«

»Sehr wohl, der Herr.«

Tina fläzte sich neben Swatt auf das Sofa, legte die Füße auf den Couchtisch und streichelte Swatt ausgiebig den Bauch.

»Ich war heute bei Caro«, rief sie über das Brutzeln der Zwiebeln hinweg.

»Und wie geht es ihr?«

»Viel besser. Sie ist runter von der Intensiv und jetzt auf der Inneren.«

»Hat sie den Angreifer erkannt?«

»Leider nicht. Sie meint, sie hätte seine Stimme schon mal irgendwo gehört, aber sie ist sich nicht sicher, wo.«

Jan kam ins Wohnzimmer, während er seine Hände an einem Küchenhandtuch abtrocknete.

»Klaus und Steffi sind an dem Fall dran. Sie sagen, dass die Spusi weder Einbruchspuren an der Vorder- noch an der Hintertür gefunden hat.«

»Das heißt also, der Täter hatte einen Schlüssel.«

»Sieht so aus.«

»Was ist mit Fingerabdrücken?«

»Jede Menge, die Kollegen sind noch damit beschäftigt, sie mit den Vergleichsproben der Mitarbeiter abzugleichen.«

»Da werden sie wohl eh nichts finden.« Tina war wieder eingefallen, dass der Angreifer Handschuhe getragen hatte.

Jan sah sie fragend an.

»Der Typ hatte Handschuhe an. Wildleder, wenn ich mich nicht täusche.«

»Da ich kaum glaube, dass er die Handschuhe zwischendrin ausgezogen hat, bringen uns die Abdrücke also nicht weiter. Ich werde der Spusi mailen, dass der Täter Handschuhe anhatte. Manchmal können sie auch etwas mit einem Handschuhabdruck anfangen.«

»Es sei denn, der Kerl hat sie entsorgt.«

Jan ging in die Küche und kam mit zwei Gläsern Rotwein zurück. Er reichte Tina eins davon und trank einen Schluck aus seinem Glas.

»Ich hasse es, die Stimmung kaputt zu machen, aber bevor wir essen, wüsste ich gern noch, warum du zu dem Futtermittelbetrieb gefahren bist.«

Tina seufzte. »Es ist nicht spektakulär. Ich bin zufällig nach dem Orga-Treffen in Tramm vorbeigefahren und dachte, ich gucke mal in die Fenster. Um vielleicht eine zündende Idee zu bekommen, verstehst du?«

Jan setzte sich Tina gegenüber. »Nein, eigentlich nicht. Was dachtest du denn, was du da sehen würdest?«

»Was weiß ich. Irgendwas, ein kleines Puzzleteil, das mich weiterbringen würde.«

»Wieso bist du nicht über Rathjensdorf gefahren? Das Treffen war doch in Theresienhof, oder?«

»Bei dem Restaurant war eine größere Feier, und ich musste ewig warten, bis da so ein Rentner eingeparkt hatte. Darauf hatte ich auf dem Rückweg nicht noch mal Lust. Du kennst mich, ich hasse es, nicht vorwärtszukommen.«

Jan grinste. »Okay, das kann ich nachvollziehen. Und du hattest keine Ahnung, dass Caro da drin war?«

»Nee, sonst hätte ich bestimmt die Polizei gerufen. Ich bin doch nicht lebensmüde.«

»Das hoffe ich sehr.« Jan trank einen weiteren Schluck Wein und sah Tina prüfend an. »Na gut, ich glaube dir.«

»Wie überaus großzügig von dir. Hab ich ja Glück gehabt.«

»Tina, es ist für mich wirklich nicht einfach. Ich mache mir sowieso schon immer genug Sorgen um meine Lieben. Dass du dich auf so gefährliche Dinge einlässt, wird mich frühzeitig ergrauen lassen. Mindestens.«

»Graue Schläfen stehen dir bestimmt. Denk an George Clooney, der ist schon lange grau und trotzdem der absolute Frauenschwarm.« Tina stand auf, trat hinter Jan und legte ihm die Arme locker um den Hals. Jan zog sie zu sich herum, und sie setzte sich auf seinen Schoß. Jan legte die Arme um sie und hielt sie fest. Seine Lippen näherten sich den ihren, und sie küssten sich.

»So, jetzt gibt es aber erst mal Omelette à la Voss mit frischem Brot. Als Nachtisch wird Erdbeerjoghurt mit Sahnehäubchen und Schokoladenstreuseln serviert«, sagte Jan schließlich.

»Wo hast du denn die Sahne aufgetrieben?«

»Du hattest noch eine Flasche Sprühsahne im Schrank.«

»Stimmt, die hatte Mudder mir neulich mitgebracht, als sie mir ein paar Stücke Apfelkuchen vorbeigebracht hat.«

Tina nahm ihr Handy und las in der App der *Kieler Nachrichten,* bis das Essen fertig war und die dampfenden Teller auf dem Esstisch standen.

»Sieht gut aus, Herr Bocuse.«

Jan prostete ihr mit seinem Weinglas zu, und Tina ließ sich die leckere Omelette schmecken. Nach dem Nachtisch ging Jan unter die Dusche, und Tina nutzte die Gelegenheit, um Sanne anzurufen und sie auf den neuesten Stand zu bringen.

»Wenn der Täter einen Schlüssel hatte, kommen nicht so viele Leute infrage«, sagte Sanne.

»Wir müssen unbedingt wissen, ob Rolf einen Schlüssel hatte.«

»Vielleicht hat er ihn kurz ausgeliehen und sich einen nachmachen lassen.«

»Aber wie sollte er denn an den Schlüssel kommen, um ihn auszuleihen? Dazu müsste er Anton oder Felix kennen.«

»Er kennt sie ja auch, er steht doch auf der Zulieferererliste, hast du mir gerade erzählt«, erwiderte Sanne.

»Wir verleihen doch auch keine Schlüssel an unsere Kunden. Nein, Sanne, er muss die beiden privat kennen, sonst würde er nicht an den Schlüssel rankommen.« Tina machte eine bedeutungsvolle Pause.

»Oh nee, ne? Du willst mir nicht sagen, dass ich Toni noch mal nerven soll, oder?«

»Wenn du eine bessere Idee hast – raus damit.«

Kapitel 20

»Was machen wir heute?«, fragte Jan am nächsten Morgen. Er schob eine Scheibe Brot in den Toaster und schenkte sich und Tina Kaffee ein.

»Milch ist alle, du musst dich mit Sahne begnügen«, sagte er und gab einen großzügigen Sprühstoß Sahne in Tinas Tasse.

»Wir müssen dringend einkaufen. In Grebin soll es einen guten Biohofladen geben, der hat heute geöffnet. Die verkaufen da auch den Grebiner Wein«, sagte Tina.

»Der soll echt gut sein. Oh ja, lass uns zur Feier des Tages eine Flasche kaufen.«

»Was feiern wir denn?«

Jan sah Tina tief in die Augen. »Uns natürlich.«

Tina erwiderte den Blick. »Wenn das nicht ein guter Grund ist!« Sie beugte sich vor und gab Jan einen Kuss.

»Wir können die Hunde mitnehmen und unterwegs von Niederkleveez aus ein Stück in Richtung Malente gehen. Warst du da schon mal?«

»Kann sein, dass ich da früher mal mit dem Rad langgefahren bin. Muss aber schon ungefähr tausend Jahre her sein.«

Tina stopfte sich den letzten Bissen Brot mit Rapshonig in den Mund und spülte mit ihrem Kaffee nach.

»Gut, bist du fertig?« Sie sprang vom Tisch auf und sah Jan an.

»Ich würde schon gern noch mein Brot in Ruhe essen.« Er zeigte auf die halbe Scheibe Brot mit Erdbeermarmelade, die vor ihm auf dem Teller lag.

»Oh, sorry, lass dir Zeit.«

»Gibt es da was umsonst, oder warum hast du es auf einmal so eilig?« Jan sah sie prüfend an. »Gibt es da etwas, was du mir erzählen willst?«

»Die haben nur bis zwei Uhr auf.«

»Das ist alles?«

»Klar. Wieso?«

Jan warf Tina noch einen letzten Blick zu und sah auf seine Smartwatch.

»Das schaffen wir locker, es ist doch erst kurz vor zehn.«

Tina setzte sich wieder und wartete ungeduldig, bis Jan sein Brot aufgegessen hatte.

»Na gut, von mir aus können wir los«, sagte er schließlich.

Tina stand auf und trug das Geschirr in die Küche.

Sie holte eine Kühlbox und ihren Einkaufskorb aus der Abstellkammer und stellte beides neben die Eingangstür. Swatt sprang bereits hektisch um sie herum, sodass sie Mühe hatte, ihm das Halsband anzulegen.

»Sitz jetzt! Sonst kommen wir nie los.«

»Hast du eine Einkaufsliste gemacht?«, fragte Jan.

»Nö, das mache ich nie. Man muss die grauen Zellen auf Trab halten.« Tina klopfte sich gegen den Kopf.

»Vergisst du dann nicht dauernd was? Ich könnte mir jedenfalls nicht alles merken, was ich kaufen muss.«

»Ich bin eine Frau. Ich kann so was.«

»Na, wenn das so ist …«

Tina verriet Jan nicht, dass sie schon oft Dinge vergessen hatte, doch das waren normalerweise keine wirklich wichtigen Sachen gewesen. Höchstens mal Butter oder Brot, aber nie Schokolade oder Kekse.

Tina folgte dem Schild »Biohofladen Anders« und bog in die von Linden gesäumte schmale Straße ein. Auf einer großen Koppel auf der rechten Seite konnte Tina mehrere zottige schwarze Rinder mit weißer Bauchbinde sehen.

»Da sind die Galloways«, sagte sie und zeigte nach draußen.

Die Straße endete auf einem geräumigen Hofplatz, der im hinteren Bereich von einem Stallgebäude aus rotem Backstein und rechts von einem ebenfalls aus rotem Backstein gebauten großen Bauernhaus begrenzt wurde. Das Haus sah aus, als wäre es über hundert Jahre alt, was zu der Information passte, dass der Hof schon seit Generationen im Besitz der Familie Anders war. Links war ein kleiner Stall zu sehen, an den sich ein geräumiger Auslauf anschloss, in dem mehrere Hühner und ein prächtiger Hahn mit goldfarbenem Gefieder und schwarzer Halskrause um die Wette scharrten. Während Tina noch hinschaute, warf sich der Hahn in die Brust, hob den Kopf und krähte. Er stolzierte ein paar Schritte und krähte erneut.

»Das Krähen von Hähnen kann ich nicht ausstehen«, sagte Jan, als er aus dem Wagen stieg.

»Wieso denn nicht? Ich höre das total gern.«

»Aber bestimmt nicht mehr, wenn du direkt neben dem Hühnerstall wohnst und der Hahn von morgens bis abends Radau macht.«

Der Hofladen befand sich in einem kleinen Anbau am Haupthaus. Das obere Ende der Klöntür stand trotz des kühlen Wetters offen, und gerade trat eine junge Frau hindurch und trug einen Einkaufskorb zu ihrem dunkelblauen VW Kombi. Tina parkte neben dem VW, und sie und Jan stiegen aus. Zwischen den Gebäuden schimmerte der Grebiner See hindurch, der hinter einer Wiese lag, auf der sich ein paar schwarze Schweine mit heller Brustbinde durch die Erde wühlten. Von dem penetranten Schweinegestank konventioneller Mastbetriebe war hier nichts zu riechen. Tina und Jan betraten den Laden und sahen sich um. Er bestand aus zwei hintereinander liegenden Räumen, die durch einen breiten Durchgang miteinander verbunden waren. Von frischem Obst und Gemüse über Konserven, Milchprodukte, Eier, Fleisch, Marmelade, Backzutaten, Nudeln, Reis, Getränke und anscheinend selbst gebackenem Brot und Kuchen bis hin zu Hunde- und Katzenfutter gab es alles, was das Herz begehrte. Jan erspähte das Regal mit den Grebiner Weinen und verschwand im hinteren Teil des Ladens.

Tina nahm sich einen Einkaufswagen und schob ihn langsam durch den vorderen Raum. Auf den zweiten Blick war das Sortiment sogar noch größer, und es war erstaunlich, was Rolf in dem kleinen Laden alles anbot. Tina entdeckte die Hundewürste von ›Canis et Felis‹ und legte zwei davon in ihren Einkaufswagen.

Die junge Frau mit den Zöpfen, die hinter dem Ladentisch stand, lächelte Tina an. Sie war Anfang zwanzig, groß und blond und sah aus, als wäre sie direkt aus Norwegen in den Laden gebeamt worden.

»Das Fleisch für die Würste kommt von unserem Hof«, sagte sie mit eindeutig norddeutscher Aussprache.

»Ach.« Tina tat gespielt überrascht. »Aber bestimmt kommen nur die Reste ins Hundefutter, oder?«

»Klar, wir liefern nur das Fleisch, das sich sonst nicht gut verkaufen lässt, wie Bauchfleisch oder Beinfleisch an ›Canis et Felis‹. Alles andere verkaufen wir hier im Laden. Möchten Sie vielleicht ein Rumpsteak mitnehmen?«

»Lieber etwas Hackfleisch, wenn Sie haben.«

»Wir haben reines Rinderhack oder reines Schweinehack und auch gemischtes. Manchmal haben wir sogar Wildhack.«

»Haben Sie einen Fleischwolf, oder stellt der Schlachter das Hack her?«

»Das machen wir hier. Rolf ist sehr gut ausgestattet«, erwiderte die Frau. Stolz schwang in ihrer Stimme mit.

»Dann liefern Sie das Fleisch für die Hundewürste bestimmt auch fertig zerkleinert?«

»Nee, das machen die bei ›Canis et Felis‹. Die haben dafür einen Cutter, wir haben ja nur den Fleischwolf.«

Tina nickte. »Also, ein Pfund gemischtes Hack würde ich nehmen«, sagte sie.

»Es liegt im Kühler. Wenn Sie nach hinten durchgehen, gleich rechts.«

»Was machst du denn hier?«

Tina wandte sich um und sah sich Rolf gegenüber. Auch heute trug er eine grüne Latzhose, dazu ein kariertes Thermohemd mit hochgerollten Ärmeln. Tina konnte sehen, dass der linke Arm über und über tätowiert war. Eine Uhr lag über einer Rose, die in den Kopf eines Bären mit weit aufgerissenem Maul überging. Ein Schriftzug wand sich durch die Bilder, aber Tina konnte die Worte nicht entziffern.

»Ich dachte, bei einem so netten Menschen wie dir kaufe ich gern mal ein.«

Zu Tinas Überraschung lachte Rolf. Sein Gesicht hellte sich auf, und plötzlich konnte Tina sehen, warum Merle sich zu ihm hingezogen gefühlt hatte.

»Tut mir leid, dass ich so unhöflich war. Aber das mit Merle …«

Rolf atmete tief durch, und Tina war sich sicher, dass sie eine Träne in seinem Augenwinkel gesehen hatte, bevor er mit seiner großen, schwieligen Hand seitlich an seinem Gesicht entlangfuhr.

»Es macht mich fertig, dass sie nie mehr wiederkommen wird. Ich dachte, wir hätten noch so viel Zeit, und nun ist sie weg.«

Rolfs Stimme brach, als er sich abwandte.

Tina wartete einen kleinen Moment, bis Rolf sich wieder gefangen hatte, bevor sie die nächste Frage stellte.

»Wann hast du denn das letzte Mal etwas von ihr gehört?«

»Zwei Tage bevor sie nach Schweden gefahren ist. Wir hatten uns gestritten. Es war ein blöder Streit, sie wollte eine Aktion gegen konventionelle Schweinemast machen, und ich fand, dass wir uns verzetteln würden. Wir haben schon so viele andere Sachen vor.« Rolf wandte sich Tina wieder zu.

»Ich hab versucht, sie zu erreichen. Aber sie hat nicht reagiert, auf keine WhatsApp, auf keine Nachricht, nichts. Ich habe sie tausend Mal angerufen, aber es ging immer nur die Mailbox dran. Irgendwann habe ich dann gehört, dass sie ertrunken ist.«

Tina legte Rolf die Hand auf den Arm, doch er wandte sich ab und verließ den Laden. Warum hatte er ihr das alles erzählt? Entweder er war ein hervorragender Schauspieler und wollte Tina von seiner Person ablenken, oder der Tod von Merle ging ihm tatsächlich sehr nah.

Zwei Arme legten sich um ihre Taille, und vor ihrem Bauch erschienen zwei Flaschen Wein, die Jan in den Händen hielt.

»Ich würde sagen, wir nehmen einen Weißen und einen Rosé, oder was meinst du?«

»Klingt gut.« Tina und Jan gingen gemeinsam durch den Laden und legten viele Waren in den Einkaufswagen. Nicht alle standen auf Tinas in ihrem Kopf gespeicherter Einkaufsliste, aber wer konnte schon einem Federweißen oder einer Zartbitterschokolade mit Cranberries widerstehen?

Als sie den prall gefüllten Einkaufskorb und die volle Kühltasche in den Wagen trugen, sah Tina Rolf. Er stand vor der Tür zum Stall und blickte zu ihnen herüber. Plötzlich strahlte er wieder etwas Bedrohliches aus, und Tina lief ein Schauer über den Rücken. Jan hatte ihn auch bemerkt.

»Wer ist der Kerl?«

»Das ist Rolf, ihm gehört der Hof hier.«

»Gut, dass er nicht selber im Laden steht, das könnte sich geschäftsschädigend auswirken, so finster, wie der guckt.«

»Ein bisschen psycho scheint der zu sein. Eben war er noch ganz nett, und jetzt könnte man direkt Angst vor ihm kriegen.«

Rolf wandte sich ab und stapfte in den Stall hinein.

»Ich bin ja bei dir«, sagte Jan und blickte Rolf hinterher.

Tina verdrehte die Augen. Jan und sein Beschützerinstinkt. Während sie die Sachen ins Auto luden, fiel Tina ein, dass sie den Käse vergessen hatte. Jan wartete geduldig im Wagen, und auch als sie noch ein weiteres Mal in den Laden sprintete, um Klopapier zu kaufen, sagte er nichts. Endlich stieg sie ein und ließ den Motor an.

»Was spricht dagegen, eine Einkaufsliste zu schreiben?«, fragte er nun doch.

»Zum Beispiel die Tatsache, dass ich sie oft nicht wiederfinde, wenn ich im Laden bin.«

»Schreib sie doch in dein Handy.«

»Das kann ja jeder«, erwiderte Tina, und Jan lachte.

Auf der Rückfahrt ließ Tina die Begegnung mit Rolf Revue passieren.

Mörder oder trauernder Lover? Und hatte er ein Alibi?

Während Jan nach dem Mittagessen ein Schläfchen auf der Couch hielt, um das Schlafdefizit der vorherigen Woche auszugleichen, saß Tina in ihrem Lieblingssessel und schaute in das Feuer, das munter im Kaminofen brannte und eine wohlige Wärme verbreitete. Swatt hatte sich an Jans Füßen zusammengerollt, und Daisy lag neben dem Sessel so nah am Ofen, dass Tina schon Sorge hatte, ihr Fell könnte ankokeln. Die Wärme machte Tina müde, und bevor sie einschlafen konnte, zückte sie ihr Handy, um eine WhatsApp an Sanne zu schreiben.

Hi Sanne!
Ich habe beschlossen, morgen auf die Demo gegen die Windräder in Lebrade zu gehen. Kommst du mit?

Sannes Antwort kam schon nach wenigen Minuten.

Logo. Holst du mich ab?

Die WhatsApp von Sanne wimmelte wie immer von Emojis. Ihr bevorzugtes Emoji war das, um das drei Herzchen herumflogen, dicht gefolgt von dem großen roten Herz mit dem kleinen Herzen darunter, sodass Jan, als er einmal eine WhatsApp von Sanne gesehen hatte, diese spontan »Herzchen-Sanne« getauft hatte.

Tina schickte einen erhobenen Daumen zurück, und nach einem prüfenden Blick auf Jan, der weiterhin leise vor sich hin schnorchelte, holte Tina sich einen Block aus der Küchenschublade und machte ein Zeitdiagramm.

»Also, am 18. September hat Aydan Yilmaz die WhatsApp von Merle gekriegt, in der sie geschrieben hat, dass sie einer großen Sache auf der Spur ist«, murmelte sie.

Sie schrieb »18.9. WhatsApp Aydan Yilmaz« oben auf den Zettel.

Am 19. September war Merle angeblich mit der Fähre von Kiel aus abgefahren. Sie schrieb auch dies auf den Zettel. Rolf hatte gesagt, dass sie sich zwei Tage vor der Fahrt nach Schweden gestritten hätten. Tina schrieb »17.9. Streit mit Rolf«.

Am 18. September hatte Merle Aydan Yilmaz eine WhatsApp geschrieben, da war sie also noch am Leben gewesen. Nachdenklich klopfte sich Tina mit dem Kugelschreiber gegen die Lippe. Wenn sie wüsste, um welche Uhrzeit Merle die Nachricht an Aydan Yilmaz geschrieben hatte, könnte sie den Todeszeitpunkt etwas genauer eingrenzen. Sie würde die Yilmaz morgen auf der Demo danach fragen.

Jan rührte sich und gähnte. Tina klappte den Block zu und schob ihn in den Stapel auf dem Couchtisch.

»Na, Schlafmütze, wieder wach?«

Jan gähnte erneut. »Ich habe letzte Woche wegen meines aktuellen Falls viel zu wenig geschlafen. Drei Tage war ich bis nachts um zwei, halb drei im Präsidium. Aber jetzt geht es wieder.« Er setzte sich auf und klopfte neben sich auf die Couch. Tina setzte sich neben ihn und kuschelte sich an.

»Ich will morgen auf die Demo gegen die Windräder in Lebrade. Kommst du mit?«

»Ich kann mir kaum etwas Schöneres vorstellen, als bei Regen und Kälte auf irgendeinem Feld herumzustehen und Plakate zu schwenken.«

»Du kannst auch hierbleiben, dann gehen Sanne und ich allein.«

»Das war ein Scherz! Natürlich komme ich mit.«

Tina gab Jan einen Kuss. »Du bist der Beste! Apropos Plakate. Wir müssen noch welche basteln.«

Jan hob abwehrend die Hände. »Ich gehe mit dir dahin und friere mir den Mors ab, aber Basteln – nein. Meine Kunstlehrerin aus der Grundschule ist bestimmt immer noch in Therapie, nachdem ich eine Laterne für den Laternenumzug basteln sollte.«

Tina lachte. »Was ist passiert?«

»Ich habe mich schlichtweg geweigert. Habe mich auf den Boden gesetzt und dichtgemacht. Am Ende hat sie die Laterne für mich gemacht, damit ich nicht der Einzige ohne Laterne beim Laternenumzug sein würde.«

»Woran lag es denn?«

»Ich bin ja Linkshänder. Das wusste man in der Grundschule aber noch nicht, weil meine Eltern beide Rechtshänder waren und ich es ihnen nachgemacht habe. Dabei war ich mit rechts total unbeholfen. Ich konnte nur sehr krakelig schreiben; mit der Schere etwas auszuschneiden war der Oberhorror für mich, weil ich es einfach nicht richtig hingekriegt habe.«

»Na gut, das Trauma wollen wir ja nicht wiederaufleben lassen«, sagte Tina lachend. »Ich mache dir ein Plakat.«

»Du bist ein Schatz!«

Bevor Tina aufstand, gab sie Jan noch einen Kuss, dann suchte sie alles für die Plakate zusammen. Auf ihrem Plakat war am Ende der Mal- und Bastelaktion ein Windrad zu sehen, das gerade einen Vogel zerfetzt hatte. Teile des Vogels flogen durch die Luft, und der blutrote Schriftzug lautete:

Durchs Windrad droht

Des Milan Tod.

Auf Jans Plakat stand:

Windkraft ja bitte, Vogelmord nein danke!

Ein Schwarm Gänse flog im Vordergrund durch das Bild, und ganz klein im Hintergrund war ein Windrad zu sehen.

Jan kam aus der Küche zurück und stellte Tina einen Becher Rooibostee hin. Er betrachtete die Plakate.

»Sehr gelungen. Du hättest auch eine Karriere als Künstlerin machen können.«

»Das ist aber eine sehr brotlose Kunst, da verdient man ja noch weniger als als Tierärztin.«

»Und ich dachte, ihr Tierärzte schleppt das Geld säckeweise aus der Praxis.«

»Früher vielleicht, aber die Zeiten sind vorbei. Es gibt einfach zu viele Kollegen.«

»Läuft es so schlecht?« Jan sah Tina besorgt an. Sie trank einen Schluck von dem heißen Tee und stellte die Tasse auf den Tisch, bevor sie antwortete.

»Die Touristensaison geht so langsam zu Ende, da wird es noch weniger. Man hat zwar keine Stammkunden unter den Touris, aber der ein oder andere Durchfall- oder Schnupfenhund ist schon dabei.«

»Aber du kommst finanziell über die Runden?«

»Gerade eben so. Eigentlich müsste ich Sanne kündigen, aber das bringe ich nicht übers Herz. Na, was soll's, es dauert eben seine Zeit, bis man voll etabliert ist.«

»Wenn du Hilfe brauchst, ich verdiene genug.«

»Nein, nein, alles gut. Außerdem hast du schon den ganzen Einkauf bezahlt.«

»Ich kann mich ja nicht ständig bei dir durchfressen.« Jan sah

Tina an. »Wenn wir zusammenziehen würden, würden wir die Miete von meiner Wohnung sparen, und ich könnte kiloweise Essen bezahlen.«

Er hatte es scherzhaft klingen lassen, aber Tina spürte, dass er es ernst gemeint hatte. Zusammenziehen? Sie waren doch erst knapp zwei Monate ein Paar! Ein kleiner Teil von Tina fand die Idee großartig, während im größeren ein rotes Licht blinkte und ein schriller Warnton ertönte. *Zusammenziehen? Denk dran, was mit Sven passiert ist! Der hat sich eiskalt vom Acker gemacht und eine andere an Land gezogen.* Da sie getrennte Wohnungen gehabt hatten, war die Trennung schnell über die Bühne gegangen, die emotionalen Nachwirkungen hatten aber recht lange angehalten. Wenn so etwas mit Jan passierte und sie zusammengezogen waren, würde es um einiges schlimmer werden.

Jan hatte sie beobachtet, während ihr diese Gedanken durch den Kopf schossen. Er sah einen Moment lang enttäuscht aus, fing sich aber schnell wieder.

»He, das war nur eine Idee, ich werde nicht morgen mit Sack und Pack vor deiner Tür stehen«, sagte er und rang sich ein Lächeln ab.

»Es ist ein bisschen zu früh, finde ich. Frag mich in einem Jahr noch mal.«

Kapitel 21

Tina rannte. Sie rannte hinter einem schwarz gekleideten Mann her. Swatt war ihm dicht auf den Fersen und setzte gerade zum Sprung an, um ihn umzureißen, als ihr Handy klingelte. Sie zog es im Laufen aus der Hosentasche und drückte auf den grünen Hörer, aber das Handy klingelte weiter. Der Traum brach ab, und sie hörte Jans Stimme.

»Voss. Was? Wo? Okay, ich mache mich auf den Weg.«

Tina schlug die Augen auf. Jan war bereits aufgestanden und suchte im Dunkeln nach seinen Klamotten. Er fluchte leise, als er sich am Nachttisch stieß.

»Wie spät ist es denn?«, fragte Tina schlaftrunken.

»Tina, ich wollte dich nicht wecken. Es ist kurz vor drei, schlaf weiter. Es gibt eine neue Entwicklung in einem älteren Fall.«

Jan hatte sich angezogen und kam auf Tinas Bettseite. Er beugte sich über sie und gab ihr einen Kuss.

»Tut mir leid, dass ich nicht mit zur Demo kommen kann. Ich versuche, spätestens heute Abend wieder da zu sein.«

»Pass auf dich auf.«

»Ich liebe dich.«

Jan ging zur Schlafzimmertür und war verschwunden, bevor sie ihm sagen konnte, dass sie ihn auch liebte.

Gegen halb elf fuhr Tina los, um Sanne abzuholen. Diese stand schon auf dem Gehweg, als Tina vor dem Haus anhielt. Sanne hielt ein Plakat in der Hand, auf dem in dicken roten Lettern stand:

Der Storch und der Reiher wollen keinen Geier.

Ein kastenförmig aussehender Vogel mit rotem, spitzem Schnabel und roten Beinen, die aussahen wie dänische Hotdog-Würste, lag auf dem Boden, während über ihm ein weiterer Vogel kreiste. Tina nahm zumindest an, dass es sich dabei um einen Vogel handelte, denn welches andere größere Tier konnte fliegen? Als sie genauer hinsah, erkannte sie, dass das fliegende Tier eine Art Halskrause trug. Anscheinend sollte es sich dabei um einen Geier handeln.

»Moin, Tina. Wie findest du das Plakat? Finn und Leon haben es gemalt. Geiler Spruch, oder?«

»Ja, schon«, sagte Tina vorsichtig. »Aber was soll er bedeuten?«

Sanne quetschte das Plakat zu den beiden anderen ins Auto und stieg ein, nachdem sie Swatt auf den Rücksitz gescheucht hatte.

»Wie, was soll er bedeuten? Das ist doch wohl klar.«

»Äh, mir nicht so ganz«, erwiderte Tina, als Sanne keine Anstalten machte, eine Erklärung hinterherzuschieben.

»Na, durch die Windräder sterben die Vögel. Und wer kommt, um totes Aas zu fressen?« Sanne blickte Tina mit leuchtenden Augen an. »Die Geier«, fuhr sie fort, als Tina nicht gleich antwortete.

»Die Geier, na klar. Dass ich da nicht gleich draufgekommen bin.«

»Manchmal bist du schon ein bisschen schwer von Kapee.« Sanne steckte sich einen Kaugummi in den Mund. »Auch einen?«

»Nee, danke.«

Tina sah Sanne an. Diese trug einen olivgrünen Bundeswehrparka, um den Hals hatte sie sich einen dicken rosafarbenen Wollschal gewickelt, die enge Jeans hatte zwei riesige Löcher im Kniebereich, und an den Füßen trug sie halbhohe lilafarbene

Gummistiefel mit rosafarbenen Blümchen. Das Lila passte fast, aber nicht ganz, zur Farbe von Sannes Haaren, die Sanne heute wieder einmal lila gefärbt hatte.

Sanne sah Tinas Blick. »Falls es da matschig ist, bin ich gut gerüstet. Ist ja mal wieder ein Sauwetter heute.«

»Angeblich soll es in der nächsten halben Stunde aufhören zu regnen.«

Tina startete den Motor und fuhr los.

»Wo treffen wir uns denn?«, fragte Sanne.

»Weiß ich auch nicht genau. Aber ich schätze, irgendwo an der Straße bei den Teichen.«

Tina bog in Richtung Lütjenburg ab, und die letzten Häuser von Plön verschwanden hinter ihnen.

»Hast du schon mit Anton gesprochen?«, fragte sie.

»Ich habe mir überlegt, dass ich heute Nachmittag ganz zufällig …« Sanne malte imaginäre Anführungszeichen um das Wort »zufällig« in die Luft. »… mal bei ihm und Felix vorbeifahre. Am Telefon ist das irgendwie doof.«

»Gute Idee. Hoffentlich ist Frau Dingenskirchen-Kronenberg nicht auf ihrem Wachtposten.«

Sanne sah Tina mit geweiteten Augen an. »Oh Gott, das würde mir grad noch fehlen. Die alte Schabracke brauche ich bestimmt nicht schon wieder. Schon gar nicht am Wochenende.«

»Vielleicht ist sie grade auf dem Klo, wenn du zu Felix und Anton gehst.«

»Vielleicht sollte ich mich verkleiden. Ich habe für Halloween schon ein total geiles Kostüm besorgt, mit pinkem Hexenhut und schwarzem Umhang mit silbernen Runen drauf. Gab es im Drogeriemarkt für vierzehn neunundneunzig.«

Tina grinste. Das würde sie gern sehen, wenn Sanne in dem Kostüm auf Frau Dingenskirchen-Kronenberg treffen würde.

»Und für die Jungs habe ich zwei Spiderman-Anzüge gekauft. Die sehen voll süß aus da drin.«

»Ich glaube, verkleiden musst du dich nicht. Anton und Felix sollen dich ja nicht für verrückt halten.«

»Wieso verrückt? Das ist ein ganz seriöses Halloweenkostüm!«

»Aber wir haben noch nicht Halloween.«

»Ach, die paar Tage.«

Mittlerweile waren sie in dem kleinen Dorf Lebrade angekommen. An der schmalen Straße, die durch das Dorf führte, parkten schon eine ganze Menge Autos, und Tina musste in die Straße in Richtung Lepahn abbiegen, wo sie kurz vor dem Ortsausgangsschild einen freien Parkplatz fand. Tina und Sanne stiegen aus und sahen sich um. Eine Gruppe junger Leute, die Plakate trugen, ging in Richtung der Dorfkirche aus rotem Backstein. Tina war einmal auf einer Trauerfeier in der Kirche gewesen. Sie erinnerte sich, dass das Innere für eine evangelische Kirche ungewöhnlich prunkvoll mit viel Gold gestaltet war. Sie ließ die Hunde aus dem Auto springen und leinte sie an. Der Regen war in ein feines Nieseln übergegangen, und im Westen konnte sie eine schwarze Wolkenbank sehen. Hoffentlich zog sie an ihnen vorbei, doch Tina hatte wenig Hoffnung. So viel zu: Der Regen soll bald aufhören. Sie holte ihre Kappe aus dem Auto und setzte sie auf. Dann griffen sie und Sanne sich ihre Plakate und gingen hinter der Gruppe junger Leute her. Vor der Kirche und auf der Dörpstraat hatten sich ungefähr fünfzig Leute versammelt und unterhielten sich in kleinen Grüppchen. Als Tina und Sanne dazustießen, kam Aydan Yilmaz auf sie zu.

»Frau Deerten, Frau Finke, wie schön, dass Sie gekommen sind!« Sie strahlte über das ganze Gesicht und schüttelte ihnen die Hand.

»Ich bin Tina. Und das ist Sanne. Auf einer Demo sollte man sich duzen, finde ich.«

»Gute Idee. Ich bin Aydan.«

Sie betrachtete Tinas Plakat mit anerkennendem Blick.

»Geiler Spruch, den können wir gleich rufen.«

Beim Anblick von Sannes Plakat sah Aydan etwas verwirrt aus.

»Moin, Leute!«, tönte eine Stimme über den Kirchvorplatz. Die drei Frauen drehten sich in Richtung der Kirche um. Rolf stand auf einer umgedrehten Kiste und wartete, bis die Menschen aufhörten, sich zu unterhalten.

»Ich freue mich, dass ihr alle hier seid. Bevor wir starten, möchte ich sagen, dass diese Demo sich nicht gegen Windkraft im Allgemeinen richtet, sondern nur gegen den Standort der Anlage direkt neben dem Naturschutzgebiet!«

Die meisten Leute klatschten, doch Tina sah auch eine Gruppe Leute, die finster dreinschauten und die Plakate mit der Aufschrift »Windkraft – nein danke!« trugen.

»Wir werden jetzt die Landstraße zwischen den Teichen hinunterziehen bis zu dem Feld, auf dem die Windräder gebaut werden sollen, dann gehen wir durch Lebrade zurück bis nach Rixdorf, wo die Abschlusskundgebung stattfinden wird. Herr zu Westerstede hat dort im Anschluss an die Demonstration eine kleine Stärkung für uns vorbereitet.«

Erneutes Klatschen und Johlen ertönte. Rolf sprang von der Kiste, schnappte sich sein Plakat und ging dem Demonstrationszug voraus in Richtung der Lebrader Teiche. Ein Streifenwagen der Polizei fuhr mit blitzendem Blaulicht vor den Demonstranten her, während ein zweiter das Ende der Demonstration absicherte.

Aydan begann zu rufen. »Durchs Windrad droht des Milan Tod!«

Der Ruf wurde aufgenommen und bald rief der Großteil der Demonstranten Aydans Spruch.

Swatt sprang aufgeregt an der Leine hin und her, und als sie auf dem schmalen Damm angekommen waren, der die Teiche in einen rechten und linken Teil trennte, leinte Tina ihn und Daisy ab. Swatt rannte sofort bis zum Anfang des Zuges und kam mit weit aus dem Maul heraushängender Zunge wieder zurückgaloppiert. Als ein Schwarm Graugänse auf dem linken Teich landete, konnte Tina ihn nur mühsam davon abhalten, sich sofort ins Wasser zu stürzen und die Verfolgung der laut schnatternden Gänse aufzunehmen.

»Hast du was von Caro gehört?«, fragte Aydan, die neben Tina und Sanne herging.

»Heute noch nicht, ich will sie nachher mal anrufen. Sie ist aber von der Intensivstation runter.«

»Ein Glück. Ich habe die ganze Zeit darüber nachgedacht, wer sie umbringen wollte.« Aydan sah Tina mit einem entsetzten Ausdruck im Gesicht an.

»Mir fällt gerade ein …« Sie machte eine kurze Pause, bevor sie fortfuhr. »Meinst, du, da bringt jemand alle Mitglieder unserer Umweltgruppe um? Irgend so ein gestörter Klimawandelleugner vielleicht? Du wärst doch auch fast gestorben!«

»Das kann ich mir nicht vorstellen.« Oder? Wäre das möglich?

»Ich war doch nur ein einziges Mal bei einem Orga-Treffen.«

»Vielleicht wusste derjenige das nicht, oder es war ihm egal.«

»Habt ihr denn schon mal Ärger wegen eurer Aktionen gehabt?«

Aydan fuhr sich mit der Hand durch ihr dichtes dunkles, schulterlanges Haar. »Na klar. Es gefällt vielen nicht, was wir machen.«

»Aber ihr seid noch nie bedroht worden, oder?«

»Nicht, dass ich wüsste. Aber vielleicht weiß Rolf mehr, ich frag ihn gleich mal.«

Aydan drängte sich durch die Menschen vor ihnen und verschwand außer Sicht.

»Meinst du, Aydan hat recht?«, fragte Sanne.

»Spontan würde ich sagen, nein, aber wer weiß, was Menschen zum Ausrasten bringt?«

»Es laufen einfach viel zu viele Gestörte herum.«

Kurze Zeit später kehrte Aydan zurück und drängte sich zu Tina und Sanne durch.

»Rolf sagt, es kamen schon mal ein paar Hass-Mails, aber er meint, er kann sich nicht vorstellen, dass irgendjemand uns alle aus dem Weg räumen will.«

»Hat er die Mails der Polizei gezeigt?«

»Er hat sie einfach nur gelöscht, und damit hatte es sich für ihn.«

»Was habt ihr denn noch für Projekte außer den Windrädern hier und der Aktion auf der Anti-Genmais-Demo?«

»Wir haben noch etwas gegen die Kleingruppenkäfige bei Legehennen gemacht. Da haben die Hühner kaum mehr Platz als vorher in den Einzelkäfigen.«

»Also kämen theoretisch der Besitzer von einer Legebatterie, ein Bauer, der Genmais anbauen will, und der Betreiber der Windräder infrage«, sagte Tina.

»Und der Bauer, der das Land für die Windräder teuer verkaufen will.«

Tina nickte Aydan zu. »Stimmt.«

»Meinst du wirklich, dass wir alle in Gefahr sind?«

»Ich glaube es eigentlich nicht. Merle hatte dir doch geschrieben, dass sie einer großen Sache auf der Spur wäre. Ich würde denken, dass es etwas Neues war. Gegen Genmais, Legehennen und Windräder habt ihr ja anscheinend schon öfter Aktionen gemacht.«

Aydan nickte, doch bevor sie das Thema vertiefen konnten, war der Demonstrationszug an dem Ende des brachliegenden Feldes angekommen, auf dem die Windräder errichtet werden sollten. Das lang gestreckte Feld, auf dem verschiedene Wildkräuter wie Sauerampfer, Hahnenklee und Löwenzahn wuchsen, grenzte im Süden direkt an die Lebrader Teiche. Ein Greifvogel kreiste über dem Feld; Tina erkannte, dass es sich um einen Rotmilan handelte. Plötzlich schoss er zu Boden und stieg mit etwas Kleinem in den Krallen wieder auf. Eine Maus, dachte Tina, während sie dem Vogel hinterherblickte, der hinter einer Baumgruppe verschwand.

Rolf hatte sich vor den Demonstranten aufgebaut und erzählte etwas über das geplante Projekt und die Nachteile für die Vogelwelt der Teiche. Ein schrilles Pfeifkonzert begleitete seine Ausführungen, und auch Tina pfiff schrill auf zwei Fingern. Sanne versuchte es ebenfalls, doch außer einem prustenden Geräusch, das in einem Spuckeregen unterging, war nichts zu hören. Tina musste so lachen, dass sie die abschließenden Worte von Rolf nicht mitbekam und ihr die umstehenden Leute böse Blicke zuwarfen.

»So lustig ist das auch wieder nicht«, sagte Sanne, bevor auch sie loskichern musste.

»Das solltest du noch ein bisschen üben«, sagte Tina, als sie wieder Luft bekam. »Ich habe es von Kai gelernt, als ich zehn war. Ist manchmal ganz nützlich. Du musst die Zunge mit den Fingern nach hinten rollen und ruckartig pusten.«

Sanne versuchte es erneut, doch außer einem erneuten Spuckeregen brachte sie nichts heraus. Schließlich gab sie mit hochrotem Kopf auf.

Der Demonstrationszug war inzwischen wieder in Richtung Lebrade aufgebrochen, und Tina fiel in das Skandieren der Sprüche mit ein.

»Durch's Windrad droht des Milan Tod! Durch's Windrad droht des Milan Tod!«

Sie liefen durch Lebrade und in Richtung des Gutes, auf dem die Abschlussveranstaltung stattfinden sollte. Neben der Straße lag eine zerdellte Coladose, und Tina sammelte sie auf, um sie später wegzuwerfen. Dass die Leute aber auch immer ihren Müll aus dem Autofenster werfen mussten!

Swatt tobte vor dem Maisfeld rechts neben der Straße hin

und her. Es lag hinter einem Knick und einem Radweg, und der Mais sah so aus, als könne er bald geerntet werden. Ab und zu blieb Swatt stehen, um am Feldrand nach Mäusen zu graben. Feuchte schwarze Erde flog zwischen seinen Hinterbeinen hindurch und landete auf dem Radweg.

»Swatt, komm her!«

Swatt wühlte schneller, dann gab er auf und raste am Feldrand entlang. Der Mais hörte auf und ging in ein Feld über, das erst vor Kurzem eingesät worden war. Ein leicht grüner Schimmer lag auf der nassen Erde. Kurz vor der Biogasanlage sprang ein Reh aus einem Knick, hielt inne und beäugte den Demonstrationszug einige Sekunden, bevor es absprang und in Richtung eines kleinen Waldstückes davonrannte. Swatt hob den Kopf und witterte. Bevor Tina ihn rufen konnte, war er schon losgerannt. Erde wurde von seinen Pfoten hochgeworfen, als er auf das Feld sprang und die Verfolgung des Rehs aufnahm.

»Swatt! HALT!«

Er blieb stehen, warf Tina über die Schulter einen kurzen Blick zu und flitzte weiter. Tina pfiff, doch er reagierte nicht.

Daisy rannte aufgeregt am Straßenrand hin und her, so als würde sie überlegen, ob sie auch loslaufen sollte. Tina leinte sie schnell an.

»Du, das finde ich jetzt aber nicht so gut, was dein Hund da macht«, sagte ein Mann in Tinas Alter mit struppigem Rauschebart und schulterlangen fettigen Haaren. »Das arme Reh.« Als er eine Minisalami aus der Verpackung wickelte, konnte Tina seine langen gelblichen Fingernägel sehen, und sie verzog das Gesicht. Der Mann biss die Hälfte der Salami ab und kaute schmatzend.

»Aber mit dem armen Schwein, das du da grade frisst, hast du kein Mitleid, was?«

Tina wandte sich ab und beobachtete, wie zuerst das Reh und kurze Zeit später Swatt in dem kleinen Wald verschwanden. Das

Letzte, was Tina hörte, war Swatts Spurlaut, der leiser wurde und verklang.

»Scheiße!«

»Wem gehört der Hund?« Ein etwa fünfzigjähriger Mann in dunkelgrüner Wachsjacke und brauner Cordhose, die in teuren Naturgummistiefeln steckte – Tina hatte mit Stiefeln dieser Marke geliebäugelt, wäre aber fast in Ohnmacht gefallen, als sie den Preis gesehen hatte –, blickte am Demonstrationszug entlang. Tina seufzte.

»Mir.«

»Sehen Sie zu, dass Sie Ihren Hund wieder einfangen. Das Wild muss Winterreserven aufbauen und kann sich so eine Verfolgungsjagd nicht erlauben. Mal davon abgesehen, dass Sie Ihren Hund anleinen müssen.«

»Bin schon unterwegs.«

»Soll ich mitkommen?«, fragte Sanne.

»Nee, lass mal. Es reicht ja, wenn eine von uns durch den Dreck stiefeln muss. Kannst du Daisy nehmen? Die hat bestimmt keine Lust, sich die Pfoten auf dem Matschacker schmutzig zu machen.«

»Bist eben eine echte Lady«, sagte Sanne zu Daisy, als sie deren Leine entgegennahm.

Tina trat auf das Feld und stapfte in einer Fahrgasse auf das Wäldchen zu. Während des Gehens rief und pfiff sie nach Swatt, doch der war nicht zu sehen. Hoffentlich sah ihn kein Jäger! Dass er sich aber auch dauernd in Schwierigkeiten bringen musste. Tina erreichte das Wäldchen, das überwiegend aus Eichen bestand, und sah sich um. Ein Wildwechsel führte in den Wald hinein. Sie war dem schmalen Pfad erst ein paar Schritte gefolgt, als es im Unterholz knackte und ein über und über mit Matsch bespritzter schwarzer Hund auf sie zugerannt kam. Die Zunge hing ihm seitlich weit aus dem Maul, sodass es aussah, als würde er lachen.

»Schön, dass wenigstens du deinen Spaß hattest«, sagte Tina säuerlich und leinte Swatt an. Der Großteil seiner Energie war bei der wilden Verfolgungsjagd verpufft, sodass er ohne an der Leine zu ziehen mitlief. Tina fand einen Feldweg, der sie an der Biogasanlage wieder zur Landstraße brachte. Kurz bevor sie an der Landstraße ankam, schob sich die Sonne zwischen den Wolken hervor und erhellte die Umgebung wie ein Spotlight. Nach wenigen Sekunden verschwand das Licht wieder, und es begann stärker zu regnen.

»Na toll!« Sie zog ihre Kappe tiefer ins Gesicht und bog auf die Landstraße ab. In den Büschen am Straßenrand sah sie ein feuchtes Blatt Papier, das sich in ein paar Zweigen eines Weißdornbusches verfangen hatte. Sie zog es heraus, um es zusammen mit der Coladose später wegzuwerfen, dann ging sie mit schnellen Schritten die Straße zum Gut entlang. Als sie durch das Torhaus aus rotem Backstein trat, sah sie den Demonstrationszug neben einer reetgedeckten Scheune stehen. Stehtische waren aufgebaut, und neben einem Kuchenstand wurden Glühwein und Kaffee ausgeschenkt. Tina entdeckte Sanne und Aydan an einem der Stehtische. Daisy saß neben Sanne, sprang aber auf, als sie Tina und Swatt sah, und fing an, mit dem Schwanz zu wedeln.

»Da bist du ja. Na, du alter Ausreißer«, sagte Sanne und strich Swatt über den Kopf.

»Was hast du denn da?«, fragte Aydan.

»Ich habe mich mal wieder als Müllsammlerin betätigt. Ist hier irgendwo ein Mülleimer?«

»Da hinten.« Aydan zeigte in Richtung der Scheune, neben deren Tor ein grauer Blecheimer stand. »Guck mal, auf dem Papier steht was drauf. Zeig mal her.« Sie nahm Tina das Blatt aus der Hand.

»Hab ich's doch richtig gesehen. Das ist Merles Schrift!«

»WAS?«

»Sie macht so ein stark geschwungenes ›S‹ und schreibt immer ganz winzig klein, sodass man es kaum entziffern kann.«

»Hammer!« Sanne trat neben Aydan, Tina stellte sich auf die andere Seite.

»Werner … nee, Walter Schmidt. Wer ist das denn?«, fragte Sanne.

»Nie gehört«, erwiderte Tina.

Aydan drehte das Blatt um. Auf der anderen Seite waren drei unregelmäßige Vierecke zu sehen, das rechte ungefähr doppelt so groß wie die beiden linken. Das linke obere Viereck war rot umrahmt. In der Mitte der Vierecke zog sich eine schmale freie Fläche vom oberen Bildrand zum unteren. Am oberen Ende der schmalen freien Fläche stand der Buchstabe L, am unteren ein P.

»Hä? Was soll das denn bitte darstellen?«, fragte Sanne.

»Keine Ahnung.« Tina nahm Aydan das Blatt aus der Hand und drehte es um.

»Außer dem Namen steht da leider nichts.«

»Wo genau hast du das denn gefunden?«, fragte Aydan.

»Kurz vor der Biogasanlage, da, wo der Feldweg auf die Landstraße trifft. Es hing in einem Weißdornbusch.«

»Dann muss Merle hier gewesen sein! Aber was wollte sie hier?«

»Vielleicht ist sie auf dem Feldweg spazieren gegangen?«, fragte Tina.

»Glaube ich nicht. Merle war nicht gerade eine Spaziergängerin. Sie ist lieber Rad gefahren, das hatte sie hinten an ihrem VW-Bus auf einem Fahrradträger.«

»Dann ist sie vielleicht mit dem Rad von Plön nach Selent gefahren und hat den Zettel verloren. Sie hat doch in Selent in einem Restaurant gearbeitet und auch den Bus dort abgestellt, oder?«

»Stimmt. Aber das ist ganz schön weit mit dem Rad. Vielleicht ist der Zettel aus dem Fenster von ihrem Bus geweht.«

»Kann auch sein. Warum ist das eine Viereck rot umrandet?«, fragte Tina.

Sanne nahm Tina das Blatt aus der Hand und betrachtete die Zeichnung eingehend.

»Vielleicht war sie Malerin, und das war der Entwurf für ihr neuestes Werk. Das sollte … ja genau, das sollte ›Ausgrenzung‹ heißen.«

»Ausgrenzung?«, fragten Tina und Aydan gleichzeitig.

»Das arme rote Viereck ist anders und wird deshalb von den beiden anderen ausgegrenzt.«

»Klingt nicht bescheuerter als andere Titel von moderner Kunst«, sagte Tina. »Hat Merle gemalt?«

»Nicht, dass ich wüsste«, erwiderte Aydan.

»Ich nehm den Zettel mit nach Hause, vielleicht fällt mir noch was ein. Und ich versuche mal, ob ich diesen Walter Schmidt auftreiben kann. Vielleicht hat der eine Ahnung, was das bedeuten soll. Es muss ja einen Grund haben, dass Merle seinen Namen auf die Rückseite geschrieben hat.« Tina faltete das Blatt, das durch den Regen feucht geworden war, und schob es in ihre Jackentasche.

»Ach, Aydan, was ich noch fragen wollte: Die WhatsApp von Merle, um welche Uhrzeit ist die gekommen?«

»Moment, ich schau nach.«

Aydan zückte ihr Handy und tippte darauf herum. »Das war um zwei nach zwölf am 18. September.«

»Kurz nach zwölf. Okay, danke.«

»Und was sagt uns das jetzt?«

»Erst mal nichts, aber wir müssen versuchen, den Mordzeitpunkt einzugrenzen.«

Aydan verzog gequält das Gesicht.

»Na gut, Mädels, holen wir uns ein Stück Kuchen?«, versuchte Tina sie abzulenken.

»Aber hallo! Mir läuft von dem Anblick schon die ganze Zeit

das Wasser im Mund zusammen, aber wir wollten auf dich warten«, erwiderte Sanne und ging den beiden anderen Frauen voraus in Richtung des Kuchenstandes.

Zwei Stücke Kuchen und eine Tasse Kaffee später verabschiedeten sich Tina und Sanne von Aydan und machten sich auf den Rückweg zu ihrem Auto.

»Warte mal kurz!« Sanne lief noch einmal zum Getränkestand, wo sie sich einen Glühwein ausschenken ließ.

»Ich bin irgendwie immer noch total durchgefroren, der Kaffee allein hat da nichts gebracht.«

Sie nahm einen kleinen Schluck von dem würzigen Wein und hustete, während ihr die Tränen in die Augen stiegen.

»Oha, da wurde mit dem Schuss aber nicht gespart. Das ist ja fast Rum pur.«

»Na denn, Prost! Hauptsache, du torkelst nicht gleich über die Landstraße und singst unanständige Lieder«, erwiderte Tina und lachte.

»Ich sing immer nur anständige Lieder. Nee, ich trink mir Mut an und geh dann gleich bei Toni und Felix vorbei.«

»Soll ich dich hinbringen? Ich kann im Auto auf dich warten.«

»Gute Idee! Die hätte von mir sein können.«

Kapitel 22

Tina saß in ihrem Auto und blickte aus dem Fenster. Der Regen hatte wieder eingesetzt, und die Scheiben waren von innen beschlagen. Sie zog den Ärmel ihres Sweatshirts über ihre Hand, sodass sie sich mit dem Stoff ein Sichtfenster freiwischen konnte, und schaute auf die Uhr. Sanne war jetzt schon eine halbe Stunde bei Anton und Felix, und so langsam wurde Tina ungeduldig. Außerdem wurde es kühl im Wagen, und ihre feuchte Jeans trug nicht dazu bei, dass ihr wärmer wurde. Endlich öffnete sich die Haustür, und Sanne trat heraus. Sie winkte Anton zu, der in der Tür stehen geblieben war, und kam schnell zum Auto. Sie riss die Tür auf und ließ sich auf den Beifahrersitz fallen.

»Das hat aber gedauert. Ich bin hier fast abgestorben vor Kälte!« Tina ließ den Motor an.

»Felix hat mir einen total leckeren Cappuccino gemacht, und sie hatten den Kamin an, das war voll gemütlich«, erwiderte Sanne unbekümmert.

»Schön für dich!«, sagte Tina säuerlich. »Hast du wenigstens was herausgefunden?«

Tina drehte die Lüftung voll auf und fuhr los.

»War gar nicht so schwer, auf das Thema Schlüssel zu kommen. Die beiden waren immer noch völlig fertig, dass du und Caro in ihrem Kühlraum fast gestorben seid, deshalb fanden sie es nicht merkwürdig, als ich nach dem Schlüssel gefragt hab. Das hatte die Polizei wohl auch schon gemacht.«

»Und?«, fragte Tina, als Sanne nicht weiterredete.

»Also, es gibt mehrere Schlüssel. Die Sekretärin hat einen,

Toni und Felix natürlich und der eine Angestellte, Herr Meier heißt der. Oder war es Müller?«

»Sanne!«

»Moment, ich überlege ja schon. Nee, Mester heißt der.«

»Sicher?«

»Hundertpro. Mester, jepp.«

Sanne fuhr sich mit der Hand durch die Haare. Durch den Regen hatten sich ihre hochgegelten Stacheln in eine verklebte Masse verwandelt, und sie guckte angewidert auf ihre Hand, an der nasses Haargel kleben geblieben war.

»Igitt!« Sie wischte sich die Hand an ihrer Hose ab und sah Tina an.

»Und das war's?«, fragte diese.

»Ja. Obwohl Toni noch was sagen wollte, aber da hat Felix ihm aus Versehen seinen Espresso auf die Hose gekippt.«

»Meinst du, er wollte noch von einem weiteren Schlüssel erzählen?«

»Keine Ahnung. Toni war auf jeden Fall ziemlich sauer. Er hat Felix angebrüllt, dass das seine Lieblingshose war und dass die jetzt ruiniert wär und so. Und Felix hat voll zurückgebrüllt, so kenne ich die beiden gar nicht. Bevor das noch weiter eskaliert ist, hab ich mich lieber vom Acker gemacht. Deshalb konnte ich auch nicht mehr nach Rolf fragen.«

»Schade, das wäre echt wichtig gewesen.«

»Du warst nicht dabei, die sind echt heftig aufeinander losgegangen. Also, die haben sich nicht gekloppt oder so, aber so laut, wie die sich angeschrien haben, hättest du das eigentlich sogar hier draußen hören müssen.«

Tina bog nach Appelwarder ab und hielt vor Sannes Haus.

»Bis morgen! Wärm dich auf.«

»Ich geh jetzt in die Wanne. Solltest du auch machen.«

In Gedanken versunken fuhr Tina nach Hause. Was hatte Anton noch sagen wollen, bevor Felix ihm – absichtlich oder unabsichtlich? – den Espresso auf die Hose gekippt hatte? Gab es noch einen weiteren Schlüssel?

Als Tina nach Hause kam, heizte sie den Ofen an und setzte Teewasser auf, bevor sie unter die Dusche ging und so lange duschte, bis die Kälte aus ihren Knochen vertrieben war. Das Warten im kalten Auto hatte sie doch mehr ausgekühlt, als sie gedacht hatte. Wenig später saß sie mit einem grünen Tee und ein paar Chocolate-Chip-Cookies auf ihrem Sofa, ihr Handy in der Hand. Sie öffnete ihre Suchmaschine und rief die Seite der Telefonauskunft auf. Im Kreis Plön gab es drei Walter Schmidts, einen in Mönkeberg, einen in Salzau in der Nähe des Selenter Sees und einen in Tresdorf. Tresdorf war der Nachbarort von Lebrade, und so versuchte Tina als Erstes diesen Walter Schmidt zu erreichen. Es klingelte eine halbe Ewigkeit, in der Tina hoffte, dass wenigstens ein Anrufbeantworter anspringen würde, doch sie hatte kein Glück.

Walter Schmidt in Salzau freute sich sehr über ihren Anruf. »Mich ruft ja so selten jemand an. Das ist das Problem, wenn man so alt wird wie ich. Fast alle meine Freunde sind schon gestorben, und meine Tochter lebt jetzt in London, die hat kaum Zeit wegen ihrer Arbeit und den beiden Kindern.«

Leider kannte er Merle nicht und war das letzte Mal vor vier oder fünf Jahren in Lebrade gewesen. Blieb nur noch Walter Schmidt in Mönkeberg, doch Mönkeberg lag in der Nähe von Kiel, und Tina hatte keine große Hoffnung, dass dieser Walter Schmidt sich in Lebrade herumtrieb. So war es auch; der äußerst unfreundliche Mann blaffte sie an, dass er keine Ahnung habe, wovon sie sprechen würde, und im Übrigen solle sie es unterlassen, einen Mann im Rollstuhl zu belästigen. Na gut, dann würde sie morgen noch einmal versuchen, den Walter Schmidt aus Tresdorf zu erreichen.

Tina nahm den Zettel zur Hand, den sie zum Trocknen auf

die Heizung gelegt hatte. Er hatte sich gewellt, doch zum Glück war die Zeichnung noch gut zu sehen. Drei Vierecke und die Buchstaben L und P. Tina grübelte eine Weile, doch sie hatte keine Ahnung, was das bedeuten sollte. Schließlich zückte sie ihr Handy, machte ein Foto von der Zeichnung und schickte es an Onkel Lorenz mit der Bitte um eine zündende Idee.

Zwei Minuten später rief ihr Onkel zurück.

»Onkel Lorenz! Wie geht es dir?«

»Fit wie ein Turnschuh, meine Liebe. Von dir hört man ja auch so einiges. Ich dachte, du würdest dich mal melden und erzählen, wie es dir geht. Christa hat mir berichtet, dass du in einem Kühlraum eingeschlossen warst. Bist du wieder aufgetaut?«

Hinter seinem humorvollen Tonfall konnte Tina die Sorge um sie hören.

»Schon längst. Ich habe mir eine Runde Frostschutzmittel gespritzt, danach ging es ganz schnell.«

Ihr Onkel lachte, wurde aber schnell wieder ernst. »Was genau ist eigentlich passiert? Und ich möchte bitte die lange Version, nicht die Schonvariante, die du deinen Eltern aufgetischt hast.«

Tina bekam sofort ein schlechtes Gewissen. Natürlich hatte ihre Mutter mit Onkel Lorenz gesprochen, und natürlich machte er sich Sorgen. Sie hatte gesehen, dass er am Freitag versucht hatte, sie zu erreichen, doch sie hatte vergessen zurückzurufen. Und auf seine besorgte WhatsApp hatte sie nur »Mir geht's gut, ich melde mich später« geschrieben und dann nicht mehr daran gedacht, sich bei ihm zu melden.

»Tut mir leid! Ich hatte so viel auf dem Zettel, ich habe völlig vergessen, dich anzurufen«, erwiderte Tina und brachte ihren Onkel auf den neuesten Stand.

»Und du meinst, dass da vielleicht ein weiterer Schlüssel im Spiel ist?«

»Könnte ich mir gut vorstellen. Es wurden keine Einbruchspuren an der Tür zum Betrieb gefunden. Es könnte natürlich auch sein, dass Anton oder Felix ihren Schlüssel verliehen haben.«

Einen Moment blieb es still in der Leitung.

»Onkel Lorenz? Bist du noch dran?«

»Dir ist schon klar, dass sie, egal ob sie den Schlüssel verliehen haben oder ob sie Sanne nicht gesagt haben, wer noch einen hatte, wissen müssen, wer der Angreifer war, oder? Und mehr noch, sie decken ihn, denn ich könnte mir vorstellen, dass sie der Polizei auch nicht alles erzählt haben.«

Tina war wie vor den Kopf gestoßen. So hatte sie die Sache noch gar nicht gesehen. »Aber wer könnte das sein?«

»Vielleicht ist es ja dieser Rolf Anders. Sie kennen ihn auf alle Fälle, wenn er sie beliefert. Vielleicht sind sie sogar befreundet.«

»Er schien von Merles Tod sehr mitgenommen zu sein, als ich ihn in seinem Laden getroffen habe, aber das kann er auch nur gespielt haben. Die Frage ist, ob er für den Mord an Merle ein Alibi hat. Er hätte es auf jeden Fall schaffen können, Caro und mich in den Tiefkühler zu schleifen, denn er hat das Orga-Treffen vor mir verlassen.«

»Wissen wir denn, wann genau Merle ermordet wurde?«

»Warte, ich habe ein Zeitdiagramm gemacht.«

Tina wühlte nach dem Block und fand ihn unter der Fernsehzeitung vom letzten Monat.

»Da hab ich's. Also, am 17. September hatte Rolf einen Streit mit Merle, am 18. um kurz nach zwölf hat Merle Aydan geschrieben, dass sie einer großen Sache auf der Spur ist, und am 19. soll sie angeblich über Bord der Fähre gegangen sein.«

»Wir müssen schnellstmöglich rausfinden, wann genau die Fähre abgefahren ist. Ich meine aber, dass die Schwedenfähren am frühen Abend so gegen sechs losfahren. Wir haben also ein Zeitfenster von dreißig Stunden für den Mordzeitpunkt. Das ist verdammt lang.«

»Und ohne Leiche werden wir das wohl nicht genauer bestimmen können, es sei denn, wir finden jemanden, der Merle nach zwölf Uhr oder vielleicht sogar am 19. gesehen hat.«

»Wenn sie wirklich im Cutter zerstückelt wurde, ist nichts übrig geblieben, was uns weiterbringen könnte. Falls sie doch über Bord gegangen ist, und man ihre Leiche finden würde, könnte man nach Spuren eines Kampfes suchen, denn sie könnte theoretisch auch über die Reling gestoßen worden sein. Aber je länger eine Leiche im Wasser liegt, umso weniger kann man feststellen. Teilweise werden sie auch von Fischen angefres…«

»Ürg, genauer brauche ich es nicht, danke.«

Tinas Onkel lachte. »Ich wusste gar nicht, dass du so empfindlich bist, meine Liebe.«

»Wir reden hier über jemanden, den ich kannte. Das ist schon was anderes.«

Schlagartig wurde er wieder ernst. »Du hast recht. Ich glaube allerdings, dass wir die Theorie mit der Wasserleiche vernachlässigen können. Ich glaube Merles Eltern, dass sie nicht an Bord einer Fähre gegangen wäre.«

»Und vergiss den Knochen nicht.«

»Von dem wir aber nicht wissen, ob er wirklich von Merle stammt.«

»Hm.« Tina nahm sich einen Keks und knabberte daran herum. »Ich glaube aber schon, dass es ihr Knochen war.«

»Es ist nicht ganz unwahrscheinlich. Gut, wie gehen wir jetzt vor?« Der Stimme ihres Onkels konnte Tina anhören, dass er vor Tatendrang platzte, und sie musste grinsen.

»Ich versuche morgen noch mal, den letzten Walter Schmidt zu erreichen. Außerdem muss ich nach Kiel, um meine offizielle Aussage zu machen.«

»Wann bist du da? Wollen wir zusammen einen Happen essen? Und ich denke bis dahin nach, was die Zeichnung bedeuten könnte.«

Das Angebot klang verlockend.

»Ich wollte auch noch kurz bei Caro vorbeischauen. Ich weiß nicht, ob ich so viel Zeit habe.«

»Dann gehen wir auf ein paar Fish and Chips zur Fischerbude. Das geht schnell, und du musst ja sowieso irgendwas essen.«

Tina lief bei dem Gedanken an die besten Pommes von Kiel und an den äußerst leckeren Backfisch von der Fischerbude, die direkt an der Kieler Förde lag, das Wasser im Mund zusammen.

»Ich melde mich, wenn ich bei der Kripo fertig bin. Ich hoffe, es dauert nicht so lange.«

»Allerbestens. Übrigens, kennst du den? Zwei Ärzte treffen sich um Mitternacht auf einem Friedhof. Sagt der eine zum anderen: ›Na, machen Sie auch Inventur?‹«

Onkel Lorenz lachte, und Tina fiel mit ihrer röhrenden Lache ein. Ihr Onkel hatte ein tiefes, dröhnendes Lachen, sympathisch und äußerst ansteckend. Eigentlich war der Arztwitz gar nicht so komisch, aber Tina lachte trotzdem, bis ihr die Tränen kamen.

Als die beiden sich beruhigt hatten, beendete Tina das Gespräch und legte ihr Handy auf den Tisch. Im selben Moment vibrierte es und zeigte an, dass sie eine neue Nachricht bekommen hatte. Jan schrieb ihr, dass er es leider nicht schaffen würde, noch zu kommen. Außerdem hatte er ihr die Kontaktdaten seiner Kollegin Stefanie Brauer geschickt. Sie schickte das Emoji mit den heruntergezogenen Mundwinkeln und schrieb ihm zurück, dass er ihr fehlen würde. Außerdem drei Herzen und das Emoji mit dem Kussmund. Sie musste an Jans Bezeichnung für Sanne denken und fügte grinsend noch drei weitere Herzen und vier Kussmund-Emojis hinzu.

Als sie das Handy zurück auf den Tisch legte, fiel ihr Blick auf die Zeichnung. Sie hatte immer noch keine Idee, um was es sich dabei handeln könnte. Drei Vierecke, eins davon rot umrahmt. Anscheinend war es irgendwie markiert, aber wieso?

Kapitel 23

Die Vormittagssprechstunde war erfreulicherweise gut besucht, und das Entfernen des Zahnsteins samt Ziehen dreier Zähne von Aydans Katze Dilara verlief reibungslos. Um kurz vor zwölf hatten sie alle Patienten behandelt, sodass Tina und Sanne pünktlich Feierabend machen konnten.

»Ich rase gleich mal nach Kiel und mache meine Aussage, dann fahre ich noch bei Caro vorbei. Hoffentlich habe ich genug Zeit, um mit Onkel Lorenz noch zur Fischerbude zu gehen.«

»Oh, lecker! Ich nehm da immer Fish and Chips mit Knobi-Soße«, sagte Sanne.

»Die haben einfach die besten Fish and Chips jenseits von England.« Tina fuhr den Computer herunter und schaltete den Anrufbeantworter ein. »Ich würde dir ja was mitbringen, aber das Zeug ist kalt, bis ich wieder hier bin.«

»Meine Mutter kocht heute Broccolisuppe«, sagte Sanne und seufzte.

»Ist auch lecker. Und so gesund.«

Tina grinste, und Sanne schlug ihr leicht auf den Arm. »Du bist blöd. Die Jungs mögen sie auch nicht, ich weiß nicht, warum meine Mutter sie immer wieder macht.«

»Hab ich doch schon gesagt. Ist gesund, viel Vitamin C und andere gute Sachen.«

»Dann iss du sie doch. Ich nehme dann deine Fish and Chips.«

Tina trat auf die Lange Straße und blickte zum Himmel. Hellgraue Wolken trieben träge über die Stadt, doch zum Glück regnete es nicht. Sie wandte sich nach links und ging zu der schmalen Gasse, die auf den großen Parkplatz an der Stadtgrabenstraße führte.

»Tina! Tina, warte doch mal!«

Sie drehte sich um.

»Krischan! Wie geht's, was macht der Wahlkampf?«

»Kann nicht klagen, danke der Nachfrage.« Krischan kam auf sie zu und sah sie ernst an.

»Man hört ja schreckliche Dinge. Ist es wahr, dass du in einem Kühlraum eingesperrt warst und fast gestorben wärst?«

Na toll, die Plöner Gerüchteküche war mal wieder kurz vorm Überkochen.

»Ich habe es überlebt. Und Caro auch.«

»Geht es ihr besser? Sie soll ja auf der Intensivstation sein.«

»Nicht mehr, ich will gleich mal bei ihr vorbeifahren. Ich muss mich auch ein bisschen beeilen, zur Kripo in Kiel muss ich auch noch und meine Aussage machen.«

»Hast du den Angreifer eigentlich erkannt?«, fragte Krischan.

»Leider nicht. Es war dunkel, und er kam von hinten, keine Chance also.«

»Und Caro?«

»Bei ihr war es genauso. Sie hat nichts gesehen.«

»Was habt ihr eigentlich da gemacht?« Krischan ging neben Tina her durch die Bäckertwiete.

»Ich weiß nicht genau, was Caro da wollte«, log Tina. Sie vertraute Krischan, aber die Details ihres Falles gingen ihn nichts an.

»Und was hast *du* da gemacht? Mensch, das war ganz schön leichtsinnig von euch. Ihr hättet sterben können!«

Krischan blickte Tina aus seinen blaugrauen Augen an. Er schien sich ernsthafte Sorgen um sie zu machen. Sie lächelte ihn an.

»Es ist ja alles gut gegangen, dank Swatt.«

»Was hat der damit zu tun?«

Während sie zu Tinas Auto gingen, erzählte Tina, wie Swatt gebellt hatte und so den Nachbarn aufmerksam gemacht hatte.

»Und dann hat die Polizei den Hubwagen, der die Tür blockiert hat, weggeschoben und uns rausgeholt«, schloss sie ihren Bericht.

»Aber wer wollte euch umbringen? Und warum?«

Tina zögerte, aber vielleicht kannte Krischan Rolf Anders und konnte ihr etwas über ihn erzählen.

»Kennst du Rolf Anders?«

Krischan überlegte. »Das ist doch der, der den Grebiner Wein macht. Er züchtet Angler Sattelschweine und Belted Galloways. Er ist auch im Biolandverbund. Warum sollte der euch umbringen wollen?«

»Es ist ja nur eine Idee. Er war mit Merle zusammen und hat sich mit ihr gestritten, bevor sie verschwunden ist.«

Krischan sah verwirrt aus, und Tina verfluchte sich, dass sie so viel erzählt hatte. Aber Krischan gab einem das Gefühl, dass man der wichtigste Mensch der Welt war und dass man ihm alles erzählen konnte. Deswegen war er wahrscheinlich auch so ein charismatischer Politiker.

»Wer zum Teufel ist Merle?«, fragte er.

Tina erzählte Krischan in groben Zügen, was sie bisher herausgefunden hatte. Den Zettel mit den Vierecken und den Namen Walter Schmidt ließ sie aber weg, warum, wusste sie selbst nicht so genau.

»Das ist ja unglaublich! Und du denkst, dass derjenige, der Merle hat verschwinden lassen, jetzt euch umbringen wollte?«

»Der Verdacht drängt sich auf, ja.«

»Und was sagt die Polizei dazu?«

»Die haben Merles Verschwinden als Unglücksfall abgehakt.«

»Und du glaubst das nicht, weil …?«

»Merle hatte Thalassophobie, also panische Angst vor dem Meer. Sie wäre nie auf eine Fähre gestiegen.«

Krischans Pupillen weiteten sich kurz.

»Wenn es so ist, wie du sagst, hat der Mörder einen Fehler gemacht.«

»Genau.«

»*Falls* sie ermordet wurde«, sagte Krischan.

»Ich werde das Gefühl nicht los, dass ihr etwas zugestoßen ist, und das hat nichts mit der Fähre zu tun. Und ich werde rausfinden, was.«

Krischan sah Tina nachdenklich an, sagte aber nichts.

Sie waren bei Tinas Pick-up angekommen, und Tina ließ die Hunde hineinspringen.

»Rolf Anders«, sagte Krischan nachdenklich. »Hatte der nicht mal Ärger mit der Polizei? Irgendwas war da mit seiner Ex-Freundin. Ich glaube, sie hatte ein Näherungsverbot erwirkt, weil er sie nicht in Ruhe lassen wollte. Könnte sein, dass er sie geschlagen hat, aber da bin ich nicht ganz sicher.«

»Was? Na, das ist ja ein Hammer!«

»Ist schon Jahre her, wahrscheinlich sollte man da nichts drauf geben.«

»Es würde sich aber lohnen, das mal nachzuprüfen.«

Krischan blickte Tina an. »Warum interessiert dich das eigentlich alles? Ich dachte, du bist Tierärztin und keine Polizistin.«

»Ich bin von Natur aus ein neugieriger Mensch. Und ich glaube, dass die Polizei einen Fehler gemacht hat, den Tod von Merle so schnell zu den Akten zu legen.«

Krischan legte seine Hand auf die von Tina, und sie spürte ein Prickeln, das ihr den Arm hinauflief. Die Anziehungskraft zwischen ihnen konnte man fast mit Händen greifen; es hätte Tina nicht gewundert, wenn Funken gesprüht hätten.

Krischan sah ihr tief in die Augen. »Pass bloß gut auf dich auf, Tina. Wenn du recht hast, läuft in unserem schönen Plön ein Mörder frei herum.«

Kapitel 24

Leider dauerte es bei der Kripo länger, als Tina gedacht hatte. Der einzige Lichtblick war, dass sie Jan kurz sah und dass sie eine schnelle Tasse leider recht widerlich schmeckenden Kaffee miteinander trinken konnten. Als sie das Präsidium verließ, rief sie ihren Onkel an und sagte ihm, dass sie in zehn Minuten bei der Fischerbude sein konnte. Sie kam vor ihm an und bestellte zwei Mal Fish and Chips, ein großes Wasser für sich und für ihren Onkel eine Johannisbeerschorle. Er kam gleichzeitig mit dem Essen, und sie suchten sich eine freie Bank mit Blick auf die Förde und begannen zu essen. Swatt sprang an der Leine hoch, als eine Möwe auf sie herabstieß. Laut kreischend zog sie wieder nach oben.

»Das könnte dir so passen, uns unser Essen zu klauen!«, rief Onkel Lorenz. »Nicht mit uns, wir haben unsere mobile Möwenabwehr dabei!«

»Weißt du noch, damals, als die Möwe mir mein Eis aus der Hand gerissen hat und es dann fallen ließ?«, fragte Tina und schob sich genüsslich eine Pommes in den Mund.

»Du hast halb Kiel zusammengebrüllt.« Ihr Onkel grinste. »Du hast erst aufgehört, als ich dir ein neues Eis gekauft habe.«

»Es hatte sogar eine Kugel mehr, Schokolade, glaube ich.«

»Die Möwe hatte trotzdem Pech, weil dieser kleine schwarz-weiße Hund dein runtergefallenes Eis aufgefressen hat.«

»Wenigstens einer, der sich gefreut hat.«

Onkel Lorenz schob sich ein Stück Fisch in den Mund und kaute.

»Haft du waf Neues raufgefunden?«, fragte er undeutlich und schob eine Pommes nach.

»Dieser Rolf Anders hatte schon mal Ärger mit der Polizei. Seine Ex-Freundin hat ihm ein Näherungsverbot auferlegen lassen. Eventuell hatte er sie geschlagen, aber da war sich Krischan nicht sicher.«

»Wer ist Krischan?«

»Krischan Klammroth. Ich habe ihn heute Morgen zufällig getroffen.«

»Dieser Grünenpolitiker? Woher kennst du den denn?«

Tina klärte Lorenz über ihre Bekanntschaft mit Krischan auf.

»Sag mal, kannst du nicht irgendwie an die Akten von Rolf kommen?«

Ihr Onkel kaute gründlich, während er überlegte.

»Brigitte arbeitet im Präsidium als Sekretärin. Wir hatten mal ein Date, aber es hat nicht gefunkt. Ab und zu trinken wir aber mal einen Kaffee zusammen. Ich könnte sie fragen, ob sie für uns in ihren Computer gucken kann.«

»Das wäre super. Wenn es stimmt, was Krischan gesagt hat, ist Rolf früher schon mal gewalttätig gegenüber Frauen geworden. Vielleicht hat er Merle geschlagen, und die ganze Sache ist aus dem Ruder gelaufen.«

»Oder sie ist während der Auseinandersetzung gestürzt und irgendwo gegengeknallt, zum Beispiel gegen eine Tischkante. Sie stirbt, er gerät in Panik und beseitigt sie.«

»Oder es war Absicht, weil sie irgendwas rausgefunden hat, was ihn ruiniert hätte. Denk dran, dass Merle Aydan geschrieben hat, sie wäre einer großen Sache auf der Spur.«

»Hast du eine Idee, was das sein könnte?«

»Vielleicht irgendwas mit gepanschtem Wein. Er stellt den Grebiner Wein her.«

»Ein feiner Tropfen. Ich habe noch ein paar Flaschen von dem Weißen im Keller.«

»Sammelst du jetzt auch noch Wein?«

»Nein, der Wein ist zum Trinken. Ich bleibe bei Whisky. Habe ich dir erzählt, dass mein Macallan von 1991 jetzt schon fast tausendsiebenhundert Euro wert ist?«

»Was? Wer kauft denn so teuren Whisky?«

»Andere Sammler zum Beispiel. Übrigens, zu der Zeichnung ist mir leider nichts eingefallen. Sie sieht für mich einfach wie irgendein Gekrakel aus.«

Tina seufzte. »Finde ich auch.«

»Vielleicht fällt uns doch noch etwas ein.«

»Hoffentlich. Ich glaube nämlich, das Bild ist wichtig.« Tina aß die letzte Pommes und blickte auf die Uhr.

»Ach du Schande, schon so spät. Ich muss los!«

Sie zerknüllte das Papier, in dem das Essen eingepackt gewesen war, und warf es in den Mülleimer neben der Bank. Dann gab sie ihrem Onkel einen Kuss auf die Wange und ging im Laufschritt zu ihrem Wagen, den sie verbotenerweise halb auf einer Ausfahrt geparkt hatte. Hoffentlich war er nicht abgeschleppt worden.

Der Wagen stand noch da, allerdings klemmte ein Knöllchen unter dem Scheibenwischer.

»Mist!« Tina zerknüllte das Knöllchen zu einem Ball und warf es auf die Mittelkonsole. Swatt sprang hinterher, nahm es ins Maul und kaute darauf herum.

»Swatt, aus!«

Swatt spuckte das durchgesabberte Papier in den Fußraum und sah Tina schwanzwedelnd an.

»Guter Junge, das hast du fein gemacht.«

Sie ließ auch Daisy einsteigen, klemmte sich hinter das Lenkrad und fuhr los. Es war schon Viertel vor drei, als sie in Caros Krankenzimmer hetzte.

Caro stand neben ihrem Bett, eine gepackte Reisetasche zu ihren Füßen. Als sie Tina sah, fiel sie ihr um den Hals.

»Tina! Du hast mich gerade noch erwischt, mein Vater holt mich gleich ab.«

»Caro, schön, dass es dir besser geht.«

Caro rückte wieder ein Stück von Tina ab und sah sie an.

»Bitte kein Wort von Merle und dem Informanten an meinen Vater! Meine Eltern rasten aus, wenn sie hören, dass ich so dämlich war.«

Caro traten die Tränen in die Augen, und Tina nahm sie in den Arm. »Ist bei meinen Eltern genauso, denen hab ich auch nicht alles erzählt.«

Caro lächelte Tina dankbar an.

»Wirst du eigentlich psychologisch betreut?«, fragte Tina.

»Nee, wieso das denn?«

»Du wärst fast gestorben. Da kann man ein bisschen Hilfe beim Verarbeiten schon gebrauchen.«

»Alles gut«, sagte Caro. Dann brach sie in Tränen aus. Tina hielt sie, bis sie sich wieder gefangen hatte.

»Wahrscheinlich hast du recht. Ich bin dauernd am Heulen, so kenne ich mich gar nicht.« Caro wischte sich die Tränen ab und schnupfte kräftig aus.

»Das wird schon wieder, es braucht nur etwas Zeit.«

Caro nickte und rang sich ein Lächeln ab.

»Hast du noch mal darüber nachgedacht, ob es Rolf war, der sich als Informant ausgegeben hat?«

»Ich denke fast an nichts anderes mehr. Ich bin mir nicht sicher, aber ich glaube, er war's nicht.«

Um eine Minute vor halb vier riss Tina die Tür zum Wartezimmer auf und stürmte hinein. Es war noch niemand da, sodass sie Sanne noch von ihrer Mittagspause berichten konnte, nachdem sie sich umgezogen hatte.

»Dieser Rolf wird immer suspekter. Ich glaube, wir haben den Fall gelöst«, sagte Sanne.

»Auf jeden Fall hat er den Spitzenplatz auf der Verdächtigenliste.«

Da noch niemand im Wartezimmer saß, versuchte Tina erneut, den letzten Walter Schmidt zu erreichen. Sie hatte es bereits mehrmals am Vormittag versucht, aber kein Glück gehabt. Es klingelte wieder eine halbe Ewigkeit, und sie wollte schon auflegen, als das Gespräch doch noch angenommen wurde.

»Schmidt«, sagte eine tiefe Stimme, die nach zwei Schachteln Zigaretten pro Tag klang.

»Moin, Herr Schmidt, mein Name ist Deerten. Ich bin auf der Suche nach einem Walter Schmidt, der eventuell mit meiner Freundin Merle gesprochen hat.«

»Kenn' ich nicht.«

»Sie hat rote Locken und spricht mit bairischem Dialekt.«

»Jo. Die hebb ick sehn.«

Tina sah Sanne an und hob den Daumen.

»Wissen Sie noch, wann das war?«

Es blieb kurz still. »Nee.«

Tina rollte mit den Augen. Ein Mann weniger Worte.

»Ich würde Ihnen gern etwas zeigen, was Merle verloren hat und mit dem ich nichts anfangen kann. Darf ich mal bei Ihnen vorbeikommen?«

Es blieb still, und Tina wartete.

»Hallo? Herr Schmidt, sind Sie noch dran?«

»Jo.«

»Und, wann würde es Ihnen passen?«

Stille. Tina zählte in Gedanken bis zehn, dann bis zwanzig. Gerade als sie Luft holte, um etwas zu sagen, kam die Stimme von Walter Schmidt aus dem Hörer.

»Morgen. Um eins.«

»Prima, morgen Mittag um eins. Ich werde da sein. Wo wohnen Sie denn?«

»In Tresdorf. De Straat heißt ook Tresdorf, dat letzte Huus is min.«

»Tresdorf, letztes Haus. Alles klar.«

Es klickte, und Tina hörte nur noch ein Rauschen in der Leitung.

»Was war das denn?«, fragte Sanne.

»Herr Schmidt glaubt anscheinend, auf jedes gesprochene Wort wären Steuern fällig.«

»Immerhin will er sich morgen mit uns treffen.«

»Du brauchst nicht mitzukommen, Sanne.«

»Na logisch komm ich mit. Wir sind die Tierischen Schnüffler, wir beide. Und die Hunde natürlich.«

Tina hob die Hände. »Okay, okay. Wir fahren zusammen. Was ist mit deinen Jungs?«

»Morgen holt meine Mutter sie aus der Kita. Sie will mit ihnen ins Schwimmbad.«

»Dann passt es ja.«

Dieser Walter Schmidt war ja wohl nicht gefährlich. Sie würde Sanne auf keinen Fall in Gefahr bringen. Aber wenn er so ein durchgeknallter Einsiedler war, der auf jeden schoss, der sein Grundstück betrat?

Deerten, krieg dich wieder ein! Du hast zu viele Krimis gelesen!

»Hoffentlich ist der Typ morgen gesprächiger«, sagte Sanne.

»Ich guck mal, wo genau der wohnt.« Tina rief Google Maps auf dem Computer auf und gab den Straßennamen ein.

»Ah, da ist es. Cool, der wohnt genau am Tresdorfer See.«

»Mach mal auf Satellit«, sagte Sanne, und Tina stellte die Karte auf Satellitenansicht um.

»Der wohnt da mitten zwischen Wiesen und Feldern am Arsch der Welt. Für mich wär das nichts.« Sanne holte einen Kaugummi aus ihrer Kitteltasche und steckte sich den Streifen in den Mund.

»Du willst wahrscheinlich keinen, oder?«

Tina schüttelte den Kopf. Sie blickte auf den Bildschirm.

»Was wäre, wenn ...«

Sie griff in ihre Jackentasche und holte den Zettel von Merle hervor. Sie legte ihn auf die Tastatur und starrte darauf.

»Was wäre was?«, fragte Sanne.

»Was wäre, wenn das eine Karte sein soll?«

Sanne blickte auf den Zettel und von dort auf den Bildschirm.

»Geile Idee! Dann wäre das Schmale in der Mitte eine Straße. Aber was sollen die Vierecke sein?«

Tina zeigte auf die Wiese neben dem Haus von Walter Schmidt.

»Das könnten Wiesen sein. Oder Felder.«

Sanne betrachtete den Zettel erneut.

»Hm. Wenn du meinst. Aber warum ist das eine Viereck rot umrandet?«

»Vielleicht geht es um das Feld oder die Wiese. Irgendwas ist damit.«

»Und das P und das L? Ah, ich hab's, Plön und Lütjenburg.«

»Stimmt, das kann sein. Sanne, du bist genial!«

Sanne hob die Hand zum High five, und Tina schlug breit grinsend ein.

»Jetzt müssen wir nur noch rausfinden, wo zwischen Plön und Lütjenburg das sein soll.«

Sannes breites Grinsen verschwand so schnell, als hätte Frau Breugel-Kronenberg sie in diesem Moment an die Tafel gerufen, um eine Funktionsgleichung auszurechnen.

Tina verschob die Karte auf dem Computer so, dass sie die Landstraße von Plön nach Lütjenburg zeigte.

»Die Gegend, in der Häuser direkt an der Straße stehen, schließen wir erst mal aus. Ich könnte mir vorstellen, dass Merle die Häuser mit eingezeichnet hätte.«

»Und die Stücke, wo es durch den Wald geht, werden es wohl auch nicht sein.«

Sanne zeigte auf die entsprechenden Stellen, und Tina nickte. »Es sei denn, es geht um illegales Abholzen, aber es dürfte unmöglich sein, das unbemerkt zu machen. Das wird es also wohl nicht sein.«

Da die Straße durch recht viel Waldgebiet führte, blieben nicht viele Orte übrig, an denen sie durch Wiesen und Felder führte. Tina versuchte, die Karte von Merle mit der Karte von Google Maps in Übereinstimmung zu bringen, doch es gelang ihr nicht. Entweder waren nur auf einer Seite der Straße Felder und auf der anderen Wald, oder die Form der Felder passte nicht.

»Mist. Es haut nicht hin«, sagte Sanne.

Die Türglocke läutete. Tina legte den Zettel in eine Schreibtischschublade und nickte Sanne zu. »Lass uns ein bisschen Geld verdienen, dann gucken wir noch mal.«

Kapitel 25

Das Wartezimmer hatte sich nach dem ersten Kunden rasch gefüllt, und Tina und Sanne hatten keine Zeit mehr gefunden, die Karte bei Google Maps mit der Karte von Merle zu vergleichen. Tina hatte beschlossen, zu Hause einen Blick darauf zu werfen.

Als sie gerade ihre Wachsjacke angezogen hatte und schon vor der Wartezimmertür stand, meldete ihr Handy eine WhatsApp. Eine Nachricht von Onkel Lorenz.

»Na, das ging ja schnell«, sagte Tina, als sie sah, dass es sich bei dem Anhang um die Akte von Rolf Anders handelte.

»Was ging schnell?« Sanne kam mit einer vollen Mülltüte aus dem Behandlungszimmer.

»Onkel Lorenz hat die Akte zu Rolfs Näherungsverbot aufgetrieben.«

»Cool!«

Tina hielt das Handy so, dass Sanne mitlesen konnte.

Meine liebe Tina!
Ich habe schon mal einen Blick in die Akte geworfen. Gegen diesen Anders ist tatsächlich ein Näherungsverbot bei seiner Ex-Freundin Katharina Mayerhöfer verhängt worden. Er hat die Trennung wohl nicht verkraftet und sie gestalkt. Einmal ist er durch die offene Terrassentür in ihre Wohnung gegangen und hat sie bedrängt, es noch einmal mit ihm zu versuchen. Sie hat die Polizei gerufen, danach hat er sie anscheinend in Ruhe gelassen. Das Ganze ist jetzt vier Jahre her.

Alles Liebe OL

»Dann kann es doch sein, dass Merle mit ihm Schluss machen wollte. Er ist ausgerastet und hat sie um die Ecke gebracht«, sagte Sanne.

»Kann gut sein. Wenn er die Tat aber im Affekt begangen hat, ist er ein schneller Denker und war hinterher ganz schön abgebrüht.«

»Wieso?«

»Na, er ist nicht hysterisch geworden und hat die Leiche auch nicht einfach irgendwo verscharrt. Stattdessen hat er die falsche Spur mit der Fähre gelegt und Merle im Cutter verschwinden lassen.«

»Stimmt. Ganz schön clever. Traust du ihm das zu?«

»Dumm ist er jedenfalls nicht. Aufbrausend auf jeden Fall, aber er kommt wohl auch recht schnell wieder runter. Ich könnte mir vorstellen, dass er sich einen Plan überlegt hat, wie er sie am besten verschwinden lässt. Was ich aber komisch finde, jetzt, wo ich so drüber nachdenke, ist, dass er nicht gewusst hat, dass Merle Angst vor dem Meer hatte. Wenn sie zusammen waren, müsste das Thema doch wohl mal zur Sprache gekommen sein.«

»Vor allem, weil hier das Meer so nah ist. In Bayern in den Bergen würde man wohl eher über Skifahren und Bergsteigen reden und nicht über die Ostsee.«

»Guter Punkt.«

Die beiden standen einen Moment lang nachdenklich im Wartezimmer.

»Ich lese mir die Akte später durch, aber ich könnte mir vorstellen, dass ich auch nicht mehr heraushole als Onkel Lorenz«, sagte Tina schließlich.

»Vielleicht können wir mit dieser … wie hieß die noch? Katharina irgendwas?«

»Mayerhöfer.«

»Genau, vielleicht können wir mit der mal reden.«

»Gute Idee. Sie wohnt irgendwo in Preetz. Ich rufe sie morgen mal an.«

»Wir sollten lieber bei ihr vorbeifahren, das ist besser als telefonieren.« Sanne sah auf die Uhr. »Oh Mann, gleich halb! Ich muss los, meine Mutter hat heute ihre Rückengymnastik, und die fängt um sieben an.«

»Das könnte knapp werden. Hau rein, sonst hängt der Haussegen schief, wenn sie zu spät kommt. Und dann gibt es die nächsten drei Wochen jeden Tag Broccolisuppe.«

Sanne verschwand in Richtung der Mülltonnen, und Tina ging die Lange Straße hinunter in Richtung des Parkplatzes. Swatt schnupperte ausgiebig an einer Hausecke, und Tina blieb stehen, um auf ihn zu warten. Eine junge, große und schlanke Frau, deren blonde Zöpfe unter einer dunkelroten Strickmütze hervorschauten, ging an Tina vorbei und lächelte ihr zu. Tina lächelte zurück. Irgendwie kam die Frau ihr bekannt vor, doch ihr fiel nicht ein, wo sie sie schon einmal gesehen hatte. War ja auch egal. Swatt hatte seine gründliche Inspektion der Hausecke beendet und hob das Bein sehr hoch, um seine Markierung über allen anderen anzubringen.

»Du bist der tollste Hecht südlich der Ostsee«, sagte Tina und grinste. Sie bog in die Bäckertwiete ab. Die junge Frau war bereits ein Stück vor ihr, als sie plötzlich stolperte und auf das Kopfsteinpflaster stürzte. Tina rannte los und kam bei der jungen Frau an, als diese sich mit schmerzverzerrtem Gesicht aufsetzte.

»Mein Knöchel! Scheiße, tut das weh!«

Tina hockte sich neben der Frau hin. Deren schwarze Jeans war zerrissen, wo sie auf dem Pflaster aufgeschlagen war, und sie hatte Abschürfungen an beiden Händen.

»Meinen Sie, Sie können aufstehen?«, fragte Tina.

»Ich versuche es.«

Tina fasste die Frau unter den Achseln, und unter weiteren

Schmerzensschreien schaffte es die Frau, sich aufzurichten, wobei sie sich schwer auf Tina stützte.

»Soll ich einen Krankenwagen rufen?«

»Nee, das geht schon.«

Die Frau machte einen Schritt und wäre fast wieder umgefallen, wenn Tina sie nicht gehalten hätte.

»Meine Praxis ist gleich hier um die Ecke. Ich könnte Ihnen ein Kühlspray draufsprühen und einen kleinen Stützverband machen. Doktor Förster hat jetzt sowieso keine Sprechstunde mehr.«

»Echt? Das wäre nett. Ich hasse Krankenhäuser, da wird man erst krank.«

»Kann ich nachvollziehen. Es wäre aber wichtig, dass Sie den Knöchel röntgen lassen, nur zur Sicherheit, dass nichts gebrochen ist.«

»Da geh ich morgen zum Orthopäden.«

»Gut. Kommen Sie, ich helfe Ihnen.«

Langsam, ganz langsam, schaffte es die junge Frau bis vor Tinas Praxistür.

»Tierarztpraxis? Sie sind Tierärztin?«

»Ja. Wollen Sie doch lieber ins Krankenhaus?«

Die junge Frau überlegte einen Moment. »Nee, das passt schon.«

Tina verfrachtete sie ins Behandlungszimmer und ließ sie auf dem Behandlungstisch Platz nehmen. Sie holte das Kühlspray aus dem Schrank, zog der Frau vorsichtig den Schuh aus und schob die Socke nach unten. Die junge Frau sog zischend die Luft ein.

»Geht's?«

Die Frau nickte mit zusammengebissenen Zähnen.

»Achtung, kalt!«

»Scheiße, das tut weh!«

»Wird gleich besser.« Tina begann, eine elastische Binde,

Klebeband und eine homöopathische Salbe für den Verband zusammenzusuchen.

»Es wird besser.« Die junge Frau klang überrascht.

»Das ist gut. Ich mache jetzt den Verband, dann sollten Sie etwas besser laufen können. Aber ich glaube nicht, dass Sie Auto fahren können. Kann jemand Sie abholen?«

»Meine Schwester müsste zu Hause sein.«

Während Tina geschickt den Verband anlegte, rief die junge Frau ihre Schwester an und berichtete von ihrem Unfall.

»Ich bin jetzt in der Tierarztpraxis in der Langen Straße schräg gegenüber von dem Italiener, bei dem wir Mamas Geburtstag gefeiert haben. Ja, du hast richtig gehört, bei der Tierärztin. Gut, bis gleich.« Mit diesen Worten beendete sie das Gespräch.

»Ich glaube, Anna hat gedacht, ich will sie verarschen.« Die junge Frau grinste. »Ich bin übrigens Lene.«

»Tina.«

»Warst du nicht am Samstag in unserem Laden?«

Ach, *daher* kam Tina die Frau bekannt vor. Sie war die Bedienung in Rolfs Laden!

»Stimmt. Ihr habt ja ein echt großes Sortiment.«

»Rolf – das ist mein Chef – sagt immer, wir haben genauso viel wie ein Supermarkt.«

»Könnte hinkommen. Echt beeindruckend. Ihr habt bestimmt irre viel zu tun, mit dem selbst gebackenen Brot und dem Kuchen. Und die Marmeladen waren auch alle selbst gemacht, stimmt's?«

»Ja, Rolf schuftet ganz schön.«

»Da kommt er wohl kaum mal raus, oder?«

»Ich glaube, er hat das letzte Mal Urlaub gemacht, bevor er den Hof auf Bio umgestellt hat. Aber letzten Monat war er in Bayern auf einer Fortbildung.«

»Bayern ist schön. Ich hab in München studiert.«

»Rolf war am Chiemsee, das hat ihm gut gefallen. Er war auf einer Tagung der Biolandweinbauern. Wusstest du, dass wir in Grebin auch Wein anbauen?«

»Mein Freund und ich haben am Samstag zwei Flaschen gekauft.«

Tinas Gedanken rasten. Sie musste unbedingt herausfinden, wann die Tagung gewesen war.

»Wann hat diese Tagung denn stattgefunden?«

»Wieso?« Lene runzelte die Stirn und sah plötzlich ein wenig misstrauisch aus. Tina überlegte schnell.

»Ich kenne aus dem Studium jemanden, dessen Vater macht auch Biolandweine. Vielleicht waren sie auf derselben Tagung.«

Lenes Stirn glättete sich. »Ich weiß nicht genau, irgendwann so Mitte September. Es gab dieses Jahr aber nur eine Tagung für Weinbauern, also schätze ich mal, dass sie auf derselben waren. Wie heißt der Vater von deinem Bekannten denn? Ich kann Rolf mal fragen, ob er ihn kennt.«

»Ach, ist auch nicht so wichtig. Fiel mir nur eben ein, weil mein Bekannter das gerade letztens erwähnt hatte.«

Lene bewegte ihren rechten Fuß und stöhnte. »Tut noch ganz schön weh.«

»Wenn das eine Bänderzerrung ist, kann das ein paar Wochen dauern, bis du wieder richtig fit bist.«

»Na super, Rolf wird im Dreieck springen. Meine eine Kollegin hat Urlaub, und bei der anderen sind die Kinder krank. Windpocken. Die kommt frühestens Mitte nächster Woche wieder.«

Die Türklingel unterbrach das Gespräch, und Tina ging zur Wartezimmertür, um sie zu öffnen. Die Frau, die davorstand, sah fast genauso aus wie Lene, nur dass sie die Haare kurz trug.

»Meine Zwillingsschwester Anna«, sagte Lene.

Anna nickte Tina kurz zu, dann stürzte sie auf Lene zu.

»Mensch, was machst du denn?«

»Ich bin umgeknickt und voll auf die Nase gefallen.«

»Du musst ins Krankenhaus! Wie kommst du darauf, dich von einer Tierärztin behandeln zu lassen!« Anna sprach das Wort »Tierärztin« aus wie eine ansteckende Krankheit ohne Heilungsaussicht. Na, vielen Dank, dachte Tina.

»Tina hat gesehen, wie ich gefallen bin, und hat mir geholfen. Sie wollte einen Krankenwagen holen, aber du kennst mich ja.«

»Ich kenne niemanden, der mehr Angst vor Krankenhäusern hat als du.«

»Ich gehe morgen zum Orthopäden, versprochen.«

»Oh ja, das wirst du mit Sicherheit! Weil ich dich höchstpersönlich dahin schleifen werde, Schwesterherz!«

Tina lächelte. Das war wahre Geschwisterliebe.

»Gut, ich humple dann mal los.« Lene ließ sich vorsichtig vom Behandlungstisch heruntergleiten.

»Soll ich dir noch helfen, zum Auto zu kommen?«, fragte Tina.

»Danke, das geht schon. Und vielen Dank für deine Hilfe. Wenn ich wieder laufen kann, lade ich dich mal auf einen Kaffee und ein Stück Kuchen ein.«

»Ich freu mich drauf. Gute Besserung.«

Als Lene und Anna die Praxis verlassen hatten, zückte Tina ihr Handy und gab »Tagung Bioland Chiemsee« in die Suchmaske bei Google ein. Es wurden keine Treffer angezeigt, aber eine Seite, auf der alle Tagungen von Bioland in diesem Jahr aufgeführt wurden. Mutterkuhtagung, Geflügeltagung, Fleischrindertagung, was es nicht alles gab. Tinas Blick fiel auf »Bundesweite Bioland Weinbautagung«, und sie klickte den Link an. Die Tagung hatte vom 18. bis zum 25. September in Prien am Chiemsee stattgefunden. Wenn Rolf tatsächlich dort gewesen war, hatte er ein hieb- und stichfestes Alibi! Sie schickte ihrem Onkel und Sanne eine Sprachnachricht, in der sie ihnen von den neuesten Erkenntnissen berichtete.

Sekunden später schickte Sanne drei Reihen des Emojis mit den aufgerissenen Augen und die Buchstaben WTF.

What the fuck, so konnte man es auch ausdrücken. Ihre heiße Spur war spontan eiskalt geworden. Da brauchten sie auch nicht mehr mit Katharina Mayerhöfer zu reden. Tina steckte das Handy weg und machte sich zum zweiten Mal an diesem Abend auf den Weg zu ihrem Auto.

Neben ihrem Wagen stand Krischan und sah ihr entgegen.

»Krischan! Was machst du denn hier?«

»Ich musste noch was in Plön erledigen, und da habe ich dein Auto gesehen. Ich wollte dich nicht in der Praxis stören, deshalb habe ich gedacht, ich warte hier auf dich.«

Er sah Tina an und lächelte. Dann trat er auf sie zu und strich ihr über die Wange. Die Berührung durchfuhr sie wie ein Stromschlag, und sie erwiderte Krischans Blick. Wieder war die Spannung zwischen ihnen fast mit Händen zu greifen, und Hitze stieg in Tina hoch. Swatt drängte sich bellend zwischen sie und Krischan. Der intensive Moment endete, und Tina trat einen Schritt zurück. Sie fuhr sich mit der Hand durch die Haare und versuchte, das starke Gefühl, das sie für Krischan empfand, abzuschütteln. Sie war glücklich mit Jan, verdammt noch mal!

»Hast du Zeit auf einen Kaffee?«, fragte Krischan mit seiner dunklen Stimme, die ihr einen Schauer über den Rücken sandte. Warum war ihr vorher noch nie aufgefallen, wie verführerisch seine Stimme klang? Sie hätte ihm stundenlang zuhören können.

Sie blickte auf die Uhr. Durch den Unfall von Lene hatte sie recht viel Zeit verloren, aber für einen schnellen Kaffee war noch Zeit. Jan wollte erst in einer halben Stunde bei ihr sein.

»Einen kleinen Augenblick habe ich noch«, sagte sie.

»Was möchtest du?«, fragte Krischan, als sie kurze Zeit später an der Theke beim Bäcker standen.

»Einen Cappuccino, bitte.«

»Einen Cappuccino und einen Espresso«, sagte Krischan zu der Bedienung.

»Wir schließen aber in zehn Minuten«, sagte die junge Frau, bevor sie sich abwandte und sich am Kaffeeautomaten zu schaffen machte.

»Macht vier fuffzig«, sagte sie und knallte die Tassen auf die Theke.

»Vielen Dank für Ihre Mühe.« Krischan zwinkerte Tina zu, was sie mit einem Grinsen beantwortete.

Krischan stellte die Tassen auf einen der Stehtische, und Tina trat neben ihn.

»Und, Frau Detektivin, haben Sie schon Fortschritte bei den Ermittlungen gemacht?«

Tina nahm einen Schluck von dem heißen Getränk und leckte sich den Schaum von den Lippen.

»Rolf Anders hat höchstwahrscheinlich ein Alibi. Er war zur vermutlichen Tatzeit auf einer Tagung am Chiemsee.«

Krischan zog eine Augenbraue hoch. »Sagt er das?«

»Nee, seine Angestellte. Ich werde morgen mal in dem Tagungshotel anrufen. Aber wie es aussieht, ist er aus dem Schneider.«

»Hm. Dabei hätte ich es ihm zugetraut, dass er ausrastet und seine Freundin umbringt.«

»Ich war mir auch recht sicher, dass er unser Mann ist.«

»Und nun?«

»Einen Hinweis habe ich noch, dem kann ich nachgehen, aber wenn sich der auch in Rauch auflöst, weiß ich es nicht. Vielleicht ist Merle doch auf die Fähre gestiegen und ertrunken.«

»Manchmal ist das Wahrscheinlichste auch das, was passiert ist.«

Tina trank noch einen Schluck von ihrem Cappuccino. »Manchmal passiert aber auch etwas Unwahrscheinliches.«

»Was hast du denn noch für einen Hinweis?«

»Entschuldigung, aber wir schließen jetzt«, sagte die Bedienung. Sie hatte einen Eimer mit Wischwasser und einen Mopp dabei und begann, um Tinas und Krischans Beine herumzuwischen.

»Wir sind schon weg.«

Krischan trank seinen Espresso in einem Zug aus, und Tina nahm noch einen letzten großen Schluck, bevor sie ihre Tasse auf der Theke abstellte.

»Schönen Feierabend!«

»Gleichfalls.«

Sobald Tina und Krischan die Bäckerei verlassen hatten, drehte die Bedienung den Schlüssel im Schloss und löschte einen Teil der Lichter.

»Die hat es aber sehr eilig«, sagte Tina.

»Wer weiß, was sie heute Abend noch vorhat.«

Krischan blieb stehen und zog Tina am Arm zu sich herum. Er roch schwach nach Zitrone mit einem Hauch von etwas Herbem, vielleicht Sandelholz. Er schaute ihr tief in die Augen, und sie bekam eine Gänsehaut. Der Blickkontakt wurde intensiver, und Tina beugte sich ein wenig vor, doch dann fuhr sie so schnell zurück, als hätte sie sich verbrannt.

Was machst du hier, Deerten? Bist du bekloppt?

»Ich muss los«, sagte sie hastig.

Einen Moment lang sah Krischan enttäuscht aus, doch er fing sich schnell wieder. »Ich muss auch weiter. War schön, dich zu sehen.«

Tina nickte nur, denn sie traute ihrer Stimme nicht so recht.

»Bis hoffentlich ganz bald.«

Krischan lächelte und winkte ihr zu. Tina sah ihm nach, als er die Lange Straße hinunterging und hinter der Kirche verschwand. Swatt stieß ihr mit der Nase gegen den Oberschenkel, und sie zuckte zusammen.

»Du hast recht, wir müssen dringend los«, sagte sie heiser, strich ihm und Daisy kurz übers Fell und ging mit schnellen Schritten zu ihrem Auto.

Was war das eben gewesen? Sie hätte Krischan beinahe geküsst! Was war bloß los mit ihr? Sie liebte doch Jan! Er war der Richtige, da war sie sich absolut sicher. Es konnte doch wohl nicht sein, zwei Männer gleichzeitig zu lieben, oder?

Im Gehen zog sie das Handy aus ihrer Jackentasche und scrollte durch ihre Kontakte. Als sie den richtigen gefunden hatte, drückte sie auf den grünen Hörer.

»Hallo Tina, wie geht's, wie steht's?«

»Mareike!«

Mareikes Tonfall wechselte von fröhlich zu besorgt.

»Tina, was ist los mit dir?«

»Du kennst mich einfach zu gut. Ich dachte, ich hätte ganz normal geklungen.«

»Du klingst, als hättest du gerade Besuch von der Addams Family gehabt. Was ist los?«

Tina war bei ihrem Pick-up angekommen und öffnete die Beifahrertür. »Moment, ich lasse kurz die Hunde ins Auto.«

Swatt sprang auf den Sitz, und Tina machte die hintere Tür auf, damit Daisy auf den Rücksitz springen konnte. Dann stieg sie selbst ein und verband ihr Telefon mit der Freisprechanlage, bevor sie den Motor startete.

»Ich hätte eben fast Krischan Klammroth geküsst.«

»Bitte was? Wieso das denn?«

»Wenn ich das bloß wüsste! Irgendetwas hat er an sich, was mich total anmacht. Ich verstehe es selbst nicht!«

»Bei dir und Jan ist aber alles in Ordnung, oder?«

»Das ist es ja! Ich bin total verliebt in Jan! Man kann doch nicht auf zwei Kerle gleichzeitig stehen, oder?«

»Es soll ja immer mal wieder Frauen geben, bei denen das der Fall ist. Aber bist du sicher, dass du wirklich in Krischan verliebt bist? Vielleicht ist da zwar eine sexuelle Anziehung, aber das hat ja nicht unbedingt was mit Liebe zu tun.«

Tina dachte darüber nach, während sie auf die B 76 einbog.

»Bist du noch dran?«, fragte Mareike.

»Ich denke gerade über das nach, was du gesagt hast. Es stimmt, dass ich Krischan anziehend finde. Aber du hast recht, Liebe ist das nicht.« Wieder machte Tina eine Pause. »Glaube ich zumindest.«

»Du und Jan, ihr passt doch so gut zusammen. Mach das nicht kaputt, nur weil Krischan jetzt auf einmal um die Ecke kommt. Was findest du eigentlich an dem?«

Tina musste lachen. »Klingt, als fändest du ihn nicht so prickelnd.«

Nun war es Mareike, die eine kurze Pause machte.

»Ich finde ihn recht charismatisch«, sagte sie schließlich langsam. »Aber ich glaube auch, dass er weiß, wie er seine Interessen durchsetzen kann. Bei ihm wäre ich nicht sicher, ob er nicht irgendwelche Hintergedanken hat.«

»Du meinst, er baggert mich nur an, weil er irgendwas anderes von mir will?« Tina war laut geworden. »Du glaubst also nicht, dass er mich einfach nur küssen wollte, weil er mich attraktiv findet? Na, vielen Dank auch!«

Der Wagen vor ihr bremste so abrupt, dass Tina fast auf ihn aufgefahren wäre.

»Scheiße!«

»Was ist los?«

»Alles gut, der Wagen vor mir hat nur plötzlich gebremst.«

»Ich glaube, er wäre blöd, wenn er dich nicht nur deswegen küssen wollte, weil du eine attraktive, witzige, engagierte und pfiffige Frau bist. Aber er ist Politiker mit Ambitionen nach oben. Ich sage nur, dass du vorsichtig sein und deine rosarote Brille mal kurzzeitig abnehmen solltest, wenn du ihn das nächste Mal triffst.«

Tina seufzte. »Okay, du hast recht«, sagte sie zögernd.

»Seit wann geht das denn eigentlich schon so?«

»Dass ich ihn heiß finde? Keine Ahnung. Wir haben uns in letzter Zeit öfter mal zufällig getroffen, und plötzlich hat es gefunkt.«

Tina überlegte, während sie an der roten Ampel an der MUS, der Marineunteroffizierschule, stand.

»Das erste Mal habe ich mit Krischan nach der Glyphosatdemo gesprochen, aber das war nur kurz, und da stand ich mit Merle und Caro zusammen. Und dann ...«

»Ja?«

»Ich glaube, das war irgendwann Anfang Oktober, als ich ihn zufällig vor der Praxis getroffen habe.«

»Und dann war er später noch bei Kai und hinterher bei dir.«

»Wie gut, dass ich dich habe. Da brauche ich gar keinen Terminkalender mehr«, sagte Tina und grinste.

»Dafür sind Freunde ja da.« Mareike lachte. »Aber mal ernsthaft, wenn ich das richtig sehe, hast du ihn erst öfter gesehen, nachdem du angefangen hast, wegen Merles Tod herumzuschnüffeln.«

»Quatsch! Du willst mir doch wohl nicht erzählen, dass Krischan Merle umgebracht hat?«

»Könnte doch sein.«

»Nee, meine Liebe, jetzt geht die Fantasie mit dir durch. Welches Motiv hätte er denn bitte haben sollen?«

»Was weiß ich. Vielleicht war sie seine Freundin, und er wollte sie loswerden.«

»Da gibt es aber immer noch die Methode, der Freundin zu sagen, dass es aus ist. Wenn jeder gleich seine Freundin umbringen würde, weil er sie loswerden will, gäbe es kaum noch Frauen auf der Welt. Außerdem war sie mit Rolf zusammen.«

»War ja nur meine erste Idee. Du bist doch von uns beiden die Detektivin, vielleicht fällt dir was ein.«

»Mareike, du bist auf dem Holzweg. Und nur weil er Politiker ist, muss er doch nicht bei allem, was er tut, einen Hintergedanken haben«, sagte Tina mit fester Stimme.

»Hast du ihm denn erzählt, was du rausgefunden hast?«

»Ja, schon. Aber nicht nur ihm. Es wissen ja auch andere, dass ich Miss Marple spiele.«

»Siehst du …«

Mareike machte eine bedeutungsvolle Pause.

»Du spinnst, ehrlich jetzt«, sagte Tina.

»Gut, wenn du meinst. Aber um noch mal aufs Thema zurückzukommen: Setz deine Beziehung zu Jan nicht wegen jemandem wie Krischan aufs Spiel.«

»Das will ich ja auch gar nicht. Aber die Schmetterlinge im Bauch flattern manchmal einfach los, da kann ich gar nichts machen.«

»Kipp ein bisschen Pestizid drauf, das sollte die blöden Viecher schon zum Stillhalten bringen.«

Tina lachte. »Tolle Idee. Ich trinke morgen in der Praxis gleich mal eine Flasche Flohzeug.«

Kapitel 26

»Oh Mann, ich bin ja schon so gespannt, ob dieser Walter Schmidt weiß, was das für ein Viereck auf dem Zettel ist«, sagte Sanne statt einer Begrüßung, als Tina in die Praxis kam. Sie trug ein eng anliegendes Langarmshirt in ihrer Lieblingsfarbe Pink mit dem Spruch »Pink is the new black«. Ihre lilafarbenen Haare hatte sie passend zum Shirt mit einigen pinkfarbenen Strähnen aufgepeppt. Dazu trug sie eine tarnfarbene Hose mit großen aufgesetzten Taschen an beiden Beinen.

»Willst du, dass Herr Schmidt einen Herzkasper kriegt? Er klang schon etwas älter am Telefon.«

»Wieso? Die Hose passt doch voll. Jäger und solche Leute tragen die auch.«

Tina fragte nicht, wer »solche Leute« sein sollten, denn der erste Patient war gekommen. Schnell zogen sie sich um, und Tina behandelte die Ohrenentzündung bei einem schokofarbenen Labrador. Leider kam nur noch eine Frau, um eine Wurmkur für ihre Katze abzuholen, ansonsten war nichts los.

»Bevor ich hier gleich vor Frust die Wände hochgehe, rufe ich mal in diesem Tagungshotel an«, sagte Tina, als wirklich gar nichts mehr zu tun war. Alle Bestellungen waren gemacht, und Sanne hatte geputzt, bis alles blitzte und blinkte. Tina hatte sogar die Schreibtischschublade aufgeräumt. Allerdings hatte sie sich nicht dazu durchringen können, auch noch die Buchhaltung zu machen. Man sollte es nicht übertreiben, fand sie.

Sie holte ihr Handy aus dem Büro und wählte die Nummer des Tagungshotels in der Nähe von Prien.

»Rezeption Gut Ising. Grüß Gott. Sie sprechen mit Frau Huber.«

»Moin. Mein Name ist Katharina Schmidt. Ich hätte eine Frage: Letzten Monat war mein Chef Rolf Anders auf einer Tagung in Ihrem Hotel. Es ging um Bioweinbau. Nun ist ihm erst heute aufgefallen, dass seine Jeansjacke weg ist. Ist sie zufällig gefunden worden?«

»Welche Zimmernummer hatte Ihr Chef denn?«

»Oh, das weiß ich nicht.«

»Moment, ich schau schnell einmal nach.«

Tina hörte das Klicken einer Computertastatur, dann wieder die Stimme von Frau Huber. »Es tut mir leid, aber auf seinem Zimmer ist keine Jacke gefunden worden.«

»Das ist Pech. Trotzdem vielen Dank.«

Tina ließ das Telefon sinken. »Rolf hat ein Alibi. Er war tatsächlich auf der Tagung«, sagte sie zu Sanne.

»Schade. Es hätte alles so gut gepasst. Hoffentlich bringt uns der gute alte Walter weiter.«

Bevor Tina und Sanne nach Tresdorf fuhren, holten sie sich jede ein Fischbrötchen und zum Nachtisch Blaubeermuffins und aßen sie in der Praxis. Tina hatte noch einmal den Zettel von Merle herausgeholt und vor sich auf den Tisch gelegt.

»Plön und Lütjenburg«, sagte sie nachdenklich.

»Hast du es gestern Abend geschafft, die Karten noch mal zu vergleichen?«

»Nee. Jan war da.«

Sanne zog vielsagend eine Augenbraue hoch.

»Da hätte ich an deiner Stelle auch was Besseres zu tun gehabt.«

»Der Kenner genießt und schweigt«, sagte Tina grinsend.

»Soso.«

Tina wischte ein paar Muffinkrümel von ihrem Sweatshirt

mit den schwarzen Hundepfoten, die einmal über die gesamte Vorderseite liefen. Die Krümel waren kaum auf dem Boden aufgekommen, als Swatt sie auch schon aufgeleckt hatte.

Tina blickte auf ihre Uhr. »Gleich zwanzig vor eins. Wir müssen sehen, dass wir loskommen. Nach Lebrade brauchen wir bestimmt eine Viertelstunde, und dann sind es noch ein paar Minuten bis nach Tresdorf. Und wenn es an der B 76 wieder so voll …«

Tina unterbrach sich und starrte auf den Zettel. »Natürlich! Mensch, sind wir doof!«

Sanne blickte Tina mit gerunzelten Augenbrauen an.

»Das ›L‹ steht nicht für Lütjenburg, sondern für Lebrade!«

Sanne schlug sich mit der Hand an die Stirn.

»Logo! Deshalb lag es auch bei Lebrade im Busch.«

»Manchmal ist man ja echt wie vernagelt. Wir haben jetzt keine Zeit mehr, uns die Karte bei Google anzugucken, aber vielleicht brauchen wir das eh nicht mehr. Je nachdem, was Herr Schmidt uns zu sagen hat.«

»Wenn er die Zähne überhaupt auseinanderbekommt.«

Im Auto öffnete Sanne Google Maps auf ihrem Handy und gab Lebrade in die Suchmaske ein.

Tina bog vom Parkplatz auf die Hauptstraße ab und gab Gas, um vor einem Kleinlaster einzuscheren.

»Musst du so um die Ecke rasen? Da wird mir ja übel, und ich kann die Karte gar nicht richtig sehen«, maulte Sanne.

»Auf dem Handy ist das eh zu winzig. Wenn Herr Schmidt uns nicht weiterbringt, gucken wir uns das nachher auf dem Praxis-PC an.«

Um kurz vor eins bog Tina in die Straße Tresdorf ein. Das Haus am Ende der Straße lag etwa dreißig Meter vom Ufer des Sees entfernt. Es war gelb geklinkert und hatte ein spitzes Dach; aus den Sechzigerjahren, tippte Tina. Die Gartenanlage bestand hauptsächlich aus einer Rasenfläche, die dringend wieder einmal hätte gemäht werden müssen. Ein einziges unkrautüberwuchertes Beet war links neben der Eingangstür angelegt.

»Na, der wird den Preis für den schönsten Garten dieses Jahr aber nicht gewinnen«, sagte Sanne.

Tina fuhr an einem Ententeich vorbei und durch ein weißes Tor. Sie parkte neben einem uralten Opel Kadett, dessen ehemals dunkles Blau in ein verwaschenes Mittelblau übergegangen war, und stellte den Motor ab.

»Hunde, ihr bleibt hier.«

Swatt, der schon halb auf Sanne gekrochen war, um als Erster auszusteigen, ließ die Ohren hängen und kletterte zurück auf den Rücksitz.

»Wir gehen gleich noch eine Runde«, sagte Tina und stieg aus.

Im Haus war das Gebell eines Hundes zu hören. Mittelgroß und ein wenig unsicher, schätzte Tina.

Sie und Sanne gingen die paar Schritte bis zur Haustür, und Tina drückte auf den Klingelknopf. Das Bellen wurde lauter und hörte dann plötzlich auf. Hinter der Tür konnte Tina das Schnuppern des Hundes hören, der seine Nase gegen die untere Ritze der Tür drückte.

»Waltraut, geh zur Seite. Und sitz.«

Waltraut? Tina und Sanne sahen sich an und mussten sich das Lachen verkneifen, denn in dem Moment öffnete sich die Tür. Ein schwarz-weißer Border Collie schoss durch den Türspalt und umkreiste die beiden Frauen, wobei er laut bellte. Er schlich sich mit hängender Rute von hinten an Tina an, und als sie sich umdrehte, sprang er zurück und bellte weiter.

»Moin. Ich bin Tina Deerten, wir hatten gestern telefoniert. Und das ist Sanne Finke.«

Tina streckte die Hand aus, und Schmidt schüttelte sie. Für einen Mann, den Tina auf Anfang achtzig schätzte, hatte er einen erstaunlich festen Händedruck. Er trug eine dicke Strickjacke in gedeckten Braun- und Grüntönen und eine an einigen

Stellen abgewetzte dunkelbraune Cordhose. Als er die beiden Frauen anlächelte, blitzte in seinen Augen der Schalk auf. Er erinnerte Tina an ihren verstorbenen Opa Horst. Der war allerdings deutlich gesprächiger gewesen.

»Waltraut, Schluss jetzt. Kommen Se rein.«

Schmidt ging den beiden Frauen voraus in eine geräumige Küche. Die Schränke, der Herd und die Fliesen schienen noch dieselben zu sein, die beim Bau des Hauses eingebaut worden waren, der Kühlschrank allerdings war nagelneu. Ein abgewetzter Kiefernholztisch und vier dazu passende, ebenfalls betagt aussehende Stühle standen in der Mitte des Raumes. Bei dem Geruch nach Kohl und ungewaschenen Socken zog Sanne die Nase kraus. Schmidt zeigte auf die Stühle und setzte sich auf den einzigen Stuhl mit Sitzkissen, der am Kopfende des Tisches stand und von dem aus man einen herrlichen Blick auf den See hatte.

»Jo«, sagte er. »Köm?«

»Nein, danke«, erwiderten Tina und Sanne. Sie warteten, bis sich ihr Gastgeber einen doppelten Korn eingeschenkt hatte.

Er machte keine Anstalten, das Gespräch zu eröffnen, sodass Tina beschloss, keine Zeit mit Small Talk à la »Schreckliches Wetter heute« zu verschwenden. Sie zog den Zettel von Merle aus der Tasche ihrer Wachsjacke und legte ihn vor dem alten Mann auf den Tisch.

»Wissen Sie zufällig, was diese Zeichnung bedeuten soll? Wir schätzen, dass es eine Landkarte sein soll, aber wir wissen nicht, was da eingezeichnet wurde.«

»Und was ist das rote Viereck?«, fragte Sanne.

Schmidt betrachtete den Zettel und trank seinen Köm mit wenigen Schlucken aus. Er blickte wieder auf den Zettel und kratzte sich an seiner von Leberflecken übersäten Glatze. Sanne biss sich vor Spannung auf die Unterlippe, und Tina musste sich sehr beherrschen, um den alten Mann nicht zu packen und die Antwort aus ihm herauszuschütteln.

»Dat is doch die Karte von der Deern aus Bayern. Wo hebbt Se die denn her?«

»Die habe ich zwischen Lebrade und Rixdorf in den Büschen gefunden.«

»Ach. Dann muss de junge Deern die wohl verlor'n haben.«

»Warum hat sie die Karte überhaupt gezeichnet?«, fragte Tina.

Schmidt schenkte sich noch einen Köm ein und brauchte eine Ewigkeit, um die Flasche wieder zuzudrehen. Tina sah Sanne an, dass diese ihm die Flasche am liebsten aus den Händen gerissen hätte, doch sie beherrschte sich.

»Ick konnt die ja kaum versteh'n«, sagte Schmidt.

Tina und Sanne hingen an seinen Lippen, doch er schwieg wieder.

»Ja?«, fragte Tina, als das Schweigen andauerte.

»Kam aus Bayern. Merkwürdige Lüüd, die ausm Süden. Schnacken son gediegenen Dialekt.«

Schmidt leerte sein Glas und wischte sich mit dem Handrücken über den Mund.

»Was wollte sie denn von Ihnen?«, fragte Tina, bevor wieder eine Gesprächspause eintreten konnte.

»War ook so ungeduldig wie Se. Wullt weeten, wem dat Feld gehören tut.«

Schmidt stand auf und ging zur Küchentür. »Lütten Moment, ick muss mal nach Tante Meier hin. De Prostata, wissen Se?«

Er verschwand im Flur, und Sanne sah Tina an. »Warum muss er denn plötzlich seine Tante besuchen? Und wie alt muss die denn sein? Hundert? Und wieso Prostata?«

Tina lachte. »Das solltest du als Nordlicht aber wissen. ›Nach Tante Meier gehen‹ heißt zum Klo gehen auf Plattdeutsch.«

Sanne sah Tina an, als hätte diese soeben behauptet, dass die Erde um den Mond kreisen würde.

»Du willst mich verarschen. Das habe ich ja noch nie gehört.«

»Ich schwör's!« Tina grinste.

Nach einer halben Ewigkeit kam Schmidt zurück.

»Und wem gehört das Feld?«, fragte Tina.

»Se hett so gediegen schnackt, ick wusst nich', welches Feld se meint. Da hett se de Karte gemalt.«

»Es geht um das rot umrandete Feld«, schloss Tina.

Schmidt nickte. »Jo.«

»Und wem gehört das Feld nun?« Tina musste sich beherrschen, um nicht zu schreien.

»Na, dem Klammroth natürlich.«

Tina sah den alten Mann mit gerunzelter Stirn an. »Krischan Klammroth?«

»Ick kenn keinen andern. Der fährt jümmers mit son albernen Trecker rum. Mit Sonnenblumen auf. Hebbt Se schon mal son bekloppten Trecker seh'n?«

Tinas Gedanken rasten. Hatte Merle etwas über Krischan herausgefunden?

»Wo genau ist denn das Feld?«, fragte sie.

Schmidt zeigte auf das »L« auf der Karte. »Da geiht dat nach Lebrade. Hier fängt dat Dorf an.«

Mit seinem runzligen Zeigefinger zeigte er oberhalb des roten Vierecks auf die Karte. »Un' da is' Gut Rixdorf.«

Diesmal zeigte er auf das untere Ende der Karte.

»Un' dat is' dat Feld von dem Klammroth.« Er zeigte auf das rot umrandete Viereck. »Un' dat is' dem sein Hof, de Ellernhoff.«

Der Finger fuhr über die Karte und blieb ein kleines Stück rechts von der Straße ungefähr auf halber Höhe zwischen dem Gut und Lebrade stehen. »Macht da eenen op Bio und son Tüdelkram.«

»Das rot umrandete Feld gehört also Krischan Klammroth?«, fragte Tina, die einfach nicht glauben wollte, dass Krischan etwas mit dem Mord an Merle zu tun haben könnte.

»Jo. Steiht dieses Johr Mais drauf.«

Sanne sah genauso entgeistert aus wie Tina.

»Kann ich jetzt doch einen kleinen Schnaps haben?«, fragte Sanne. »Du auch?«

Tina nickte. Den Schock musste sie erst einmal verarbeiten.

Schmidt holte zwei weitere Gläser und schenkte sie großzügig voll.

»Nich' lang schnacken, Kopp in Nacken«, sagte er und kippte seinen Korn in einem Zug hinunter.

Tina nippte an ihrem Schnaps und verzog das Gesicht. Hochprozentiges war noch nie ihr Ding gewesen.

»Was machst du denn da?« Sanne hatte ihren Schnaps ebenfalls auf ex getrunken. »In einem Rutsch runter mit dem Zeug.«

Tina nahm zwei große Schlucke, stellte das Glas zurück auf den Tisch und schüttelte sich.

»Noch 'n Lütten?«, fragte Schmidt, doch sie hob abwehrend die Hände.

»Für mich nicht«, brachte sie krächzend heraus, nachdem der Schnaps ihr anscheinend die Mundhöhle und die Speiseröhre verätzt hatte. »Ich muss ja noch fahren.«

Waltraut, die bisher auf einer alten Decke in einer Ecke der Küche gelegen hatte, kam zu ihrem Herrchen, setzte sich neben ihn und starrte ihn an.

»Ick muss los. Waltraut muss mal rut. Wir geh'n jümmers um halb zwei los.«

»Vielen Dank für Ihre Zeit. Und für den Korn«, sagte Tina, die ihre Stimme wiedergefunden hatte, und stand auf.

Als sie und Sanne schon in der Küchentür standen, rief Schmidt ihnen hinterher: »Wozu wullt Se dat eigentlich allens wissen?«

»Merle – die junge Frau aus Bayern – ist verschwunden, und wir versuchen, sie zu finden.«

Tina und Sanne traten aus der Haustür, und Tina ließ die Tür hinter sich zufallen.

»Na, das ist ja ein echter Hammer«, sagte Sanne.

»Wenn es tatsächlich um Krischan geht, hatte Merle wirklich einen dicken Fisch am Haken.«

Tina entriegelte den Wagen, machte aber keine Anstalten einzusteigen. »Ich bin echt völlig fertig. Krischan wirkt auf mich so integer.«

Und ich fahre total auf ihn ab. Kann ich mich so getäuscht haben?

»Vielleicht hat die Karte ja gar nichts mit Merles Verschwinden zu tun«, sagte Sanne.

»Und vielleicht können Schweine fliegen.«

Tina stieg jetzt doch in den Wagen und wehrte Swatts und Daisys Begrüßung halbherzig ab.

Als Sanne ebenfalls eingestiegen war, startete Tina den Motor und fuhr los. »Schieben wir mal beiseite, dass ich nicht glauben möchte, dass Krischan in die Sache verwickelt ist, und betrachten wir es objektiv. Wenn Merle irgendwas rausgefunden hat, was mit dem Feld von Krischan im Zusammenhang steht, würde das mit Sicherheit hohe Wellen schlagen. Der Spitzenkandidat der Grünen für Plön hat Dreck am Stecken. Der kann einpacken, wenn rauskommt, dass er in etwas Illegales verwickelt ist. Und er würde vielleicht alles versuchen, um die Sache zu vertuschen.«

»Aber was kann Merle rausgefunden haben?«

Tina überlegte und trommelte dabei mit den Fingern auf das Lenkrad. »Es muss was mit dem Feld zu tun haben. Vielleicht hat er irgendwas gemacht, was er als Biobauer nicht machen darf. Irgendwas Verbotenes gespritzt oder angebaut.«

»Hat Herr Schmidt nicht gesagt, dass das ein Maisfeld ist? Vielleicht hat er Genmais angebaut, und Merle hat das rausgefunden.«

Tina sah Sanne kurz an, bevor sie den Blick wieder auf die Straße richtete. »Also, das wäre der Oberhammer. Macht fett

Werbung für die Anti-Genmais-Demo und baut das Zeug selbst an. Damit wäre er politisch und auch wirtschaftlich ruiniert, würde ich mal sagen.«

»Guck, da ist grade so ein Plakat«, sagte Sanne. Im Vorbeifahren sah Tina das Plakat mit Krischan auf seinem Sonnenblumen-Trecker und dem Spruch »Genmais gefährdet unsere Zukunft« und dem Hinweis auf die Veranstaltung in Kiel.

»Ich kann einfach nicht glauben, dass er Genmais anbauen würde«, sagte Tina.

»Warum nicht? Du kennst ihn ja eigentlich nicht besonders gut, oder?«

Tina dachte an Jans Warnung, nachdem Krischan bei ihr zu Hause gewesen war. Was hatte er gesagt? Der Kerl sei nicht koscher und viel zu glatt und undurchsichtig. Vielleicht hatte Jan recht, und Tinas Objektivität war durch die sexuelle Spannung zwischen ihr und Krischan gestört. Moment mal! Hatte er sich nur an sie herangemacht, um herauszufinden, was sie wusste? Hatte Mareike recht? Das wäre ja wohl …

»Erde an Tina! Du hast grade so einen fiesen Gesichtsausdruck, da krieg ich ja Angst! Guck mal, ich zittere schon.«

Sanne hob die Hände und wackelte damit hin und her.

»Scherzkeks. Ich dachte nur grade, ob Krischan sich an mich rangemacht hat, um Infos über den Stand unserer Ermittlungen zu bekommen.«

»Und, hat er?«

»Das ist es ja! Ich habe ihn nach Rolf Anders gefragt. *Er* hatte die Info über das Näherungsverbot bei Rolfs Ex-Freundin. Und außerdem … Ach du Scheiße! Wenn er tatsächlich der Mörder von Merle ist, bin ich schuld, dass Caro fast gestorben wäre!«

Tina bremste ab und fuhr in eine Zufahrt zu einem Feld, wo sie anhielt. Ihr wurde übel, und sie schluckte trocken.

»Tina, beruhige dich. Du hast Caro gerettet, ohne dich wäre sie jetzt tot.«

»Aber verstehst du denn nicht? *Ich* habe Krischan erzählt, dass Caro nicht an den Unfall auf der Fähre glaubt und dass sie Erkundigungen einzieht.«

»Dann hat er auch versucht, *dich* umzubringen, Tina«, sagte Sanne mit ernster Stimme.

»Oh Mann, wie konnte ich mich so in ihm täuschen? Ich wäre meines Lebens nicht mehr froh geworden, wenn Caro gestorben wäre!«

»Moment, Moment, ganz ruhig, ja? Gut, das mit Caro und dir im Kühlraum passt, das hätte er sein können. Aber was ist mit dem Knochen und dem Überfall auf deinen Onkel? War er das auch?«

»Die Statur passt auf alle Fälle. Aber – was mir gerade einfällt: Ich habe ihm nichts von dem Knochen erzählt, zu dem Zeitpunkt kannte ich ihn ja nur von den Wahlplakaten und von dem kurzen Treffen auf der Glyphosat-Demo in Plön.« Tina atmete tief durch. »Er kann es gar nicht gewesen sein. Woher hätte er von dem Knochen wissen sollen?«

»Stimmt. Aber was hat es mit diesem Feld auf sich?«

»Vielleicht war Merle noch etwas anderem auf der Spur. Was auch immer das gewesen sein könnte.«

»Auf jeden Fall hast du keine Schuld an dem Überfall auf Caro.«

»Und da fällt mir echt der Himalaya vom Herzen, das kann ich dir sagen!«

»Die Frage ist bloß: Was machen wir jetzt? Alle unsere Verdächtigen sind aus dem Schneider.«

»Uns bleibt nichts anderes übrig, als noch mal ganz von vorn anzufangen.«

»Irgendwie ist das diesmal echt frustrierend. Vielleicht will ich doch keine Privatdetektivin mehr sein«, sagte Sanne.

»Ach komm, so ein paar Rückschläge halten uns doch wohl nicht auf. Denk an Merle und an Caro.«

Sanne nickte. »Alle für einen, einer für sich selbst und wir für uns!«

Tina lachte. »Schönes Motto. Das sollten wir uns auf T-Shirts drucken lassen.«

»Super Idee! Ich kenne da einen Laden in Eutin, die machen das zu einem echt günstigen Preis!« Sannes Augen leuchteten.

»Das war ein Scherz.«

Sanne zog eine Flunsch. »Och menno. Spaßbremse!«

Tina legte den Gang ein und fuhr wieder los.

»Also gut, alles noch mal auf Anfang. Wenn wir doch bloß wüssten, ob wirklich Merles Knochen in der Wurst war! Wenn nämlich nicht, sind wir in der völlig falschen Richtung unterwegs.«

Kapitel 27

Nach der Nachmittagssprechstunde brachte Tina Sanne nach Hause. Als sie gerade vor deren Haus angehalten hatte, kam Sannes Mutter mit den Zwillingen, die in einem rasenden Tempo auf ihren Laufrädern unterwegs waren, die Straße herunter. Sie blieb neben dem Wagen stehen, und Tina stieg aus.

»Frau Finke, schön, Sie zu sehen.«

»Frau Deerten, wie geht es Ihnen?«

Tina schüttelte die ausgestreckte Hand. »Na Jungs, wie geht es euch? Ihr könnt ja schon richtig schnell fahren.«

Finn grinste Tina an. Seine Wangen waren gerötet, und sein roter Fahrradhelm saß ein wenig schief auf seiner Bob-der-Baumeister-Mütze.

»Ich bin ja auch schon vier«, erklärte er ernst.

»Dann kommst du bald in die Schule, oder?«

»Nee, ich bin doch noch im Kindergarten.«

Er sah Tina an, als wäre sie geistig nicht ganz auf der Höhe, und sauste die Auffahrt hinunter.

Leon warf Tina nur einen schnellen Blick zu, fuhr seinem Bruder hinterher, und beide verschwanden hinter dem Haus, das mit mehreren ausgehöhlten Kürbissen und einer Lichterkette aus Fledermäusen, Totenköpfen und Spinnen schon für Halloween geschmückt war.

»Leon ist im Moment etwas schüchtern«, sagte Sanne.

»Ist doch okay. Er muss sich ja nicht von jeder dahergelaufenen alten Tante anquatschen lassen.«

Sannes Handy piepte, und sie wischte auf dem Display herum.

»Na, das ist ja ein Ding. Ich hatte Toms Foto vor ein paar Tagen in meinen Status gestellt, und Leonie kennt ihn!«

Tina stellte sich neben Sanne und las die WhatsApp-Nachricht.

Sorry, dass ich mich jetzt erst melde, aber ich hatte irre viel zu tun. Der Typ vom Foto heißt Tom Klammroth.

Ich hoffe, das hilft dir weiter. Sehen wir uns mal wieder?

LG

Tina starrte auf das Handy, als hätte Sanne gerade eine Nachricht vom Mann im Mond bekommen.

»Der Kerl ist Tom Klammroth.«

»Ist das Krischans Sohn?«

Tina nickte. »Als er bei mir war, hat sein Sohn Thomas angerufen.«

»Thomas Klammroth? Den habe ich ja schon lange nicht mehr gesehen«, sagte Sannes Mutter. »Aber als Toni mit seiner Mutter zu Krischan und Thomas auf den Hof gezogen ist, haben die beiden Jungs sich schnell angefreundet. Sie sind immer noch die allerbesten Freunde, soweit ich weiß. Ich hab sie früher öfter auf dem Markt gesehen, wenn sie sich nach der Schule etwas zu naschen am Süßigkeitenstand gekauft haben. Manchmal haben wir ein bisschen geschnackt.«

»Was? Anton, Tom und Krischan sind sozusagen verwandt?«, rief Tina.

»Suse – das war Tonis Mutter – und Krischan haben geheiratet. Leider ist sie ein paar Jahre später gestorben, sie hatte Knochenkrebs.«

»Suse war immer total nett. Ich fasse es nicht, dass ich vergessen hatte, dass sie und Toni zu den Klammroths gezogen sind.«

»Du kanntest die Klammroths ja auch gar nicht, da vergisst man schon mal einen Namen. Ist ja auch schon eine Weile her«, erwiderte Sannes Mutter. Im Gegensatz zu ihrer Tochter hatte sie langes Haar, das sie zu einem Zopf geflochten hatte. Die grünen Augen mit den goldenen Sprenkeln hatte Sanne eindeutig von ihr geerbt.

»Und Anton ist nach dem Tod seiner Mutter bei Krischan wohnen geblieben?«, fragte Tina.

Sannes Mutter nickte. »Krischan hatte sogar angeboten, Toni zu adoptieren, aber der wollte den Namen seiner Mutter behalten. Er war da gerade achtzehn geworden.«

Tina konnte es nicht fassen. Anton und Krischan kannten sich nicht nur, sie waren Stiefsohn und Stiefvater. Es war also absolut möglich, dass Krischan einen Schlüssel zu Antons Futtermittelbetrieb hatte oder dass er zumindest wusste, wo der einen Schlüssel aufbewahrte.

»Ist alles in Ordnung, Frau Deerten? Sie sehen aus, als hätten Sie ein Gespenst gesehen.«

Ja, das habe ich tatsächlich. Das Gespenst eines Mörders.

»Danke, alles gut«, brachte sie mühsam heraus.

»Mama, geh doch schon mal vor, wir müssen noch kurz was wegen der OP morgen besprechen«, sagte Sanne.

Sannes Mutter reichte Tina die Hand, und Tina schüttelte sie mechanisch.

»Einen schönen Abend noch.« Sannes Mutter wandte sich ab und ging die Auffahrt zu ihrem Haus hinunter. »Leon! Finn! Kommt her, ihr müsst in die Wanne!«

»Sanne, das ändert alles!«, sagte Tina. »Anton wusste, dass ich den Knochen zu Onkel Lorenz bringen wollte. Er kann es Krischan gesagt haben. Entweder, weil er mit drinhängt, oder, weil er ihm die Geschichte von dem Knochen in der Wurst erzählt hat.«

»Toni hat damit nichts zu tun«, sagte Sanne, doch sie klang nicht wirklich überzeugt. »Und was machen wir jetzt?«

Tina kaute auf ihrer Unterlippe, während sie überlegte.

»Wir müssen rausfinden, was Merle wusste. Irgendwas mit diesem Feld ist nicht koscher.«

»Wir schnüffeln auf Krischans Hof rum!«, sagte Sanne, und ihre Augen glänzten.

»Du nicht. Wenn Krischan uns entdeckt, kann ich mich vielleicht noch rausreden, dass ich ihn besuchen wollte.«

»Du wirst da auf gar keinen Fall alleine hinfahren, meine Liebe!«

Aus dem Garten war Kinderlachen zu hören, dazu die Stimme von Sannes Mutter, die wieder nach den beiden Jungs rief.

»Denk an deine Kinder«, sagte Tina. »Du willst doch nicht, dass sie ohne Mutter aufwachsen, weil diese wegen Einbruchs im Knast sitzt oder tot ist.«

Puh, das kam jetzt hart rüber, aber Tina wollte Sanne auf keinen Fall in Gefahr bringen. Tina sah Sanne an. Diese blickte nachdenklich zum Haus, als sie die Stimmen ihrer Söhne hörte.

»Du gehst da nicht alleine hin«, sagte sie schließlich mit fester Stimme. »Denk dran, was beim letzten Mal passiert ist, als du allein unterwegs warst. Du wärst fast gestorben!«

»Aber was hättest du denn machen können, wenn du dabei gewesen wärst?«

»Er hätte uns nicht gleichzeitig in den Tiefkühler schleppen können.« Sanne und sah Tina mit triumphierendem Blick an. »Außerdem wissen wir, dass Krischan vielleicht ein Mörder ist, und sind deshalb viel besser vorbereitet, als du es gewesen bist. Du hast ja nicht damit gerechnet, dass da jemand sein könnte.«

»Wenn du es so ausdrückst …«

»Ich wusste doch, dass ich dich überzeugen kann.«

»… werde ich lieber mit Jan sprechen. Er soll seiner Kollegin, dieser Steffi, Bescheid sagen. Soll die das doch rausfinden.«

Sanne stemmte die Hände in die Seiten. »Na toll. *Du* hast

doch gesagt, dass die Polizei nicht an einen Mord glaubt. Und bis auf die Karte, die alles Mögliche bedeuten kann, haben wir denen außer unseren Vermutungen nichts Neues zu sagen. Die werden das mit Sicherheit nicht ernst nehmen.«

»Hm.«

»Du wirst sehen, dass ich recht habe. Und wenn ich rausfinde, dass du einen Alleingang gemacht hast, dann mach dich auf was gefasst!«

»Ich verspreche dir, dass ich nicht allein hinfahre, zufrieden?«

»Versprochen ist versprochen, sonst gibt's was auf die Knochen, klar?«

Tina grinste. »Klar. Ich spreche nachher noch mal mit Onkel Lorenz. Mal sehen, was der dazu meint.«

Tina kuschelte sich in ihren Sessel, schenkte sich ein Glas von dem Grebiner Wein ein und blickte nachdenklich über den See. Ihre Gedanken rasten, und sie brauchte dringend jemanden, mit dem sie über alles sprechen konnte. Sie nahm ihr Handy und wählte die Nummer ihres Onkels.

»Tina! Wie schön, dass du dich meldest! Was gibt es Neues?«

Tina brachte ihn auf den neuesten Stand, inklusive des starken Verdachts gegen Krischan.

»Das klingt danach, als könnte er es gewesen sein. Er hatte offenbar ein Motiv, er hatte die Gelegenheit, und er hatte die Mittel.«

Tina lachte. »Du klingst wie ein Lehrbuch.«

»Pathologen sind wandelnde Lehrbücher. Wie auch immer, ich bin sicher, dass er einen Schlüssel zu dem Betrieb seines Stiefsohnes hatte oder dass er wusste, wo er ihn sich besorgen konnte.«

»Sehe ich auch so. Das Schlimmste ist, dass *ich* ihm erzählt habe, dass Caro nicht an den Tod auf der Fähre glaubt und angefangen hat herumzuschnüffeln. *Ich* bin schuld, dass sie fast gestorben wäre!«

Und das nur, weil ich Krischan toll fand und ihn nicht für eine Sekunde in Verdacht hatte.

»Tina, du konntest doch nicht wissen, dass er vielleicht ein Mörder ist.«

»Gerade deshalb hätte ich vorsichtiger sein müssen!«

»Vorsicht ist natürlich wichtig, aber du musst mit den Leuten sprechen, wenn du etwas herausfinden willst. Und dazu muss man auch ein paar Informationen preisgeben, sonst erfährt man nichts.«

»Hm.« Tina trank einen Schluck Wein.

»Du bist nicht schuld an dem, was passiert ist«, sagte Onkel Lorenz eindringlich. »Es war dumm von Caro, allein dorthin zu fahren und niemandem zu sagen, wo sie hinwollte. Wenn du nicht zufällig vorbeigekommen wärst, wäre sie mit Sicherheit gestorben. Du hast sie gerettet, Tina.«

»Das hat Sanne auch schon gesagt.«

»Und da hat sie absolut recht!«

»Na gut, wenn man es so sieht …«

»Man kann es nur so sehen. Okay?«

Tina zögerte einen Moment, dann atmete sie tief durch. »Okay.«

Plötzlich fiel ihr etwas ein. »Ich frage mich allerdings, woher er Caros Handynummer hatte.«

»Im Telefonbuch wird er sie mit Sicherheit nicht gefunden haben«, erwiderte ihr Onkel. Es blieb einen Moment still, als beide überlegten.

»In dein Handy kann er nicht geguckt haben, oder?«

»NEIN! Das hätte ich doch gesehen.«

»Irgendwoher muss er sich die Nummer besorgt haben. Na gut, stellen wir das erst mal zurück. Die Frage ist doch, was machen wir jetzt?«

»Deshalb wollte ich mit dir sprechen. Eigentlich wollte ich mich auf Krischans Hof umsehen, aber als Sanne meinte, dass das der Hof eines möglichen Mörders ist, dachte ich, es wäre doch besser, wenn ich Jan Bescheid sage. Er darf zwar nicht in meinem Fall ermitteln, weil er befangen ist, aber er kann es seiner Kollegin weitergeben.«

»Ich weiß nicht, ob sie einen Durchsuchungsbeschluss für Krischans Hof bekommen wird. Bis auf die Karte und die Aussage von dem alten Herrn haben wir nichts, was auf Krischan hinweist. Und vergiss nicht, Merles Tod wird offiziell immer noch als Unfall geführt. Ich würde sagen, der Staatsanwalt hat nicht genug in der Hand, um eine Durchsuchung zu rechtfertigen. Außerdem ist Krischan Spitzenkandidat, da wird er nur was tun, wenn es absolut wasserdicht ist.«

»Also müssen wir auf Krischans Hof irgendetwas finden, was ihn mit Merle in Zusammenhang bringt.«

»Ganz genau. Zum Beispiel ein Kleidungsstück von ihr oder ein Haar oder so was.«

Tina überlegte. Ihr kam eine Idee.

»Einen ganz anderen Ansatz haben wir noch gar nicht verfolgt. Wenn Krischan Merle in den Cutter geschoben und weiterverarbeitet hat … Boah, das klingt echt total abartig.«

Sie holte tief Luft und fuhr fort. »Dann müsste man doch ihre DNA in den Hundewürsten nachweisen können.«

»Richtig! Dass ich da noch nicht dran gedacht habe! Das Ergebnis haben wir innerhalb eines Tages. Aber wo wollen wir die fraglichen Würste herbekommen? Wir können ja nicht alle Würste aufkaufen, das würde unser Budget sprengen.«

»Ach, wir haben ein Budget? Das ist mir neu.«

»Sicher, von irgendwas müssen wir unsere Auslagen ja bezahlen. Und keine Sorge, ich bin für das Budget zuständig.«

»Das ist echt nett, Onkel Lorenz. Aber du hast recht, wir können nicht alle Würste aufkaufen. Allerdings könnte ich Frau

Hoffmann – das ist die Besitzerin von dem Hund, der den Knochen gefressen hat – fragen, ob sie noch welche von den Würsten hat. Das könnte dieselbe Charge sein.«

»Hervorragende Idee! Und zehn bis zwanzig Würste können wir uns schon erlauben. Wenn ich sie negativ teste, können deine Hunde sie fressen.«

»Klingt nach einem guten Plan. Ich rufe Frau Hoffmann gleich morgen früh an.«

»Wenn wir Menschen-DNA finden, brauchen wir eine Vergleichsprobe von Merle.« Onkel Lorenz überlegte einen Moment. »Du hattest doch erzählt, dass ihr VW-Bus in Schweden angekommen ist. Vielleicht kann ich eine Probe von der schwedischen Polizei anfordern. Aber selbst wenn wir Menschen-DNA oder sogar Merles DNA in den Würsten finden, können wir immer noch nicht beweisen, dass Krischan etwas mit dem Mord zu tun hat.«

»Ich muss mich dringend auf seinem Hof umsehen. Das Problem ist, dass ich nicht allein hinfahren will. Sanne möchte unbedingt mit, aber wenn etwas schiefgeht und wir entdeckt werden, will ich sie nicht dabeihaben. Sie hat zwei kleine Kinder, um die sie sich kümmern muss.«

»Moment, ich ruf mal eben meinen Kalender auf … Ah, da ist er ja. Also, wenn nichts dazwischenkommt, hätte ich morgen ab siebzehn Uhr Zeit.«

Tina, die gerade einen Schluck Wein im Mund hatte, verschluckte sich fast daran. »Du willst mitkommen?«

»Glaubst du, ich bin zu alt für so was?«

»Ich glaube, du hast einen sehr guten Job, den du nicht aufs Spiel setzen darfst! Wenn wir geschnappt werden, bist du die längste Zeit Rechtsmediziner in Kiel gewesen.«

»No risk, no fun, wie der Amerikaner sagt. Außerdem werde ich so leicht nicht rausfliegen.«

»Aber …« Tina holte tief Luft. »Hör zu, das kann ich nicht

zulassen. Wenn du arbeitslos wirst, würde ich mir das nie verzeihen. Ich weiß doch, wie gern du den Job machst.«

»Tina, ich bin alt genug, um dein Onkel zu sein – Moment mal, das bin ich ja sogar!« Er lachte. »Wenn ich mitfahre und es geht schief – was nicht passieren wird, aber nur mal angenommen, es wäre doch so –, liegt das einzig und allein in meiner Verantwortung. Denk nicht einmal daran, dir dafür die Schuld zu geben.«

»Aber …«

»Moment, lass mich ausreden. Ja, es stimmt, ich mag meinen Job, aber ich mache diese Arbeit jetzt schon ein paar Jahre, und es wird Zeit, dass ich mal wieder aus dem Leichenhaus raus- und hinter meinem Schreibtisch hervorkomme. Außerdem möchte ich den Kerl hinter Gitter bringen, der mich ins Krankenhaus geschickt hat. Er ist schuld, dass ich ein echt widerliches Mittagessen aus undefinierbaren Fleischstücken und einer Kartoffelpampe mit Fertigsoße vorgesetzt bekommen habe, die noch nicht mal ein ausgehungerter Straßenhund aus Rumänien runtergewürgt hätte. Keine Widerrede, ich komme mit! Wir müssen einen Mörder überführen!«

Tina dachte einen Moment über die Worte ihres Onkels nach. »Also gut, ich hab morgen bis sechs Uhr Sprechstunde. Treffen wir uns in der Praxis und fahren dann gemeinsam los?«

»Wunderbar! Ich bin schon so gespannt, was wir finden werden!«

Onkel Lorenz klang so begeistert, als würden sie morgen auf ein Konzert der drei Tenöre in der Elbphilharmonie gehen und nicht auf dem Hof eines Mörders rumschnüffeln.

Tina musste grinsen. »Dann sehen wir uns morgen um sechs.«

»Hinterher können wir noch einen Happen essen. Wie heißt noch dieses schöne Restaurant in Rathjensdorf?«

»Meinst du den *Dörpskrog*?«

»Genau den. Ich lade dich natürlich ein.«

»Buchen Sie den Ausflug zum Hof eines Mörders mit anschließendem Essen im *Dörpskrog* in Rathjensdorf. Frühbucher erhalten einen Rabatt von zehn Prozent, Gruppenermäßigung ab zwanzig Personen«, sagte Tina.

»Für den Transfer auf den Mörderhof ist gesorgt, aber bitte bringen Sie Ihre eigenen Beweismitteltüten mit.«

Tina grinste. Sie und ihr Onkel hatten schon immer den gleichen schwarzen Humor gehabt.

»Übrigens, kennst du den? Was haben ein kurzsichtiger Gynäkologe und ein Greyhound gemeinsam?«

»Keine Ahnung.«

»Eine feuchte Nase.«

Onkel Lorenz lachte los, und Tina fiel ein.

»Du weißt echt immer, wie du mich aufheitern kannst.« Gerade, als sie das Gespräch beenden wollte, fiel ihr etwas ein. Vor ihrem inneren Auge sah sie, wie sie an dem Abend, als Krischan bei ihr gewesen war, ins Wohnzimmer zurückging, nachdem sie Jan begrüßt hatte. Krischan hatte über den Couchtisch gebeugt dagestanden und sich rasch aufgerichtet. Auf dem Tisch hatte sie kurz vorher ihr Handy abgelegt, nachdem sie mit Caro telefoniert hatte! Tina wurde kalt, und sie schnappte nach Luft.

»Was ist los?«, fragte ihr Onkel.

»Krischan muss Caros Nummer in meinem Handy gefunden haben. Es war noch nicht wieder gesperrt, nachdem ich es auf den Tisch gelegt hatte.«

Tina erzählte ihrem Onkel, was sie beobachtet hatte und dass sie dem keine Bedeutung beigemessen hatte.

»Falls Krischan wirklich der Mörder von Merle ist, würde deine Geschichte erklären, warum er Caros Nummer hatte«, sagte dieser, als sie geendet hatte.

»Ich bin mir sicher, dass er es war!«

»Dann müssen wir es jetzt bloß noch beweisen.«

Kapitel 28

Als Tina am nächsten Morgen in der Praxis ankam, rief sie gleich die Kartei von Frau Hoffmann auf.

»Was suchst du?«, fragte Sanne.

»Ich will Frau Hoffmann anrufen und sie fragen, ob sie noch welche von den Hundewürsten hat. Onkel Lorenz will schauen, ob Menschen-DNA da drin ist.«

»Du meinst, er will gucken, ob die Wurst aus Merle gemacht wurde«, sagte Sanne mit schwacher Stimme.

Tina nickte abwesend, während sie die Telefonnummer von Frau Hoffmann in das Telefon tippte. Ein Krachen ertönte, und sie blickte auf. Sanne war neben dem Behandlungstisch zusammengebrochen und lag auf dem Fliesenboden. Ihr Gesicht war weiß mit einem Stich ins Grünliche, und ihre Augen starrten blicklos ins Leere.

»Sanne!« Tina stürzte zu ihr und hockte sich neben sie. »Was machst du denn? Ist alles in Ordnung?«

Sanne murmelte etwas und wollte sich aufsetzen.

»Bleib liegen! Ich hol dir was zu trinken!«

Tina legt zunächst Sannes Beine hoch, bevor sie eine Cola holte, die sie für genau solche Zwecke vorrätig hielt, dass jemand mit einem Kreislaufzusammenbruch zu behandeln war. Dies war schon einige Male vorgekommen, weil manche Tierbesitzer nicht so gut damit umgehen konnten, wenn ihr Tier blutete oder wenn ein Abszess geöffnet wurde. Da konnte schon mal jemand umkippen. Als sie die Bürotür öffnete, um die Cola aus dem kleinen Kühlschrank zu holen, raste Swatt an ihr vorbei zu Sanne. Er tänzelte um sie herum und leckte ihr das Gesicht ab.

»Swatt, lass das!« Sanne legte die Arme schützend um ihren Kopf.

»Swatt, aus!« Tina kam mit einem Glas Cola zurück und drängte Swatt zu Seite. Dieser setzte sich dicht neben Sanne und ließ sie nicht aus den Augen.

»Oberschwester Swatt im Einsatz«, sagte Tina. Sanne musste lachen.

»Kannst du dich hinsetzen?«

»Ich glaube schon.«

Sanne setzte sich auf und lehnte sich mit dem Rücken gegen den Schrank. Sie trank die Cola in großen Schlucken, und Tina sah, wie die Farbe in ihre Wangen zurückkehrte.

»Das ist mir noch nie passiert.« Sanne stellte das leere Glas neben sich auf den Fliesenboden. »Ich hab die ganze Zeit nicht daran gedacht, dass nicht nur Merles Knochen in der Wurst war, sondern auch …«

Sanne verstummte und würgte. Sie schluckte mehrmals und atmete schließlich tief durch.

»Geht es wieder?«, fragte Tina, die vorsorglich eine Nierenschale geholt hatte, falls Sanne sich hätte übergeben müssen.

»Lass uns das Thema wechseln, okay?«

»Klar. Kein Problem.«

»Kann ich noch eine Cola haben?«

Tina brachte das Gewünschte, und nachdem sie noch etwa fünf Minuten auf dem Fußboden gesessen hatte, stand Sanne vorsichtig auf.

»Puh, das war heftig«, sagte sie.

»Willst du lieber nach Hause gehen?«, fragte Tina.

»Quatsch, ich bin wieder fit wie ein Lackschuh.«

»Nicht wie ein Turnschuh?«

»Wieso Turnschuh?«

»Ach, vergiss es«, sagte Tina und grinste.

Als Sanne in den OP ging, um das OP-Besteck in den Sterilisator zu schieben, wählte Tina die Nummer von Johanns Frauchen.

»Hoffmann.«

»Deerten aus der Tierarztpraxis. Moin, Frau Hoffmann.«

»Johann geht es gut, falls Sie das wissen wollten.«

»Das freut mich zu hören. Eigentlich wollte ich aber fragen, ob Sie noch welche von den Hundewürsten von ›Canis et Felis‹ haben.«

»Die bekommt Johann nicht mehr, das kann ich Ihnen sagen. Die Inhaber sind wirklich unmöglich. Stellen Sie sich vor, die wollen die Kosten für Johanns Behandlung nicht übernehmen! Dieser Herr Kaminski wurde richtig frech. Er meinte, dass es immer mal sein könnte, dass Knochen in der Wurst wären. Schließlich wäre es Hundefutter. Dabei war die Behandlung ja nun wirklich teuer genug.«

Tina ignorierte den implizierten Vorwurf, dass sie Frau Hoffmann zu viel berechnet hätte.

»Haben Sie die Würste denn noch?«

»Ja, schon«, erwiderte Frau Hoffmann zögernd.

»Meinen Sie, ich könnte sie Ihnen abnehmen?«

»Also, ich weiß nicht …«

»Ich würde sie selbstverständlich bezahlen.«

»Warum haben Sie das nicht gleich gesagt! Wir haben noch fünf oder sechs Würste in der Speisekammer liegen.«

»Würde es Ihnen passen, wenn ich sie zwischen zwölf und halb eins abholen würde?«

»Um halb eins essen wir. Sie müssten spätestens um zwanzig nach zwölf hier sein. Mein Mann wird sehr ungnädig, wenn sich sein Mittagessen verspätet.«

Tina blickte in die Kartei. Frau Hoffmann wohnte im Parnaßweg, also nicht weit von der Praxis entfernt.

»Das müsste ich schaffen.«

Es war bereits zehn nach zwölf, als Tina den letzten Besucher des Vormittags, einen Pharmavertreter, aus der Praxis expediert hatte.

»Musstest du den armen Mann eigentlich so fertigmachen? Der erledigt doch auch nur seinen Job«, sagte Sanne, während sie sich umzogen.

»Der Kerl arbeitet für eine Firma, die den größten Glyphosathersteller weltweit gekauft hat. Der glaubt doch wohl nicht im Ernst, dass ich bei dieser Firma jemals noch mal was bestelle!« Tina schlüpfte in ihre Wachsjacke. »Ich muss jetzt losrasen, sonst bekommt Herr Hoffmann Schnappatmung, wenn sich sein Mittagessen um zwei Sekunden verzögert.«

Sanne grinste. »Viel Spaß und bis nachher!«

Tina rannte zu ihrem Auto. Die Hunde lieferten sich ein Wettrennen zu ihrem Wagen, das Daisy knapp gewann. Auf der Kurzstrecke war Swatt fast gleich schnell, auf der Langstrecke dagegen lag Daisy immer souverän vorn. Kein Wunder, immerhin war sie, bevor sie zu Tina gekommen war, ein internationaler Windhundrennen-Champion gewesen. Tina stieg ein und fuhr los.

Sie klingelte um neunzehn Minuten nach zwölf bei den Hoffmanns an der Tür. Johann bellte, und Tina sah kurz den Kopf des Beagles durch die Butzenscheiben, als er hinter der Tür hochsprang. Nach wenigen Sekunden erschien der Kopf erneut und verschwand genauso schnell wieder. Tina lächelte in sich hinein, als sich die Tür öffnete.

»Sie sind ganz schön spät dran«, sagte Frau Hoffmann. Johann schoss an ihr vorbei und sprang an Tina hoch.

»Na, Johann, dir geht es gut, wie ich sehe«, sagte sie.

Frau Hoffmann hielt eine Plastiktüte in der Hand.

»Hier sind die Würste. Es sind noch fünf Stück.«

»Was bekommen Sie?«

»Eine hat 5,99 Euro gekostet. Ich bekomme 29,95 Euro von Ihnen.«

»Sybille! Wo bleibt das Essen?«

»Kommt gleich!«, rief Frau Hoffmann ins Haus hinein.

Tina kramte einen Zehner und einen Zwanziger aus ihrem Portemonnaie und reichte Frau Hoffmann die Scheine. »Stimmt so.«

»Sybille! Ich verhungere!«

Frau Hoffmann drückte ihr die Tüte in die Hand und schloss die Haustür. Tina betrachtete die Würste, und ein Schauer lief ihr über den Rücken. War tatsächlich Menschenfleisch darin?

Kapitel 29

Die Nachmittagssprechstunde war gut besucht, sodass Tina und Sanne zu Feierabend einen arbeitsreichen Tag hinter sich hatten.

»Na, das hat sich ja heute richtig gelohnt, was?«, fragte Sanne, als Tina die Kasse machte.

»Das können wir auch gut gebrauchen, die letzte Zeit war insgesamt etwas mau.«

Die Türglocke bimmelte.

»Och nee, wer kommt denn da jetzt noch?!«, sagte Sanne.

»Das wird Onkel Lorenz sein.« Tina stand auf und öffnete die Tür zum Wartezimmer.

»Frau Doktor, mein Floh hat Husten«, sagte Onkel Lorenz. Er klopfte auf seine Jacke. »Moment, irgendwo muss er sein. Wo ist der alte Schlingel bloß wieder hingehüpft?«

Tina lachte. »Tut mir leid, mein Herr, Parasiten werden von uns nicht behandelt.«

Onkel Lorenz lachte ebenfalls und umarmte Tina. »Na, fertig für unsere Aktion?«

Tina legte den Finger auf den Mund. »Leise, Sanne soll nicht mitkriegen, dass wir heute zu Krischan wollen«, flüsterte sie.

»Alles klar«, flüsterte er zurück.

»Was flüstert ihr da so rum?«, fragte Sanne.

»Nichts«, sagte Tina.

Sanne sah von Tina zu Onkel Lorenz und wieder zurück.

»Oh nein, meine Lieben! Das kommt nicht infrage!«

»Was denn?« Kein neugeborenes Lamm hatte je so unschuldig geguckt wie Tina.

»Ihr wollt zu Krischan. Ohne mich mitzunehmen!«

Sanne baute sich vor Tina auf und stemmte die Arme in die Seiten.

»*Wir* sind die Tierischen Schnüffler, Tina, du und ich. Wir gehen da zusammen hin!«

»Aber, Sanne, es ist zu gefährlich.«

»Komm mir jetzt nicht wieder mit: ›Denk an deine Jungs!‹ Das tue ich nämlich sowieso den ganzen Tag! Wir waren doch ein gutes Team, als wir im Sommer die Morde aufgeklärt haben, oder?«

Ein sehr chaotisches Team, ja.

Sanne zeigte mit dem Finger auf Tina. »Du weißt, dass ich recht habe.« Sie holte ihr Handy aus ihrer goldfarbenen gefälschten Designer-Umhängetasche und wählte eine Nummer.

»Ma, ich bin's! Ich muss noch mit Tina auf einen Hausbesuch, es könnte etwas später werden … Weiß ich nicht genau, so zwischen neun und zehn spätestens … Wir müssen ganz viele Tauben impfen, das dauert. Ja, bis später.«

Tina schüttelte den Kopf und sah Sanne an. »Mir wäre es lieber, wenn du nicht mitkommen würdest zum *Taubenimpfen*.«

»Ich kann ihr ja wohl kaum sagen, dass wir bei Krischan auf dem Hof rumschnüffeln wollen, oder?«

»Sag du doch auch mal was, Onkel Lorenz.«

Er zuckte mit den Schultern. »Was soll ich sagen? Ich finde auch, dass Sanne lieber nicht mitkommen sollte, weil es zu gefährlich ist.«

Tina sah Sanne triumphierend an, und diese öffnete schon den Mund, um zu widersprechen, als Onkel Lorenz fortfuhr. »Aber Sanne ist alt genug, um das selbst zu entscheiden, und vielleicht können wir einen dritten Mann – oder besser gesagt eine zweite Frau – gut gebrauchen.«

»Ha!«, rief Sanne.

Tina hob die Hände. »Okay, okay, ich kapituliere. Dann kommst du eben mit.«

»Da das geklärt ist, hast du schon etwas wegen der Würste erreicht?«, fragte Onkel Lorenz.

Tina sah ihn an, schüttelte leicht den Kopf und wies mit dem Kopf auf Sanne.

Zum Glück hatte diese nicht mitbekommen, dass sich das Gespräch den Hundewürsten zugewandt hatte, weil sie damit beschäftigt war, die Mülltüten aus den Eimern zu holen und zu verknoten.

»Sie reagiert nicht gut auf das Thema ›Menschenfleisch in Hundewürsten‹«, flüsterte Tina ihrem Onkel zu, und der nickte verstehend. Tina setzte sich an den Computer, um die Datensicherung zu machen, während Sanne die benutzten und bereits abgewaschenen Ohrtrichter, Pinzetten und Zahnsteinzangen abtrocknete, die Tina in der Sprechstunde benutzt hatte.

»Okay, von mir aus können wir los. Wenn ich gewusst hätte, dass wir heute zu Krischan fahren, hätte ich mir natürlich was anderes angezogen«, sagte Sanne. »Aber gewisse Leute wollten ja alleine fahren!« Sie warf Tina einen vorwurfsvollen Blick zu, zog den Kittel aus und schlüpfte in einen türkisfarbenen Strickpulli mit zwei Elefanten im indischen Stil darauf. Deren goldene Stoßzähne leuchteten im Licht der Deckenlampen. Über den Pulli zog Sanne eine kurze Jacke in Dunkelblau mit einem pinkfarbenen Rand aus Kunstfell an der überdimensionierten Kapuze.

»Ach, das wird schon gehen.« Tina fuhr den Computer herunter. »Immerhin hast du Gummistiefel an.«

Tina, Sanne, Onkel Lorenz und die beiden Hunde quetschten sich in Tinas Isuzu, und Tina fuhr los.

»Wonach genau suchen wir eigentlich?«, fragte Sanne. Sie hatte einen Kaugummi im Mund und beendete ihre Frage mit dem Knallen einer Kaugummiblase.

»Irgendwas von Merle, was sie mit Krischan in Verbindung

bringt. Das könnte übrigens auch in seinem Auto sein«, erwiderte Onkel Lorenz.

»Und vielleicht irgendeinen Hinweis auf Genmais oder Spritzmittel, die im Bioanbau verboten sind. Es muss irgendwas mit dem Maisfeld zu tun haben, das Merle auf der Karte markiert hat«, sagte Tina. Als sie an der Einmündung zu Krischans Hof ankamen, blinkte sie und fuhr auf die schmale Zufahrtsstraße. Diese war voller Matsch, der durch Traktorenreifen vom Feld auf die Straße geschleppt worden war. Am Rand der Straße hatten sich große Pfützen gebildet, und der Dreck aus den Pfützen spritzte seitlich gegen den Isuzu und verdreckte die Heckscheibe. Tina parkte wieder an der Stelle, an der sie gehalten hatte, als sie Tom verfolgt hatte. Hätte sie da schon gewusst, dass er der Stiefbruder von Anton war, wären sie mit ihren Ermittlungen bestimmt schon ein ganzes Stück weiter. Diesmal wendete sie den Wagen allerdings, bevor sie hinter den Knick fuhr und schräg vor einem Weidetor anhielt. Wer wusste schon, wie schnell sie später losfahren müssten, falls sie entdeckt würden. Die Haselnussbüsche, die Erlen und Ebereschen im Knick hatten schon einen Teil ihrer Blätter verloren, sodass der Wagen nicht besonders gut getarnt war. Zum Glück war er grün, und wenn man nicht gerade genau auf die Stelle schaute, wo Tina geparkt hatte, sollte er nicht auffallen. Außerdem war die Sonne gerade untergegangen, und die Dämmerung setzte ein. Schon bald würde der Wagen nicht mehr zu sehen sein.

Die drei stiegen aus. Swatt drängte sich an Onkel Lorenz vorbei, sprang aus dem Wagen und schüttelte sich.

»Du bleibst hier, mein Junge«, sagte Tina.

Swatt sah sie an und wedelte verhalten mit dem Schwanz.

»Los, steig wieder ein.«

Swatt setzte sich hin. Sanne kicherte, und Tina fasste Swatt am Halsband und zog ihn zur Beifahrertür. »Los, Großer, es nützt ja nichts. Ihr könnt nicht mitkommen.«

Mit hängenden Ohren kletterte Swatt auf den Beifahrersitz, und Tina schlug die Tür zu.

»Achtung, da kommt ein Auto!«, rief Onkel Lorenz.

Die drei sprangen hinter den Knick und duckten sich zwischen die Sträucher. Ein grüner Jeep kam aus Richtung des Hofes und fuhr so schnell durch eine Pfütze, dass das dreckige Wasser bis an den Knick spritzte und Sanne etwas davon in die Haare und ins Gesicht bekam.

»Fahr langsamer, du Drecksau!«, rief sie dem Fahrer hinterher. Zum Glück war das Motorengeräusch laut genug, dass er sie nicht hören konnte.

»Sag mal, spinnst du, hier so rumzubrüllen?«, zischte Tina ihr zu. Sie richtete sich auf und trat hinter dem Knick hervor.

»Ich glaube, das war Tom in dem Jeep«, sagte sie. »Einer weniger auf dem Hof, das ist gut.«

Onkel Lorenz trat neben Tina und stampfte kräftig mit den Füßen auf, um den Matsch abzuschütteln, der an seinen schwarzen Trekkingschuhen kleben geblieben war.

Tina ging den beiden anderen voraus und blieb stehen, als der Hof in Sicht kam. Im Haupthaus brannte Licht, und auch der moderne Kuhstall war erleuchtet. Das Muhen der Kühe war zu hören, und der säuerliche Geruch nach Silage lag in der Luft.

Vor dem Haupthaus stand ein weißes Auto mit einem Schriftzug auf der Fahrertür. Tina versuchte, die Aufschrift zu entziffern, doch der Wagen stand zu weit weg und das Licht war schon zu schlecht. Plötzlich waren Stimmen zu hören, und Tina, Sanne und Lorenz versteckten sich in den Haselnussbüschen neben der Einfahrt.

»Ich weiß, dass Sie hier irgendeinen Betrug machen. Und ich werde noch darauf kommen, was es ist.«

Zwei Männer und ein Hund kamen aus Richtung des großen Kuhstalls, und der kleinere der beiden trat an das Auto. Er sah ein bisschen aus wie der junge Hugh Grant, soweit Tina das von ihrem Beobachtungsposten aus beurteilen konnte.

»Sie waren jetzt schon so oft hier, und immer war alles in Ordnung. Finden Sie sich damit ab, dass Sie mir nichts anhängen können, Warnke.«

»Ich komme wieder, darauf können Sie sich verlassen.«

»Dann sollten Sie aber endlich einmal mit Beweisen um die Ecke kommen. Wenn ich Sie noch einmal hier sehe, ohne dass Sie mit irgendetwas Konkretem aufwarten können, werde ich mich bei Ihrem Vorgesetzten wegen ungerechtfertigter Verdächtigungen beschweren. Ist das klar?«

Krischans Stimme hatte einen unangenehmen Beiklang angenommen, und Tina fragte sich, wie sie ihn jemals hatte charmant finden können. Dies hier war der andere Krischan Klammroth, der, der sich nicht die Butter vom Brot nehmen lassen würde.

»Ich kriege Sie, Klammroth, und dann haben Sie die längste Zeit eine Biolandzertifizierung gehabt.«

Der Mann stieg in den Wagen und fuhr los. Als er an Tina vorbeifuhr, konnte Tina die Aufschrift erkennen. »Landwirtschaftsconsulting. Ökokontrollstelle Rendsburg-Eckernförde«.

Krischan stand hochaufgerichtet auf dem Hof und sah dem Wagen nach. Sein Hund, ein heller Golden Retriever, lief schwanzwedelnd um ihn herum, doch er war anscheinend in Gedanken versunken und beachtete ihn nicht. Der Hund lief am Haus vorbei und verschwand im Garten, in dem noch einige Asternsträucher blühten. Kurze Zeit später tauchte er mit einem Ball im Maul wieder auf, den er Krischan vor die Füße spuckte. Als dieser immer noch nicht reagierte, stupste er ihn mit der Schnauze an und bellte. Krischan fuhr zusammen und blickte den Hund an, dann bückte er sich und warf den Ball quer über den Hof. Der Golden Retriever raste hinter dem Ball her, fing ihn im Sprung und brachte ihn zu seinem Herrchen zurück.

Er setzte sich vor Krischan, und dieser nahm ihm den Ball aus dem Maul und warf ihn erneut. Dann drehte Krischan sich um und ging in Richtung des Kuhstalls zurück.

»Komm, Bo. Die Kühe haben Hunger.«

Der Hund lief mit wehenden Ohren hinter Krischan her, und Hund und Herrchen verschwanden hinter dem Haus.

Tina, Sanne und Lorenz sahen sich an.

»Was war das denn?«, fragte Sanne.

»Sieht so aus, als hätte die Ökokontrollstelle Krischan auf dem Kieker«, erwiderte Tina.

»Er schien sich aber recht sicher zu sein, dass dieser Warnke nichts finden würde«, sagte Onkel Lorenz.

»Entweder ist da wirklich nichts, oder er hat alle Beweise vernichtet.«

Tina blickte über den Hof, auf dem es mittlerweile noch dämmriger geworden war. »Ich würde sagen, wir sollten warten, bis Krischan im Kuhstall fertig ist. Mit etwas Glück geht er dann ins Haus, und wir haben freie Bahn.«

»Guter Plan.« Onkel Lorenz setzte sich auf einen Baumstumpf und streckte die Füße aus. Tina und Sanne setzten sich daneben und beobachteten das Haus.

»Achtung. Krischan kommt«, sagte Onkel Lorenz, nachdem sie etwa eine Viertelstunde lang still dagesessen hatten.

Inzwischen war es schon so dunkel, dass man Krischan kaum erkennen konnte. Ein kleinerer Schatten lief ihm voraus. Als dieser um die Hausecke kam, sprangen die Bewegungsmelder an, und der Hof wurde in ein helles Licht getaucht, sodass Bos Fell aufleuchtete. Auch Krischan trat in den Lichtschein und war gut zu erkennen. Zum Glück reichte das Licht nicht bis zu den Büschen, in denen sich Tina und ihre Begleiter versteckt hielten.

Der Golden Retriever hielt plötzlich inne und starrte in ihre Richtung, dann rannte er los, direkt auf sie zu.

»Bo! Was soll das, komm her!«

Bo machte noch ein paar Sprünge, dann blieb er stehen und schaute sich zu Krischan um. »Hierher!«

Bo blickte noch einmal zu Tina, Sanne und Onkel Lorenz, dann drehte er sich um und rannte zurück zu seinem Herrchen.

Tina ließ die Luft entweichen, die sie reflexartig angehalten hatte. Sie beobachtete, wie Krischan und Bo im Haus verschwanden und die Tür zufiel.

»Wie gut, dass Bo so gut gehorcht hat«, sagte sie.

»Das kannst du aber laut sagen. Ich hab vor Schreck meinen Kaugummi verschluckt«, erwiderte Sanne.

Das helle Licht auf dem Hof erlosch, nur die Lampe neben der Haustür warf einen schwachen Lichtschein auf die Auffahrt.

»Wir sollten mit Krischans Auto anfangen. Ich glaube, die Autos stehen irgendwo hinter den Ställen. Zumindest hatte Tom da geparkt, als ich das letzte Mal hier war«, sagte Tina.

»Wir müssen uns außenrum anschleichen«, sagte ihr Onkel. »Wenn die Bewegungsmelder anspringen, stehen wir im Rampenlicht wie der Sieger bei DSDS.«

»Woher kennst du das denn?«, fragte Tina.

»Ich hab mal eine Folge gesehen, um mitreden zu können. War kaum auszuhalten.«

Tina musste grinsen. Dass Onkel Lorenz als ehemaliger Opernsänger und DSDS nicht kompatibel sein würden, überraschte sie nicht im Geringsten.

Tina wandte sich nach rechts, Sanne und Onkel Lorenz folgten ihr. Sie gingen in einem großen Bogen um den Hof herum. Es platschte, als Sanne in eine Pfütze trat.

»Wie gut, dass ich meine Gummistiefel angezogen habe«, sagte sie.

Sie näherten sich dem rechten, kleineren Stall, und Tina hielt auf eine dunkelblaue Holztür zu.

»Wo wir schon mal hier sind, können wir auch erst in den Stall gucken«, sagte sie.

Sanne drückte sich mit dem Rücken gegen die Wand und beobachtete das Haupthaus. »Ich kann Krischan sehen. Sieht aus, als wäre er in der Küche.«

Tina drehte sich um und sah Krischan, der mit irgendetwas hantierte und sich dann mit dem Rücken zum Fenster hinsetzte.

»Guten Appetit. Und lass dir schön Zeit mit dem Essen.«

Sie hob den Riegel der Tür und öffnete sie. Ein leises Muhen war zu hören, es roch süßlich warm nach Kuh und frischem Heu. Sehen konnte Tina bis auf ein paar helle Schemen nichts.

Sie drehte sich zum Küchenfenster um. Krischan saß immer noch so da wie zuvor. Sie holte eine kleine Taschenlampe aus ihrer Jacke.

»Kommt rein, damit wir die Tür zumachen können.«

Sie traten in den Stall, und Tina schloss die Tür. Sie knipste die Taschenlampe an und ließ den Lichtschein schnell durch den Stall wandern. Rechts und links vom Mittelgang befanden sich zwei große, über die gesamte Länge des Stalls gehende Boxen, die dick mit frischem Stroh eingestreut waren. In beiden Boxen waren jeweils zehn Mutterkühe mit ihren Kälbern untergebracht. Alle Tiere blickten die Eindringlinge mit ihren dunklen Augen neugierig an. Ein Kalb stand auf und trottete an die Absperrung.

»Guckt mal, wie süß! Diese langen Wimpern.« Sanne strich dem Kalb vorsichtig über den Kopf, und es drückte seine feuchte Nase gegen ihre Hand.

»An der Rinderhaltung ist auf den ersten Blick schon mal nichts auszusetzen.« Tina löschte die Lampe wieder. »Raus hier, hier gibt es nichts Spannendes zu sehen.«

Sie öffnete die Tür vorsichtig einen Spalt weit und schaute zum Küchenfenster. Krischan hielt den Kopf gesenkt, vielleicht las er Zeitung, während er aß, oder schaute auf sein Handy.

Nachdem sie wieder auf dem Hof standen, zeigte Tina zur Ecke des Stalls. »Lasst uns hintenrum gehen. Irgendwo muss Krischans Autos doch stehen.«

Als sie auf der Rückseite des Gebäudes angekommen waren, konnten sie dahinter eine alte Remise sehen, in der ein schwarzer Landrover, der Sonnenblumentraktor, zwei moderne Traktoren mit riesigen Reifen und ein Mähdrescher standen. Das Dach des Unterstandes war in der Mitte ein wenig abgesackt, und als Tina einen Schritt vortrat, knirschte ein zerbrochener Ziegel unter der Sohle ihrer Wanderstiefel.

»Das Ding müsste aber bald mal saniert werden, sonst bricht es zusammen«, sagte Onkel Lorenz.

»Hoffentlich hält es noch so lange, bis wir das Auto untersucht haben.« Tina ging zu dem Geländewagen mit Krischans Initialen auf dem Kennzeichen.

»Aber wie wollen wir ins Auto kommen? Das ist doch bestimmt abgeschlossen«, sagte Sanne.

»Auf den Höfen, die ich kenne – und bei uns zu Hause ist das nicht anders –, sind die Autos und Trecker nie abgeschlossen. Mit Glück ist es hier genauso.«

Tina hielt vor der Fahrertür und wühlte in ihrer Jackentasche. Sie zog drei Paar Einmalhandschuhe hervor und verteilte sie.

»Ist wahrscheinlich unnötig, aber Vorsicht ist die Mutter der Porzellankiste.«

Als alle die Handschuhe übergestreift hatten, zog Tina am Türgriff der Fahrertür, die sich mit einem leisen Klacken öffnete.

»Na, in Kiel hätte das aber nicht funktioniert«, sagte Onkel Lorenz.

»Das sind die Vorteile des Landlebens.« Tina zog die Tür ganz auf. Onkel Lorenz zog eine Fusselrolle aus der Tasche seiner teuer aussehenden, dunkelblauen Outdoorjacke.

»Damit rollen wir den gesamten Innenraum und natürlich den Kofferraum ab. Irgendwie muss er Merle ja transportiert haben, denn ich glaube kaum, dass er sie im Futtermittelbetrieb umgebracht hat.«

»Glaube ich auch nicht. Ich habe sie ja nur einmal getroffen, aber sie wirkte nicht so unbedarft wie Caro.«

Als Onkel Lorenz im Licht der Taschenlampe seines Handys den Fahrer- und Beifahrersitz abgerollt hatte und die Klebeblätter der Fusselrolle in Plastiktüten mit Reißverschluss gesteckt und akribisch beschriftet hatte, setzte sich Tina auf den Beifahrersitz und öffnete das Handschuhfach. Außer der Bedienungsanleitung für den Wagen, einer TÜV-Bescheinigung aus dem letzten Jahr und einem Eiskratzer war es leer.

»Hier ist nichts.« Sie warf das Handschuhfach zu und drehte sich zu Sanne um, die halb auf dem Rücksitz lag und mit ihrem Handy unter den Beifahrersitz leuchtete.

»Und, hast du was gefunden?«, fragte sie.

Sanne wühlte sich aus dem Auto und schüttelte den Kopf. »Nur eine alte Tankquittung und ziemlich viel Dreck.«

Auch der Rest des Innenraums brachte keine Hinweise auf Merle.

»Dann guck ich jetzt mal in den Kofferraum«, sagte Onkel Lorenz, der auch die Rücksitze und sämtliche Fußräume abgerollt hatte. Die Klebeblätter von den Fußräumen waren sehr voll, ihr Onkel hatte fünf für jeden Fußraum gebraucht. Er steckte auch diese in verschiedene Plastiktüten, anschließend förderte er eine weitere Tüte aus seiner Jacke zutage.

»Hier, halt mal«, sagte er und drückte Tina die Tüte in die Hand. Dann verschwand er in Richtung Kofferraum. Tina trat neben ihn, als er den Kofferraum öffnete. Eine dicke Plastikmatte war darin ausgelegt, darauf stand eine schwarze Plastikwanne, die den Kofferraum fast vollständig ausfüllte.

»Boah, was ist das denn?«, fragte Sanne, die sich neben Tina gestellt hatte.

»Sieht aus wie eine Wildwanne zum Abtransport von erlegtem Wild«, erwiderte Tina.

»Oder für Leichen, die man entsorgen will«, sagte Sanne. Im

Licht der Kofferraumlampe konnte Tina erkennen, dass sie blass geworden war.

»Leider sehr gut zu reinigen«, sagte Onkel Lorenz. »Ich befürchte, da werden wir nicht viel finden, weil wir die Wanne schlecht mitnehmen und von der Spusi untersuchen lassen können.«

»Mist. Aber abrollen kannst du sie ja trotzdem mal, vielleicht haben wir Glück und es bleibt doch etwas hängen, was uns weiterbringt«, sagte Tina.

Ihr Onkel rollte die Wanne von innen und außen ab, aber man konnte schon sehen, dass nichts an der Klebefläche hängen geblieben war, außer …

»Da! Das sieht aus wie ein Haar!«, rief Onkel Lorenz und zeigte auf ein rötliches, etwa fünf Zentimeter langes Haar am oberen Ende der Rolle.

»Merle war rothaarig! Jetzt haben wir ihn!« Sannes Augen leuchteten.

Onkel Lorenz hielt sich das Haar dicht vor die Augen.

»Es scheint sogar eine Wurzel dran zu sein. Ich mache gleich morgen eine DNA-Analyse.« Er schob das Klebeblatt sorgfältig in eine eigene Tüte.

»Na, das hat sich doch schon mal gelohnt.« Tina klappte den Kofferraumdeckel herunter und ließ ihn mit einem leisen Klicken einrasten. »Wir sollten aber noch weiter gucken, vielleicht finden wir noch mehr.«

Sie warfen einen kurzen Blick in den großen modernen Offenstall, in dem ungefähr dreißig Kühe untergebracht waren, und wandten sich dem linken Stallgebäude zu. Tina zog die Stalltür auf, und die drei traten ein. Wieder ließ Tina ihre Taschenlampe aufblitzen. Es waren keine Tiere zu sehen, in den vier langgestreckten Boxen waren Rundballen aus Stroh aufgestapelt. Ein alter Pflug und anderes Gerümpel standen in der hinteren Ecke und gammelten zusammen mit einem verrosteten Traktor, der zwei platte Reifen hatte, vor sich hin. Langsam gingen sie den Gang entlang, wobei sie darauf achten mussten, nicht zu stolpern, da die alten Steine, mit denen der Gang ausgelegt war, sich teilweise verschoben hatten.

»Dahinten ist eine Tür.« Sanne zeigte an die rechte Wand, wo kurz vor dem Traktor im Licht der Taschenlampe eine moderne Metalltür zu sehen war.

Tina ging zu der Tür und öffnete sie. Dahinter lag ein etwa zwanzig Quadratmeter großer, komplett in Weiß gefliester Raum. Unter der Decke waren Metallstangen angebracht, an denen leere Fleischerhaken hingen.

»Das ist aber eine fette Kühlkammer. Macht der hier Hausschlachtungen?«, fragte sie.

Sanne starrte auf die Fleischerhaken und wurde blass.

»Leute, ich bin raus!« Sie drehte sich um und ging zügig in Richtung der Stalltür, durch die sie hereingekommen waren.

»Sanne, warte auf uns. Wir gucken hier nur kurz und kommen dann gleich«, rief Tina ihr hinterher.

»Ich warte am Eingang«, erwiderte Sanne und verschwand im Gang zwischen den Rundballen.

»Sag Bescheid, wenn du Krischan siehst«, rief Tina ihr hinterher.

Onkel Lorenz war inzwischen in die Kühlkammer getreten und sah sich um.

»Sieht alles sehr sauber aus. Da müsste die Spusi ran.« Er nahm Tina die Taschenlampe aus der Hand und beleuchtete die Fleischerhaken.

»Meinst du, er hat sie an einen Haken gehängt?« Tina merkte, wie sie eine Gänsehaut bekam. Das war wirklich eine sehr gruselige Vorstellung.

»Ich glaube es nicht, und es macht auch eigentlich keinen Sinn, aber gucken will ich trotzdem. Mörder handeln nach der Tat oft nicht rational.«

Tina beobachtete von der Tür aus, wie Onkel Lorenz sich jeden einzelnen Haken genau ansah.

»Und?«

»Nichts Auffälliges zu sehen.«

Er schaute sich in dem Kühlraum um. Einmal bückte er sich und beleuchtete eine Fliese, doch dann ging er weiter.

Tina öffnete ihre Taschenlampen-App und beleuchtete den Boden vor ihr und die Wände, doch sie fand keinen Hinweis, dass Merle in der Kühlkammer gewesen war.

Ein kleiner dunkler Fleck schräg vor der Tür erregte ihre Aufmerksamkeit, und sie hockte sich hin, um ihn genauer zu betrachten. »Onkel Lorenz, komm mal bitte.«

Ihr Onkel kam und ging neben ihr in die Hocke. »Sieht aus wie getrocknetes Blut«, sagte er. Er nahm eine Skalpellklinge aus den anscheinend unerschöpflichen Tiefen seiner Jackentasche, riss die Verpackung auf und kratzte das Blut in eine weitere Plastiktüte. Er beschriftete sie und steckte sie zurück in seine Jacke.

»Guck mal, da ist noch was.« Tina zeigte auf einen winzigen, kaum einen Millimeter langen dunklen Fleck. Wenn sie nicht schon auf dem Boden gehockt hätte, hätte sie ihn bestimmt übersehen.

»Den tüte ich auch noch ein.« Onkel Lorenz kratzte auch diesen Fleck in eine Tüte.

»Ich glaube, das war's«, sagte er schließlich und richtete sich auf.

»Leute, da kommt jemand«, sagte Sanne, die plötzlich in der Tür stand.

Tina sprang auf, schloss die Taschenlampen-App und sah noch kurz Sannes weit aufgerissene Augen, bevor ihr Onkel die Lampe ausmachte und sie in der Dunkelheit standen.

»Wo denn?«, fragte Tina, während sie die Tür zum Kühlraum

schloss und ihren Onkel dabei fast in der Tür eingeklemmt hätte. »Sorry«, flüsterte sie ihm zu.

»Irgendwer kommt auf den Stall zu«, flüsterte Sanne. »Erst hat der Hund gebellt, und dann ist jemand aus der Tür gekommen. Bestimmt ist das Krischan, der uns alle abmurksen will.«

Sie machte ein wimmerndes Geräusch, und Tina legte ihr die Hand auf den Arm.

»Kann es sein, dass er das Licht von unserer Lampe gesehen hat?«, fragte Tina.

Onkel Lorenz stand an einem der kleinen Fenster. Vor dem etwas helleren Hintergrund sah man schwarze Spinnweben, die sich in einem leichten Luftzug bewegten.

»Ich kann das Haus von hier aus sehen, es ist also nicht ausgeschlossen, dass er den Lichtschein gesehen hat, obwohl ich recht vorsichtig war und der Kühlraum keine Fenster hat. Ich schätze, er hat das Licht gesehen, als wir durch den Stall gegangen sind.«

»Was machen wir denn jetzt?« Sannes Stimme zitterte.

»Wir müssen sehen, dass wir hier rauskommen.«

Das Klappern eines Türriegels ertönte, und sie fuhren zusammen. Die Tür öffnete sich, und Tina konnte die Silhouette eines Mannes im Türrahmen sehen. Der Lichtkegel einer starken Taschenlampe zuckte durch den Stall. Zum Glück reichte er nur halb den Gang herunter, sodass sie in der Ecke, in der sie sich befanden, noch unsichtbar waren, doch das würde sich in Kürze ändern, denn Krischan ging den Gang entlang.

»Los, Bo, such.« Bo bellte und rannte vor Krischan her direkt auf Tina, Sanne und Onkel Lorenz zu. Im Lampenschein konnte Tina erkennen, dass Krischan eine Pistole in der rechten Hand hielt.

Scheiße! Was jetzt?

Ihr Onkel berührte sie am Arm und zog sie sanft in Richtung des alten Traktors.

Tina versuchte in dem dunklen Stall etwas zu erkennen. War

hinter dem alten Traktor nicht ein Scheunentor gewesen? Ihr Onkel schien es auch so in Erinnerung zu haben, denn er tastete sich vorsichtig in diese Richtung vor. Tina hatte Sanne am Arm gepackt, und sie bewegten sich langsam durch die Finsternis.

Das Trappeln von Hundepfoten kam näher, und Tina konnte das Hecheln des Golden Retrievers hören, der schnell auf sie zukam. Sie hörte, wie ihr Onkel neben ihr schluckte, dann bellte Bo, ein dunkler Schemen hob vom Boden ab und flog Tina voll gegen die Brust. Sie strauchelte, als die Hundepfoten sie trafen, und sie wäre fast gefallen, doch die Hand von Onkel Lorenz hielt sie fest. Ihr Gesicht wurde feucht, als Bo ihr über die Wange leckte. Dann ließ er sich auf alle vier Pfoten fallen und sprang bellend an Sanne hoch. Sein heftig wedelnder Schwanz schlug Tina gegen die Beine, und sie griff nach seinem Halsband, um ihn von Sanne wegzuziehen, die steif wie ein Stockfisch neben ihr stand. Bo drehte sich um sich selbst, und Tina musste das Halsband loslassen, weil es sich um ihre Finger verdreht hatte.

»Bo! Hast du jemanden entdeckt?«, rief Krischan. Tina warf einen Blick in seine Richtung. Mist, der Lichtschein war fast bei ihnen angekommen!

Sie stellte sich vor dem völlig außer Rand und Band um sie herumhüpfenden Bo auf. Bei Krischan hatte er gut gehorcht, und Tina hoffte, dass er auch auf sie hören würde. Sie hob den Zeigefinger der rechten Hand, ein Zeichen, das einige jagdlich geführte Hunde kannten. Bo hoffentlich auch. Es klappte, Bo unterbrach sein hektisches Gehüpfe und setzte sich hin. Tina richtete sich hoch auf und zeigte mit der Hand in den Gang zurück. Bo blieb sitzen, und Tina wiederholte die Geste. Endlich sprang der Retriever auf und lief das kurze Stück zurück zu Krischan.

»Ist da doch niemand, mein Junge? Ich hätte schwören können, dass ich Licht gesehen habe.«

Krischan blieb stehen und richtete seine Taschenlampe auf

die Tür zum Kühlraum. Tina, Sanne und Lorenz drückten sich dicht an die Wand, als der Lichtschein durch den Stall wanderte. Einen halben Meter vor Tinas Füßen verharrte er und verschwand dann schnell, als Krischan sich umdrehte und den Gang zurückging. In der Tür drehte er sich noch einmal um und leuchtete den Gang hinunter, dann verschwand er und schloss die Stalltür hinter sich. Tina hörte, wie Sanne geräuschvoll die Luft ausstieß, die sie angehalten hatte.

»Scheiße! Ich habe mir meine Unterlippe zerbissen. Oh Gott, ich dachte, wir sind erledigt«, sagte Sanne. Tina hörte, wie sie in ihrer Jackentasche wühlte.

»Was machst du da?«

»Ich brauche erst mal einen Kaugummi. Ich bin völlig fertig.«

»Gib mir auch einen, bitte.« Tina hatte Schweißperlen auf der Stirn, und sie hielt ihr Handy so fest umfasst, dass das Gehäuse bestimmt ein Muster auf ihrer Haut zurücklassen würde. Sie lockerte ihre Finger und atmete tief durch.

»Wir sollten noch einen Moment warten, dann versuchen wir, ob wir durch die Tür hinter dem Trecker rauskommen.«

Sie blieben eine gefühlte Ewigkeit in dem dunklen Stall stehen. Langsam krochen die Kälte und die Feuchtigkeit der Nacht an Tinas Beinen hoch.

»Wollen wir langsam mal los? Ich bin so durchgefroren wie ein Känguru ohne Wintermantel«, sagte Sanne schließlich.

»Noch fünf Minuten«, erwiderte Onkel Lorenz.

Die Sekunden vergingen wie Stunden, doch endlich sagte ihr Onkel, dass sie loskönnten. Sie tasteten sich durch das Gerümpel, und Tina schrie unterdrückt auf, als sie mit dem Schienbein gegen ein spitzes Eisenteil stieß.

Endlich ragte der alte Traktor neben ihnen auf. Von dort aus waren es nur noch ein bis zwei Meter bis zum Scheunentor. Tina wagte es nicht, die Taschenlampe noch einmal anzumachen, und tastete das Tor ab, bis sie fand, worauf sie gehofft hatte: eine kleine Tür im großen Tor, die man eingebaut hatte, damit nicht immer das schwere Tor geöffnet werden musste, wenn man in den Stall wollte. Sie betätigte den Riegel und drückte gegen die Tür. Doch die öffnete sich nicht. Tina drückte kräftiger, und mit einem scharrenden Geräusch, das in der stillen Nacht fast so laut klang wie ein Böllerknall, gab die Tür nach. Fast sofort ertönte Hundegebell.

»Mensch, Bo, sei still«, zischte Tina. Sie blickte durch den Türspalt.

Die Haustür flog auf, und Bo rannte heraus, dicht gefolgt von Krischan. Die Bewegungsmelder sprangen an und tauchten den Hof in helles Licht. Die Waffe in Krischans Hand war gut zu sehen. Als Landwirt war er bestimmt auch Jäger und wusste damit umzugehen.

»Los, nach hinten«, zischte Onkel Lorenz, und die drei rannten so schnell es ging vom Stall weg.

»Stehen bleiben!«

Es knallte, und sie warfen sich flach auf den Boden. Bo bellte.

»Bo, hierbleiben. Und leise!«, rief Krischan.

Bo verstummte.

»Scheiße! Ist der nicht ganz dicht?«, schrie Sanne.

Es knallte nochmals, und einen halben Meter neben Tina spritzte Erde auf, als die Kugel in einen Maulwurfshügel einschlug. Danach war ein Donnern zu hören, das sich entfernte. Es klang wie eine Büffelherde, die davonrannte. Die Kühe, schoss es Tina durch den Kopf. Sie stützte sich kurz auf und sah sich um. Ungefähr zwei Meter vor ihnen war ein schmaler Schatten zu sehen, der sich nach rechts und links fortsetzte. Dahinter schien ein Knick zu sein.

»Ich glaube, vor uns ist ein Graben. Kommt«, zischte sie.

Es knallte nochmals, diesmal ein Stück weiter links. Sanne wimmerte. Tina lief trotz der nächtlichen Kühle der Schweiß an den Schläfen hinunter, und ihre Hände schwitzten in den Einmalhandschuhen. Krischan hatte aufgehört zu schießen, es war totenstill. Entweder lud er nach, oder er versuchte sie zu entdecken. Tina robbte auf den Schatten zu. Ihre rechte Hand stieß an einen tennisballgroßen Feldstein, und sie nahm ihn in die Hand und warf ihn weit nach links. Es raschelte, als der Stein in einen Laubhaufen fiel. Fast sofort danach fiel ein Schuss, der links von ihnen einschlug.

Tina kroch schneller und erreichte den Schatten als Erste. Es war tatsächlich ein schmaler Graben. Er war ungefähr einen Meter breit, die Wasseroberfläche, die aussah wie schwarzes Öl, befand sich etwa anderthalb Meter tiefer als die Kante. Tina glitt über den Rand und schnaufte leise, als ihre Schuhe im Wasser versanken und ihr das kalte Wasser in die Wanderstiefel lief.

Es platschte, als zunächst Sanne, dann Onkel Lorenz neben ihr aufkamen. Zeitgleich pfiff ein Schuss über sie hinweg.

»Der Kerl ist doch nicht ganz dicht«, sagte ihr Onkel. »Hat der vor, uns alle drei umzubringen?«

»Zutrauen würde ich es ihm.«

Tina sah einen Stein, der auf der Grabenkante lag. Dieses Mal warf sie ihn noch weiter nach links. Es platschte, als der Stein im Graben aufkam. Wieder knallte ein Schuss, dann noch einer.

»Es hat keinen Zweck, wenn wir im Graben weitergehen. Das ist viel zu laut.«

Tina richtete sich vorsichtig auf und warf einen schnellen Blick über die Kante. Der Knick war etwa drei Meter entfernt.

»Wenn wir es hinter den Knick schaffen, haben wir eine Chance.«

»Wie viel Schuss mag er noch haben?«, fragte Onkel Lorenz.

Tina rechnete. Von ihrem Vater wusste sie, dass je nach Art der Waffe sechs bis zehn Schuss im Magazin eines Revolvers, beziehungsweise einer Pistole waren.

»Er hat fünf Mal geschossen. Je nach Waffe dürfte er noch einen bis fünf Schuss übrig haben, wenn das Magazin voll war.«

»Lasst uns noch ein paar Steine werfen. Wenn er nachladen muss, rennen wir zum Knick«, sagte Onkel Lorenz.

Tina griff nach einem weiteren Stein und warf ihn wieder nach links. Es knallte sofort.

»Er ist verdammt schnell«, sagte ihr Onkel und warf ebenfalls einen Stein. Diesmal dauerte es einen kleinen Moment länger, aber es klang, als wäre der Schuss mehr aus der Nähe abgefeuert worden.

»Er kommt her«, flüsterte Sanne mit zitternder Stimme.

Tina warf einen weiteren Stein. Dieses Mal konnte sie den Lichtschein des Mündungsfeuers schräg über sich sehen. Krischan war fast am Graben angekommen! Tina spürte, dass Sanne angefangen hatte zu zittern, und sie legte ihr die Hand auf den Arm, während ihre Gedanken rasten. Plötzlich hörte sie leise Fußtritte, und sie blickte auf die vordere Grabenkante. Ein Schatten ragte an der Kante auf und blieb stehen. Anscheinend versuchte Krischan zu erkennen, wo im Graben sie sich befanden. Leise griff Tina nach einem weiteren Stein und warf ihn nach links. Sofort knallte es, und es roch nach Schießpulver. Die Umgebung wurde durch das Mündungsfeuer kurzzeitig hell erleuchtet, und Tina konnte sehen, dass Krischan dicht am Graben stand und sich nach links gedreht hatte. Sie sprang auf, packte ihn am Hosenbein und zog kräftig daran. Er geriet ins Schwanken, fiel aber nicht. Tina zerrte an der Hose, doch jetzt begann Krischan nach ihrer Hand zu treten. Ein Tritt seiner dicken Arbeitsschuhe traf sie an den Fingern. Sie schrie auf und ließ die Hose los. Im selben Moment packte Onkel Lorenz zu und riss Krischan um. Mit einem überraschten Schrei fiel Krischan nach hinten und schlug auf dem Boden auf.

»Los«, zischte Onkel Lorenz.

Tina sprang hoch und zog sich über die Grabenkante. Ihre Füße fanden kaum Halt an der matschigen Grabenwand, und Onkel Lorenz schob von unten, bis sie sich über die Kante gezogen hatte. Dann zog sie schnell Sanne, die wie ein nasser Sack mit dem Oberkörper über der Kante hing, und danach mit Sannes Hilfe ihren Onkel aus dem Graben.

»Los, schnell hinter den Knick«, sagte Tina. Sie quetschte sich durch die Zweige der eng stehenden Erlenbüsche, dicht gefolgt von Sanne und ihrem Onkel.

»Stehen bleiben!«, schrie Krischan. Bei einem schnellen Blick über die Schulter sah Tina, dass er sich bereits wieder aufgerappelt hatte, doch er schien seine Waffe verloren zu haben, denn er schoss nicht auf sie.

»Mist, da ist ein Stacheldraht«, rief Tina, nachdem sie fast in den Zaun hineingerannt wäre.

»Los, schnell, kriecht durch. Ich halte den Draht hoch«, sagte Onkel Lorenz.

Sanne kroch zuerst durch den Draht, dann folgte Tina. Als sie auf der anderen Seite angekommen war, hielt sie den Draht hoch, und ihr Onkel schob sich zwischen dem Stacheldraht hindurch. Seine Jacke verfing sich an einem Metallstachel, und es gab ein reißendes Geräusch, als der Stoff nachgab.

»Shit, deine schöne Jacke«, sagte Tina.

»Egal. Los, lauft!«

Ein Schuss hallte durch die Stille, und die drei ließen sich auf den Boden fallen. Als kein weiterer Schuss fiel, hob Tina vorsichtig den Kopf. Sie konnte Krischan nicht sehen, anscheinend war er noch hinter dem Knick. Abwarten oder riskieren aufzustehen? Während Tina versuchte, die Chancen für das Aufstehen abzuwägen, hörte sie ein Muhen. Die Kühe, die vor den Schüssen weggelaufen waren, waren langsam zurückgekehrt und kamen auf sie zu. Sie blieben ungefähr einen Meter vor ihnen stehen und betrachteten sie mit lang ausgestreckten Hälsen. Tina hörte ihr lautes Schnuppern und ein gelegentliches leises Muhen.

Sie richtete sich auf, und sofort wichen die Kühe ein Stück zurück, kamen aber gleich wieder näher.

»Äh, meinst du, die nehmen uns auf die Hörner?«, fragte Onkel Lorenz, der sich ebenfalls aufgerichtet hatte.

»Die sind nur neugierig. Typisch Färse, würde ich sagen.«

»Typisch was?«, fragte er.

»Eine Färse ist eine Teenie-Kuh.«

Eine besonders mutige Kuh hatte sich einen Schritt vorgewagt und schnupperte an Onkel Lorenz' Jacke. Dieser wich zurück und wedelte mit ausgestreckten Armen. »Geh weg.«

Die Kuh sprang zurück.

»Nein, lass sie«, sagte Tina, der eine Idee gekommen war.

»Was hast du vor?«, fragte Onkel Lorenz.

»Ich gehe davon aus, dass Krischan nicht auf seine Kühe schießen wird. Er hat auch Bo gerufen und ihn so aus der Gefahrenzone geholt. Wir gehen im Schutz der Herde zu unserem Auto.«

»Und du glaubst, das funktioniert?«, brachte Sanne zwischen klappernden Zähnen heraus. Sie lag immer noch auf dem Boden. Tina ging zu ihr und zog sie hoch.

»Färsen sind mega-neugierig. Ich wette, wenn wir losgehen, kommen sie mit.«

»Versuchen wir's. Es ist unsere einzige Chance, würde ich sagen«, sagte Onkel Lorenz und ging voraus. Wie Tina es vorhergesagt hatte, kamen die Kühe nach einem kurzen Moment des Zögerns mit. Umringt von den hellen Leibern der Kühe, die ab und zu ein beruhigend klingendes Muhen von sich gaben, gingen sie in Richtung des Autos.

Als es knallte, stoben die Kühe davon, und Tina, Sanne und Onkel Lorenz ließen sich wieder auf den Boden fallen.

»Von wegen, er schießt nicht auf seine Kühe«, sagte Sanne.

Die Kühe kamen zurück, eine von ihnen stupste Tina sogar mit der Nase an.

Es knallte wieder, doch dieses Mal wichen die Kühe nur ein kurzes Stück zurück und kamen sofort wieder.

»Ich glaube, er schießt in die Luft«, sagte Tina. Es blieb still, und nachdem sie noch ein paar Minuten auf dem Boden gelegen hatte, stand sie vorsichtig auf.

»Wo ist Krischan bloß?« Tina versuchte, in der Dunkelheit etwas zu erkennen.

»Wenn ich er wäre, würde ich ganz in Ruhe nachladen und gucken, wohin wir gehen. Irgendwann müssen wir ja wieder von der Weide runter.« Onkel Lorenz stand ebenfalls auf.

Sanne, die sich nun auch vom Boden hochgerappelt hatte, keuchte auf.

»Du hast recht. So würde ich es auch machen«, erwiderte Tina. Sie überlegte hektisch, während eine Kuh damit begann, an ihrer Jacke zu knabbern. Gedankenverloren schob Tina sie zur Seite. Irgendeine Lösung musste es doch geben!

Plötzlich kam ihr eine Idee. »Ich weiß, wie wir es machen.«

»Klingt gut«, sagte Onkel Lorenz, nachdem Tina ihren Plan erläutert hatte. Sanne schwieg, was Tina Sorgen machte. Von der schlagfertigen, lustigen Sanne war nichts übrig geblieben. Hätte sie bloß darauf bestanden, dass Sanne nach Hause fuhr!

Zügig gingen sie am Zaun entlang weiter, immer umringt von ihrer Kuh-Garde, und sahen schließlich das Weidetor, vor dem der Isuzu stand. Die drei blieben stehen und starrten in die Dunkelheit.

»Ich seh nichts«, flüsterte Tina. »Aber das heißt nichts. Er wird sich bestimmt versteckt haben.«

Sanne wimmerte.

Die Kühe waren inzwischen noch mutiger geworden und standen so dicht um sie herum, dass eine Kuh Tina auf den Fuß trat. Die fluchte unterdrückt und schob das Tier ein Stück zurück.

»Okay, los geht's«, sagte sie.

Schnell gingen die drei zum Tor. Die Kühe folgten ihnen und

drängten sich vor dem Tor zusammen. Tina hob den Riegel, und das Tor schwang in gut geölten Scharnieren lautlos nach außen auf. Als die Kühe begannen, sich durch die Öffnung zu drängen, fiel direkt in ihrer Nähe ein Schuss. Er war so laut zu hören, dass es in Tinas Ohren anfing zu klingeln. Das Mündungsfeuer blitzte rechts von ihnen auf, und Tina konnte kurz Krischan erkennen, der breitbeinig wie John Wayne mitten auf der kleinen Straße stand und mit einem leichten Lächeln in ihre Richtung blickte. Er schien sich sehr sicher zu sein, dass er sie erwischen würde. Tina schluckte, während sich kalter Schweiß auf ihrem Körper ausbreitete. Neben ihr wimmerte Sanne, und Onkel Lorenz sog scharf die Luft ein.

Einige Kühe rannten durch das Tor, während die anderen zurücksprangen und die Weide hinunterliefen.

»Zurück! Zurück mit euch, ihr dummen Viecher!«, schrie Krischan.

»Los!«, rief Tina und rannte durch das Tor zu ihrem Auto. Im Rennen entriegelte sie die Türen, und die Warnleuchten blinkten einmal auf. In dem kurzen Moment konnte Tina Krischan sehen, der mit fuchtelnden Armen versuchte, die Kühe zu stoppen, die auf ihn zugeprescht kamen. Tina, Sanne und Onkel Lorenz sprangen ins Auto, Tina ließ den Motor an und fuhr sofort los. Die Reifen drehten kurz im Matsch durch, dann fanden die Räder Halt, und der Wagen schoss vorwärts. Ein Schuss fiel, und Tina konnte im Rückspiegel helle Flecken sehen, die sich schnell hinter ihnen her bewegten. Offenbar waren die Kühe durch den erneuten Schuss nun doch in Panik geraten und rannten hinter ihnen die Straße entlang. Tina gab Gas und fuhr so schnell, wie die enge Straße es zuließ. Sie zitterte, und sie musste sich konzentrieren, um den schweren Wagen auf der Straße zu halten. An der Einmündung zur Landstraße nahm sie nur wenig Gas weg und schleuderte so heftig um die Kurve, dass sie fast eine Erle am Straßenrand gerammt hätte. Danach fuhr sie ein wenig langsamer und blickte immer wieder in den Rückspiegel. Kein anderes Auto war zu sehen. Sie lockerte den Griff um das Lenkrad, das sie eisern umklammert hatte. Swatt schob sich an sie heran und schnupperte an ihrer durchweichten Jeans. Sie roch nach Modder, verrottendem Laub und verwesten Kröten und klebte ihr eklig kalt an den Beinen. Auch ihre Jacke war völlig verdreckt, und Sanne und Onkel Lorenz sahen nicht besser aus, soweit Tina das in dem schwachen Licht des Armaturenbretts beurteilen konnte. Am linken Ärmel von Onkel Lorenz' teurer Jacke war ein großes Dreieck eingerissen, wo er im Stacheldraht hängen geblieben war. Seine Kappe saß schief auf dem Kopf, und er hatte Dreckschmierer im Gesicht. Seine Brille saß zwar gerade auf seiner Nase, war aber über und über mit Matsch bespritzt.

Tina drehte die Heizung auf höchste Stufe und machte die Sitzheizungen an. Im Rückspiegel sah sie die Scheinwerfer eines Autos, das rasch näher kam.

»Ist das etwa Krischan? So schnell kann der doch gar nicht zu seinem Auto gekommen sein!« Tina umkrallte das Lenkrad wieder fester und drückte das Gaspedal durch. Schweiß lief ihr in die Augen, und sie versuchte ihn wegzublinzeln. Der Isuzu beschleunigte, das andere Auto blieb zurück. Tina rief sich die Umgebung ins Gedächtnis. Gleich müsste der kleine Feldweg kommen, den sie mit Swatt auf der Demo entlanggegangen war. Da, da war die Biogasanlage, und davor zweigte der Feldweg ab. Tina riss das Steuer herum und schlitterte in den Feldweg hinein. Hinter der ersten Kurve trat sie auf die Bremse und löschte das Licht. Der verfolgende Wagen brauste an dem Feldweg vorbei, und seine Lichter verschwanden hinter der nächsten Kurve.

»Sah aus wie ein Porsche«, sagte Onkel Lorenz. »Auf alle Fälle war das kein Geländewagen.«

»Dann war es nicht Krischan.« Tina wischte sich den Schweiß aus den Augen, wendete den Wagen und fuhr auf die

Landstraße zurück. Es knallte, als Tina in ein Schlagloch fuhr, und Sanne gab ein leises Keuchen von sich, sonst blieb sie still. Ungewöhnlich still.

»Sanne, ist alles in Ordnung bei dir?«

»Bring mich einfach nach Hause«, erwiderte Sanne mit leiser Stimme.

Tina blickte ihren Onkel an, der neben ihr auf dem Beifahrersitz saß. Er nickte Tina leicht zu und drehte sich zu Sanne um.

»Er hat dich doch nicht getroffen, oder?«, fragte er. Seine tiefe Stimme klang noch ein wenig tiefer als sonst, ungefähr so, wie sich Tina die Stimme des Weihnachtsmannes vorstellte.

»Nein.«

»Das war schon ein echter Schock, als er angefangen hat zu schießen«, sagte Onkel Lorenz.

Sanne entfuhr ein Schluchzen, dann brach es aus ihr heraus. »Ich dachte, wir müssen alle sterben! Der Kerl ist ja nicht ganz dicht! Schießt einfach so auf uns! Er wusste doch gar nicht, wer wir waren. Wir hätten ja auch von den Pfadfindern sein können und Kuchen verkaufen.«

»Ja, das stimmt.« Onkel Lorenz legte noch eine Schippe »Beruhigende Weihnachtsmannstimme« obendrauf.

»Oder von Ärzte ohne Grenzen zum Spendensammeln oder von den Zeugen Jehovas oder …«

»Bei den Zeugen Jehovas könnte man ihn fast schon wieder verstehen«, sagte Onkel Lorenz. Tina sah im Rückspiegel, wie Sanne ihn mit geweiteten Augen ansah. Dann merkte sie, dass er einen Scherz gemacht hatte, und lachte los. Sie lachte so lange, bis ihr die Tränen die Wangen hinunterliefen und sie von Schluchzern geschüttelt wurde. Tina hielt an einer Feldeinfahrt an und setzte sich zu Sanne auf den Rücksitz. Sie legte den Arm um sie und zog sie an sich. Endlich beruhigte Sanne sich wieder. Sie wischte sich mit den Händen über das Gesicht und zog geräuschvoll den Rotz in der Nase hoch. Tina wühlte in der Mittelkonsole nach einem Päckchen Taschentücher und reichte es ihr. Sanne nahm eins und schnupfte lautstark hinein. Dann sah sie Tina an.

»Ich bin ja eine tolle Hilfe. Kaum wird auf uns geschossen, bin ich nicht mehr zu gebrauchen.«

Sie grinste schief.

Tina klopfte ihr auf die Schulter. »Du hast uns gewarnt, als Krischan gekommen ist. Ohne dich hätte er uns kalt erwischt.«

Sannes Gesicht leuchtete auf. »Das stimmt.«

»Du hast echt prima Schmiere gestanden.«

»Besser hätte man es nicht machen können«, sagte Onkel Lorenz.

»Na gut, wenn ihr noch mal jemanden zum Schmierestehen braucht, ich bin dabei.«

Tina boxte Sanne leicht auf den Arm. »Mir würde niemand anderer für den Job einfallen.«

Sanne schnupfte erneut in ihr Taschentuch. »Wieso hatte der Kerl eigentlich eine Knarre? Sind wir hier im Wilden Westen, oder was?«

»Krischan ist als Landwirt bestimmt auch Jäger. Die haben eigentlich alle eine Pistole, falls sie einem Reh oder einem anderen Wildtier den Gnadenschuss geben müssen«, erwiderte Tina.

»Hat dein Bruder auch eine?«

»Sogar zwei.«

»Oh, okay.«

Sanne holte sich einen Kaugummi aus ihrer Jackentasche und schob ihn in den Mund.

»Geht es wieder?«, fragte Tina.

»Lass uns sehen, dass wir hier wegkommen.«

Tina nahm wieder auf dem Fahrersitz Platz und fuhr weiter.

»Gerettet von Kühen«, sagte Lorenz. »Wer hätte das gedacht.«

Tina lachte. »Hoffentlich hat die Aktion wenigstens etwas gebracht.«

»Ich lasse das Haar, die Blutproben, die Fusseln und die Würste gleich morgen früh analysieren«, erwiderte Onkel Lorenz. Er blickte auf seine durchweichten Klamotten und puhlte an dem Dreieck in seiner Jacke.

»Ich glaube, das Essengehen verschieben wir.«

Kapitel 30

Am folgenden Vormittag blickte Tina zwischen den Behandlungen immer wieder auf ihr Handy. Einerseits hoffte sie auf eine WhatsApp von ihrem Onkel, andererseits hatte ihre Schwägerin heute ihren Stichtag, und sie hatte Kai versprochen, mit ihnen ins Krankenhaus nach Eutin zu fahren, wenn die Wehen einsetzten. Sabrina hatte sich nach langem Hin und Her schließlich für das Krankenhaus in Eutin entschieden, unter anderem auch nach Tinas Hinweis, dass es nach Kiel im Zweifel zu weit war und sie ihr Kind doch bestimmt nicht auf der B 76 bekommen wolle.

Doch von Kai kam keine Nachricht, sodass sich Tina gegen Mittag entschloss, ihm eine WhatsApp zu schicken und nach dem Stand der Dinge zu fragen. Seine Antwort kam prompt:

Es tut sich noch gar nichts. Sabrina meint, heute wird es wohl nichts mehr.

Gegen drei Uhr kam endlich eine Nachricht von ihrem Onkel:

Das rote Haar war ein Fuchshaar! Der große Blutstropfen stammt von einem Reh, aber der kleine ist Menschenblut. Ich habe eine Vergleichsprobe von Merle von den schwedischen Kollegen angefordert, um einen DNA-Abgleich zu machen, aber das kann eine Weile dauern.

Die Hundewürste bestehen leider alle aus Rindfleisch.

Liebe Grüße OL

»Das ist ja ein Ding«, sagte Tina, als sie die Nachricht gelesen hatte.

»Was denn?«, fragte Sanne, die sich von dem gestrigen Schrecken recht gut erholt zu haben schien.

»Das rote Haar ist von einem Fuchs.«

»Nein! Hammer!«

»Dafür stammt der eine Blutstropfen von einem Menschen.«

»Dann haben wir ihn!«

Sanne riss die Hand zu einem High five hoch, doch Tina schlug nur sehr halbherzig ein.

»Vielleicht hat Krischan sich geschnitten, oder Tom. Wir müssen warten, bis Onkel Lorenz die Vergleichsprobe von Merle bekommen und untersucht hat. Und das kann dauern, die kommt aus Schweden von ihren Sachen vom Schiff.«

»Oh Manno, dass das alles immer so kompliziert sein muss. Der Kerl muss hinter Gitter!« Sanne sah Tina an, und ihre Augen weiteten sich. »Meinst du, er hat dein Kennzeichen erkannt?«

Darüber hatte Tina auch schon nachgedacht. »Ich glaube nicht. Die Kühe waren zwischen dem Auto und ihm.«

Sanne nagte an ihrer Unterlippe. Sie sah nicht überzeugt aus. »Du musst Jan anrufen, dass er so lange bei dir einzieht, bis der Typ im Knast sitzt.«

»Jan kommt sowieso heute Abend. Wenn ich ihm erzähle, dass wir gestern bei Krischan auf dem Hof waren, kriegt er nur wieder einen Anfall. Das muss ich nicht haben.«

»Hm. Na gut, wie du meinst.«

»Swatt und Daisy sind ja auch noch da und passen auf mich auf.«

»Stimmt!«

Sanne schien beruhigt zu sein, was auf Tina nicht zutraf. Wenn Krischan sie aus dem Hinterhalt erschießen wollte, könnten auch die Hunde sie nicht beschützen.

»Er hat das Kennzeichen bestimmt nicht gesehen, und selbst

wenn, muss er erst mal rausfinden, wem der Wagen gehört. Das geht nicht so einfach, wenn man kein Polizist ist.«

»Hoffentlich hat er als Politiker keine Connections zu den Bullen«, erwiderte Sanne.

Tina hatte gar nicht gemerkt, dass sie ihre Gedanken laut ausgesprochen hatte.

»Selbst wenn, dürfen die ihm keine Auskunft geben. Wir leben ja nicht in einer Bananenrepublik«, erwiderte sie, um Sanne und sich zu beruhigen. Es war allerdings durchaus möglich, dass Krischan ihr Auto sowieso erkannt hatte. Tina wurde kalt, und sie schluckte.

»Wenn wir doch bloß schon eine Vergleichsprobe von Merle hätten«, wechselte sie schnell das Thema, bevor sie sich in den Gedanken hineinsteigern konnte, dass Krischan ihr irgendwo auflauern könnte.

»Ruf doch mal bei Caro an. Vielleicht hat die eine Bürste von Merle oder so.«

»Warum sollte sie eine Bürste von Merle haben? Ich habe auch keine Bürste von Mareike bei mir zu Hause, und wir sind schon seit dem Kindergarten befreundet.«

»Fragen kann doch nicht schaden, oder?«

Sanne setzte sich vor den Computer, rief die Homepage des Pharma-Großhändlers auf und begann mit den Arzneibestellungen für die nächste Woche.

Da noch kein Patient im Wartezimmer saß, scrollte Tina durch ihre Kontakte, bis sie Caros Nummer fand. Sie hatte sie sowieso anrufen wollen, um zu fragen, wie es ihr gehe.

»Hi, Tina!«, meldete Caro sich. Ihre Stimme klang fröhlich.

»Caro! Du klingst, als würde es dir besser gehen.«

»Ist auch so. Ich hatte schon zwei Sitzungen bei einer Psychologin, und das hat echt was gebracht.«

»Das freut mich. Sag mal, Caro, hast du zufällig irgendwas, was Merle gehört hat? Eine Haarbürste oder so was?«

»Eine Bürste? Warum sollte ich eine Bürste von ihr haben?«

»Vielleicht hat sie mal bei dir übernachtet und ihre Bürste vergessen?«

Caro lachte. »Merle hat immer in ihrem Bus geschlafen. Aber warte mal, mir fällt was ein.«

Tina setzte sich auf und umklammerte das Handy fester.

»Ja?«

»Sie hat mir ihren Batikschal geliehen, als ich Anfang September einen rauen Hals hatte. Ich hatte schon gedacht, dass ich mir eine Erkältung aufgesackt hätte. War zum Glück nicht so, aber ich habe vergessen, ihr den Schal wiederzugeben.«

Caro machte eine kurze Pause. »Und jetzt braucht sie ihn ja nicht mehr.«

»Ja, leider. Sag mal, kann ich den Schal nach der Praxis bei dir abholen?«

»Wann wäre das?«

»Ich schätze, zwischen sechs und halb sieben.«

»Da bin ich zu Hause. Wozu brauchst du den denn?«

»Wir brauchen eine Vergleichsprobe von Merles DNA. Vielleicht ist ein Haar von ihr drauf.«

»Hast du den Mörder?«

»Es ist noch nicht sicher.«

»Aber du hast einen Verdacht! Wer? Wer ist das Schwein?«, schrie Caro so laut in den Hörer, dass Tina zusammenzuckte.

»Bis jetzt ist es wirklich nur ein Verdacht. Ich brauche Beweise.«

Caro schwieg.

»Du erfährst es als Erste, wenn ich sicher bin, okay?«

Tina klingelte bei Caro. Sofort ertönte der Summer, und Tina stieg die Stufen zu Caros Wohnung hinauf. Caro stand schon in der offenen Tür und hielt einen Seidenschal mit einem blaugrün-türkisfarbenen Muster in der Hand.

»Das ist er«, sagte sie und reichte Tina den Schal.

»Danke.«

Tina zog einen Frischhaltebeutel aus ihrer Jackentasche und legte den Schal hinein.

»Was ist denn nun mit dem Mörder?«, fragte Caro.

»Ich hab dir doch gesagt, ich kann ihm nichts nachweisen. Noch nicht.«

Caro verzog das Gesicht. »Ich will aber wissen, wer Merle umgebracht hat.«

Tina hob die Tüte mit dem Schal. »Vielleicht bringt der Schal uns weiter. Sobald der Mörder überführt ist, melde ich mich bei dir. Es besteht noch eine gewisse Chance, dass der Typ unschuldig ist, und deshalb möchte ich keine voreiligen Verdächtigungen aussprechen.«

Caro würde die Information bestimmt nicht für sich behalten, und es fehlte gerade noch, dass bald in ganz Plön herum wäre, dass Krischan Merle ermordet hätte. Nicht, bevor sie wirklich sicher waren. Außerdem wollte Tina Krischan nicht noch weiter aufschrecken. Nicht auszudenken, wenn er sich absetzte, bevor er verhaftet werden konnte.

Caro nickte, doch Tina konnte sehen, dass sie unzufrieden war.

»Ich melde mich, versprochen.« Sie umarmte Caro und wandte sich zum Gehen.

»Kommst du morgen zur Demo?«, fragte Caro.

»Gleich nach der Vormittagssprechstunde. Nachmittags mache ich zu, ich werde also rechtzeitig da sein.«

»Dann sehen wir uns.«

»Bis morgen.«

Tina stieg in ihr Auto und lenkte den Wagen in Richtung Kiel. Schade, dass in der Hundewurst, die sie von Frau Hoffmann bekommen hatte, nur Rindfleisch drin war. Als sie an der Abzweigung nach Tramm vorbeifuhr, fiel es ihr ein. Anton hatte ihr doch zwei Würste geschenkt, als sie das erste Mal in seinem Betrieb war.

»Ich bin so eine Tröte! Wie konnte ich das vergessen!«

Wie gut, dass ihr komplett entfallen war, dass die Würste in der Vorratskammer lagen, sonst hätte sie sie bestimmt schon längst verfüttert.

Swatt, der sich auf dem Beifahrersitz zusammengerollt hatte, blickte beim Klang ihrer Stimme auf und wedelte kurz. Dann ließ er den Kopf wieder sinken und schloss die Augen.

Tina wendete auf der Einfahrt zu einem Einfamilienhaus und fuhr nach Hause. Sie sprang aus dem Wagen und ließ Swatt und Daisy in den Garten, während sie die Würste aus der Vorratskammer holte.

»Los, Hunde, wieder rein«, rief sie. Als die Hunde im Auto saßen, gab sie Gas und hätte beinahe ihren Bruder überfahren, der gerade aus seinem Haus gekommen war und in Richtung des Kuhstalls ging. Tina bremste und ließ die Scheibe herunter.

»Und, immer noch nichts?«

Kai trat ans Auto und schüttelte den Kopf. »Nee.«

»Kann jetzt aber nicht mehr lange dauern.«

»Das wird schon. Bei den Kühen sind auch oft welche überfällig, und dann geht alles glatt.«

»Lass Sabrina bloß nicht hören, dass du sie schon wieder mit einer Kuh vergleichst«, erwiderte Tina grinsend.

Kai lachte. »Ich bin doch nicht lebensmüde. Was meinst du, was ich mir anhören musste, als du und Krischan gegangen wart. Außerdem ist sie total schlecht drauf, weil es nicht losgeht. Sie sagt, wenn er nicht bald kommt, platzt sie noch wie ein dicker Kürbis.«

»Grüß sie von mir. Ich muss los, ich will kurz nach Kiel zu Onkel Lorenz.«

Tina parkte vor der Rechtsmedizin im absoluten Halteverbot. In der ganzen Straße war kein einziger freier Parkplatz zu finden gewesen, sodass sie das Risiko einging, ein Knöllchen zu bekommen. Schließlich war es schon recht spät, die zuständige Kraft hatte bestimmt schon längst Feierabend gemacht. Sie sprang aus dem Auto und rannte die Treppe zu Onkel Lorenz' Büro hinauf. Zuvor hatte sie ihrem Onkel eine kurze Nachricht geschickt, dass sie mit einem Schal von Merle vorbeikommen würde. Sie winkte dem Pförtner kurz zu, als sie an ihm vorbeisprintete.

Ihr Onkel stand in seinem Büro neben Carrie, dem Skelett, und nahm gerade sein Smartphone und seine Schlüssel von dem silbernen Tablett. Er trug ein Hawaiihemd mit roten Oldtimern darauf. Wenn Tina ihn fragen würde, würde er ihr bestimmt sagen können, um welche Automarke es sich handelte. Tina tippte auf Alfa Romeos oder Ferraris.

Bei ihrem Eintreten blickte er auf. »Tina! Wie schön, dich zu sehen!«

Sie ging auf ihren Onkel zu und gab ihm einen Kuss auf die Wange. »Ich habe die Würste dabei, die Anton mir geschenkt hat, und den Schal von Merle natürlich.« Sie reichte ihm den Beutel mit den Würsten und dem bunten Schal.

»Wunderbar, meine Liebe, wunderbar!«

Ihr Onkel zog die Tüte mit dem Schal heraus und begutachtete ihn. »Sieht so aus, als wären da tatsächlich ein paar Haare drauf. Ich werde den Test gleich ansetzen. Willst du zuschauen?«

»Ein andermal gern, aber ich stehe im absoluten Halteverbot.«

»Dann solltest du sehen, dass du wegkommst. Die Politesse hier hat mit Sicherheit keine Hobbys, denn sie kommt zu den unmöglichsten Zeiten vorbei. Und Humor hat die auch keinen. Hat keine Miene verzogen, als ich ihr den Witz mit dem Gynäkologen und dem Hund erzählt habe.«

»Oh Shit! Bei meinem Glück schreibt sie mich gerade auf!

Und ich habe gerade erst letztens ein Knöllchen bekommen! Ich bin weg!«

Tina winkte ihrem Onkel kurz zu, dann drehte sie sich um und raste die Treppe hinunter, durch die Tür hinaus und auf die Straße.

Als sie das Gebell ihrer Hunde hörte, schwante ihr schon Übles. Und richtig, die Politesse stand gerade neben ihrem Auto und war dabei, das Knöllchen zu schreiben. Tina rannte los und blieb keuchend vor ihr stehen.

»Ich bin schon wieder weg!«

Die Politesse unterbrach ihre Tätigkeit und blickte sie mit einem lauernden Ausdruck an. »Welche herzerweichende Geschichte wollen Sie mir erzählen? Haben Sie Ihre Oma im Leichenschauhaus besucht?«

»Nein. Ich bin Tierärztin und habe meinem Onkel eine Probe vorbeigebracht. Er ist Pathologe hier in der Rechtsmedizin.« Die Politesse hob eine Augenbraue und schrieb weiter an dem Knöllchen. *Mist.* Tina überlegte einen Moment, dann fiel ihr etwas ein.

»Mein Onkel brauchte dringend eine Vergleichsprobe Hundeblut, um herauszufinden, ob der Obdachlose, der vorgestern im Schwentinepark gefunden wurde, von einem Wolf oder von einem Hund angefallen wurde.«

Die Politesse verzog keine Miene, nickte aber leicht. »Gute Geschichte, kommt auf jeden Fall unter die Top fünf meiner Hitliste.«

Tina grinste. Na bitte, ging doch. Sie wollte einsteigen, doch die Politesse hielt sie zurück und drückte ihr das Knöllchen in die Hand. »Schönen Tag noch.«

Verdammt!

Tina stieg ein, zerknüllte das Ticket und warf es in den Fußraum des Beifahrersitzes. Vielleicht konnte sie es bei Onkel Lorenz als Spesen absetzen. Sie fuhr los, parkte in der Nähe des

Geomar-Aquariums und ging mit den Hunden eine knappe Stunde an der Förde entlang spazieren, bevor sie zu Jans Wohnung fuhr. Sie hatte ihm eine WhatsApp geschrieben, dass sie am Abend vorbeikommen würde. Er wohnte in einer Einbahnstraße in der Nähe des Südfriedhofs in einem dreistöckigen Mehrfamilienhaus, und sie musste eine halbe Ewigkeit nach einem Parkplatz suchen, bevor sie in einer kleinen Nebenstraße einen fand, in den sie sich nur mit viel Hin- und Herkurbeln hineinquetschen konnte.

»Für die Stadt ist die Karre einfach zu groß«, sagte sie, was Swatt mit einem leichten Schwanzwedeln quittierte. »Also los, raus mit uns.«

Es fing an zu nieseln, und Tina schlug den Kragen ihrer Wachsjacke hoch und drückte ihre Kappe fester auf den Kopf. Als sie bei Jans Wohnung ankam, war sie recht nass geworden, denn der Nieselregen hatte sich als sehr ambitioniert herausgestellt. Sie klingelte und stapfte die Treppe in den ersten Stock hoch. Jan stand gegen den Türrahmen gelehnt da und sah sehr sexy aus, wenn man einmal von der schwarzen Küchenschürze mit dem Spruch »Mir egal, ich koch das jetzt so« absah. Tina grinste bei Jans Anblick und gab ihm einen Kuss. Die Hunde tobten um sie herum, und Swatt bellte, dass es im Treppenhaus hallte.

»Leise, Swatt!«, rief Tina. Swatt rannte in die Wohnung und bog direkt linker Hand in die Küche ab, wo er sich vor dem Schrank hinsetzte.

»Er war ja erst ein paar Mal hier, aber wo die Leckerlis sind, hat er sich gemerkt.« Jan lachte. Er ging in die Küche, öffnete den Schrank und holte zwei große Hundekekse heraus, die er den Hunden zuwarf. Swatt fing seinen Keks in der Luft und verschlang ihn mit zwei Bissen.

»Alter Gierschlund, nimm dir mal ein Beispiel an Daisy. Die knabbert ganz gesittet an ihrem Keks. So hat sie viel länger was davon«, sagte Tina, die ihre Jacke an die Garderobe gehängt hatte und nun in die Küche trat. »Hm, riecht lecker. Was gibt es denn?«

»Biohühnchenschenkel mit Curryreis und frischen Erbsen.«

»Klingt köstlich.«

Der kleine rechteckige Tisch, der neben dem roten amerikanischen Kühlschrank im Retro-Look an der Wand stand, war bereits gedeckt. Eine Flasche Rotwein war entkorkt, und in der Mitte des Tisches brannte eine Kerze in einem silbernen Kerzenständer.

»Sogar mit Kerze! Sie sind sehr gut ausgestattet, Herr Kommissar!«

»Ich habe recht viele Sachen von meinen Eltern übernommen. Den Kerzenständer hat meine Mutter immer als Lebenslicht benutzt, wenn meine Schwester oder ich Geburtstag hatten.«

»Ich hätte deine Eltern wirklich gern kennengelernt.«

Ein Schatten huschte über Jans kantiges Gesicht. »Sie wären bestimmt begeistert von dir gewesen. Meine Mutter hat sich immer gewünscht, dass ich meine Traumfrau finde. Wenn der Lkw-Fahrer, der sie von der Straße gedrängt hat, nicht betrunken gewesen wäre …«

Tina trat zu Jan und umarmte ihn. Er legte die Arme um sie und zog sie an sich. Sie standen eine Weile still in der Küche, dann machte Jan sich los. »Das Huhn ist fertig. Es kann serviert werden.«

Tina trug die Teller zum Tisch, und Jan schenkte den Wein ein.

»Auf deine Eltern«, sagte Tina und hob ihr Glas.

»Ja, auf euch. Ihr wart die Besten.«

Tina merkte, wie ihr die Tränen in die Augen traten, und sie trank schnell einen Schluck Wein. Wenn sie sich vorstellte, dass sie ihre Eltern auf einen Schlag verlieren würde … absolut furchtbar. Der arme Jan. Es war zwar mittlerweile zehn Jahre her, wie er ihr vor ein paar Wochen erzählt hatte, aber so ein Erlebnis vergaß man niemals. Tina zwang sich, an etwas anderes zu denken, und nahm einen großen Bissen von dem Huhn.

»Echt lecker. Bist du sicher, dass du kein Restaurant aufmachen willst?«

»Absolut. Viel zu viel Stress, und die Arbeitszeiten finde ich auch nicht so toll.«

»Ja, es ist viel besser, wenn man mitten in der Nacht zu einem Mord gerufen wird. Und Stress hast du in deinem Job ja so gut wie nie.« Tina zwinkerte Jan zu.

Er lachte. »Zum Glück muss ich ja nicht dauernd nachts hoch.«

»Hat Steffi eigentlich was Neues herausgefunden?« Tina trank einen Schluck von dem fruchtigen Wein und stellte das Glas zurück auf den Tisch.

»Nein, bisher verlaufen alle Spuren in einer Sackgasse. Niemand in Tramm hat irgendetwas gesehen, und die Fingerabdrücke bringen uns auch nicht weiter.«

Tina musste sich auf die Zunge beißen, um Jan nicht von ihren Funden auf Krischans Hof zu erzählen. Doch bevor Onkel Lorenz nicht das Ergebnis der Vergleichsprobe mit Merles DNA hatte, wollte sie nicht die Pferde scheu machen. Jan würde vermutlich einen Herzanfall bekommen, wenn sie ihm von dem Besuch bei Krischan erzählen würde. Vielleicht könnte sie es schaffen, dass der Besuch gar nicht erwähnt werden musste? Aber wie sollte sie das anstellen? Hm, mal überlegen.

»Tina? Hallo? Jemand zu Hause?«

Sie schreckte aus ihren Gedanken auf. »Sorry, hab grade an was anderes gedacht.«

»Hab ich gemerkt. Was Ernstes?«

»Nee, nur ein Fall aus der Praxis, der mir ein bisschen Sorge macht.«

Das war ja nicht ganz gelogen, immerhin war es ein Fall aus

der Praxis, wenn auch nicht aus der Tierarzt-, sondern aus der Detektivpraxis, aber es war klar, dass Jan glaubte, dass sie ihre Arbeit als Tierärztin gemeint hatte. Es belastete Tina, dass sie Jan schon wieder angelogen hatte, auch wenn es zu seinem eigenen Besten war.

Nach dem Essen nahmen sie ihre Weingläser und die Weinflasche mit ins Wohnzimmer. Tina setzte sich neben Jan auf das schwarze Ledersofa, und er legte den Arm um sie. Tina blickte auf die beiden Bücher, die auf dem Couchtisch lagen, und sah sich die Titel an.

»Eine Biografie von Barack Obama und ein Buch über forensische Medizin. Klingt beides interessant.«

»Ist es auch, aber etwas anstrengend zu lesen.«

»Swatt, runter!«

Swatt, der gerade auf das andere Sofa gesprungen war, sah Tina kurz an und rollte sich ein.

»Lass ihn doch, mich stört das nicht.«

»Sicher?«

Jan nickte und schenkte Tina und sich Wein nach.

»Und, bist du für die große Demo morgen gerüstet?«, fragte er.

»Verdammt! Ich habe es noch gar nicht geschafft, mein Plakat zu malen! Hast du Pappe, Filzstifte und Kleber?«

»Keine Ahnung, muss ich gucken.«

Jan verschwand in seinem Büro und kam nach einiger Zeit mit einem alten Pappkarton, vier Eddingstiften in Schwarz, Grün, Gelb und Rot, einer fast komplett ausgedrückten Tube Sekundenkleber und einer Schere wieder.

»Meinst du, das reicht?«

»Ich denke schon.«

Während Tina das Plakat bastelte, übte Jan mit Swatt ein neues Kunststück. Bei dem Wort »Kuckuck« sollte er seine Vorderpfoten auf Jans Arm legen, dann den Kopf senken und zwischen seinen Beinen und unter Jans Arm hindurchschauen. Tina grinste in sich hinein, als sie Jan so eifrig mit Swatt üben sah. Wer hätte vor ein paar Wochen gedacht, dass das möglich sein würde?

»Okay, das sollte reichen«, sagte sie nach einer halben Stunde Arbeit. Sie hielt das Plakat hoch, sodass Jan es sehen konnte.

Es zeigte mehrere Maispflanzen, um die herum viele tote Schmetterlinge lagen. Tina hatte sich mit den Schmetterlingen sehr viel Mühe gegeben und möglichst realistisch verschiedene Arten wie Zitronenfalter, Admirale, Kleine Füchse und Kohlweißlinge gemalt. Der Text lautete: *Genmais ist toll – wenn man Schmetterlinge hasst!*

Jan zeigte Tina den hochgereckten Daumen.

»Sehr schön, Frau van Gogh.«

Tina lachte und stellte das Plakat neben das Sofa.

»Die Demo kann kommen.«

Kapitel 31

Am nächsten Tag war Tina sehr früh in der Praxis, weil sie schon um kurz nach sechs Uhr mit Jan aufgestanden war. Während sie an ihrem Kaffee nippte, den sie sich beim Stadtbäcker zusammen mit einem Bagel mit Frischkäse geholt hatte, schaute sie immer wieder auf ihr Handy. Onkel Lorenz hatte geschrieben, dass er eine Nachtschicht einlegen wollte, um das rote Haar, das er auf dem Schal gefunden hatte, mit der Blutprobe zu vergleichen. Leider hatte er sich bisher nicht gemeldet.

Als Sanne eine Stunde später kam, hatte Tina es geschafft, die Buchhaltung für September fast fertigzustellen. Es fehlten nur noch drei Rechnungen, die Tina trotz intensiver Suche in dem chaotischen Rechnungsstapel, der sich auf ihrem Büroschreibtisch türmte, nicht hatte finden können.

»Wann bist du denn aus dem Bett gefallen?«, fragte Sanne, als sie in Tinas Büro trat.

»Ich war bei Jan in Kiel und bin mit ihm schon um sechs aufgestanden.«

»Und dann hast du die Buchhaltung gemacht? Dein Steuerberater wird einen Herzinfarkt bekommen, wenn er die Unterlagen schon Mitte des Monats bekommt.«

Tina lachte. »Du hast recht. Das kann ich ihm eigentlich nicht antun, oder?«

Sie trank den letzten Schluck Kaffee, der mittlerweile kalt geworden war, und verzog das Gesicht. »Bäh, kalter Kaffee sollte verboten werden.« Sie stellte die Tasse zurück auf den Schreibtisch. »Kannst du gleich mal bei unserem Großhändler anrufen?

Es fehlen zwei Rechnungen. Und eine Futterrechnung ist auch nicht da.«

»Wie kann das bloß sein? Bei der tollen Ordnung in deinem Büro.«

Sanne grinste, als Tina sie mit einem Radiergummi bewarf, und setzte sich mit dem Telefon an den Schreibtisch im Behandlungsraum. Tina hörte, wie sie mit dem Großhändler telefonierte, während Tina die Quittungen von September in einen großen Umschlag steckte. Ihr Handy kündigte mit einem Piepen eine neue WhatsApp an. Sie nahm es in die Hand und entsperrte es.

Wir haben ihn! Das Blut stammt definitiv von Merle, und in der einen Wurst habe ich ihre DNA nachgewiesen! Willst du Jan Bescheid sagen, oder soll ich es tun, bevor ich nach Hause fahre und eine Runde Schlaf nachhole? LG OL

»Ja!«, rief Tina und riss den Arm hoch.

»Was ist?« Sanne trat ins Büro.

»Onkel Lorenz hat Merles DNA in dem Blutstropfen aus Krischans Kühlkammer gefunden.«

Sannes Augen weiteten sich. »Wow. Damit ist er dran, oder?«

»Aber so was von! Ich rufe gleich Jan an. Hoffentlich hat Krischan sich nicht schon aus dem Staub gemacht.«

»Meinst du?«

»Nein, ich glaube es eigentlich nicht. Er weiß natürlich, dass es nicht die Polizei war, die gestern auf seinem Hof rumgeschlichen ist. Und er hat viel zu verlieren, wenn er jetzt abhaut. Ich schätze, er wartet erst noch mal ab.«

»Diese Politiker glauben doch eh alle, ihnen kann nichts passieren.«

Tina nickte, während sie ihrem Onkel schrieb, dass sie Jan anrufen würde. Hoffentlich bekam er einen Durchsuchungsbeschluss für Krischans Hof, denn eine inoffiziell gesammelte Probe war vor Gericht nicht verwertbar, soweit Tina wusste. Aber vielleicht würde die Spurensicherung noch weitere belastende Indizien finden, vielleicht sogar Krischans DNA in Merles VW-Bus.

Tina wählte Jans Nummer.

»Tina, Moin, was gibt's?«

Tina zögerte. Wie sagte sie es am besten?

»Du weißt doch, dass ich ein bisschen zu Merles Tod recherchiert habe«, begann sie.

»Die vermisste Frau von der Fähre?«

»Genau. Wir haben rausgefunden, dass sie wohl von Krischan Klammroth ermordet wurde.«

Tina hörte, wie Jan tief einatmete. »Ich hatte eigentlich gehofft, dass du die Sache ad acta gelegt hättest. Na gut, wie kommst du darauf und wer ist ›wir‹?«

Tina erklärte Jan, wie sie auf Krischan gekommen waren und welche Beweise sie hatten.

»Lorenz hat dir also geholfen, ja? Je oller, je doller.«

»So alt ist Onkel …«

»Tina, er kann echt Ärger bekommen, wenn er solche Aktionen macht.«

»Das habe ich ihm auch gesagt, aber er meinte, er wäre alt genug, und wollte unbedingt mitkommen auf Krischans Hof.«

»Hat Klammroth euch gesehen?«

Tina zögerte. Gesehen hatte er sie technisch gesehen zwar schon, aber wahrscheinlich nicht erkannt, und darauf zielte Jans Frage bestimmt ab.

»Nein.«

Jan atmete hörbar aus. »Ein Glück. Gut, ich kümmere mich drum. Aber eine Frage noch: Woher wisst ihr, dass Krischan der Mörder ist und nicht zum Beispiel sein Sohn? Der wohnt doch auch auf dem Hof, wenn ich dich richtig verstanden habe.«

»Wenn Krischan unschuldig ist, warum hat er dann auf uns geschossen?«, erwiderte Tina und hätte sich hinterher am liebsten auf die Zunge gebissen.

»ER HAT AUF EUCH GESCHOSSEN?«

Tina hörte, wie Jan mehrmals tief ein- und ausatmete. Sie stellte sich vor, wie er sich mit den Händen durch die Haare fuhr und hin und her lief. Es war seine Art, zu versuchen, Stress abzubauen.

»SEID IHR DENN WAHNSINNIG, EUCH SO IN LEBENSGEFAHR ZU BRINGEN?«

Vielleicht hätte er lieber Yoga machen sollen, um sich abzuregen.

»Wer konnte denn ahnen, dass er gleich einen auf Terminator macht?«

»Also, so langsam weiß ich wirklich nicht mehr, was ich dir noch sagen soll.«

Zeit für einen Themenwechsel. »Außerdem hat Merle Aydan geschrieben, dass sie einer ganz großen Sache auf der Spur war, die richtig hohe Wellen schlagen würde. Wenn der Spitzenkandidat der Grünen, der auch noch Biolandbauer ist, irgendwas Illegales auf seine Felder spritzt oder Genmais anbaut, kann man wohl von einer sehr hohen Welle ausgehen. Deshalb denke ich, dass Krischan der Mörder ist.«

»Gut, ich glaube auch nicht, dass der Sohn jemanden umbringt, damit sein Vater gut dasteht, aber man hat schon Pferde vor der Apotheke kotzen sehen«, erwiderte Jan mit ruhigerer Stimme.

»Vielleicht findet die Spusi ja noch was auf seinem Hof. Wenn er etwas Illegales gespritzt hat, hat er die Reste vielleicht noch irgendwo rumstehen. Und ich könnte mir vorstellen, dass in Merles VW-Bus DNA von Krischan zu finden sein wird. Er muss den Bus ja auf die Fähre gefahren haben.«

»Ich leiere alles an, mehr kann ich dir nicht versprechen.«

Jans Stimme war wieder zur normalen Lautstärke zurückgekehrt.

»Okay, gut.«

»Wann ist die Demo eigentlich zu Ende? Ich habe überlegt, dass wir hinterher noch mit den Hunden an der Förde spazieren gehen könnten. Bis dahin sollte ich mich abgeregt haben.«

Tina grinste. »Ich schätze, so gegen fünf. Ich kann aber auch eher gehen.«

»Dann treffen wir uns um halb sechs in Falkenstein am Eingang zum Strand.«

»Wo ist eigentlich dein Plakat?«, fragte Tina, als sie und Sanne bereits im Auto saßen und losgefahren waren.

»Shit! Das habe ich zu Hause liegen gelassen!«

»Kein Problem, wir kommen ja eh fast bei dir vorbei.«

Tina bog nach Appelwarder ab und hielt vor Sannes Haus. Sanne sprang aus dem Auto und rannte hinein. Nach kurzer Zeit kehrte sie mit ihrem Plakat zurück. Sie hielt es so, dass Tina es sehen konnte, und diese lachte. Das Plakat zeigte einen Teller, auf dem viele rundliche gelbe Kugeln lagen, die wohl Maiskörner darstellen sollten. Daneben war ein Gesicht gemalt, dem eine grüne Masse aus dem breiten Mund quoll. Der Text lautete:

Von Genmais muss ich kotzen, deshalb muss ich hier motzen! Fresst das Zeug doch selber und gebt's nicht an die Kälber. Dann sind wir euch bald los, und darauf einen Toast!

Neben das Wort »Toast« hatte Sanne ein Sektglas gemalt.

»Gefällt mir«, sagte Tina. Sanne grinste zufrieden.

Wie zu erwarten war es auf den Zufahrtsstraßen nach Kiel sehr voll. Tina und Sanne quälten sich langsam durch den Verkehr in die Innenstadt und hielten nach einem Parkplatz Ausschau. Tina hatte Glück und fand einen der letzten freien Parkplätze im Altstadtparkhaus. Die beiden stiegen aus, und Tina ließ die Hunde herausspringen. Sie hatte die Halstücher mit dem Spruch gegen Glyphosat dabei und band sie den Hunden um.

»Ein Halstuch gegen Genmais habe ich zwar nicht, aber ein Spruch gegen Glyphosat passt immer.«

Die beiden Frauen nahmen ihre Plakate und machten sich auf den Weg zum Rathausplatz, wo die Demonstration starten und enden sollte. Es waren viele Menschen mit Plakaten in derselben Richtung unterwegs. Tina hatte gelesen, dass die Veranstalter mindestens sechstausend Teilnehmer erwarteten. Da auch ein bekannter Grüner der Bundespartei und Krischan Klammroth als Redner erwartet wurden, rechnete Tina eher mit mehr als mit weniger Demonstranten. Tina und Sanne ließen die Nikolaikirche am Alten Markt hinter sich und kamen bald zum Rathausplatz, auf dem sich bereits viele Menschen drängten. Tina sah auf ihre Uhr. Es war kurz vor eins, der Demonstrationszug müsste sich bald in Bewegung setzen.

»Was machen die denn da?«, rief ein Mädchen von vielleicht fünfzehn Jahren.

Tina schaute in die Richtung, in die das Mädchen blickte, und hielt den Atem an. Von der Sandsteinfassade des Rathauses hatten sich zwei schwarz vermummte Gestalten abgeseilt. Sie trugen beide Klettergurte, wie Baumkletterer sie benutzen, und wurden von oben von zwei weiteren Demonstranten abgesichert. Obwohl auch diese beiden vermummt waren, erkannte Tina Rolf an seiner massigen Statur. Die beiden abgeseilten Vermummten hielten ein ungefähr vier Meter langes und einen Meter hohes Banner mit der Aufschrift in Knallrot: *Wer Genmais zulässt, ist ein Massenmörder!*

Die Demonstranten pfiffen, johlten und klatschten Beifall.

»Kommen Sie sofort da runter!«, rief ein Mann im dunkelblauen Anzug.

»Hol uns doch!«, rief eine der vermummten Gestalten, bei der es sich der Stimme nach zu urteilen um Marleen handelte.

Die Demonstranten lachten, und einige zeigten dem Anzugträger den Mittelfinger.

»Ich werde die Polizei rufen!«, rief dieser, und ein schrilles Pfeifkonzert antwortete ihm.

»Und die klettert dann die Wand hoch wie Spiderman, oder was?«, rief Marleen.

Die Demonstranten lachten. Der Anzugträger lief rot an und verschwand im Inneren des Rathauses. Als ein Knattern ertönte, drehte Tina sich um. Der Sonnenblumentraktor mit Krischan am Steuer bog auf den Rathausplatz ein und wurde mit Jubelrufen und Applaus begrüßt. Krischan hielt an, stand vom Fahrersitz auf und stieg auf das Trittbrett. Er hielt sich mit einer Hand am Lenkrad fest, mit der anderen winkte er in die Menge. In seinem Tweedjackett und der grünen Hose und mit dem gepflegten Bart sah er aus wie ein Landjunker, der eine Audienz gibt. Nur der Pferdeschwanz passte nicht ganz dazu.

»Der König gibt sich die Ehre.« Tina merkte, wie die Wut in ihr hochkroch. Hoffentlich gelang es der Spusi, noch ein paar offizielle Beweise für Krischans Tat zu finden.

Krischan winkte noch ein paar Mal, dann setzte er sich wieder hinters Steuer. Es sah so aus, als wollte er den Demonstrationszug anführen. Er hob den linken Arm, das Zeichen zum Aufbruch. Er war aber noch nicht losgefahren, als eine von einem Megafon verstärkte Stimme über den Rathausplatz schallte.

»Krischan Klammroth ist ein Mörder und ein Umweltverpester!«

Die Menge atmete kollektiv ein und schaute sich um. Auch Tina versuchte herauszufinden, woher die Stimme kam.

»Ich werde dafür sorgen, dass alle Welt weiß, um was für einen schrecklichen Menschen es sich bei dem ach so hochgelobten Krischan Klammroth handelt!«, fuhr die Stimme fort. »Er gehört ins Gefängnis und nicht in die Landesregierung!«

»Da oben! Auf dem Rathausturm«, rief eine Frau mit langen schwarzen Haaren und zeigte auf den Turm. Sofort zückten mehrere der Demonstranten ihre Handys und begannen zu filmen. Tina blickte zum Turm hinauf und entdeckte eine dunkel gekleidete Gestalt, die hinter der Balustrade des Turms stand.

»Er hat nicht nur einer unschuldigen jungen Frau das Leben genommen, sondern auch meins zerstört!«

Die Gestalt machte Anstalten, über die Balustrade zu klettern.

»Nein!«, rief Tina.

»Ist das etwa Felix? Das klingt nach seiner Stimme.« Sanne sah Tina mit geweiteten Augen in ihrem bleichen Gesicht an.

»Oh Gott, meinst du?«

Tina warf einen Blick zu der hochgewachsenen, schlanken Gestalt auf dem Turm, bei der es sich tatsächlich um Felix handeln konnte, und sah dann zu Krischan, der wieder auf das Trittbrett geklettert war. Er hatte den Mund zu einem schmalen Strich zusammengepresst, und an seinem Unterkiefer mahlte ein Muskel.

»Holt den Irren da runter!«, rief er. Mit kurzer Verzögerung, bei der Tina sicher war, dass er es nur hinzufügte, um besser dazustehen, fuhr er fort. »Bevor er sich noch was antut.«

»Wenn ich gesprungen bin, wird Krischan auch mein Leben auf dem Gewissen haben«, erklang wieder die Stimme vom Turm.

»Dann spring doch!«, rief jemand, und ein paar andere lachten. Tina merkte, wie die Wut in ihr hochkroch. Sie drückte Sanne ihr Plakat und die Hundeleinen in die Hand und rannte auf das Rathaus zu. Sie zwängte sich durch die Drehtür, wandte sich nach links und sprintete die breite Marmortreppe hinauf. Sie gelangte in die Rotunde mit dem strahlenförmigen schwarzweißen Muster an der Decke. Sie blieb stehen und sah sich um. Nirgends war ein Schild zu sehen, das auf den Turm hinwies. Sie war in der zehnten Klasse mit dem WiPo-Kurs in Kiel gewesen, um das Rathaus zu besichtigen. Damals hatten sie eine Führung mitgemacht und waren auch auf dem Turm gewesen, doch Tina konnte sich nur erinnern, dass der Fahrstuhl zum Turm im dritten oder vierten Stock abfuhr.

»Wo geht es zum Turm?«, rief sie einer dunkelhaarigen Frau zu, die einen Reinigungswagen vor sich herschob.

»Rechts Treppe hoch, dann noch mehr Treppen hoch.«

Ah ja, so genau wollte ich es gar nicht wissen!

Tinas Sneakers quietschten auf dem hellen Marmor, als sie die Treppe hinaufrannte. Im ersten Stock blieb sie stehen. Wo zum Teufel ging es zum Turm? Sie rannte geradeaus weiter, doch als sie an eine Tür kam, blieb sie stehen. Sie hatte das dumpfe Gefühl, dass dies doch die falsche Richtung war. Verdammt! Bis sie den blöden Turm gefunden hätte, wäre Felix vielleicht schon gesprungen! Warum konnten die den Turm nicht besser ausschildern? Sie drehte sich um und lief den Gang zurück zur Treppe, wo sie stehen blieb und sich umsah. Einer vagen Erinnerung nach wandte sie sich nach links und wurde mit dem Anblick einer weiteren Treppe belohnt. Sie rannte auch diese hinauf und wandte sich erneut nach rechts, wo sie eine weitere Treppe hinauflief und im dritten Stock ankam. Hier war endlich ein blaues Hinweisschild zum Turm zu sehen. Tina folgte dem Schild, rannte am Hinweisschild zum Stadtarchiv vorbei und eine letzte Treppe hinauf, die sie schließlich zum Fahrstuhl brachte. Tina drückte auf den Knopf, doch es tat sich nichts. Ein Schlüssel steckte neben dem Knopf in einem Schloss. Tina drehte ihn, und es rumpelte. Nach einem quälend langen Augenblick kam endlich der Fahrstuhl. Sie stieg ein und drückte den Knopf zum vierzehnten Stockwerk. Der Fahrstuhl war so alt, dass er keine Tür hatte, dafür war er mit einer Sitzbank ausgestattet. Tina hatte jedoch keine Muße, sich hinzusetzen. Ungeduldig trat sie von einem Fuß auf den anderen, während der Fahrstuhl langsam nach oben fuhr und sich Mauerwerk und

Türöffnungen hinter der offenen Fahrstuhltür abwechselten. Die Fahrt dauerte gefühlte drei Stunden, doch endlich blieb der Fahrstuhl mit einem Ruckeln stehen. Tina trat in einen schlichten, weiß gestrichenen Vorraum. Es ruckelte wieder, und als sie sich umsah, verschwand der Fahrstuhl wieder nach unten.

Die Tür zur Balustrade war nur angelehnt. In ihrer Hast, nach draußen zu kommen, stolperte sie über die Stufe vor der Tür. Sie konnte sich gerade noch abfangen und riss die Tür auf. Der grandiosen Aussicht vom Opernhaus über den Kleinen Kiel, einen Brackwassersee, über das Viertel um die Nikolaikirche und das Kieler Schloss bis hin zur Förde schenkte Tina kaum mehr als einen flüchtigen Blick. Sie blieb stehen, um sich zu orientieren. Hier oben auf der schmalen, noch nicht einmal einen Meter breiten Balustrade, pfiff der Wind und wehte ihr einige Haarsträhnen ins Gesicht, die sich aus ihrem Pferdeschwanz gelöst hatten. Ungeduldig wischte sie sie beiseite. Wo war Felix? War er etwa schon gesprungen? Sie wandte sich nach rechts. Ihre rechte Schulter schabte gegen die rot-schwarze Ziegelmauer des Turms, links wurde die Balustrade von einer flachen Mauer begrenzt, auf die ein Geländer aus schwarz lackiertem Eisen montiert war. Tina erreichte die Ecke des Turms und bog ab. Auf dem Platz unter sich konnte sie nun die Demonstranten sehen, die fast alle den Kopf in den Nacken gelegt hatten und zum Turm hinaufschauten. Tina hörte das Trampeln von Füßen und drehte sich um.

»Jan! Wo kommst du denn so schnell her?«

»Alex hat mich angerufen, dass sich jemand vom Rathausturm stürzen will und dass eine Frau, die meiner Freundin sehr ähnlich sieht, ins Rathaus gelaufen ist. Mein Büro ist ja gleich um die Ecke, und da habe ich einen Sprint eingelegt«, erwiderte Jan ein wenig atemlos. Er blickte sich um. »Wo ist er?«

»Er muss hinter der nächsten Ecke sein.« Tina ging am Geländer entlang.

»Kommt nicht näher! Ich springe!«

Es war tatsächlich Felix, der auf der Mauer hinter dem Geländer hockte und sich an die Eisenstreben klammerte. Das Megafon hatte er neben sich auf die Mauer gelegt. Tina und Jan blieben stehen.

»Felix, Sie haben eben gesagt, dass Krischan ein Mörder ist. Das stimmt, wir konnten ihn überführen, aber warum wollen Sie sich deswegen das Leben nehmen?«

Felix drehte den Kopf und blickte Tina an. In seinem Blick lag abgrundtiefe Trauer, gemischt mit etwas anderem. War es Ekel?

»Weil er meins zerstört hat«, flüsterte er so leise, dass Tina ihn kaum verstehen konnte. Unwillkürlich trat sie einen Schritt nach vorn.

»Kannten Sie Merle denn so gut?«

»Ich kannte sie überhaupt nicht. Bis Krischan mich gezwungen hat …«

Felix wandte den Blick ab und starrte nach unten. Er beugte sich ein wenig vor.

»Felix! Nicht springen!«, rief Jan.

Felix zuckte zurück und presste sich mit dem Rücken gegen das Geländer.

»Jetzt spring schon, du Memme!«, ertönte ein Ruf von unten herauf. Felix schloss kurz die Augen, und Tina presste die Lippen aufeinander. »Hören Sie nicht auf diesen Idioten.«

Felix blieb stumm; Tina konnte sich kaum ausmalen, was gerade in ihm vorgehen musste.

»Wozu hat er Sie gezwungen?«, fragte sie mit sanfter Stimme.

»Ich war an dem Abend in der Firma. Ich wollte Rechnungen schreiben«, fuhr Felix schließlich tonlos fort. »Mein Auto war in der Werkstatt, und deshalb hatte Toni mich hingefahren. Ich sollte ihn anrufen, wenn er mich wieder abholen sollte. Ich hatte noch im Internet nach neuen Hundekeksrezepten recherchiert, als ich mit den Rechnungen fertig war, und ein wenig die Zeit vergessen.«

Felix' Blick schweifte über die Förde, auf der gerade eine Fähre in Richtung Ostsee fuhr, und er rang sich ein leichtes Lächeln ab.

»Wer hätte gedacht, dass ich einmal mit dem Blick aufs Wasser sterben würde? Ich bin eigentlich eher ein Bergfan.«

»Sie werden heute nicht sterben.« Tina machte einen weiteren vorsichtigen Schritt in Richtung Felix.

»Stehen bleiben! Ich springe, das ist mein Ernst«, rief er.

Tina konnte sehen, wie ihm der Schweiß von der Stirn tropfte. Sie hob die Hände mit nach vorn gedrehten Handflächen in Brusthöhe.

»Alles gut, ich bleibe ja stehen.«

Felix warf ihr einen Blick zu und schaute dann Jan an. »Krischan hatte nicht gemerkt, dass ich da war. Ich hatte kein Licht an, das Licht vom Bildschirm hat mir gereicht. Er dachte wohl, dass wir den Rechner angelassen hätten.«

Er unterbrach sich und schüttelte leicht den Kopf. »Wenn ich nur das Licht angemacht hätte! Dann wäre Krischan vielleicht nicht reingekommen.«

»Aber er kam rein«, sagte Tina leise.

»Ich hatte ihn gar nicht bemerkt. Plötzlich ging das Licht in der Fertigungshalle an, und kurz danach röhrte auch schon der Cutter los. Ich hab einen Riesenschrecken bekommen, bin dann in die Halle gelaufen, und da war er.«

»Wie ist er reingekommen?«, fragte Jan.

»Toni hatte ihm vor längerer Zeit einen Schlüssel gegeben, damit er die Fleischlieferungen bringen konnte, wenn er Zeit hatte.«

»Krischan steht aber nicht auf der Zuliefererliste«, sagte Tina. Jan warf ihr einen überraschten Blick zu.

»Er fand es besser, wenn wir seine Lieferungen an den Büchern vorbei machen würden. Meinte, es wäre von Vorteil für uns alle.«

Felix lachte bitter auf, und sein Griff an dem Geländer lockerte sich. Bevor er fallen konnte, packte er wieder fest zu.

»Er hatte eine Wildwanne dabei. Und ich Idiot dachte noch, wie nett, dass er uns doch noch Fleisch bringt. Eigentlich hatte er gesagt, dass er im September nicht mehr schlachten wollte.«

Felix schwieg, und Tina wollte gerade eine Frage stellen, als er weiterredete.

»Und dann sah ich die tote Frau. Sie war schon zerteilt, wie ein Schwein vor der Verarbeitung. Ihre Augen, oh Gott, ihre Augen! Sie verfolgen mich bis in den Schlaf.«

Tina lief ein Schauer über den Rücken. »Felix! Das ist ja schrecklich!«

Felix schluckte mehrmals trocken, und sein Adamsapfel hüpfte auf und ab. Schließlich fuhr er fort.

»Krischan hat mich dazu gezwungen, ihm zu helfen. Er hat gesagt, dass ich bis zum Hals mit drinstecke, weil die Leiche in unserem Betrieb war.«

Felix redete jetzt schneller, so als wollte er es hinter sich bringen. »Krischan hat gesagt, er würde Toni erzählen, dass *ich* Merle umgebracht hätte. Er hat die Tatsachen total verdreht und wollte Toni sagen, dass er *mir* geholfen hätte, die Leiche loszuwerden!«

»Hätte Toni ihm denn geglaubt?«, fragte Jan.

»Ich weiß es nicht! Krischan kann sehr überzeugend sein.«

Felix liefen jetzt Tränen über das Gesicht, und er schluchzte. Auch Tina merkte, wie ihr Tränen in die Augen stiegen, und sie wischte sich mit der Hand über das Gesicht.

»Ich konnte nicht klar denken. Es klang so logisch, als er es sagte. Wir haben die Leichenteile in den Cutter geschoben und sie zu Hundewurst verarbeitet.«

Während Felix erzählte, war Tina noch ein paar Schritte auf ihn zugegangen. Er schien es durch seinen tränenverschleierten

Blick nicht bemerkt zu haben. Sie fühlte Jan hinter sich. Sie waren nur noch drei Schritte von Felix entfernt.

»Ich will nicht ins Gefängnis! Mit dieser Schmach könnte ich nicht leben, und das will ich auch Toni nicht antun! *Er* muss das Gerede der Leute aushalten, und das wird ihn zerbrechen. Er ist sehr sensibel, auch wenn man ihm das nicht ansieht.«

»Sie werden keine hohe Strafe bekommen«, sagte Jan. »Aber wenn Sie springen, wird Krischan vielleicht mit dem Mord davonkommen, weil Sie der einzige Zeuge sind.«

»Ich gehe nicht ins Gefängnis. Niemals! Da springe ich lieber!«

»Ich werde mit der Staatsanwältin sprechen. Ich denke, ich werde für Sie eine gute Lösung aushandeln, wenn Sie als Zeuge aussagen.«

»Hm.«

Felix blickte wieder über die Förde, dann schaute er nach unten. Als er zu schwanken begann, sprang Tina vor, doch er hatte sich bereits wieder gefangen. Er krallte sich so fest an das Geländer, dass Tina sehen konnte, wie seine Fingerknöchel weiß hervortraten.

»Bitte, Felix. Lassen Sie ihn nicht gewinnen.« Tina streckte die Hand aus. Nach einem kurzen Zögern griff Felix sie, und Tina packte zu. Mit Jans Hilfe zog sie Felix über die Balustrade. Applaus brandete auf. Tina hob überrascht den Kopf. Sie hatte die Menschenmenge unter sich ganz vergessen.

»Kommen Sie, Felix«, sagte Jan. »Ich bringe Sie jetzt ins Präsidium, da können Sie Ihre Aussage machen. Und ich werde einen Haftbefehl für Krischan besorgen.«

Felix nickte nur, sein Blick war abwesend, und er war blass.

»Sie brauchen psychologische Betreuung«, sagte Tina.

»Ich kann Ihnen die Adresse von einem Psychologen geben, der sich auf Traumata nach Verbrechen spezialisiert hat«, sagte Jan.

»Der kann mir auch nicht helfen.«

Tina und Jan warfen sich einen Blick zu. Der arme Felix, Tina konnte sich nicht einmal ansatzweise vorstellen, wie es in ihm aussehen musste. Sie war schon von Felix' Schilderung völlig fertig. So etwas erlebt zu haben, hob das Grauen auf eine völlig neue Ebene. Eins war klar: Krischan durfte nicht entkommen!

Gemeinsam begleiteten sie Felix zum Fahrstuhl und fuhren schweigend nach unten.

»Ich werde dafür sorgen, dass Klammroth seine Strafe bekommen wird«, sagte Jan, als sie ausstiegen.

Felix nickte nur, Tina war sich nicht sicher, ob er Jans Worte überhaupt gehört hatte.

Jan brachte Felix zu einem Hinterausgang, während Tina wieder auf den Rathausplatz trat. Sie sah sich nach Sanne um und entdeckte sie schräg neben der Tür. Swatt und Daisy begannen zu wedeln, als sie sie entdeckten. Swatt sprang an der Leine hoch, riss sie Sanne aus der Hand und stürmte zu ihr.

»Langsam, Großer. Ich bin ja wieder da.«

Als Tina bei Sanne ankam, sah sie, dass deren Gesicht tränenverschmiert war. Tina umarmte sie und hielt sie fest.

»Das ist alles so furchtbar«, sagte Sanne an Tinas Schulter. »Das haben Toni und Felix nicht verdient. Toni hatte sowieso ziemlich am Tod seiner Mutter zu knapsen, hat meine Ma mir erzählt. Wenn Felix jetzt auch noch tot wäre …«

»Er ist aber nicht tot. Es geht ihm nicht gut, aber er lebt.«

Tina erzählte Sanne in Kurzform, was sie von Felix erfahren hatte.

Sanne riss den Kopf von Tinas Schulter weg und starrte Tina an. »Krischan hat was?«

»Ihn gezwungen, ihm am Cutter zu helfen.«

Sanne wurde so blass, dass Tina sie vorsorglich am Arm festhielt, falls sie ohnmächtig werden würde, doch sie hätte sich keine Sorgen zu machen brauchen.

»Wo ist das Schwein?« Sanne sah sich mit wildem Blick um. »Klammroth! Wo bist du?«

»Sanne, mach hier kein Theater. Jan kümmert sich darum.«

Sanne schien sie nicht gehört zu haben, oder sie wollte sie nicht hören, denn sie zeigte mit dem Finger auf Krischan, der neben seinem Traktor stand und sich mit einem mittelalten Mann mit braunen Haaren und Dreitagebart unterhielt. Krischan unterbrach das Gespräch und sah erst Sanne, dann Tina an. Sanne riss sich von Tina los, ließ die Plakate und die Hundeleinen fallen und rannte auf Krischan zu.

»Sanne! Bleib hier!«

Sanne verlangsamte nicht einmal ihren Schritt. Tina fluchte, sammelte die Leinen auf und rannte hinter ihrer Freundin her. Diese war bereits bei Krischan angekommen.

»Du mieser Mörder! Du hast Merle umgebracht, und du hast Toni und Felix ins Unglück gestürzt! Dafür wirst du im Knast schmoren, bis deine Gedärme verfaulen und die Raben dir das Fleisch von den Knochen picken!«

Sanne wollte Krischan packen, doch der andere Mann hielt sie an den Armen fest.

»Beruhigen Sie sich doch bitte wieder«, sagte er mit ruhiger Stimme.

»Ich will mich aber nicht beruhigen! Und jetzt lassen Sie mich los, Sie Rindvieh!«

Tina war bei der Gruppe angekommen. »Sanne, das ist doch Herr ...«

»Mir doch egal, wer das ist. Sag ihm, er soll mir aus der Sonne gehen! Und er sollte sich lieber überlegen, ob er einen Mörder schützen will oder ob er sich besser da raushält!« Sanne riss sich los und funkelte den Grünenpolitiker wütend an.

»Die Anschuldigungen von diesem armen Menschen auf dem Turm sind völlig haltlos und entbehren jeglicher Grundlage. Da will sich einer wichtig machen, indem er meine Integrität in den Schmutz zieht. Aber das wird ihm nicht gelingen«, sagte Krischan.

Tina schoss das Blut in den Kopf; sie zitterte vor Wut.

»Du weißt genau, dass der ›arme Mensch‹ auf dem Turm dein Schwiegersohn Felix ist, den du gezwungen hast, dir bei …«

»Ihr habt keine Beweise für eure haltlosen Behauptungen.«

Krischan lächelte Tina mit seinem bekannten Krischanlächeln an, doch dies verfing bei ihr nicht mehr.

Der Grüne aus der Bundespartei sah von einem zum anderen und wusste ganz eindeutig nicht, was er von der ganzen Sache halten sollte.

»Haben wir wohl! Wir haben Merles Blut in der Wildkammer gefunden! Jan besorgt gerade einen Haftbefehl!« Sanne sah Krischan triumphierend an.

Krischan wurde blass unter seiner trotz der fortgeschrittenen Jahreszeit noch gebräunten Haut und schluckte.

»Dann habt ihr gestern auf meinem Hof rumgeschnüffelt? Ich dachte mir fast, dass ich dein Auto erkannt hätte!«

Krischans Augen blitzten, und er sah Tina mit mörderischem Blick an. Diesen Blick hatte sie schon einmal gesehen: bei dem Mann, der Onkel Lorenz in der Gerichtsmedizin überfallen hatte. Ihr lief ein Schauer über den Rücken, und die Härchen an ihren Armen stellten sich auf.

»Krischan, was ist hier eigentlich los?«, fragte sein Kollege.

Krischan antwortete nicht, sondern drehte sich um und begann, sich rücksichtslos durch die Menschentraube zu drängen, die sich um den Traktor angesammelt hatte.

Ein älterer Mann mit grauem Ziegenbart und Baskenmütze, der ein Mikrofon in der Hand hielt, das aussah wie ein toter Biber, hielt Krischan den Biber vor das Gesicht.

»Herr Klammroth, was sagen Sie zu den Anschuldigungen?«

Krischan drückte das Mikrofon heftig zur Seite. »Alles völlig haltlose Gerüchte.«

Er ging schnell weiter und verschwand schließlich hinter einer Gruppe Schüler, die ein Spruchband trug mit dem Schriftzug: *Genetisch veränderter Mais ist riesengroßer Scheiß!*

»Er haut ab!«, rief Sanne und rannte hinter Krischan her.

»Sanne! Bleib hier!«

Tina warf dem Bundesgrünen noch einen letzten Blick zu. Unter anderen Umständen hätte sie sich gern einmal mit ihm unterhalten, doch jetzt musste sie zusehen, dass sie hinter Sanne herkam. Sie sprintete los. Swatt bellte begeistert und zog Tina an der Leine hinter sich her. Daisy lief etwas gesitteter neben ihr, war aber ebenfalls aufgeregt, sodass Tina alle Hände voll zu tun hatte, weder hinzufallen noch sich mit den Hundeleinen an irgendwelchen Leuten zu verheddern. Sanne war inzwischen ebenfalls bei der Schülergruppe angekommen und kurvte um sie herum.

»Aus dem Weg!«, rief sie und verschwand außer Sicht.

»Sanne!«

Tina schob sich hinter ihr her durch die dichte Menschenmenge, in der die Demonstranten langsam unruhig wurden.

»Geht es endlich mal los?«, rief ein junger Mann mit Rauschebart.

»Losgeh'n! Losgeh'n!«, skandierte die Menge.

Tina drängte sich in die Richtung durch, in die sie Sannes lilafarbenen Haarschopf verschwinden sah, und trat auf den Fußweg, der sich am See entlang in Richtung Norden zog. Hier waren deutlich weniger Menschen unterwegs, sodass sie nun rennen konnte. Etwa fünfzig Meter vor sich sah sie Sanne, die immer langsamer wurde und schließlich vornübergebeugt stehen blieb.

Tina hielt neben ihr an, und Sanne blickte auf. »Er ist da vorn«, stieß sie keuchend hervor. »Du musst ihn aufhalten, bevor er abhauen kann.«

Tina sah zu Krischan, der schon die Hälfte der Strecke am

See zurückgelegt hatte. Dann blickte sie die Straße hinunter, die am Park entlangführte, doch es war keine Polizei zu sehen.

»Na gut, aber du bleibst hier.«

Tina rannte los; Swatt zog wie ein Irrer. »Langsamer, Swatt, langsamer!«

Swatt beschleunigte noch mehr, und Tina geriet ins Stolpern. Beide Leinen wurden ihr aus der Hand gerissen, und die Hunde rasten los.

»Swatt! Daisy! Hierher!«, rief sie und rannte hinter ihren Hunden her.

Daisy blieb stehen und warf einen kurzen Blick zurück, dann sah sie, dass Swatt einen Vorsprung hatte, der immer größer wurde, und ihr Instinkt als ehemaliger Hunderenn-Champion setzte ein. Sie sprintete los, ihre Ohren wehten, und ihre Beine bewegten sich so schnell, dass man sie kaum mehr erkennen konnte. Schon nach kurzer Zeit hatte sie Swatt eingeholt, ihn dann überholt und näherte sich Krischan in großen Sätzen. Dieser warf einen Blick über die Schulter, sah Daisy und rannte schneller. Doch er hatte keine Chance gegen einen Hund, dessen Rasse mit einer Spitzengeschwindigkeit bis zu achtzig Stundenkilometern aufwarten konnte.

Kurz bevor Daisy Krischan erreichte, sprang sie. Der braun gestromte Leib segelte elegant durch die Luft, dann setzten ihre Vorderpfoten auf Krischans Rücken auf. Dieser geriet ins Stolpern und knallte auf den Weg. Daisy sprang über Krischans Kopf hinweg und setzte hinter ihm auf. Mittlerweile war auch Swatt bei Krischan angekommen. Er stellte sich über Krischan, sein geöffnetes Maul dicht an dessen Nacken. Daisy rannte schwanzwedelnd auf Tina zu, die kurz darauf schwitzend und mit Seitenstechen bei Krischan und Swatt ankam.

»Ruf deinen Köter zurück«, presste Krischan hervor.

»Ich sehe hier nur einen Hund, keinen Köter.«

»Ruf ihn zurück!«

Swatt hechelte, aus seinem geöffneten Maul tropfte Speichel auf Krischans Tweedsakko und sickerte in den dicken Stoff ein.

»Swatt, aus. Komm her.«

Swatt schaute sich zu Tina um, mit einem Blick, der so aussah wie: »Bist du sicher?«

»Swatt. Aus.«

Swatt ging zur Seite, wobei er Krischan noch einmal kräftig in den Rücken trat, und schüttelte sich. Die Leine, die immer noch an seinem Halsband befestigt war, flog um ihn herum und schlug Tina gegen die Beine.

Krischan stand auf und blickte Tina an. Sein Sakko war dreckig, seine Hose am rechten Knie aufgerissen. Blut sickerte aus dem Riss, und auch seine Hände waren blutig, wo er auf den Weg aufgeschlagen war, doch er schien es nicht zu bemerken.

»Was rennst du mir hinterher?«

»Eigentlich wollte ich nur Sanne davon abhalten, irgendeinen Unsinn zu machen. Sie soll sich nicht deinetwegen in Schwierigkeiten bringen.«

Krischan lachte auf. »Was weiß die schon von Schwierigkeiten? Ist ihr Hof auch in den roten Zahlen, was sich nach diesem trockenen Sommer noch weiter verschlechtern wird? Steht ihr das Wasser politisch und existenziell bis zum Hals, wenn rauskommt, dass sie illegale Substanzen gespritzt hat?«

»Warum hast du das gemacht?«

»Warum ich das gemacht habe? Warum ich das gemacht habe? Weil mir sonst dieser verdammte Maiszüngler meinen ganzen Mais aufgefressen hätte, darum. Dann hätte ich gleich Konkurs anmelden können.«

»Aber es gibt doch Ausgleichszahlungen, auch wegen der schlechten Ernte dieses Jahr. Das hat Kai mir erzählt.«

Krischan lachte wieder. »Das ist doch nur ein Tropfen auf den heißen Stein: zum Leben zu wenig, zum Sterben zu viel. Außerdem gibt es durch die Dürre dieses Jahr kaum Heu, weil das

Gras verdorrt ist, und ich muss überlegen, welche von meinen Rindern ich notschlachte. Als Biobauer darf ich zwar in Notfällen konventionelles Futter zukaufen, aber davon ist dieses Jahr auch nicht genug zu kriegen. Heu ist bald teurer als Gold.«

Tina schluckte. Dass es so schlimm stand, hätte sie nicht gedacht, und ihr tat Krischan fast ein bisschen leid, doch dann fiel ihr wieder ein, dass er ein Mörder war.

»Wieso bist du überhaupt in den roten Zahlen? Der Betrieb müsste doch eigentlich genug abwerfen.«

»Was glaubst du, was so eine politische Karriere kostet? Da geht so einiges an Geld weg, das kann ich dir sagen.«

»Willst du mir damit sagen, damit du in den Landtag einziehen kannst, musste Merle sterben?« Tina merkte, wie ihr das Blut in den Kopf schoss.

»Sie hatte gesehen, wie ich den Mais gespritzt habe, und sie hat natürlich gleich Fotos gemacht, diese blöde bayerische Schlampe. Einen Tag später stand sie bei mir auf der Matte. Sie wollte mir die Chance geben, mich selbst anzuzeigen! Echt nett von ihr, was?«

Krischan wartete Tinas Antwort nicht ab und fuhr fort. »Ich habe natürlich abgelehnt. Sie sagte, dann würde sie eine Riesenwelle machen! Ich habe ihr Geld angeboten, aber diese sogenannten Gutmenschen kannst du ja mit Geld nicht kaufen. Hätte sie die Kohle genommen, könnte sie jetzt gemütlich auf irgendeinem Berg in Bayern hocken und es sich gut gehen lassen.«

»Ich dachte, du hast kein Geld mehr.«

»Ein paar Rücklagen für besondere Notfälle sind schon da.« Krischan machte eine kurze Pause. »Auf Thomas' Konto.«

»Was? Du hättest deinen Sohn beklaut?«

»Ich habe eine Kontovollmacht, von Klauen kann also keine Rede sein. Außerdem hätte ich es ihm zurückgezahlt.«

»Wovon denn, wenn du pleite bist?«

»Da kommt deine nervige Freundin. War schön, mit dir zu plaudern, aber ich muss jetzt langsam mal los.«

Tina schaute sich zu Sanne um, die langsam den Weg entlanghumpelte.

»Was ist los? Hast du dich verletzt?«, rief Tina.

»Mir ist der Absatz von meinem Schuh abgebrochen.«

Als Tina sich zu Krischan umdrehte, war der bereits ein paar Schritte entfernt.

»Bleib stehen, Krischan. Du hast keine Chance, gegen dich läuft ein Haftbefehl.«

»Ach ja? Dann halt mich doch auf.«

Er drehte Tina den Rücken zu und ging schnell den Weg hinunter in Richtung des Jensendamms.

Sie rannte hinter ihm her und packte ihn am Arm.

»Du bleibst hier, Krischan. Sanne, ruf die Polizei an und sag Bescheid, wo wir sind.«

Krischan fuhr herum, sodass Tina seinen Arm loslassen musste. Er legte ihr den linken Arm von hinten um den Hals, bog ihren Kopf zurück und drückte zu.

»Du hast es ja nicht anders haben wollen«, zischte er ihr zu.

Sie röchelte, als der Druck auf ihren Kehlkopf zunahm und die Luft knapp wurde. Sie zerrte mit beiden Händen an Krischans Arm, doch er war zu stark. Ihr wurde schwindelig. Wenn er den Griff nicht bald lockerte, würde er sie erwürgen. Sie griff mit aller Kraft nach seinem Arm, doch der Druck auf ihren Hals lockerte sich nicht. So ging es nicht. Sie verlagerte das Gewicht nach rechts, hob das Bein und trat Krischan voll auf den Fuß.

»Scheiße! Bist du bescheuert?«

Der Druck an ihrem Hals lockerte sich, und sie nahm einen kräftigen Atemzug, dann noch einen.

»Mach das nicht noch mal«, sagte Krischan dicht neben ihrem Ohr und drückte wieder kräftiger zu.

Swatt sprang bellend um Tina und Krischan herum, doch

Krischan drehte sich so mit ihm, dass Tina immer zwischen Swatt und ihm war und Swatt nicht an Krischan herankam.

»Das Handy weg!«, rief Krischan Sanne zu, die mit dem Handy in der Hand dastand und Tina entsetzt ansah.

»Schmeiß das verdammte Handy weg!«, rief Krischan noch einmal.

Als Sanne nicht gleich reagierte, drückte er kräftiger zu, und Tina keuchte. Sanne ließ ihr Telefon auf den Boden fallen. Der Druck auf Tinas Hals ließ ein wenig nach, sodass sie mehrmals tief ein- und ausatmen konnte.

»Wo ist dein Handy, Tina? Gib es mir.«

Tina wühlte in ihrer Jackentasche herum, bis sie das Handy fand. Sie zog es heraus und drückte es Krischan in seine freie Hand. Der warf es in Richtung des Sees, doch es hatte nicht genug Schwung, und es schlug auf dem Rasen an der Wasserkante auf.

»Und du haust jetzt ab! Und nimm die Köter mit!«, rief er Sanne zu.

Sanne sah Tina an, und diese nickte ihr leicht zu.

Sanne griff nach Swatts und Daisys Leine und zog sie von Krischan weg. Swatt zog dagegen, bellte und sprang an der Leine hoch, doch Sanne ließ nicht los.

»Komm, Swatt, komm, Daisy.« Sie humpelte ein paar Meter zurück, bevor sie stehen blieb.

»Weiter!«

Sanne ging weiter bis zu einer Parkbank, neben der sie innehielt.

»Was hast du jetzt vor?«, brachte Tina mühsam heraus, als Krischan sich umdrehte und der Druck auf ihren Hals wieder zunahm.

»Du kommst jetzt noch ein Stück mit mir, damit deine Freundin und deine Hunde keinen Scheiß machen, dann kannst du gehen.«

Krischan zerrte Tina mit sich. Ein älteres Ehepaar mit einem Dackel, das ihnen entgegenkam, sah sie mit geweiteten Augen an.

»Aus dem Weg!«, schrie Krischan, und die beiden Leute sprangen mit einer für ihr Alter verblüffenden Geschwindigkeit zur Seite.

»Wo ist dein Auto?«

»Im Parkhaus.«

»Gut, wir gehen jetzt ganz gesittet dahin. Ich lasse dich jetzt los, und du machst keinen Mist, klar?«

Tina nickte, und der Griff um ihren Hals lockerte sich. Sie schnappte nach Luft und rieb sich über den Hals, der nach Krischans Griff ziemlich wehtat. Krischan fummelte in seiner Sakkotasche herum, und plötzlich fühlte Tina die Spitze eines Messers an ihrer rechten Seite.

»Wie gut, dass ich immer mein Klappmesser dabeihabe. Man weiß nie, wofür man es brauchen kann«, sagte Krischan mit einem irren Grinsen. »So, und jetzt zum Parkhaus.«

Sie waren erst ein paar Schritte gegangen, als zwei Streifenwagen mit hoher Geschwindigkeit den Martensdamm entlanggerast kamen.

Tina atmete auf. Anscheinend hatte einer der Demonstranten die Polizei angerufen. Die Autos blieben mit quietschenden Reifen auf der Straße neben Tina und Krischan stehen. Jan und sein Kollege Klaus sprangen aus dem einen Auto, zwei weitere Polizisten aus dem anderen. Alle zogen ihre Waffe und richteten sie auf Krischan.

Krischan hatte Tina den Arm wieder von hinten um den Hals gelegt und sie zu sich herangezogen. Die Spitze des Messers bohrte sich in ihre rechte Seite, und sie griff mit beiden Händen nach Krischans Arm und zog, doch sie schaffte es nicht, sich zu befreien.

»Klammroth, lassen Sie Tina los!« Jans Blick loderte, und

Tina ahnte, welche Selbstbeherrschung es ihn kostete, nicht sofort auf Krischan zu schießen.

Tina hörte, wie weitere Autos angerast kamen, und sie sah auf die Straße. Zwei weitere Streifenwagen hielten an, und die Polizisten sprangen heraus und zogen ihre Waffen.

Krischan hatte ebenfalls kurz zu den weiteren Polizeiwagen geblickt. Jetzt sah er wieder zu Jan.

»Ich denke nicht daran! Ich habe ein Messer, und ich werde es benutzen, wenn meine Forderungen nicht erfüllt werden.«

Tina sah, wie Jan seine Pistole fester umklammerte. Er atmete tief durch, bevor er antwortete.

»Was wollen Sie?«

»Ich will ein Fluchtfahrzeug. Sämtliche Polizei muss abgezogen werden!«

»Es wird einen Moment dauern, bis wir ein Auto aufgetrieben haben.«

»Erzählen Sie mir keinen Scheiß! Sie haben genügend Zivilfahrzeuge bei der Kripo, davon können Sie mir ja wohl eins holen lassen!«

Krischan spannte seine Armmuskeln an, und Tina musste würgen, als der Druck auf ihren Kehlkopf stärker wurde.

»Was soll das? Wollen Sie sie auch noch umbringen, oder was?«

Tina konnte die kaum unterdrückte Wut in Jans Stimme hören, und sie hoffte, dass er sich wegen seiner Gefühle zu ihr nicht zu einer unüberlegten Aktion hinreißen lassen würde.

Krischans Arm entspannte sich ein wenig, sodass Tina wieder besser Luft bekam.

»Was ist jetzt mit dem Auto?« Krischans Stimme klang relativ entspannt, doch Tina konnte die Anspannung in seinem Körper spüren.

Jan griff nach dem Funkgerät und orderte ein Zivilfahrzeug zu ihrem Standort.

Eine kaum zu verstehende Stimme erklang aus dem Funkgerät.

»Irgendein Auto, das gerade verfügbar ist, und zwar schnell. Danke und Ende«, erwiderte Jan.

Er steckte das Funkgerät zurück in seinen Gürtel und sah Tina an.

»Geht es?«

Sie nickte, und Jan entspannte sich ein wenig.

»Wo bleibt die verdammte Karre?«, rief Krischan.

»Einen Moment dauert es schon noch, wir können schließlich nicht zaubern.«

»Schicken Sie endlich die Polizeiautos weg, Mann! Wenn ich auch nur einen blau-silbernen Zipfel eines Polizeiwagens in der Gegend sehe, steche ich Tina ab!«

Jan wandte sich zu den Kollegen um und nickte ihnen zu. Sie stiegen in die Autos, und alle vier Fahrzeuge entfernten sich langsam.

»Und Sie werfen jetzt Ihre Waffe in den See«, sagte Krischan zu Jan.

»Das werde ich nicht tun.«

Krischan bohrte die Spitze des Messers tiefer in Tinas Seite, und ihr entfuhr ein Keuchen.

»Ich steche sie ab. Sie haben die Wahl.«

Jans Kiefer mahlten, als er mit der Hand ausholte und die Waffe in Richtung des Sees warf. Mit einem lauten Platschen kam sie auf dem Wasser auf und versank sofort. Einige Stockenten, die in Ufernähe nach Algen gegründelt hatten, stoben hoch, flogen mit lautem Geschnatter über den See und gingen auf der gegenüberliegenden Seite auf dem Wasser nieder. Tinas Blick war ihnen gefolgt, und sie sah die Menschenmassen, die sich am anderen Ufer drängten. Es schien sich bereits herumgesprochen zu haben, dass sich etwas Dramatisches abspielte. Offenbar hatte Jan den Martensdamm absperren lassen, denn auf dieser

Seite des Sees waren keine Autos und keine Menschen zu sehen. Das Geräusch eines sich nähernden Wagens ertönte, und Tina blickte zur Straße. Ein silberfarbener Audi fuhr in schnellem Tempo die Straße herunter und hielt neben ihnen an. Jans Kollege Alex sprang aus dem Wagen und ging zu Jan.

»Da ist der Wagen. Und nun lassen Sie Tina gehen«, sagte dieser.

»Wo ist seine Waffe?«, fragte Krischan mit Blick auf Alex. »Er soll sie auch in den See werfen.«

Alex schaute zu Jan, und der nickte ihm zu. Alex nahm seine Waffe und warf sie ebenfalls ins Wasser.

»Gut, und jetzt haut ab.«

»Erst lassen Sie Tina gehen«, sagte Jan.

»Tina kommt mit mir. Ich werde sie unterwegs irgendwo rauslassen.«

»Kommt nicht infrage! Sie bleibt hier!«, schrie Jan.

Alex legte Jan die Hand auf den Arm, und dieser fuhr mit normaler Lautstärke fort.

»Sie haben schon genug Schwierigkeiten. Wollen Sie auch noch eine Entführung auf dem Konto haben?«

Krischan lachte bitter auf. »Darauf kommt es wohl kaum noch an, oder?«

Er bohrte Tina das Messer fester in die Seite. »Los, steig ein. Du fährst!«

Würde er sie wirklich unterwegs rauslassen, oder würde er sie doch noch erstechen? Er war verzweifelt und logischen Argumenten nicht mehr zugänglich. Doch was konnte sie tun? Sie blickte Jan an, der Krischan beobachtete und dann einen Blick mit Alex wechselte.

»Ich hab gesagt, steig ein«, zischte Krischan.

Er presste Tina das Messer tiefer in die Seite, und die Spitze ritzte ihre Haut. Ihr entfuhr ein Schmerzensschrei, und Jan sprang vor.

»Lassen Sie sie los!«

»Keinen Schritt weiter, oder ich kann für nichts garantieren!«

Jan blieb stehen. »Wenn Sie sie gehen lassen, wird sich das im Prozess zu Ihren Gunsten auswirken.«

»Es wird keinen Prozess geben. Ihr kriegt mich nicht!«

»Wenn ihr etwas passiert, werde ich Sie finden, und dann werde ich dafür sorgen, dass Sie nie wieder aus dem Knast rauskommen!«

Krischan lachte höhnisch. »Setz dich endlich in Bewegung, Tina!«

Tina ging zur Fahrertür und wollte sie öffnen, doch Krischan hielt sie zurück.

»Wir steigen beide auf der Beifahrerseite ein, und du rutschst dann rüber.«

Tina tat, was er verlangt hatte. Sie schnallte sich an und sah, dass auch Krischan den Gurt anlegte.

»Wohin?« Sie umklammerte das Lenkrad fest, damit Krischan nicht sehen konnte, wie sehr ihre Hände zitterten.

»Den Jensendamm lang und dann runter zur Förde.«

Bevor Tina losfuhr, sah sie zu Jan hinüber. Der stand da wie ein Panther vor dem Sprung. Tina war sich sicher, dass er alles in seiner Macht stehende tun würde, um sie zu befreien. Doch würde es ausreichen? Krischans Verhalten war völlig unvorhersehbar, wer konnte schon wissen, was er tun würde, wenn die Polizei ihm zu nahe käme?

»Gib endlich Gas!« Krischans Gesicht war zu einer Fratze verzerrt, ihm standen Schweißperlen auf der Stirn. Er sah so aus, als würde er gleich völlig durchdrehen.

Tina legte den Gang ein und fuhr los. Nach wenigen Metern bog sie rechts in den Jensendamm ein, der links von dem See im Ratsdienergarten, rechts von einer Häuserfront begrenzt wurde. Krischan saß leicht vornübergebeugt auf seinem Sitz und blickte in den Seitenspiegel.

»Niemand zu sehen. Fahr schneller, du brauchst nicht zu hoffen, dass dein toller Polizistenfreund dir noch helfen kann.«

Er lehnte sich zurück. Das Messer hielt er weiterhin in Tinas Richtung, doch wenigstens bohrte er es sich nicht mehr in ihre Seite, sondern hielt es in vielleicht zehn Zentimetern Abstand. Tina warf einen Blick in den Rückspiegel. Ein schwarzer und ein braun gestromter Hund galoppierten in der Mitte der Fahrbahn hinter ihnen her! Die Straße machte eine leichte Linkskurve, und Tina verlor die Hunde kurz aus den Augen, bis sie hinter der Kurve wieder auftauchten. Am Ende des Jensendamms bog sie vor dem Wiederaufbau des Kieler Schlosses nach links ein, um nach wenigen Metern nach rechts in die Kurze Straße in Richtung der Förde zu abzubiegen. Vor ihnen lag das vollverglaste Hauptgebäude des Cruise Terminals am Ostseekai. Kein Kreuzfahrtschiff war zu sehen, und es waren nur wenige Menschen an der Förde unterwegs. Als die Ampel am Ostseekai auf Rot sprang, hielt sie an. Ihre Gedanken rasten. Wenn sie die Tür aufreißen würde – könnte sie aus dem Auto springen, bevor Krischan reagieren konnte?

Als hätte er ihre Gedanken gelesen, blickte er zu ihr herüber. »Komm bloß nicht auf komische Ideen, klar?«

Sie würde es nicht schaffen, sich abzuschnallen und aus dem Wagen zu springen, bevor er sie mit dem Messer erwischen würde. Aber es musste einen Ausweg geben! Ihr musste etwas einfallen! Die Sonne blinkte auf dem Wasser, und ihr kam eine Idee. Wenn sie jetzt … Nein, es war zu riskant. Wenn es schiefging, war sie mit Sicherheit tot. Sie warf einen Blick auf Krischan. Er starrte auf die Förde, seine Kiefer mahlten. Er hatte schon einmal gemordet und auf sie geschossen, er würde sie bestimmt umbringen, wenn er sich davon einen Vorteil versprach. Sie warf einen unauffälligen Blick in den Rückspiegel. Swatt und Daisy bogen gerade um die Ecke und kamen in großen Sprüngen näher. Sie musste es schnell zu Ende bringen, solange Jan in der Nähe war und damit die Hunde nicht noch vor ein Auto liefen, wenn sie ihr weiterhin folgten.

»Wohin jetzt?«, fragte Tina.

»Nach rechts natürlich.«

Die Ampel sprang auf Grün, doch Tina blieb stehen. Oder gab es doch noch eine andere Möglichkeit?

»Fahr endlich los!«

Sie gab Gas und bog nach rechts ab. Kurz hinter dem Schloss bremste sie hart ab und bog nach links auf den Ostseekai ein.

»Was soll das?« Krischans Stimme stieg eine Oktave höher. »Dreh sofort um!«

Tina fuhr weiter, während sie sich hektisch auf dem Kai umblickte. Vor ihr lag die Förde, die von einem weißen Geländer begrenzt wurde. Rechts stand ein kleiner weißer Leuchtturm, dahinter lag das rot verklinkerte Gebäude des Schifffahrtsmuseums.

»Brems ab!«, schrie Krischan, als das Geländer immer näher kam.

Tina trat hart auf die Bremse und riss das Lenkrad nach rechts. Der Wagen schlingerte um die Kurve. Es knallte, als der Audi das Geländer streifte, und der Wagen schleuderte über den Kai. Tina krallte sich ans Lenkrad und schaffte es, den Wagen wieder unter Kontrolle zu bekommen.

»Was soll der Scheiß?« Krischan war unter seiner Bräune blass geworden.

Tina jagte den Wagen an der Vorderfront des Museums entlang. Hinter einem alten Holzsegelschiff sah sie, worauf sie gehofft hatte. Das Geländer hatte aufgehört, und das hellblaue Wasser der Förde blinkte in der Sonne.

Sie atmete tief ein und ließ die Seitenscheibe herunter. Sollte sie es wirklich tun?

»Halt endlich an, du bist ja völlig durchgedreht!« Krischan fuchtelte mit dem Messer herum.

Tina traf eine Entscheidung. Sie trat aufs Gas, riss das Lenkrad nach links, kniff die Augen zusammen und krallte sich fest ins Lenkrad. Der Wagen schoss über die Kaimauer hinaus. Als er mit einem dumpfen Platschen auf der Wasseroberfläche aufkam, riss sie die Augen wieder auf. Der Audi tauchte unter, und sie knallte hart in den Sicherheitsgurt. Als sie wieder an die Wasseroberfläche kamen, schnallte Tina sich ab und warf einen schnellen Blick zu Krischan, der das Messer hatte fallen lassen und mit schreckgeweiteten Augen dasaß. Das Wasser lief durch das geöffnete Fenster in Sturzbächen in den Innenraum. Einen Moment trieb der Audi wie ein Korken auf dem Wasser, dann sackte der Motorraum ab, und das Auto sank. Tina griff nach den Holmen neben dem Fenster, holte noch einmal tief Luft und zog sich hindurch. Sie musste sich beherrschen, nicht nach Luft zu schnappen, als das kalte Wasser ihre Haut traf. Luftblasen stiegen um sie herum auf und nahmen ihr die Sicht. Sie musste kräftig mit den Beinen arbeiten, um sich gegen den Abwärtssog des Autos nach oben zu kämpfen. Endlich durchbrach ihr Kopf die Wasseroberfläche, und sie atmete gierig ein.

Plötzlich spürte sie eine Berührung an ihrem rechten Bein, und sie wurde mit einem Ruck wieder unter Wasser gezogen. Sie sah Krischan, der sie mit geweiteten Augen ansah. Er trat mit den Beinen und schwamm an ihr vorbei nach oben. Als er auf ihrer Höhe war, griff er nach ihren Schultern und stieß sie kräftig nach unten. Tina bekam von seinen heftig strampelnden Beinen einen Schlag gegen den Kopf und wurde noch weiter in Richtung Grund gestoßen. Sie verzog das Gesicht und fasste sich kurz an den Kopf, dann sah sie nach oben zur Wasseroberfläche. Das helle Licht lockte sie, und sie trat kräftig mit den Beinen. Das Licht kam näher, doch viel langsamer, als sie gedacht hätte. Ihre Lungen fühlten sich an, als würden sie gleich platzen.

Ich muss einatmen!
Nein! Du darfst auf keinen Fall einatmen!
Ich muss einatmen!
Nein, du darfst nicht …

Tina atmete in dem Moment ein, als ihr Kopf die Wasseroberfläche durchstieß. Ein wenig Wasser gelangte in ihre Luftröhre, und sie hustete, während sie sich wassertretend auf der Stelle hielt. Als ihre Lungen sich nicht mehr anfühlten, als hätte jemand sie mit Salzsäure übergossen, sah sie sich um. Krischan war bereits am Kai angekommen. Ein Mann mit einer Schiffermütze und eine Frau mit blauer Pudelmütze hatten sich auf den Kai gelegt und zogen ihn mit vereinten Kräften herauf. Tina schwamm auf den Kai zu, doch es war mühsam. Das Wasser war kalt, so kalt, und ihre Arme und Beine wollten ihr nicht mehr gehorchen. Als sie Rufe hörte, blickte sie zum Kai hinauf. Ein schwarzer Hund flog über die Kante, es klatschte, als er im Wasser aufkam und kurz untertauchte. Als er wieder hochkam, schüttelte er seinen Kopf, sodass die Wassertropfen um ihn herumflogen, und schwamm auf Tina zu.

»Swatt!«

Swatt umkreiste sie, und sie griff in sein zottiges Fell. Mit kräftigen Paddelbewegungen brachte Swatt sie in kurzer Zeit zum Kai.

»Tina! Nimm das Seil!«

Jan stand auf der Kaimauer und warf ihr ein geflochtenes Seil zu.

»Schling dir das Seil um die Taille!«

»Erst muss Swatt nach oben!«

»Ein Seil! Wir brauchen noch ein Seil«, hörte sie Jan rufen.

Tina knotete das Seil um Swatts Brustkorb, was schwierig war, weil er die ganze Zeit um sie herumschwamm. Außerdem waren ihre Finger eiskalt, sodass es ihr kaum gelang, einen Knoten zu machen. Endlich hatte sie es geschafft. Sie ruckte an dem Seil, und Swatt wurde nach oben gezogen.

Jan sah die ganze Zeit zu ihr herunter. »Halte durch. Ich werfe dir gleich ein Seil zu.«

Tina nickte. Während sie Wasser trat, sah sie sich um. Schräg vor ihr war ein runder Metallpoller zu sehen, der am unteren Ende mit kleinen Miesmuscheln besetzt war. Er war über ein dickes Metallrohr mit dem Ufer verbunden, und an seiner dem Wasser zugewandten Seite befand sich eine Art Treppe. Das alte Segelschiff war mit einem dicken Tampen daran festgemacht und dümpelte vor sich hin.

Tina schwamm das kurze Stück zu dem Poller und griff nach der ersten Stufe. Mit ihren kalten Fingern konnte sie nicht richtig zugreifen, und sie fiel zurück ins Wasser.

»Tina, warte auf das Seil! Wir müssen Swatt nur noch schnell losbinden!«

Doch sie wollte sofort aus dem Wasser heraus. Wieder griff sie nach der ersten Stufe, und diesmal schaffte sie es, sich hochzuziehen. Sie griff nach der nächsten Stufe und zog ihren rechten Fuß nach, der durch die tropfnassen Schuhe so schwer war, als hätte sie Betonstiefel an. Jetzt konnte sie nach dem Seil greifen, mit dem das Schiff am Poller festgemacht war, und sie zog sich auf das Verbindungsrohr. Langsam balancierte sie auf dem Rohr zum Kai hinüber.

»Gib mir deine Hand!«, rief Jan.

Tina griff nach Jans Hand und ließ sich von ihm auf den Kai ziehen. Swatt tanzte auf der Mole hin und her, sprang an Tina hoch und versuchte ihr das Gesicht abzulecken.

»Tina, oh Gott, ich dachte schon, ich hätte dich verloren!«

Jan stellte sich vor sie, umfasste ihr kaltes Gesicht mit beiden Händen und küsste sie.

»Ich habe schon einen Rettungswagen gerufen«, sagte er schließlich.

»Den brau…hauche ich nicht. Bri…bring mich lie…lieber zu O…onkel Lorenz, der ist dich…dichter dran als das Kran…krankenhaus, und er ha…hat eine Sau…auna«, sagte Tina mit klappernden Zähnen. Ihr war eiskalt, und der Wind, der über die Förde wehte, kühlte sie noch weiter ab. Ihre Knie wurden weich, und sie ließ sich auf den kalten Beton des Kais sinken.

»Tina!«

Sanne rannte zu Tina. Sie hatte ihre Stiefel ausgezogen und hockte sich in ihren lila-pink geringelten Wollsocken neben Tina.

»Bist du okay? Deine Lippen sind ganz blau.«

»Mi…mir i…ist kaaalt.«

»Du musst aufstehen. Der Boden ist zu kühl«, sagte Jan.

Tina setzte sich langsam auf. Jan streckte ihr die Hand hin und zog sie hoch. Er umarmte sie fest, dann zog er ihr die vollgesogene Wachsjacke und das triefende Sweatshirt aus und gab ihr seine Jacke. Dankbar schlüpfte Tina in die von seinem Körper aufgewärmte Jacke und zog den Reißverschluss zu. Jan rieb ihr mit beiden Händen kräftig über den Rücken und über die Arme, und Tina merkte, dass es ihr etwas besser ging.

»Habt ihr Krischan erwischt?«, fragte sie mit kräftiger werdender Stimme.

»Er ist schon auf dem Weg ins Präsidium.«

»Lasst uns zu Onkel Lorenz fahren«, sagte Tina, die ihre Beine kaum noch spüren konnte.

Jan brachte sie zu einem Streifenwagen, und Tina und Sanne stiegen ein. Jan ließ Swatt und Daisy auf die Ladefläche des VW Kombi springen und brachte eine Wolldecke mit nach vorn.

»Zieh deine Hose aus, bevor du dir doch noch den Tod holst.« Er warf Tina die Decke zu. »Ich rufe Lorenz an, dass er schon mal die Sauna anmacht.«

Tina zog sich ihre Jeans und die nassen Schuhe aus und wickelte sich in die Wolldecke ein.

»Oh Mann, Tina, als ich gehört habe, dass du in die Förde gefahren bist, dachte ich echt, dass du ertrunken bist.«

Sanne sah Tina mit feuchten Augen an, und eine Träne rann ihr an der Wange herunter.

»Unkraut vergeht nicht«, erwiderte Tina und legte Sanne die Hand auf den Arm.

»Wieso seid ihr überhaupt ins Wasser gefahren?«, fragte Sanne.

»Das würde mich auch brennend interessieren«, sagte Jan.

»Ich hatte mir überlegt, dass das die einzige Möglichkeit ist, Krischan zu entkommen.«

Der Wagen machte einen Schlenker, als Jan sich zu Tina umdrehte und sie mit ungläubigem Blick ansah. »Willst du damit sagen, dass es Absicht war? Ja, bist du denn irre?«

»Hat doch alles funktioniert. Ich hatte vorher die Scheibe runtergelassen, sodass ich direkt nach der Landung im Wasser aus dem Fenster geklettert bin. Und wenn Krischan mich nicht noch unter Wasser gedrückt hätte, wäre alles planmäßig gelaufen.«

Jan blieb still, was Tina schlimmer fand, als wenn er geschrien hätte. Er hatte die Lippen zusammengepresst, und an seinem Kiefer mahlte ein Muskel. Auch Sanne merkte anscheinend, dass Jan kurz vor einer Explosion stand.

»Oh-oh«, sagte sie in das lähmende Schweigen hinein.

Tina war noch nie so froh gewesen, die Auffahrt ihres Onkels zu sehen. Jan bog ab und lenkte den Wagen vor das Haus. Im selben Moment flog auch schon die Haustür auf, und ihr Onkel trat heraus. Er rannte zum Auto und riss die Hintertür auf.

»Tina! Was machst du denn für Sachen? Ist alles in Ordnung?«

»Nur etwas durchgefroren.«

»Die Sauna dürfte gleich heiß sein, und ich hab dir einen schönen heißen Tee gemacht.«

Er half Tina aus dem Auto und umarmte sie fest. Sie atmete den typischen Geruch seines Calvin-Klein-Aftershaves ein und schloss kurz die Augen.

»So, komm schnell rein. Willst du vor der Sauna duschen?«

»Unbedingt.«

Als Tina aus der Dusche kam und sich in Onkel Lorenz' Bademantel eingewickelt hatte, der ihr bis zu den Füßen reichte, stand ein dampfender Becher mit Tee auf einem Tablett vor der Badezimmertür. Tina schnupperte an dem heißen Dampf und schloss die Augen, als ihr der Geruch von Rum in die Nase stieg. Vorsichtig nahm sie einen kleinen Schluck und musste sich beherrschen, um nicht zu husten: Es handelte sich eher um Rum mit Tee als um Tee mit Rum. Nach einigen weiteren kleinen Schlucken ging sie die paar Meter bis zur Saunatür und öffnete sie. Die Luft, die ihr entgegenschlug, war so heiß, dass sie schnell einen Schritt zurücktrat. Sie zog den Bademantel aus, betrat die Sauna und ließ sich auf die untere Bank sinken. Mittlerweile war das Adrenalin in ihrem Körper abgebaut, und sie merkte, dass ihr die Augen zufielen. Als sie kurz vorm Einschlafen war und ihr der Schweiß in Strömen den Körper herunterlief, raffte sie sich auf und ging ein weiteres Mal duschen. Die Kälte war komplett verschwunden.

Tina zog den Bademantel an und ging ins Wohnzimmer. Sofort beim Eintreten merkte sie, dass eine unangenehme Spannung in der Luft lag. Onkel Lorenz und Jan saßen sich am Couchtisch gegenüber und blickten sich nicht an, während Sanne einen gequälten Ausdruck im Gesicht hatte. Nur die Hunde ließen sich von der Spannung im Raum nicht anstecken und begrüßten Tina mit wedelndem Schwanz.

»Okay, was ist hier los?«, fragte sie, nachdem sie Swatt und Daisy gestreichelt hatte.

»Was glaubst du, was hier los ist?«, fragte Jan. »Ich finde, ihr alle seid unverantwortlich leichtsinnig gewesen. Wenn Krischan einen von euch erschossen hätte oder wenn du heute ertrunken wärst, was glaubst du, wie es mir damit gegangen wäre? Seit wir uns kennen, mache ich mir ständig Sorgen um dich. Und du bringst dich auch noch wissentlich in Gefahr.«

»Das konnte ja wohl keiner ahnen, dass Krischan Tina entführen würde«, sagte Sanne.

»Wenn Tina nicht hinter Krischan hergelaufen wäre, dann wäre sie gar nicht in seiner Nähe gewesen!«

»Aber dann wäre er vielleicht entkommen«, sagte Tina.

»Wir hätten ihn schon gefunden. Und ehrlich gesagt habe ich lieber eine lebende Freundin und einen flüchtigen Verbrecher als eine tote Freundin und einen gefangenen Mörder.«

»Es ist doch alles gut gegangen«, sagte Onkel Lorenz, bevor Jan sich noch weiter aufregen konnte.

»Aber was ist beim nächsten Mal? Ich glaube kaum, dass Tina sich raushält, wenn sie wieder einem Verbrechen auf die Spur kommt.«

»Ach komm, wie wahrscheinlich ist das schon, dass noch mal etwas so Dramatisches in Plön passiert?«, fragte Tina.

Jan fuhr sich mit den Händen durch die Haare, die sowieso schon wirr vom Kopf abstanden.

»Nicht sehr wahrscheinlich, das stimmt schon.«

Tina ging zu ihm und setzte sich neben ihn.

»Krischan ist gefasst, Felix wird gegen ihn aussagen, und auf seinem Hof und in Merles Bus werdet ihr bestimmt noch weitere Beweise finden. Der Fall ist abgeschlossen.«

»Die Tierischen Schnüffler waren wieder mal erfolgreich«, sagte Sanne grinsend.

Tina verkniff sich ein Seufzen. Warum musste Sanne davon anfangen?

»Die Tierischen Schnüffler? Soll das ein Witz sein?« Jan sah Tina ungläubig an.

»Was dagegen?«, fragte Sanne und blickte Jan herausfordernd an.

Tina sah, dass ihr Onkel sich ein Grinsen verkneifen musste.

»Da fällt mir ein: Wir wollen dich als Ehrenmitglied aufnehmen«, sagte Sanne zu ihm.

Er versuchte ernst zu bleiben, das konnte Tina sehen, aber er schaffte es nicht. Sein Gesicht verzog sich, und er lachte dröhnend los. Er konnte sich gar nicht wieder einkriegen, und auch Sanne und Tina fielen ein. Jan schaffte es am längsten, ernst zu bleiben, doch schließlich lachte auch er los.

Onkel Lorenz hob seinen Teebecher. »Auf die Tierischen Schnüffler!«

»Auf die Tierischen Schnüffler!«

»Auf die erfolgreichsten Detektive in Plön«, sagte Sanne.

»Möge ihr Schutzengel weiterhin Überstunden schieben«, sagte Jan und sah Tina über den Rand seines Teebechers hinweg tief in die Augen.

Epilog

Das Linoleum quietschte unter Tinas Sneakers, als sie den Gang zur Gynäkologie hinunterhastete. Im Wartebereich vor den Kreißsälen sah sie sich um.

»Wen suchen Sie?«, fragte eine Krankenschwester, die ein Tablett mit verschiedenen kleinen Pillenbechern trug. Auf ihrem Namensschild stand »Schwester Marie«.

»Sabrina Deerten.«

»Die ist in der Nummer …«

Ein unmenschlich klingender Schrei unterbrach Marie. Tina lief es kalt den Rücken herunter. Die Tür von Kreißsaal Nummer zwei wurde aufgerissen, und Kai stolperte hinaus. Er war so blass, dass er vor einer weiß gestrichenen Wand nicht weiter aufgefallen wäre, und seine Stirn war schweißbedeckt. Er erblickte Tina und kam auf sie zu.

»Oh Gott, gut, dass du da bist!«

»Was ist los? Gibt es Komplikationen?«

Die Tür öffnete sich erneut, und eine Hebamme trat hindurch.

»Gehören Sie zu den Deertens?«

Tina nickte.

»Könnten Sie sich bitte um den werdenden Vater kümmern? Ich muss wieder rein.«

»Ist alles in Ordnung?«, rief Tina der Hebamme hinterher.

»Ja, klar, alles läuft wunderbar.«

Ein weiterer blutgefrierender Schrei drang aus dem Kreißsaal. Kai schwankte, und Tina drückte ihn schnell auf einen der Stühle im Wartebereich.

»Oh Gott, ist das grauenvoll.« Er wischte sich den Schweiß von der Stirn.

»Denk einfach an deine Kühe, so viel anders ist das beim Menschen auch nicht. Hast du selbst gesagt.«

Kai sah Tina mit einem waidwunden Blick an. »Aber die schreien nicht so.«

»Schmerzen haben die mit Sicherheit aber auch.«

»Du bist gerade nicht sehr hilfreich, Tina.«

»Entschuldige.«

»Kannst du nicht zu Sabrina reingehen? Ich hatte ihr versprochen, dass ich dabeibleibe, aber ... ich kann das einfach nicht.«

Kai strich sich mit beiden Händen seitlich über die Wangen und verzog das Gesicht, als ein weiterer Schrei zu hören war.

»Warum geben sie ihr keine Epiduralanästhesie?«, fragte Tina.

»Das haben sie gemacht, kurz bevor ich rausgegangen bin. Aber irgendwie wirkt die wohl nicht richtig.« Kai sah Tina an. »Kannst du nicht mal reingehen? Bitte!«

»Okay.«

Sie ging zum Kreißsaal und stieß die Tür auf. Sabrina lag mit schweißverklebtem Haar auf einem Gebärstuhl. Das Piepen des angeschlossenen CTGs, das die Herztöne des Kindes aufzeichnete, war über Sabrinas angestrengtem Atem kaum zu hören.

»Tina!« Ein Lächeln zog über Sabrinas Gesicht, wich aber gleich wieder einer schmerzverzerrten Fratze.

»Stellen Sie sich hierher.« Die Hebamme zeigte neben den Stuhl. Tina trat heran und nahm Sabrinas Hand.

»Du machst das gut.« Sie zuckte zusammen, als Sabrina ihr während der nächsten Wehe fast die Hand zerquetschte.

»Die Haare sind schon zu sehen, es dauert nicht mehr lange!« Die Hebamme sah Sabrina mit einem strahlenden Lächeln an, und Sabrina lächelte matt zurück. Plötzlich verkrampfte sich ihr Bauch, und sie stöhnte.

»Schön pressen, bald haben Sie es geschafft.«

Nach etwa anderthalb Stunden, in der Tinas Hand noch mehrfach gequetscht wurde, drang plötzlich der Schrei eines Neugeborenen durch den Kreißsaal. Ermattet ließ sich Sabrina in dem Stuhl zurücksinken, während sich Tina unauffällig die Hand massierte. Die Tür zum Kreißsaal flog auf, und Kai rannte herein.

Die Hebamme hielt ihm sein rotes, zerknautschtes und feuchtes Baby hin, und ein breites Lächeln überzog sein Gesicht. Er nahm das Baby und ging damit zu Sabrina.

»Magnus, unser Sohn«, sagte er mit so viel Liebe und Stolz in der Stimme, dass Tina einen Kloß im Hals bekam und sie sich über den Namen, den ihr Bruder und ihre Schwägerin bisher geheim gehalten hatten, nicht aufregen konnte.

Sabrina und Kai waren so mit sich selbst und ihrem Baby beschäftigt, dass sie den Kreißsaal leise und ohne sich zu verabschieden verließ. Draußen saß zu ihrer Überraschung Jan, der zwei Becher Kaffee in der Hand hielt.

»Kai hat mir eine WhatsApp geschrieben, wo du bist.«

Dankbar nahm Tina den Kaffeebecher und trank einen großen Schluck.

»Das war krass. Sabrina hat so geschrien, als würde ihr ein ausgehungerter Tiger bei lebendigem Leib die Eingeweide herausreißen. Sie hat mir fast die Hand zerquetscht.«

Sie trank einen weiteren Schluck von dem lauwarmen Kaffee.

»Nach der Erfahrung kann ich mir überhaupt nicht vorstellen, jemals selbst Kinder zu bekommen.«

Über Jans Gesicht huschte ein Schatten, der so schnell wieder verschwand, dass Tina nicht sicher war, ob sie ihn wirklich gesehen hatte.

»Bevor wir über Kinder nachdenken, sollten wir vielleicht erst mal zusammenziehen, oder was meinst du?«

Tinas Magen krampfte sich zusammen. Jetzt fing er schon wieder damit an. Ihr war das alles noch viel zu früh.

»Lass uns das Thema nächstes Jahr noch mal besprechen. Und wenn ich meine Meinung zu dem selbstquälerischen und eingeweidezerfetzenden Thema Schwangerschaft doch einmal ändern sollte, wirst du es als Erster erfahren.«

Jan lächelte, sodass seine Grübchen sichtbar wurden. Tina küsste ihn erst auf das linke, dann auf das rechte Grübchen und zum Schluss auf den Mund.

»Damit kann ich leben«, sagte Jan, als der Kuss endete.

»Na gut, wollen wir los?« Tina warf den Kaffeebecher in einen Mülleimer.

»Was ist mit Sabrina und Kai? Und wie heißt das Baby überhaupt?«

»Magnus.«

Jan verzog das Gesicht, als hätte er in eine vergammelte Scholle gebissen.

»Klingt nach dem Großmeister eines Geheimordens, oder? Aber am besten gewöhnen wir uns schon mal an den Namen, denn ändern werden Sabrina und Kai ihn eh nicht mehr.«

»Magnus. Immerhin besser als Marlon.«

»Aber nur minimal. Na ja, das junge Elternglück kommt jedenfalls sicher gut ohne uns aus.«

Tina und Jan gingen zum Parkplatz. Jan hatte seinen Audi direkt hinter Tinas Pick-up geparkt. Er entriegelte den Wagen und öffnete die Tür.

»Ich muss leider gleich wieder nach Kiel. Ich wollte nur kurz gucken, wie es Sabrina geht.«

»Das ist lieb von dir. Hat Krischan mittlerweile gestanden?«

»Er hat gestern nur nach seinem Anwalt verlangt, und seitdem redet er nicht mehr. Der Anwalt hat ihm geraten zu schweigen.«

»Aber ihr habt doch genug, um ihn zu überführen, oder?«

»Ich habe eben eine Nachricht von Alex bekommen. Die Kollegen haben Krischans DNA in Merles Bus gefunden, und in seiner Kühlkammer gab es noch einen weiteren Blutspritzer von Merle. Zusammen mit der Aussage von Felix und mit Merles DNA in der Hundewurst wird das reichen, um ihn für Jahre in den Bau zu schicken.«

»Ein Glück! Und das alles für eine Karriere in der Politik.«

»Wie gut, dass die Tierischen Schnüffler den Fall gelöst haben.« Jan grinste so breit, dass es so aussah, als wollten sich seine Mundwinkel hinter dem Kopf treffen.

»Der Name war Sannes Idee.«

»Das ist mir klar. Ich hoffe aber wirklich sehr, dass die Tierischen Schnüffler keinen weiteren Fall bekommen werden.«

»Schauen wir mal«, erwiderte Tina, und Jan seufzte.

Danksagung

Ich danke meinem Mann und meinem Sohn für das Brainstorming vor und während des Schreibens, das erste kritische Lesen des Manuskripts sowie für die Begleitung bei meinen Recherche-Ausflügen nach Kiel, Lebrade und Tresdorf.

Ich danke allen meinen Eltern für ihre Unterstützung während des gesamten Schreibprozesses. Meinem Vater danke ich außerdem für die Informationen über den Polizeidienst und über Schusswaffen.

Meiner Kollegin und Freundin Dr. Diana Duen danke ich dafür, dass sie mir einen Vormittag in der Praxis abgenommen hat, damit ich mehr Zeit fürs Schreiben hatte.

Professor Dr. Ute Lockemann danke ich für ihre Unterstützung bei gerichtsmedizinischen Themen, insbesondere zum Thema Unterkühlung. Keine Frage war zu abwegig, als dass sie sie nicht schnell und kompetent beantwortet hätte.

Der Pressestelle im Kieler Rathaus danke ich für die Informationen über das Rathaus und für die spontane Führung auf den Turm, wo ich bei herrlichem Wetter den Blick über Kiel und die Förde genießen konnte.

Ich danke meiner Agentin Monika Hofko von der Literaturagentur Scripta für ihre Unterstützung und das erste Lektorieren des Manuskripts.

Meiner Lektorin Daniela Jarzynka vom Lübbe-Verlag danke ich für die Hege und Pflege des Manuskripts, sodass es ein tolles Buch werden konnte.

Meiner Außenlektorin Ulrike Strerath-Bolz danke ich für die

hervorragende Überarbeitung des Manuskripts und dafür, dass sie sich so gut in meinen Schreibstil eingearbeitet hat.

Ich danke allen Beteiligten für das schöne Cover. Ich bin begeistert, dass der Hund darauf fast genauso aussieht wie mein Hund Leyla.

Last, but not least danke ich meinen drei Hunden dafür, dass sie mich zwingen, mir auf langen Spaziergängen frische Luft um die Nase wehen zu lassen, die mir dabei hilft, den Kopf freizubekommen und neue Ideen zu entwickeln.

Wertvolle Hunde, illegale Wetten – und eine Tierärztin mit einer perfekten Spürnase

Cathrin Geissler
EIN HUNDSGEMEINER MORD
Ein Fall für Tierärztin Tina Deerten
Kriminalroman

416 Seiten
ISBN 978-3-404-18322-7

Tierärztin Tina Deerten ist überrascht, als sie in ihrer Praxis eine verletzte Greyhoundhündin untersucht und dabei eine Pistolenkugel findet. Wer hat auf das Tier geschossen? Und vor allem: Warum? Schnell wird klar, dass die Hündin vom nahe gelegenen Gut Finkenstein stammt. Dort wurde gerade der Hundetrainer Bernhard Perry tot aufgefunden. Zufall? Und war es tatsächlich wie bisher angenommen – ein Selbstmord? Oder hat vielleicht doch jemand nachgeholfen?
Humorvoll, atmosphärisch und spannend – der erste Fall für die resolute Tierärztin Tina Deerten

Lübbe

Mord? Aber bitte mit Sahne!

Jana Fallert
SCHWARZWÄLDER
KIRSCHMORDE -
ISABELLA UND DIE
TOTE IM CAFÉ
Schwarzwaldkrimi

320 Seiten
ISBN 978-3-404-18328-9

Isabella hat genug von der Großstadt! Kurzerhand übernimmt sie daher das Café ihrer verstorbenen Großmutter im Schwarzwald – samt legendärem Schwarzwälder-Kirschtorten-Rezept. Doch wie sich herausstellt, starb einst eine Frau nach dem Genuss ebendieser Torte! War Oma eine Giftmischerin? Wenn Isabellas Neustart in Zapfbach gelingen soll, muss sie das Rätsel um die tödliche Torte lösen. Wie gut, dass ihr dabei der charmante Bäcker Florian zur Seite steht. Doch ausgerechnet bei der Café-Eröffnung ereignet sich eine neue Katastrophe …